Christoph Meiners

Briefe über die Schweiz

Christoph Meiners

Briefe über die Schweiz

ISBN/EAN: 9783743432710

Hergestellt in Europa, USA, Kanada, Australien, Japan

Cover: Foto ©Andreas Hilbeck / pixelio.de

Weitere Bücher finden Sie auf **www.hansebooks.com**

Briefe über die Schweiz

von

C. Meiners

Kön. Grosbrittan. Hofrath und ord. Lehrer der Weltweisheit
in Göttingen.

Erster Theil.

Zweite durchaus verbesserte und vermehrte Auflage.

Mit Bewilligung des rechtmässigen Verlegers.

Tübingen 1791
In der J. G. Cottaischen Buchhandlung.

Vorrede.

Als ich im vorletzten Jahre eine Reise in die
Schweiz machte, dachte ich gar nicht daran, über
dieses so oft beschriebene Land jemals etwas druk-
ken zu lassen. Als ich aber nach meiner Rückkunft die von mir aufgezeichneten Beobachtungen
und Nachrichten durchlas, und ergänzte, um sie
für meine vertrautesten Freunde lesbar zu machen,
glaubte ich zu bemerken, daß sie auch dem Pub-
lico nicht ganz uninteressant scheinen würden. Unterdessen ist der Hauptbewegungsgrund, warum
ich die gegenwärtigen Briefe bekannt mache, dieser: so viel in meinem Vermögen ist, zur Aus-
rottung und Bestreitung der Vorurtheile beyzutragen, welche einige nicht genug unterrichtete
Schriftsteller wider die Schweiz zu verbreiten,
oder zu unterhalten suchen. Ich habe in der
Schweiz so viel Vergnügen genossen, und so viele vortrefliche Menschen kennen gelernt, daß ich
mich der erstern schämen, und der Freundschaft

der letztern unwürdig machen würde, wenn ich nicht alle meine Kräfte und mein geringes Ansehen anwendete, ein Land, welches vor allen andern die Aufmerksamkeit der aufgeklärtesten Menschen auf sich zieht, gegen ungerechte Beschuldigungen zu vertheidigen. Schweizerische Gelehrte würden dieses ohne Zweifel noch gründlicher thun können, als ich, allein ihre Schutzschriften würden wahrscheinlich bey einem grösseren Werthe doch ein kleineres Gewicht haben, als die Erzählungen und Raisonnements eines Ausländers, der schon bey manchen in dem guten Rufe steht, daß er sich durch die seltensten Verdienste und Vorzüge grosser Männer, und ganzer Nationen nicht so sehr blenden läßt, daß er nicht auch ihre Fehler bemerken, und wenn er Veranlassung dazu hat, freymüthig rügen sollte.

Den größten Nutzen werden meine Briefe wahrscheinlich jungen Leuten verschaffen, die meistens unvorbereitet, ohne festen Plan, ohne genaue Kenntniß des Landes, und ohne vorhergemachte Bekanntschaften in die Schweiz reisen, und ihre Zeit recht gut genuzt zu haben glauben, wenn sie die vornehmsten Städte, einige der berühmtesten Männer, die Zeughäuser, den Rheinfall,

den Staubbach, die Schneeberge, Gletscher u.
s. w. gesehen haben. Wo sie auch hinkommen,
überlassen sie sich blindlings der Führung ihrer
Wirthe, Miethkutscher und Lehnbedienten, oder
folgen höchstens der Anweisung eines, oder des
andern neuern Reisebeschreibers. Wenn sie ir=
gendwo eine angenehme Bekanntschaft machen, so
bleiben sie länger, als sie sollten, und lassen sich
wohl gar verführen, in Gegenden mitzureisen,
wohin sie zu gehen gar nicht die Absicht hatten.
Eine Folge hievon ist, daß ihnen am Ende die
Zeit zu kurz wird, und daß sie die wichtigsten Din=
ge unbeobachtet lassen müssen.

Selbst alsdann, wenn ein junger Mann mit
den gehörigen Kenntnissen ausgerüstet, und mit
den nachdrücklichsten Empfehlungsschreiben verse=
hen ist, wird es ihm doch immer sehr schwer,
fremde Länder recht kennen zu lernen. Wenn
Empfehlungsschreiben nicht durch den Namen,
oder die Verdienste desjenigen, der sie überreicht,
mächtig unterstützt werden, so sind sie in einem
Lande, das häufig von Fremden besucht wird,
entweder von gar keinem Nutzen, oder sie ver=
schaffen höchstens sehr entbehrliche Gefälligkeiten:
nämlich eine oder mehrere Einladungen zum Es=

sen, und einen oder einige Gegenbesuche. Weil junge Leute selten so viel Kenntnisse, Erfahrung und reife Urtheilskraft besitzen, daß sie Männern von gewissen Jahren auf die Länge eine angenehme Unterhaltung gewähren, weil man ihnen überdem nicht immer so viel Klugheit oder Discretion zutraut, als zur Bewahrung von geheimen Nachrichten und Gesinnungen erfordert wird, so nähern oder eröffnen sich ihnen gerade diejenigen Personen, an deren Hand allein man fremde Länder recht kennen lernt, selten so sehr, daß ihr Umgang ihnen besonders vortheilhaft werden könnte. Das jugendliche Alter ist also dasjenige, wo man zwar die Zeit zu grossen Reisen am besten entbehren, aber nicht, wo man diese am besten nützen kann.

Weil aber doch die meisten Menschen zu keiner andern Zeit, als in den letzten Jahren der Jugend, oder in den ersten des männlichen Alters reisen können, so sollte wenigstens kein junger Mann eine grosse Reise antreten, bevor er nicht alles wichtige, was über die Länder, die er besuchen will, geschrieben worden, gelesen, bevor er ferner nicht die Absichten, weßwegen er sein Vaterland verläßt, genau bestimmt, und einen so viel, als möglich, vollständigen Plan seiner ganzen Reise gemacht hätte. Einen solchen Plan hat man aber erst alsdann entworfen, wenn man die Zeit, welche man zur Reise anzuwenden gedenkt, mit den Ländern und Oertern, die man sehen will, verglichen, und überdem sowohl die Entfernungen der Oerter, als die Zeit, welche zur Bewegung von einem Orte zum andern erfordert wird, und die für den Aufenthalt an einem jeden Orte übrig bleibt, erfahren hat. Wenn man mit dieser Arbeit fertig ist, so muß man nachforschen, wie viel nach eines jeden Absichten an einem jeden Orte merkwürdiges ist, und alsdann erst kann man bestimmen, wie lange man sich an einem jeden Orte aufhalten will. Alle diese schönen Vorsätze aber helfen wieder nichts, wenn man nicht Thätigkeit genug hat, sie auszuführen, und Standhaftigkeit genug, sich weder durch Vergnügungen und Höflichkeiten, die man irgendwo genießt, noch durch die Rathschläge von Personen, die andere Absichten haben, und andere Dinge merkwürdig finden, abwendig machen zu lassen, ohne daß man die Zeit, die man irgendwo zugiebt, schon anderswo wieder zu gewinnen weiß. Wer nicht auf diese Art nach einem vorhergemachten Plane reist, der glaubt in kurzer Zeit die halbe Welt durchstreifen zu können, und sieht am Ende doch viel weniger, als ein anderer, der gleich anfangs seine Wünsche nach dem Maaße seiner Zeit ordnete.

Für diejenigen, welche in die kleinen Cantone reisen, ist kein gefährlicherer Fallstrik, als die mir nicht ganz erklärliche Begierde der meisten Reisenden, aus allen Kräften, und selbst über alle Kräfte zu eilen. Dies unruhige Vorwärtsstreben muß sehr allgemein und verführerisch seyn, weil ich es selbst in Personen bemerkt habe, die sonst über sich, und ihre Handlungen nachzudenken gewohnt waren. Sollte diese treibende Begierde etwa aus dem unangenehmen Gefühle der Beschwerlichkeiten, die mit einer Reise durch die kleinen Cantone verbunden sind, und aus dem geheimen Wunsche entstehen, von diesen Beschwerlichkeiten, so bald als möglich, befreyt zu werden? Wenn man aber so zwecklos läuft, als viele zu thun pflegen, so setzt man sich nicht bloß der Gefahr aus, seiner Gesundheit durch zu heftige Erhitzungen zu schaden, sondern man beraubt sich auch der süßesten und dauerhaftesten Früchte

der ganzen Reise. Gemeiniglich langt man alsdann bey den erhabensten oder merkwürdigsten
Gegenständen so erschöpft an, daß man keine
Kräfte für den Genuß, und keine Aufmerksamkeit zum Beobachten übrig hat. Man verliert
die Entzückungen, womit der Anblick der grossen Werke der Natur unerschlaffte Sinne würde
überströmt haben, empfängt nur schwache Bilder von dem, was man gesehen hat, und kann
also auch nicht einmal in der Folge durch die
Einbildungskraft das wieder nachholen, was man
vor Ermüdung versäumt und verloren hat. Demjenigen also, welcher einen Theil der Schweiz
zu Fuß besuchen will, kann man keine heilsame-
re Regel geben, als diese: ja nicht nach dem Ruhm
zu streben, mehr Stunden, als andere, an einem
Tage gemacht zu haben, und noch weniger sich
durch das Drängen von Führern oder Begleitern,
die sich nach der Ruhe und dem Gasthofe sehnen,
von der ruhigen Beobachtung seltener Phänomene
abhalten, oder sich darin unterbrechen zu lassen.
Zu solchen Wundern, als die Schweiz dem Wanderer darbietet, muß man nicht nur mit frischen
Sinnen und Kräften kommen, sondern man muß
sich auch nicht einmal mit der ersten, oder einer

flüchtigen Uebersicht begnügen. Man muß sie vielmehr von allen Seiten betrachten, und die ganze Einbildungskraft gleichsam von ihnen so durchbringen lassen, daß die empfangenen Abdrücke nicht so leicht durch die Länge der Zeit vertilgt werden können.

Den gegenwärtigen Zustand von Ländern, und lebende Freunde, oder ganze Classen von Menschen zu schildern, ist eine viel schwerere Arbeit, als diejenigen sich einbilden, die Reisebeschreibungen nur gelesen, und nicht selbst gemacht haben. Man ist alle Augenblik in Gefahr, im Lobe oder Tadel zu viel zu thun, oder sich doch den Schein davon zu geben. Ich bin mir zwar bewußt, daß ich nie wider meine Ueberzeugung gelobt, oder getadelt; doch gestehe ich, daß ich öfter verdienten Tadel, als gerechtes Lob unterbrückt habe. Ich that dieses allemal, wenn ich befürchten mußte, daß ich durch Tadel nur allein kränken oder ärgern, aber nicht bessern würde. Auch habe ich nie getadelt, um meine beleidigte Eitelkeit zu rächen, oder um meine Briefe dadurch zu würzen, oder um mir dadurch die Miene eines schwer zu befriedigenden Kenners zu geben. Wenn ich nicht loben konnte, so suchte ich meinen Tadel in die

gelindesten Worte einzukleiden, und ich hoffe deßwegen, daß ihn an manchen Stellen nur diejenigen, denen ich einen Wink geben wollte, bemerken werden. Bey aller dieser Vorsicht werden
sich aber doch noch manche über die Freymüthigkeit, oder Härte meiner Urtheile beklagen. Allein diese muß ich zu bedenken bitten, daß es am
besten sey, daß Mißbräuche je eher, je lieber abgeschaft werden, und daß dieses am schnellsten
zu geschehen pflege, wenn man sie öffentlich, und
ohne Bitterkeit rügt. Wenn ich ohne Grund
getadelt haben sollte; so bin ich bereit zu widerrufen, so bald man mir mein Unrecht zeigt. Nie
aber werde ich mich der Ausflucht bedienen, daß
mir ein unvorsichtiger Ausdruk entwischt sey.
Ich habe immer wohlbedächtlich, wiewohl stets
in den wohlwollendsten Absichten getadelt.

Fast noch mehr als hämischen Tadel, hasse
ich die Treulosigkeit, oder auch nur die kindische
Unvorsichtigkeit, womit Reisende bisweilen Geheimnisse bekannt machen, wodurch diejenigen, von
welchen sie dieselben empfangen haben, oft in die
größte Verantwortung, oder doch in unangenehme
Verlegenheiten kommen. Wenn ich dem Publi-
co alles das hätte mittheilen wollen, was man mir

nicht, als einem Reisenden, sondern als Freunde anvertraut hat, so würde ich meine Briefe noch mit vielen interessanten Anekdoten, oder brauchbaren Datis und Gedanken haben bereichern können. Allein fern sey es von mir, Freunde, oder Gönner, oder auch nur solche Personen zu verrathen, die wegen ihrer unbegränzten Geschwäßigkeit von Reisenden nicht einmal Verschwiegenheit fordern könnten, in deren Namen, oder zu deren Besten aber doch ein rechtschaffener Mann Discretion und Klugheit auszuüben verpflichtet ist. Nichts würde mich daher so sehr beugen, als wenn ich hörte, daß ich auch nur einem entfernten Bekannten, durch die eine, oder andere Stelle Verdrießlichkeiten zugezogen hätte. Wenigstens habe ich alles gethan, was in meinen Kräften war, um mich gegen einen Unfall zu sichern, wo man ohne seine Redlichkeit zu verläugnen nicht einmal Genugthuung geben, oder Schaden ersetzen kann.

Wenn ich nicht schon seit langer Zeit allerley Zweyfel gegen die Glaubwürdigkeit auch der wahrhaftesten Reisebeschreiber gehegt hätte: so würde ich dergleichen gewiß auf meiner Reise aus eigner Erfahrung gefaßt haben. Es ist mir nicht selten begegnet, daß ich sowohl eigene Beobachtungen, als Nachrichten von Personen, gegen deren Kenntniſſe und Aufrichtigkeit ich nicht den gering- ſten Argwohn hegen konnte, mehrmalen habe be- richtigen müſſen, und ich hätte oft nur einen oder einige Tage weniger an einem Orte bleiben dür- fen, um mit verſchiedenen falſchen Nachrichten und Bemerkungen wegzureiſen. Ich ſchmeichle mir alſo nicht, daß ich allenthalben lange genug geblieben bin, um die begangenen Fehler wahr- zunehmen und zu verbeſſern; ich kann mir aber doch ſelbſt das Zeugniß geben, daß ich ſolche Fehler ſo viel, als möglich, zu verhüten geſucht habe. Ich begnügte mich nicht damit, das was ich ſelbſt ſah, ſorgfältig zu beobachten, die Erzäh- lungen anderer, ſo viel es Zeit und Umſtände er- laubten, zu prüfen, und ſowohl das Geſehene, als Gehörte faſt immer an jedem Tage aufzu- ſchreiben; ich habe mich auch in der Folge bemüht, da, wo ich im geringſten zweyfelhaft war, meine Ungewißheit durch genaue Erkundigungen zu he- ben und aufzuklären.

Vielleicht fällt es manchen Leſern, die mich kennen, und noch mehr ſolchen, die mich nicht kennen, auf, daß ich nicht nur die Empfindungen und Gedanken, welche der Anblick von gewiſſen

Gegenständen in mir hervorbrachte, sondern auch
selbst kleine Vorfälle erzähle, die uns auf unse‍
rer Reise begegnet sind.   Damit man nun nicht
glaube, daß ich die Absicht gehabt habe, mich
zum Helden eines Romans zu machen, so bemer‍
ke ich erstlich, daß zwar nicht die einzige richtige,
aber gewiß die einzige interessante und rührende
Art Gegenstände zu schildern, diese sey, wenn
man nicht bloß ihre Form, Größe, Breite u. s.
w. sondern hauptsächlich die Eindrücke darstellt,
welche sie in einer gesunden, nicht empfindungs‍
losen, und im Nachdenken nicht ungeübten Person
erzeugt haben.   Welche Leser würden nicht unwil‍
lig werden, wenn z. B. ein Reisebeschreiber ihnen
vom Rheinfall weiter nichts, als die Breite des
Flusses, die Höhe der Felsen, die Masse des
Wassers, und die Tiefe und Geschwindigkeit des
Falls, selbst mit der größten geometrischen Schär‍
fe angäbe? Wenn ich aber hin und wieder nicht
bloß meine Empfindungen und Gedanken, son‍
dern auch Begegnisse, und besonders gewisse mir
sehr erfreuliche Situationen berührt habe, so muß
ich den Lesern, die mich nicht persönlich kennen,
offenherzig gestehen, daß ich diese Briefe nicht bloß
für sie, sondern auch für viele von meinen Freun‍

den und Gönnern bekannt mache, denen ich wün=
sche, daß sie die Stelle mündlicher Erzählungen
vertreten möchten. Diesen zu gefallen habe ich
nicht bloß Länder, und Städte, und Seen,
und Berge beschrieben, sondern auch hier oder
dort angemerkt, wie ich mir in, oder auf den=
selben gefallen habe. Mehrere meiner Freun=
de hatten entweder dieselbige Reise, die ich ge=
macht habe, schon vollendet, oder werden sie
auch noch antreten, und diesen wird es gewiß
nicht unangenehm seyn, wenn ich ihnen an inter=
essanten Orten gleichsam Spuren von mir zurück=
lasse. Wenigstens würde mir meine Reise noch
viel angenehmer geworden seyn, wenn ich einem
meiner Herzensfreunde nachgereiset wäre, und al=
lenthalben gewußt hätte, daß ich mich jetzt eben
da freute, und eben das betrachtete, wo mein
Freund sich gefreut, und was mein Freund gese=
hen hätte. Auch diejenigen Leser, die mich nicht
als Mensch, sondern nur als Schriftsteller ken=
nen, werden, glaube ich, am Ende mit den sel=
tenen Erscheinungen des Reisenden nicht unzufrie=
den bleiben. Wenn diese Erscheinungen nicht zu
häufig, oder mit eckelhaften Prahlereyen begleitet
sind, so bringen sie allmälig eine gewisse Theil=

nehmung an der Person des Reisenden hervor, woburch sich Reisebeschreibungen am meisten von trockenen Topographien, oder Geographien unterscheiden, und auch viel anziehender, als diese letztern werden.

Ehe ich diese Vorrede schliesse, will ich meinen Lesern noch eine Frage vorlegen, die der Aufmerksamkeit eines jeden Reisenden werth ist: woher es nämlich komme, daß alle Personen, die nicht zu schwächlich, oder ängstlich, oder an eine zu einförmige gebundene Lebensart gewöhnt sind, (denn diese sind gemeiniglich Reisehasser,) daß also die meisten Menschen so ausserordentlich gern reisen, ungeachtet man auf Reisen unläugbar viele Annehmlichkeiten und Bequemlichkeiten entbehren muß, die man zu Hause gewießt, und manchen Gefahren und Beschwerlichkeiten ausgesezt ist, die auch von den glüklichsten Reisen unzertrennlich sind? Anstatt, daß man sich zu Hause gegen Kälte und Hitze schützen, nach Belieben essen und trinken, schlafen und wieder aufstehen, ruhen und arbeiten, allein oder in Gesellschaft seyn kann; muß man auf der Reise oft alle Unbequemlichkeiten der Witterung, und bisweilen gar Hunger und Durst ausstehen. Man muß sich gefallen

laſſen, ſpät zu Bette zu gehen, und früh wieder
geweckt zu werden, ſchlecht oder doch zur unge=
wohnten Zeit, oder in langweiliger Geſellſchaft,
und fern von ſeinen vertrauteſten Freunden zu ſpei=
ſen, und bey allem dem muß man ſich oft noch
freuen, wenn man enge übelriechende Zimmer und
verdächtige, oder gar unreinliche Betten erhalten
kann.   Hiezu kommen noch die Qualen der Lan=
genweile und Ungeduld, wovon lebhafte Perſonen
befallen werden, wenn man ſie wider ihre Erwar=
tung aufhält, die Grobheiten von Poſtbedienten,
Wirthen oder Aufwärtern, denen man auch mit
der gröſten Sanftmuth und Höflichkeit nicht ganz
ausweichen kann, die Beſorgniſſe, daß man in
ſchlechten Wegen, oder mit ſchlechten Pferden,
und unerfahrnen Fuhrleuten umgeworfen werden,
oder ſtecken bleiben, oder etwas zerbrechen möch=
te, der Verdruß über das enge Beyſammenwoh=
nen, und die daher entſtehende Unordnung, über
das beſtändige Ein= und Auspacken, und über den
Verluſt von Sachen, die entweder vergeſſen oder
geſtohlen werden, endlich die Schmerzen des Ab=
ſchiedes von würdigen Menſchen, die man in ſei=
nem Leben wieder zu ſehen oft nicht hoffen kann
u. ſ. w.   Ich zweyfle ſehr, ob dieſe Unannehm=

lichkeiten von den Vergnügungen aufgewogen werden, um welcher willen man Reisende am meisten zu beneiden, und auch fast ganz allein Reisen zu unternehmen pflegt : durch die Vergnügungen neue und merkwürdige Oerter, Gegenden und Menschen zu sehen, und eine Menge angenehmer und nützlicher Kenntnisse zu sammlen, die man auf keine andere Art erlangen kann. Meiner Meynung nach ligt der gröste und geheimste Reiz des Reisens in dem erhöhten Wohlbefinden des Cörpers, und der ungewöhnlichen Heiterkeit des Geistes, die durch den beständigen Genuß einer freyen und gesunten Luft, durch anhaltende Bewegung und Zerstreuung, und durch Entfernung von allen häuslichen Sorgen, und anstrengenden Geschäften hervorgebracht werden. Wenigstens habe ich gefunden, daß Personen, auf deren Gesundheit Bewegung und frische Luft nicht die vortheilhaften Wirkungen hatten, die sie gemeiniglich zu haben pflegen, aller Vergnügungen ungeachtet, die sie genossen, doch bald des Reisens überdrüßig wurden, und sich nach Hause zu sehnen anfiengen. Diejenigen hingegen, die von einem festern Bau sind, und gereist haben, werden gestehen, daß sie das Wonnegefühl einer vollkommnen Gesundheit des Leibes, und einer fast gar

nicht zu überwindenden guten Laune, wie in dem
Maaſſe und ſo anhaltend, als auf Reiſen in ſich
wahrgenommen haben. Dies beglückende Gefühl
wird nicht einmal durch groſſe Beſchwerlichkeiten
unterdrükt. Wenn man auch noch ſo ſehr erſchöpft
und ermüdet iſt, ſo bleibt man doch meiſtens heiter, und tröſtet ſich mit der Hoffnung einer baldi-
gen Stärkung durch Ruhe, Speiſe und Trank,
deren Süßigkeiten man auch nur auf Reiſen ganz
empfinden kann. Freye Luft, und beſtändige
Bewegung ſchenken aber nicht bloß dauerhafte
Geſundheit des Cörpers und Geiſtes, und die
damit verbundene gröſſere Empfindlichkeit gegen
alles Gute und Schöne, und geringere Reizbar-
keit gegen alles Unangenehme und Häßliche; ſie
verſchaffen auch unmittelbar angenehme Empfindungen, deren man ſich bey einer geringen Auf-
merkſamkeit auf ſich ſelbſt bewußt werden kann.
Es gibt gewiß nur wenig Menſchen, denen eine
ſanfte und raſche Bewegung in einem bequemen
Wagen, und auf einem guten Wege nicht ſo ſüſ-
ſe Gefühle erwekte, daß ſie dieſelben nur in der
Stille genieſſen zu können glauben, und ſchon durch
Geſpräche zu ſchwächen, oder zu zerſtören fürchten. Auch werden nur wenige ſeyn, die nicht auf

Reiſen an manchem kühlen und heitern Morgen
die Luft mit einer ſolchen Gierigkeit eingeſogen
hätten, als wenn ſie mit einem jeden Athemzuge
einen vollen Freudenbecher, oder gar den Trank
des Lebens ausleerten.

Der zweyte und letzte Theil dieſer Briefe wird
in der nächſten Meſſe erſcheinen, und die Be-
ſchreibung meiner Reiſe durch die kleinen Cantone, und die Franzöſiſche Schweiz enthalten.

C. Meiners.

Unter allen meinen Schriften habe ich keine mit so vielem Vergnügen ausgearbeitet, keine mit so viel Aengstlichkeit dem Druck übergeben, (denn wie leicht war es, mit dem grossen Haufen von Reisebeschreibern vermischt zu werden!) und keine andere endlich durch eine so günstige, und alle meine Erwartungen weit übersteigende Aufnahme belohnt gefunden, als meine Briefe über die Schweiz. Den schmeichelhaftesten Beyfall erhielten diese Briefe in Teutschland und andern Ländern, in welchen sich Teutsche, oder Liebhaber der Teutschen Litteratur aufhalten. Hier las man am unbefangensten, weil man weder sein Vaterland, noch seine Mitbürger geschildert fand. In der Schweiz hingegen wurden meine Briefe noch viel begieriger, als in Teutschland, gelesen, allein die Urtheile, die sie erfuhren, und die Eindrücke, die sie hervorbrachten, waren viel ver-

schiebener. Manche der grösten und einsichtsvollsten Staatsmänner in Bern, und andern Städten der Schweiz bezeugten mir öffentlich, oder in
Briefen ihren aufrichtenden Beyfall, und empfahlen meine Briefe der Jugend, damit sie daraus
ihr Vaterland kennen lernen möchten. Mehrere
Ungenannte, oder mir vorher unbekannte Personen gaben mir auf eine oft rührendtreuherzige
Art das Vergnügen und die Belehrung zu erkennen, die sie in meinen Briefen gefunden hätten;
und ich rechne daher die vielen neuen Bekanntschaften mit edeln und verehrungswürdigen Männern, die durch meine Briefe veranlaßt worden
sind; zu den schmeichelhaftesten und wichtigsten
Belohnungen meiner Arbeit. Der grosse Haufe
von Lesern aber in allen, oder den meisten Cantonen war mit meinen Briefen äusserst unzufrieden,
weil ich nicht alles gelobt, oder nicht genug gelobt,
und einiges getadelt hatte. In Basel sollte ich
das Zutrauen meiner Freunde gemißbraucht, offenherzige Personen in Gesellschaften belauscht, und
einen meiner besten Freunde in Gefahr gesezt haben, für einen Ausspäher der schwachen Seite seiner Landsleute gehalten zu werden; und gerade
auf das Wenige, was ich etwa von der schwachen

Seite der Basler aufgedekt habe, bin ich, wie ich auf das heiligste versichern kann, nicht in Basel, sondern in andern Gegenden der Schweiz aufmerksam gemacht, oder auch durch mich selbst aufmerksam geworden. Im Canton Schweiz, oder Schwyz, war man darüber aufgebracht, daß ich einen Reding, und Hedlinger, wie einen Pericles, oder Alcibiades geschildert, und dadurch leicht Ursache zur Erneuerung von Unruhen hätte geben können, die kaum gestillt worden seyen. Auch hätte ich die Gastfreundschaft, die man in Einsieblen gegen mich ausgeübt, sehr schlecht durch Spott belohnt. — Man lese meine Nachrichten über Schwyz und Einsieblen, und urtheile, ob ich die genannten Männer so geschildert, und solche Gastfreundschaft in Einsieblen genossen habe, als man mir in Schwyz vorgeworfen hat. Unterwalden und Uri verbanden sich mit Schwyz, und Lucern tadelte es, daß ich zu verächtlich von dieser Stadt gesprochen, und nur Herrn Pfyfer, und sein Werk einiger Aufmerksamkeit gewürdigt habe. In Zürch waren manche mit meinem Urtheil über Waser eben so sehr, als mit dem über Lavater unzufrieden. Man fand es zudringlich, um kein härteres Wort zu brauchen, daß ich mich in ihre Gerichte

und Rechtsſprüche einmiſchen, oder ihnen vorſchrei-
ben wolle, welche Ehrfurcht ſie Herrn Lavater zu
erweiſen ſchuldig ſeyen. In Genf eiferten diejenigen, die ſich meine Schrift verdolmetſchen lieſ-
ſen, nicht nur wider meine Ausſprüche über das
Recht, und Unrecht der ſtreitenden Parteyen, ſondern faſt wider alle meine übrigen Nachrichten und
Urtheile, am meiſten wider die Stellen, worinn
ich die Lage der Stadt herabgeſezt, und den Gen-
ferinnen Schönheit, Andacht und blaue Augen ab-
geſprochen habe. Nirgends aber war der Auf-
ſtand gegen mich gröſſer, als in Bern, um welchen Canton ich es am wenigſten verdient zu haben
glaubte. Wenn ich bey der erſten Erſcheinung
meiner Briefe, ſchrieb man mir aus Bern ſelbſt,
gegenwärtig geweſen wäre, ſo würde ich in Gefahr
geweſen ſeyn, geſteinigt zu werden, und bey dieſem Unfall hätte ich keinen andern Troſt gehabt,
als daß dieſe Strafe meiſtens durch ſchöne Hände
an mir wäre vollzogen worden. Der Unwille über
meine Briefe war ſo groß, daß man beynahe den
Vorſaß gefaßt, und ausgeführt hätte, keinen fremden Gelehrten, und überhaupt keinen Reiſenden,
der des Reiſebeſchreibungs-Fiebers nur von Ferne verdächtig ſey, in die gute Geſellſchaft zuzulaſſen.

Bey allen diesen heftigen Aeusserungen und Entwürfen vergaß man ganz, was man dem Manne, wider den man so sehr zürnte, schuldig war, und wovon es ihm leid thut, daß er es denen, die seine Absichten so sehr mißkannten, öffentlich sagen muß. Man dachte nicht daran, daß der Verfaßer der Briefe über die Schweiz durch seine treuen Schilderungen, und unparteyischen Urtheile die Schweiz von der Geringschätzung errettet habe, worinn sie durch verfälschte Nachrichten, und zu harte Urtheile wenigstens in Teutschland zu fallen in Gefahr war. Man achtete nicht darauf, daß der Tadler der Sitten des Bernischen Frauenzimmers die Bernische Jugend auf das kräftigste zum Fleiße aufgemuntert, daß er, wenn auch nicht die Gebrechen des Staats selbst, wenigstens die Quellen und Folgen derselben richtiger und nachdrücklicher, als andere gezeigt, und daß er gewiß manchen Patrioten unterstützt habe, Mißbräuche zu rügen und abzustellen, denen man weniger entgegen arbeitete, bevor man wußte, daß sie auch von Auswärtigen könnten bemerkt und getadelt werden. Man verkannte endlich (und dies hat mir an meisten weh gethan,) die wohlwollenden Absichten, und die Schonung, womit ich getadelt hatte, und die mir außer Bern den Verdacht, oder gar den Vorwurf zuzogen, daß ich für Bern parteyisch eingenommen gewesen sey.

Dieser Unwille der gemeinen Leser aber, deren Lob mich gar nicht erfreut hätte, war mir viel weniger befremdend, als das durch meinen so gelinden Tadel von neuem gereizte Mißtrauen vieler Herren von der Regierung, und die verdoppelte Aufmerksamkeit auf alle diejenigen, von denen man weiß, oder argwöhnt, daß sie mit mir, oder andern auswärtigen Gelehrten in Verbindung sind, oder waren. Man hat zwar keinen von meinen Gönnern, und Freunden, die ich in Bern kennen zu lernen das Glück hatte, zur Verantwortung gezogen, weil gerade diejenigen, denen ich den wichtigsten Unterricht zu danken hatte, durch ihre allgemein anerkannten Verdienste, und das damit verbundene Ansehen über die Verdächte aller kleingeistigen Laurer sehr weit erhaben waren; allein man hat doch seit der Bekanntmachung meiner Briefe Acht gegeben, wie viele Briefe ich mit der Post, und an welche ich sie schickte, und wie viele ich wieder, und von welchen ich sie zurück erhielt. Dies Geheimniß erfuhr ich erst vor kurzem durch einen teutschen

Freund, der aus Bern zurückkam, und der es von einem nicht genug vorsichtigen Bernischen Herrn gehört hatte. Nun konnte ich es mir auf einmal erklären, warum diejenigen unter meinen Freunden, die mir die wichtigsten Beyträge versprochen hatten, die Erfüllung ihres Versprechens erst unter allerley unzureichenden Vorwänden von einem Monat zum andern aufschoben, und warum sie nach immer dringenderen Bitten und Aufforderungen endlich ganz aufhörten, mir zu antworten. Diese meine Freunde bitte ich öffentlich um Verzeihung wegen der Verlegenheit, worein ich sie gesetzt, und wegen des falschen Verdachts von Nachlässigkeit, den ich lange gegen sie gehegt habe.

So lange die Regenten noch nicht aufgeklärt genug sind, um einzusehen, daß entweder Zufall, oder eine früher oder später ausgeübte Bedrückung ihnen ihre gegenwärtige Gewalt verschaft habe: daß, wenn Macht und Ansehen nach dem Verhältniß persönlicher Verdienste ausgetheilt werden sollten, die meisten Regenten, die ihre Völker jetzo unumschränkt beherrschen, und mißhandeln, unter dem grossen unbedeutenden Haufen dienen müsten, daß eine lange Reihe von Unfäl

len und Gewaltthätigkeiten in allen Ländern Europens (einige Demokratien, und zum Theil auch
England ausgenommen,) den grösten Theil des
Volks, oder der Freyen derjenigen Vorrechte beraubt habe, die sie etwa noch vor tausend Jahren besaßen: daß diese gewaltsame Unterdrückung
des Völks, diese Ausschließung desselben von aller Theilnehmung an der höchsten Gewalt, und
an der Wahl seiner Obern, endlich der Abgang
aller Repräsentanten der zahlreichsten und nüzlich-
sten Mitbürger nur dadurch einigermaaßen wieder
gut gemacht, und ersetzt werden könne, daß man
aufgeklärten Menschenfreunden erlaube, die Bedürfnisse und Nöthen des Volks freymüthig zu untersuchen und darzustellen, um die Regenten, die man
nicht mehr zwingen kann, wenigstens zur Aufmerksamkeit auf herrschende Mißbräuche zu bewegen, daß zuletzt alle Mißbräuche Krankheiten
des Staatskörpers, und nicht bloß dem Volk,
sondern auch dessen Regenten gefährlich seyen, und
daß hingegen die Abschaffung von Mißbräuchen
eben dadurch die Häupter des Volks mächtiger
mache, daß das Volk glücklicher, oder weniger elend wird: so lange Regenten von allen diesen Wahrheiten noch nicht überzeugt sind, so lan-

ge wird man sie vergebens auffordern, freye Prü=
fungen und Schilderungen der vaterländischen
Geschichte, und Verfassung nicht bloß zu dulden,
sondern auch dazu zu ermuntern, weil beyde ih=
nen gewiß auf die Länge heilsam sind.

Wenn aber Fürsten und Regierungen auch im=
mer noch nicht glauben wollen, daß ihr wahrer
Vortheil, und die Wohlfahrt des Volks unzer=
trennlich mit einander verbunden seyen, und daß
sie ihre Unterthanen nicht unglücklich, oder min=
der glücklich machen können, ohne sich selbst zu
strafen, so sollten wenigstens andere Betrachtun=
gen sie vermögen, die Publicität selbst in ihren
eigenen Angelegenheiten zu begünstigen. Bey
dem jetzo so regen und sich immer weiter und un=
aufhaltsamer verbreitenden Untersuchungsgeiste ist
es unmöglich, daß Regierungen ihre Schwächen
den Augen von scharfsichtigen Einheimischen oder
Fremden verbergen können. Ich, der ich mich
gar nicht zu den besonders Scharfsehenden rechne,
lebte nur einige Monate im Bernischen Gebiete,
und nahm doch viele Mängel wahr, die andern
Reisenden, und selbst auch manchen Eingebor=
nen entgangen wären, und ich bin gewiß, daß

andere nach mir noch viel mehr entdecken, und viel schärfer tadeln werden. Eben so unmöglich ist es ferner, bey der ängstlichsten Aufmerksamkeit, und der grösten Strenge, alle Mittheilungs-Linien und Wege zu entdecken, und zu versperren, wodurch man Sachen, welche argwöhnische Regierungen unterdrücken möchten, in das grosse Publicum bringen kann. Wenn z. B. mir und meinen Bernischen Freunden so viel daran gelegen wäre, die für mich gesammleten Nachrichten zu erhalten, und mitzutheilen, als manchen Herren in Bern daran gelegen ist, alle Nachrichten über Landessachen in Geheimnisse zu verwandeln, und besonders Fremden zu entziehen, so würden wir leicht tausend unerforschliche Mittel finden, wodurch wir uns gegenseitig mittheilen könnten, ohne daß man jemals im Stande wäre, uns auf die Spur zu kommen. Man sollte ferner bedenken, daß gewöhnlich Patrioten oder Unzufriedene im Lande, und auswärtige Menschenfreunde, oder auch nur die Herausgeber von Monatsschriften um desto stärker gereizt werden, alles mitzutheilen und bekannt zu machen, je mehr die Censur oder Staats-Inquisition gegen die Mittheiler geheimer Nachrichten, oder solcher,

die man gerne dazu machen möchte, eifert, und
sie zu bestrafen sucht.   Wenigstens haben es
ganz neue Erfahrungen an Baiern, und andern teutschen Staaten gelehrt, daß man um
desto lauter außer Landes schreye, durch je härtere Strafen man im Lande zum Schweigen gezwungen wird.   In solchen Ländern hingegen,
wo die Gelehrten, wie in der Stadt, wo ich zu
leben das Glück habe, frey denken, reden und
schreiben können, in solchen, und von solchen Ländern werden entweder gar nicht, oder höchst selten ärgerliche Dinge bekannt gemacht, weil ein
jeder nicht ganz verrückter Mensch zu viel Dankbarkeit und Liebe für seine Obern hat, als daß
man die durch ihre Gnade erlangte unschätzbare
Freyheit zu ihrem Verdruß oder Verlegenheit
mißbrauchen, und unbesonnen solche Mängel rügen sollte, die sich unter den gegenwärtigen Umständen entweder gar nicht heben lassen, oder
deren Abschaffung mit der Vernichtung viel größ-
serer Vortheile verbunden seyn, oder deren Rüge
nur erbittern, nicht bessern, und die künftige Weg-
räumung von Gebrechen nur erschweren, oder
hinausschieben würde.   Wenn aber Staaten, die
alle Untersuchung und öffentliche Bekanntmachung

ihres ehemaligen und gegenwärtigen Zustandes, und besonders ihrer Schwächen zu hindern suchen, eine Zeitlang zu ihrem wahren Nachtheil in der Erreichung ihrer Wünsche glücklich sind, so erregt wenigstens diese ängstliche Sorgfalt, die freymüthige Verhandlung von Staatssachen durch List oder Gewalt zu verhüten, allemal einen gegründeten Verdacht, daß man grosse Geheimnisse der Ungerechtigkeit zu verdecken Ursache habe. Gewiß ist also auch die unzeitige Geheimnißsucht, die strenge Censur, und die ängstliche Nachforschung der Urheber der Bekanntmachung von Staatssachen die Hauptursache, warum man bisher die Regierungen in der Schweiz für viel despotischer, und drückender gehalten hat, als sie wirklich sind. Wenn ich Genf nach der letzten Revolution ausnehme, so hat, so viel ich weiß, kein anderer Schweizerischer Freystaat Ursache, um unrechtmäßiger Anmaaßungen, und wirklicher Gewaltthätigkeiten willen, das Innere seines Regiments mit einem undurchdringlichen Schleier zu bedecken. Bey den meisten entspringt die Abgeneigtheit gegen Publicität aus einer verjährten Gewohnheit, die zur Staatsmaxime geworden ist, vorzüglich aber aus einer gewissen Schüchternheit

mancher Mitglieder der Regierungen, welche
Schüchternheit fast immer die Folge eines ungeübten Verstandes, und eines Mangels von Kenntnissen zu seyn pflegt. Mit ganzen Staaten verhält
es sich eben so, wie mit einzelnen Menschen. Personen von beschränktem Verstande und Kenntnissen
sind entweder zu geschwätzig, oder wenn sie Gefahren und Feinde zu fürchten haben, zu verschlossen und argwöhnisch, weil sie die Fälle nicht zu unterscheiden wissen, wo man ohne Schaden aufrichtig seyn kan, und wo man schweigen muß, und weil
sie immer denken, daß man dieses oder jenes, wenn
es bekannt wäre, auf eine noch unbekannte Art
mißbrauchen könne. Grosse Männer hingegen, deren Verstand eben so geübt und durchdringend, als
ihr Herz und Wandel rein und tadellos sind, unterscheiden sich fast immer durch Einfalt, Offen-
heit, und Glauben an Tugend, ungeachtet sie vor
der lauschenden Bosheit stets auf ihrer Hut sind.
Eben diese sind es auch, die offentlichen Tadel mit
der grösten Mäßigung ertragen, und selbst den bittern Spott ihrer Feinde zu nutzen wissen, da hingegen schwache Menschen fast ohne Ausnahme durch
jeden, auch den gelindesten Tadel über alles Maaß
gereizt werden, weil alle Schwache von Natur auf-

serst reizbar sind, und in's Geheim fürchten, daß sie
auch durch den sanftesten Tadel ihren ganzen Ruhm
verlieren könnten.   Zeitgenossen, und Nachkommen also werden in der Schweiz, und in allen übrigen Staaten den Zwang, oder die Freyheit, die
man in politischen Sachen auflegt, oder gestattet,
als einen untrüglichen Maaßstab ansehen, nach welchem man die Billigkeit und Aufklärung, oder
die Gewaltthätigkeit und Barbarey von Regenten,
oder Regierungen bestimmen kann.

Schließlich danke ich allen meinen bekannten,
und unbekannten Freunden, und Schweern, die
mir Berichtigungen meiner Briefe zugeschickt haben. Sie werden in dieser zweyten Ausgabe finden, daß ich keine wichtige Nachricht, und Urtheil
ungebraucht gelassen habe. Aus den kleinen Cantonen habe ich gar keine Verbesserungen erhalten,
und wenn also jetzo noch Unrichtigkeiten in meinen Briefen übrig geblieben seyn sollten, so hat
man es sich selbst zu danken, daß man sich nicht
an einen Mann gewandt hat, von welchem man
wissen, oder leicht erfahren konnte, daß er gerne
Belehrung annimmt, und daß es ihn keine

Ueberwindung kostet, begangene Fehler öffentlich einzugestehen, und, so bald als möglich, zu verbessern.

***

Drukfehler im ersten Theile.

S. 39 L. 8 statt möchte lies mochte
195 • 40 in der Note statt sonst l. sagt
196 • 8 in der Note statt Schwinbrief l. Schirmbrief
198 • 4 st. eine jede l. ein jedes
208 • 14 st. ihre l. Ihre
234 • 9 nach kleinen l. Theil
235 • 2 st. viel zu viel l. viel zu
254 • 21 • Klitgang l. Kiltgang
259 • 10 • Strohhüttem l. Strohhüten.

Im zweyten Theile.

S. 11 L. 8. st. scheint l. scheint
114 • 28 • Fuß l. Fluß
143 • 13 • Tharner l. Thuner
144 • 9 • fruchtbaren l. furchtbaren
182 • 19 • Sittensucht l. Sittenzucht
260 • 18 • sinken l. sinken

Erster Brief.

Tuttlingen, am 5ten Jun. 1782.

Liebster Freund,

Da ich mich jetzo der Schweiz mit starken Schritten nähere, und fast schon schweizerische Luft
einathme, so erinnere ich mich meines Versprechens,
Ihnen das Merkwürdigste, was mir in diesem Lande
der Freyheit aufstoßen würde, mitzutheilen, und fange
gleichsam zur Vorübung an, die Beobachtungen nie-
derzuschreiben, die ich in einem Theile von Oberschwaben gemacht habe, oder machen werde. Wir
fuhren vorgestern von Stuttgart nach Tübingen ab,
nachdem wir den Segen unsers verehrungswürdigen
Großvaters, und die wärmsten Wünsche unserer übrigen Freunde und Verwandten für die glückliche Fort-
setzung unserer Reise empfangen hatten. Wir hielten uns unterwegens eine gute Stunde in dem Flecken
Echterdingen auf, um den berühmten Pastor Hahn
kennen zu lernen. Weil uns niemand vorbereitet hatte,
so wunderten wir uns Anfangs über das, was uns
in seinem Hause zuerst in die Augen fiel, nicht wenig. In dem Zimmer, in welches man uns hinein-
führte, und das einer Werkstätte ähnlich sah, saßen
drey Schneider, und eine Spinnerin in voller Arbeit. Aus diesem Zimmer giengen wir durch eine

I. Theil.   A

offene Thür in ein kleines, nicht beſſer aufgeräum-
tes, und ausmöblirtes Cabinet, oder Cämmerchen,
wo der Herr Pfarrer neben ſeinen Pfarrkindern (denn
für ſolche hielt ich die vorhergenannten Perſonen) ſtu-
dirte. Sein Aeußeres entſprach vollkommen ſeiner
Wohnung und Hausrath, und verrieth die Einfalt
eines wahrhaftig großen Mannes, der ſich mit allem begnügt, wenn er ſeinen Gedanken nur unge-
ſtört nachhängen kann, und der vor den wichtigern
Dingen, womit er ſich ſtets beſchäfftigt, keinen Augenblick für die Bemerkung übrig behält, daß er
nicht mehr Bequemlichkeiten, als ſeine Bediente habe, oder daß Menſchen, die viel weniger werth ſind,
als er, ſich ſchämen würden, wenn ſie Fremde in
ſolchen Zimmern, und in einem ſolchen Aufzuge annehmen ſollten. Die Art, wie wir empfangen wurden, war zwar nicht ſehr zuvorkommend; doch fand
ſich auch keine Spur von angenommener virtuoſiſcher
Sprödigkeit und Kälte darin, die durch Schmeiche-
leyen erweicht ſeyn will. In Herrn Hahn's Geſich-
te fand ich manche von den Zügen wieder, die ich
oft in den Mitgliedern von Brüdergemeinden mit ſo
vielem Vergnügen beobachtet hatte. Am meiſten
aber drückten ſich in ſeinen Mienen Frömmigkeit und
und innere Ruhe aus, wodurch auch das Feuer ſeiner ſchwarzen Augen, deren Strahlen unter den
halbgeſchloſſenen Augenliedern beſcheiden hervorſchim-
merten, auf eine merkliche Art gemildert wird. In
ſeiner ganzen Perſon ſah man nicht die geringſte
Zierlichkeit, oder bemerkbare Sorgfalt für Anzug,

aber auch eben so wenig beleidigenden Schmutz. Er zeigte mir die Werkstätte, wo er vormals vier, jetzt aber nur zwo Personen unter seiner Aufsicht arbeiten läßt. Unter seinen Werken zogen besonders zwey meine Aufmerksamkeit auf sich. Das erste ist seine Rechenmaschine, mit deren Hülfe man alle Operationen mit den größten Zahlen bis auf zehn Millionen, geschwind, und ohne Fehl vornehmen kann. Diese Maschine muß auch einen jeden Nichtkenner in Erstaunen setzen, weil man sogleich sieht, wie unendlich viele Combinationen gemacht, und verworfen werden mußten, bevor der Erfinder diejenige traff, die in einem so kleinen Raume so vieles leistete, und so viele Absichten vereinigte und erfüllte. Die ganze Maschine ist keinen halben Fuß hoch, und hat nicht viel mehr, als einen Fuß im Durchschnitt. Nicht weniger bewundernswürdig war eine Uhr, die alle Jahr nur einmal aufgezogen wird, und die gar nicht von Staub, oder Kälte, und Frost leidet, weil sie ihren Staub selbst abschüttelt, und die Pendel nicht von Metall, sondern von Holz ist. Sowohl diese, als alle seine übrigen Werke, sind bis auf die von ihm erfundene Waage, die in den umliegenden Gegenden fast allgemein aufgenommen ist, in ihrer Zusammensetzung so einfach, und in ihren Wirkungen so zusammengesetzt, wie die Werke der Natur, und gleichen den letztern auch noch darin, daß sie eben so wenig nach Mustern, und Vorschriften verfertiget sind. Alle diese neuen Schöpfungen zeigt Ihnen der fromme Mann, als wenn es fremde

Werke wären, mit einer Bescheidenheit, die aus keiner andern Quelle, als aus der beständigen Gegenwart des Gedankens entstehen kann, daß alle gute Gaben von oben herab kommen. Wohnte Herr Pfarrer Hahn in Paris oder London, oder hätte er nur einen kleinen Antheil von der erlaubten Klugheit der Kinder der Welt, und ihrer Kunst sich gelten zu machen, so würde er gewiß für das, was er ist, für das erste, oder eins der ersten mechanischen Genies in ganz Europa gehalten werden. Merkwürdig ist es, daß sein Bruder, der vormals ein Wundarzt war, gleichfalls ein berühmter Uhrmacher ist, und Uhren von eigenthümlicher Erfindung verfertigt. Wenn ich diese beyden Männer mit andern ihnen ähnlichen Künstlern und Erfindern vergleiche; so fällt mir immer wieder die Bemerkung ein, die ich Ihnen, wenn ich nicht irre, schon sonst mitgetheilt habe, daß fast keine Art von Genies mehr prädestinirt, oder zu gewissen Arbeiten mehr vorher bestimmt zu seyn scheint, als die mechanischen, daß auch keine andere so ungünstige Umstände und so große Schwierigkeiten überwinden, und daß endlich auch keine so oft alles Unterrichts entbehren, und alles so ganz allein aus sich selbst zu schöpfen pflegen.

Mit tiefer Ehrfurcht für den Erfinder und seine Werke, die ich gesehen hatte, nahm ich, wie von den Freunden Abschied, die mich von Stuttgart aus hieher begleitet hatten. Bey den schönen Wegen über die Berge, die zwischen Stuttgart und Tübingen liegen, und die man vormals bey schlechtem Wetter

nicht ohne Lebensgefahr hinauf= und hinabfahren
konnte, kamen wir noch bey hellem Sonnenschein zu
unserm lieben Freunde, dem Herrn Professor G.,
den ich schon vormals hatte kennen lernen. Gleich
an diesem ersten Abend erneuerte ich noch mehrere
alte Bekanntschafften, und machte einige neue nicht
weniger interessante. Am folgenden Tage schien sich
das Wetter auf eine dauerhafte Art aufzuheitern,
und ich ging deßwegen schon früh mit mehreren
Freunden außerhalb der Stadt spazieren. Wir nah=
men unsern Weg auf den Berg, von welchem man
sowohl das Ammer= als das Neckarthal übersieht.
Der Rücken des Berges war wider meine Erwar=
tung an den meisten Stellen unfruchtbar, und un=
bebaut; allein ohngefähr zwo Stunden von der Stadt
öffnete sich an einem Abhange desselben, und an
den Gränzen eines Tannenwaldes eine Außsicht, mit
welcher ich auf immer eins der Lieblingsfächer mei=
ner Einbildnugskraft außgefüllet habe. Wir entdeck=
ten mit einem Blick die zauberischen Windungen des
Neckar, die lachenden und fruchtbaren Fluren und
Wiesen, die dieser Fluß durchströmt, und einen gan=
zen Haufen von Städten und Dörfern, die so nahe
beysammen liegen, daß es fast scheint, als wenn das
Land seine Einwohner nicht alle ernähren könnte.
Nach Tische umging ich in einer angenehmen Gesell=
schaft den Berg, der rechts von dem Thore weg
liegt, in welches man von Stuttgart aus hineinfährt.
Wir wandelten beständig in üppigen Wiesen, die ge=
rade in dem Zeitpuncte ihrer größten jugendlichen

Pracht waren, und bis an den Gipfel des Berges
hinanstiegen, eine Erscheinung, die ich zuerst in
Schwaben sah, und die mir ein Vorbild von dem
war, was ich in der Schweiz zu sehen hoffte. Die
Gegend um Tübingen ist ohne Vergleichnng schöner,
als die Stadt selbst, wiewohl sich auch die letztere
seit einigen Jahren sehr aufgenommen hat. Die
Universität, und das Closter sind beyde ohngefähr
noch in eben dem Zustande, in welchem ich sie das
erstemal gefunden hatte.

Heute reisten wir um 6 Uhr bey dem schönsten
Wetter von Tübingen ab, und fanden auf den bey=
den ersten Stationen bis Hechingen und Balingen
nichts interessantes, als das Bergschloß Hohenzol=
lern, das Stammhaus des großen Königs von
Preußen, an welchem der Weg nahe vorbey geht.
Hätten Sie es mir wohl zugetraut, daß ich dies ver=
laſſene Bergschloß ganze Stunden lang faſt unver=
wandt, bald mit bloßen Augen, bald mit einem
Fernglase betrachtet habe, und daß ich, wenn ich
meinen Blick nur auf einige Augenblicke wegwandte,
immer fürchtete, etwas wichtiges versäumt und
übersehen zu haben? Wer aber könnte auch diese
Gothischen Trümmer ansehen, ohne sie mit der präch=
tigen Königsstadt, und den stolzen Palläſten des
großen Frieder'chs zu vergleichen, und wem sollte
es hier nicht einfallen, daß eben der Held, deſſen
Vorfahren vielleicht lange in den Thälern, wo ich
jetzt fuhr, Reisende und Kaufleute überfielen, nun=
mehr mit Hunderttausenden zur Vertheidigung seines

Volks, und seiner Bundesgenossen auszieheu könnte? Die regelmäßige Gestalt, und vorzüglich die Höhe des über alle seine Nachbaren stolz hervorragenden Berges, auf welchem Hohenzollern liegt, trugen nicht wenig zur Verstärkung des Eindrucks bey, den sein Anblick, und die dadurch veranlaßten Gedanken in mir hervorbrachten. Nur auf solchen Höhen, als die von Hohenzollern sind, und bey einer solchen Lebensart, als ihre ersten Bewohner führten, konnten Geschlechter gegründet werden, die so viele Jahrhunderte durch unverdorben, und ohne Ausartung fortdauerten. Recht gern hätte ich während meines Aufenthalts in Stuttgart Hohenstaufen besucht; allein das schlechte Wetter, das fast beständig fortdauerte, hielt mich ab, den Diis manibus der ersten gecrönten Aufklärer des westlichen Europa, und der kühnen Gegner der unleidlichen Allgewalt des Römischen Hofes zu opfern.

Der Weg bis Balingen ist gemacht; allein der von Balingen nach Aldingen war äußerst schlecht, wie ich ihn hier gar nicht mehr erwartet hatte. Von dem letzten Orte bis Tuttlingen besserte er sich wieder, so wie die Gegend an Schönheit und Fruchtbarkeit alle übrigen, durch die wir von Stuttgart aus gekommen waren, sehr weit übertraff. Wir fuhren stets durch die fettesten Aecker und Wiesen, die an beyden Seiten bis an den Fuß hoher Gebürge liefen, deren Häupter und Seiten mit dunkeln Wäldern bewachsen waren. In ganz Teutschland habe ich nicht so schön gebaute Flecken und Dörfer, und in ganz Schwaben nicht so schöne Männer gesehen, als hier; die Weiber sind aber desto häßlicher, und machen ihre Häßlichkeit durch ihre Pelzmützen, wie durch ihre kurzen Mieder und Röcke nur noch auffallender. Ich konnte mich kaum von meinem Erstaunen erholen, als ich in der Nachbarschafft des Schwarzwaldes eine schönere Natur, und glücklichere Menschen, als im übrigen Schwaben antraff. Aus diesen Gegenden, noch mehr aber aus dem eigentlichen Schwarzwalde sind die Emigranten, die wir schon von Bamberg aus fast alle Tage antraffen, die mit Weib und Kind nach Westpreußen ziehen und deren Zahl sich nach zuverläßigen Nachrichten schon auf mehrere Tausende belaufen soll. Der Herzog von Würtemberg kann solche Auswanderungen vermöge der Landesgesetze nicht verbieten oder hindern; allein man sollte mit der größten Schärfe die Menschendiebe aufsuchen, die leichtsinnige Personen verführen, ihr Vaterland, wo sie Verwandte, Freunde, Credit, einen guten Namen, und die beste Gelegenheit haben, sich und ihre Familie zu ernähren, gegen eingebildete goldene Schlösser, oder doch gegen ferne unbekannte Gegenden zu verlaffen. Ich kann mir unmöglich vorstellen, daß mehrere Tausende von Auswandernden aus nichtswürdigen Menschen bestehen sollten, die in ihrem Vaterlande nichts zu verlieren hätten, und in einem jeden andern Lande sich besser, als in ihrem Geburtsorte zu befinden hofften. Sowohl das fruchtbare Oberschwaben, als die weniger fruchtbare Gegenden des Schwarzwaldes gewinnen viel durch die Nachbarschaft der Schweiz. Das eine schickt den nichtackerbauenden Nachbaren seinen Ueberfluß von Früchten, und die andern ihren Ueberfluß von Menschen zu, die kurz vor der Erndtezeit feierlich in alle Schweizer=Städte, Flecken, und Dörfer einziehen, wo sie von den Landleuten, die ihre Arme brauchen, auf eine gewisse Zeit gemiethet werden. Heute begegnete es mir zuerst, daß ich mich einem Postillion gar nicht verständlich machen, und auch ihn nicht verstehen konnte. Nicht weit vor Tuttlingen fuhren wir an einem schönen, aber unbedeutend scheinenden Strömchen her, der uns aber bald wichtiger wurde, als wir hörten, daß dieß die Donau sey. Den Eifer, womit man in diesen Gegenden das Feld baut, konnten wir aus den vielen ungeheuren Misthaufen schließen, die selbst in Tuttlingen vor den Häusern aufgethürmt sind.

Costanz am 7ten Junius.

Der gestrige Tag war unstreitig der schönste, und einer der rührendsten unserer ganzen Reise. Schon um $3\frac{3}{4}$ Uhr brachen wir von Tuttlingen auf, und fuhren in der sanften Dämmerung, die vor der Morgenröthe eines schönen Tages vorhergehet, den hohen Berg hinan, der sich gleich hinter der Stadt erhebt. Wir sahen bald den ersten Schimmer der Morgenröthe, der sich mit jedem Augenblicke verstärkte: dann die Scheibe der Sonne, wie auf dem Berge liegend, hinter welchem sie hervorging, aber nicht glänzender,

als der aufsteigende Vollmond zu seyn pflegt, und
endlich den Sonnencörper in seinem vollen Glanze,
der Wälder und Berge vernichtete, und das ganze
unter uns liegende Thal in ein Feuermeer verwandel-
te, in welchem die geblendeten Augen lauter Wellen
und Ströme von röthlichem Lichte erblickten. — Als
wir die Höhe des Berges erreichten, zeigte man uns
die Schneegebirge, aber in einer so großen und un-
gewissen Entfernung, daß wir sie leicht für weißes
Gewölke hätten halten können. Beym Hinabfahren
kamen wir in einen Wald, und in diesem Walde in
einen gefährlichen Hohlweg, der in manchen Orten
so steil war, daß wir der tiefen, und mit großen
Steinen angefüllten Gleise ungeachtet ein Rad sperren mußten. Ich hielt es kaum für möglich, daß
wir unsern Wagen unbeschädigt aus diesem gegen
eine große Tiefe sich neigenden Wege herausbringen
würden. Nachdem wir aber einmal den Wald überwunden hatten, so wurden wir auch für unsere kleinen Aengstlichkeiten durch die seltsamste und roman-
tischste Fahrt belohnt. Wir kamen in das Bett eines Waldstroms, das ganz mit kleinen Kieseln und
Grand gepflastert, und von der Natur selbst zu einer
ebnern und festern Chaussee bereitet war, als Men-
schenhände je gebaut haben. In diesem ausgehöhl-
ten Bette fuhren wir, wie in den Schachten oder
Eingeweiden eines Berges, und waren oft von blühenden Gesträuchen, die von beyden Seiten über den
Weg hingen, so beschattet, daß wir kaum über uns
den heitern Himmel, und höchstens die Spitzen der

nahen Gebürge sehen kounten. Von Engen aus reisten wir durch viel fruchtbarere Fluren, als wir zwischen diesem Orte und Tuttlingen angetroffen hatten, auch lagen fast auf allen Bergspitzen ehrwürdige Ruinen alter Ritterschlösser vor uns. Unter allen diesen zog aber keins unsere Augen so sehr an sich, als Hohentwiel, wo unser verehrungswürdiger Großvater manche kummervolle Jahre in dem härtesten Gefängnisse zubrachte. Ich will gar nicht einmal versuchen, Ihnen die mancherley Regungen von Mitleiden, Freude, und andern Empfindungen zu schildern, die beym Anblicke des Hohentwieler Felsens von neuem, aber lebhafter als jemals, in uns erwachten. So etwas läßt sich nicht allein nicht beschreiben, sondern auch nur einmal ganz empfinden. Als wir an den Fuß des Berges, und zwar an die Stelle kamen, wo man hinauf zu gehen oder hinauf zu fahren pflegt, stiegen meine Frau und ich aus, und ließen den Wagen nach Singen vorausfahren. Wir kletterten muthig die ersten Anhöhen oder Absätze hinan, mußten aber doch wegen der großen Hitze einigemal Halte machen, und in einer dieser Pausen erblickten wir auf einmal den ganzen Bodensee mit seinen reizenden Inseln. Selbst in die untere Festung wurden wir nicht eher eingelassen, bis wir unser Empfehlungsschreiben, das wir von Stuttgart mitgebracht hatten, vorzeigten, und einen Soldaten mitnahmen, der uns in das Haus begleitete, welchem wir empfohlen waren. Unter der Leitung von eben so gefälligen, als sichern Führern gingen wir allenthalben hin, wohin es uns erlaubt war. Wir sahen die von mehrern Reisebeschreibern erwähnten, und an Ketten hängenden Steine, die vormals Fürsten und Prinzen des Würtembergischen Hauses mit eigener Hand herauf getragen hatten, und unter welchen einige ungeheure Stücke waren. Wir sprachen den alten ehrlichen Gefangenwärter, der unserm Großvater so lange, und so treulich gedient hatte, und der sich ausserordentlich freute, eine Enkelin des ihm so theuren Herrn Consulenten zu sehen. Wir genossen endlich die entzückende Aussicht, die der Herr von Moser mit so vieler Wärme und Wahrheit in seinem Leben schildert, die wir aber noch unermeß= licher und prachtvoller würden gefunden haben, wenn nicht, wie es im Sommer auch bey dem heitersten Wetter um die Mittagszeit immer geschieht, ein dün= ner Nebel, und der zu lebhafte Schimmer der Luft uns die nächsten Gegenstände etwas verdunkelt, und die entferntern entzogen hätte. An einem hellen Ta= ge aber muß es nicht lange nach dem Aufgange, oder gegen den Untergang der Sonne leicht seyn, den gan= zen Lauf sowohl der Schweizer = als Tyrolergebürge deutlich wahrzunehmen, und zu unterscheiden. Nach= dem wir unsere Augen und Herzen genug geweidet hatten, gingen wir auf einem bequemen Fußsteige nach Singen hinunter, von woher der Herr von Mo= ser das Singen in der Kirche hören konnte. Diese ganze Seite des Berges war mit großen Felsstücken, und ganzen Haufen von Graus bedeckt, welche die Zeit vom Felsen abgerissen hatte. Die obere Festung liegt auf dem bloßen Felsen, der von allen Seiten, die einzige ausgenommen, von welcher man hinauf kommen kann, fast senkrecht, und unersteiglich abgeschnitten ist; doch glaubten wir hin und wieder die Stellen bemerken zu können, über welche einige für ihre Freyheit alles wagende Gefangene heruntergekommen seyn könnten. Die Höhe dieses majestätischen Felsens wage ich nicht nach bloßem Augenmaaße zu bestimmen; allein man sieht schon in einer Entfernung von mehrern Stunden, daß er sich über alle seine Nachbaren, die mit ihm gleichsam den Vorgrund, oder die Vorgebürge der nächsten Schneeberge ausmachen, sehr weit erhebt. Ich begreife kaum, warum man Fremde nicht ohne ausdrückliche eigenhändige Erlaubniß des Herzogs auf die obere Festung läßt. Wenn Furcht vor heimlichen Unterhandlungen die Ursache davon wäre, so würde man auch gegen Soldaten, Bediente, und solche Personen, welche die Nothwendigkeiten des Lebens auf die Festung bringen, und am ehesten verdächtige Verbindungen unterhalten könnten, strenger seyn müssen, als man wirklich ist. Gegenwärtig soll auf der obern Festung nur ein einziger Staatsgefangener, ein Herr von Knobelsdorf sitzen, der ehemals in Preußischen Diensten war, und vor etwa zwölf Jahren einige junge Leute von der Herzoglichen Garde verführen wollte. Wahrscheinlich hat der Kummer über sein langwieriges Gefängniß, und noch mehr die häufigen Anfälle von Wuth über die vereitelten Hoffnungen und Entwürfe seines Glücks, und über

die in einem finstern und schimpflichen Kerker weg-
schleichenden schönsten Jahre seines Lebens sein Ge-
hirn verrückt. Wenigstens schreiet er, der Sage
nach, manchmal wie ein Besessener, und stößt die
gräßlichsten Schmähungen gegen den Herzog mit einer so furchtbaren Stimme aus, daß man sie in
großen Entfernungen hören kann.

Von Singen aus nahmen wir nicht den nächsten
Weg auf Costanz, sondern den längern und schönern
über Stein am Rhein, wo dieser Fluß sich in ein engeres Bett zusammenzieht. Schon vor dieser Stadt
wurden die Gegenden vorzüglich schön; allein diese
verschwanden ganz aus unserer Einbildungskraft, als
wir uns nicht weit hinter Stein den Ufern des Rheins
näherten, und an seinem und nachher am Gestade
des Bodensees fortfuhren. Was wir hier mehrere
Stunden hinter einander sahen, ging über alles,
was unsere Augen bisher gesehen, und unsere Phantasie zusammengesetzt hatte. Wenn wir nicht in den
fast zusammenhängenden Städten, Flecken, und
Dörfern fuhren, so fanden wir uns immer unter
prächtigen Alleen und Obstbäumen, die das Ufer
des Sees nicht nur verschönern, sondern auch befestigen. Diese Bäume sind eben so sehr, als der allenthalben sichtbare Wohlstand, ein Beweis der höchsten Cultur des Landes, und der ländlichen Industrie seiner Einwohner. Viele Bäume senkten ihre
Aeste in den hellen See hinab, und wurden bisweilen von Stützen gehalten, die man in den Grund
des Sees hineingetrieben hatte. Unter, und neben

diesen Bäumen sieht man entweder kleine niedliche
Wiesen, oder Weingärten, oder Fruchtfelder, die
bis an den äußersten aufgemauerten Rand des Ufers
laufen. Die Aussicht wird durch die Bäume im ge=
ringsten nicht eingeschränkt. Man sieht vielmehr,
so weit das Auge reicht, dem majestätischen Lauf
des Rheins, und den noch prächtigern Gewässern
des Bodensees nach, die in der Nähe mit bläulichen,
in der Ferne aber mit weißlichen Streifen durchschnit=
ten, und von einem frischen Winde mit einem an=
genehmen Geräusche an unsere Füße geworfen wur=
den. Wir sahen an dem Rhein nur wenige, aber
auf dem See desto mehr Schiffe, die sich mit großer
Geschwindigkeit nach allen Richtungen hinbewegten.
Die entgegengesetzten Ufer waren, gleich denen, an
welchen wir herfuhren, mit blühenden Städtchen,
Flecken und Dörfern, mit Capellen und Clöstern,
mit Landhäusern und Schlössern bekränzt. Zu un=
serer Rechten hatten wir meistens Weinberge oder
Fruchtfelder, die sich in abwechselnden Höhen bis
an den Fuß, oder die Seiten von Bergen hinzogen,
welche entweder mit Waldung bedeckt, oder auch mit
schönen Capellen und Landhäusern besetzt waren.
Mitten in diesen Wundern der Natur war es uns
nicht möglich im Wagen zu bleiben. Unsere Freude
war nicht ruhig und still, dergleichen eine gewöhn=
lich schöne Natur zu gewähren pflegt, sondern viel=
mehr ein unruhiges Entzücken, das unser Herz und
Blut merklich schneller bewegte, und sich hervor=
drängen und mittheilen wollte. Gewiß also würde

ich die Herrlichkeiten der Schöpfung noch inniger genossen haben, wenn ich sie mit Ihnen, und mit meinen übrigen Freunden und Freundinnen genossen hätte, denn es war mir immer, als wenn ich nicht alles mit meinen Sinnen fassen könnte, oder als wenn
ich vor allen meinen übrigen Freunden nicht werth
wäre, solche Herrlichkeiten allein zu empfinden, als
ich wirklich empfand. Wenn die Wege hin und wieder besser, (denn an dieser Seite des Rheins und des
Bodensees sind sie noch nicht gebaut,) und die Gebürge an der rechten Hand etwas entfernter gewesen
wären; so würde ich zu der paradisischen Landschaft
gar nichts hinzuzusetzen, oder wegzuwünschen gehabt
haben. Gegen Abend wurde uns ein Theil des
Vergnügens, was uns noch bestimmt war, durch
die elenden Pferde geraubt, die wir in Singen erhalten hatten. Diese waren so ausgemergelt, und
abgetrieben, daß wir mit genauer Noth erst um 9
Uhr in Costanz ankamen, und also volle acht Stunden auf einem Wege von drey Meilen zubrachten.

Costanz am 8ten Junius.

Gestern Morgen besuchte ich Herrn Pitzenberger,
Professor der Philosophie, und den einzigen Schriftsteller in Costanz, der sich durch mehrere schöne Werke rühmlich bekannt gemacht hat. In seiner, und
einiger seiner Freunde Gesellschaft besahen wir noch
vor Tisch den Hafen, oder Damm, die Domkirche
und das Gebäude, in welchem das berühmte Conci-
lium gehalten wurde. Der Saal, auf welchem die
bei-

heiligen Väter ſich verſammelten, ſieht jetzo ei=
nem großen, noch nicht lange aufgeräumten Maga=
zin ähnlich, und wird auch wirklich in der Meßzeit
von Kaufleuten zu einem Waarenlager gebraucht.
Die Außſicht auf den großen Bodenſee, an deſſen
Ufer das Concilienhaus liegt, iſt entzückend; ich
zweiſle aber, ob die frommen Männer, die Hierony=
mus von Prag, und Huß richteten, in ihren blut=
dürſtigen Verſammlungen für die Schönheiten der
Natur Gefühl übrig behalten haben. Man zeigt noch
die Stühle, auf welchen der Kaiſer, und Pabſt ge=
ſeſſen haben ſollen. Dieſe ſind ſo einfach, daß jetzo
vielleicht kein Haupt auch nur einer kleinen teutſchen
Reichsſtadt die damaligen Häupter der Kirche und
des Reichs darum beneiden würde. Die ehemalige
Reſidenz der Biſchöffe ſieht einem Gefängniſſe ähnli=
cher, als einem Pallaſte. Die Domkirche iſt aber
viel heller, reinlicher, und weniger mit Zierrathen
überladen, als Gothiſche Gebäude von gleichem Al=
ter ſonſt zu ſeyn pflegen. Das Chor iſt wirklich
ſchön. Die Wände ſind mit Alabaſter ausgelegt,
und alle Stuffen aus ſchwarzem, oder grauem tyro=
liſchen Marmor gearbeitet. Vor der Kirche zeigt man
den Stein, auf welchem Huß ſeiner prieſterlichen
Würde entſetzt, und die Säule, unter welcher er zum
Tode verurtheilt wurde. Die Statüe, welche man
zur Schändung ſeines Andenkens unter einer Kan=
zel im Dom errichtet hatte, iſt von eifrigen Katholi=
ken durch Anſpeien, und Verſtümmelungen auf eine
grauſame Art gemißhandelt worden. Dies würde

I. Theil.   B

wahrscheinlich jetzo nicht mehr geschehen, da selbst der Pöbel einzusehen anfängt, daß man Huß ungerechter Weise verdammt, und daß seine Mörder den Verfall der Stadt hauptsächlich verursacht haben. In einem Winkel des Doms war der Tod der Mutter Gottes vorgestellt, bey welcher traurigen Begebenheit mehrere Apostel in Mönchskleidern erschienen.

Nachmittags machten wir in Gesellschafft des Herrn Professor Pitzenberger eine Spazierfahrt nach der Insel Meinau, gewiß der reizendsten unter den kleinen Inseln in unserm Erdtheile. Während der ganzen Fahrt war der Himmel rein und unbewölkt, die Luft milde und stärkend, die ganze Landschafft von dem hellsten Sonnenglanze erleuchtet, und der unabsehbare See so ruhig, als der Himmel, dessen Bild aus ihm zurückstrahlte. Während daß wir durch die sanfteste Bewegung auf der Spiegelhellen Fläche fortgetrieben, und unsere Ohren durch schöne Melodien ergötzt wurden, (denn unser Freund hatte eine Gesellschafft von musikalischen Studenten eingeladen,) gingen prächtige Klöster, und Landhäuser und Schlösser, oder glückliche Städte, Flecken und Dörfer, oder abwechselnde ländliche Scenen vor unsern Augen vorüber. Ich genoß gewiß eben so viel Vergnügen, als vorgestern, aber dies Vergnügen war von einer ganz andern Art. Ich mochte nicht allein nicht reden, sondern kaum reden hören, und ich war am seligsten, wenn ich mich recht in meinem Busen freuen, und mein Entzücken ganz in mir verschließen konnte. Zu dieser stillen Freude

trugen wahrscheinlich die sanfte gleichförmige Bewegung des Schiffs und der Ruder, die unbewegliche
Heiterkeit des Himmels und Wassers, welche ich
über mir, und um mich her sah, und endlich der
Anblick der feierlichen Landschafft nicht wenig bey,
deren lauteste Geräusche nicht zu uns hinüberdringen,
und deren Gewimmel wir nicht genau unterscheiden
konnten. Als wir nach einer Fahrt von einigen
Stunden an der bezaubernden Insel ausstiegen. wurden wir unter der Anführung unsers lieben Beglei-
ters allenthalben auf das freundlichste aufgenommen.
Ungeachtet ein Commandeur des teutschen Ordens,
dem die ganze Insel gehört, in dem schönen Pallaste
residirte, um eine Cur zu brauchen, so erhielten wir
doch die Erlaubniß, alle Zimmer, Garten, Keller
u. s. w. zu besehen. Auf das schöne Schloß war
ich nicht um der Zimmer und ihrer Möblen, sondern vorzüglich um der Aussicht willen neugierig,
die ich mir daraus versprach. Und in der That war
sie auch von dem Balcon des dritten Stocks so außerordentlich reich, daß ich mir kaum vorstellen kann,
in der Schweiz noch etwas schöners zu finden. An
dem nähern Ufer sah man Weinberge, Fluren und
Wiesen, die bischöfliche Residenz, mehrere alte
Schlösser, und eine Menge von Dörfern und Flecken. Wenn man sich aber ein wenig nach der rechten Hand wandte; so verlohr sich das Auge in den
blauen Gewässern des Sees, dessen Gränze man
nicht unterscheiden kennte, und hinter welchem in
kaum erreichbarer Ferne die beschneiten Spitzen him-

melhoher Berge hervorstiegen. Die ganze Insel, die etwa drey Viertel Stunden im Umfange hat, sieht einem prächtigen Garten gleich, in welchem fette Wiesen und Aecker, bedekte Gänge, stolze Weinberge, kurz alles, was die Natur nur schenken, und die Kunst veredeln kann, in bald sanfter, bald steiler über einander erhabnen Terrassen versammlet und vertheilt ist. In den Kellern, die in den Felsen hineingehauen sind, ist eine so grosse Sammlung von Weinen, als ich vorher nie gesehen habe. Unter den alten Seeweinen (so nennt man diejenigen, die auf den Inseln, und an den Ufern des Bodensees gebaut werden,) waren mehrere, die mit den ältesten Rheinweinen hätten wetteifern können. Noch nie, glaube ich, hat ein Fremder diese glükliche, und mir ewig unvergeßliche Insel verlassen, ohne sie zu segnen, und mit einem leisen Seufzer der Sehnsucht zu wünschen, daß es ihm doch möglich seyn möchte, in diesem Elysium bisweilen einen Theil der schönen Jahrszeit hinbringen zu können. Unsere Rückreise war eben so angenehm, als die Hinfahrt, und wir hatten noch das Vergnügen, daß ein frischer Abendwind unsere Segel füllte, und uns schneller, als unsere Ruderer gekonnt hätten, in den Hafen von Costanz brachte.

Schaffhausen am 10ten Junius.

Gestern bin ich früh genug angekommen, um alles zu besehen, was ich besehen wollte, und ich würde daher wahrscheinlich jetzo schon wieder auf dem Wege nach Zürch seyn, wenn nicht die Begierde, der

Musterung oder wenigstens dem Auszuge der Schaffhäuser Cavallerie beyzuwohnen, mich zurük gehalten hätte. Die grosse Bewegung, welche dies militärische Fest so wohl in der Stadt, als in unserm Gasthofe hervorbringt, hat mich schon eine Stunde nicht ruhen lassen, und ich schreibe Ihnen dieses früh um fünf Uhr. Meine Phantasie ist überdem noch ganz mit dem prächtigen Schauspiel des Rheinfalls ausgefüllt, von dem ich mich gerne sogleich mit Ihnen unterhalten möchte, wenn ich nicht noch einiges von Costanz nachzuholen hätte.

Vorgestern frühstükten wir bey Herrn Professor Pitzenberger, wo ich Herrn Pater Oberletter, einen gelehrten und aufgeklärten Augustiner, kennen lernte. Mit dem ersten besuchte ich noch einige andere Professoren, und auch die öffentliche Bibliothek, die aber nur ein dürftiger und unbedeutender Rest, oder Ausschuß der ehemaligen Büchersammlung der Jesuiten ist. Nach Tisch giengen wir zu den Dominikanerinnen, die unter der Aufsicht des Herrn Professor Hauser junge Mädchen im Lesen, Schreiben, und einigen weiblichen Arbeiten unterrichten. Diese Closterfrauen haben keine Clausur, und sie können daher Besuche von Fremden annehmen, und auch selbst ausser dem Closter geben. So viel wir ihrer sahen, hatten sie alle eben so heitere, als unschuldige Gesichter. Die ersten Lehrerinnen sind in Freyburg unterrichtet worden; ziehen aber jezt selbst ihre Nachfolgerinnen nach. Ihre Schülerinnen sind in drey Classen abgetheilt. In der untersten werden die Buchstaben, in der zweyten das

Buchstabiren, in der dritten das Lesen und Recht=
schreiben nach Herrn Felgers Methode gelehrt. Diese
Anstalt würde ich an einem jeden andern Orte mit
Vergnügen beobachtet haben. Noch viel mehr Freude
aber machte sie mir, da ich sie in Costanz traf, einer
Stadt, die ausserordentliche Hülfsmittel braucht, wenn
sie nicht, wie bisher, weit hinter den übrigen Städ=
ten des Katholischen Teutschlandes zurückbleiben will.
Nachdem wir dem Unterrichte mehrerer Nonnen fast
zwo Stunden lang mit vieler Theilnehmung zugehört
hatten, sezten wir uns sogleich in ein Schiff, und
eilten, so geschwind wir konnten, der Insel Reiche=
nau im kleinen Bodensee zu. Diese Fahrt würden wir
gewiß neu und bezaubernd gefunden haben, wenn wir
nicht den Tag vorher die Reise nach Meinau gemacht
hätten. So aber schien uns die erstere eben so tief
unter der leztern zu seyn, als Reichenau in Ansehung
ihrer Lage unter ihrer kleinern Schwester ist. Der See,
auf welchem man fährt, ist viel schmäler, die Ufer
sind niedriger, weniger abwechselnd und bebaut, und
bisweilen sumpfigt; und die Aussicht ist nicht so groß
und ausgebreitet, als auf dem grossen See. Gleich
nachdem wir auf der Insel angelandet waren, besuch=
ten wir den Herrn Decanus und dessen Vicarius, und
unter der Führung dieser beyden gefälligen Männer
erstiegen wir die höchste Anhöhe der Insel, wo ein
Crucifix aufgerichtet ist, und wo man das ganze frucht=
bare Eyland sammt den nahe umliegenden Gestaden
übersehen kann. Die Insel, die ohngefähr fünf vier=
tel Stunden lang, und eine halbe breit ist, lag ganz

mit dem schönsten Frühlingsgrün bekleidet, im ruhigen See, der wie ein Lichtmeer schimmerte. Sowohl die Weinberge, als Fruchtfelder sind wie Gärten eingefaßt, und das Vieh läuft frey, und ohne Hirten auf den Plätzen herum, die man zu Weiden hat liegen lassen. Auf Reichenau selbst wächst der beste Seewein, Schleitheimer genannt, den man uns mit der einnehmendsten Gastfreundlichkeit im Hause des — — — vorsezte. Rebland ist hier noch einmal so theuer, als Ackerland. Ein Jauchart von 36000 Quadratschuhen kostet aber doch nur ohngefähr tausend Gulden, und würde gewiß viel mehr kosten, wenn Costanz einen bessern Handel hätte, und die vortreflichen Producte der benachbarten Gegenden vortheilhafter absezte. Als wir vom Spaziergange zurückkamen, wurden wir in den Dom geführt, ein altes, dunkles, dreyhundert Schuh langes Gebäude, wo man Reisenden, unter, oder vielmehr vor allen andern Dingen, den Zahn und das Grab Carls des Dicken, das Grab und die Gebeine des heiligen Marcus, und den berüchtigten von Carl dem Grossen geschenkten Smaragd zeigt. Man gestand, daß es schwer halten würde, die Aechtheit der Gebeine des heiligen Evangelisten zu beweisen; allein man behauptete, wie ich glaube, mit Recht, daß man auf Reichenau eben so gegründete Ansprüche, als in Venedig darauf mache, die Reliquien des heiligen Marcus zu besitzen. Den angeblichen Smaragd hielt keiner von den Herren, die ihn zeigten, für ächt, und würde auch ich nach dem blossen Anblick, ohne das mir bekannte Urtheil der Kenner, nicht dafür gehalten haben, ungeachtet ich nicht weiß, wie ein ächter Smaragd von gleicher Grösse aussehen würde. Die Masse soll etwa 28 Pfund schwer seyn. Sie ist einige Zoll dick, etwa einen Fuß breit', und noch einmal oder etwas mehr, als einmal so lang. Sie ist ferner blaßgrün und durchsichtig, aber nicht rein, sondern innwendig mit Spalten und Streifen durchschnitten, dergleichen man in Stücken von gespaltenem diken Glase sieht. Dies vormals so bewunderte Kleinod besteht jetzo aus zweyen ungleichen Fragmenten, in welche es wahrscheinlich durch die Unvorsichtigkeit einer Person, die es zeigte, oder sich zeigen ließ, zerworfen worden ist. Die alte hölzerne Einfassung, wodurch diese Stücke nun sehr unsicher zusammengehalten werden, läßt in der Folge abermals einen ähnlichen Unfall befürchten. Ungleich wichtiger, als der Domschatz, ist die Bibliothek des Closters, die ausser den gedrukten Werken vierhundert zwey und siebenzig Manuscripte, und zwar fast die Hälfte auf Pergament geschriebene enthält. Diese Sammlung war vormals noch viel zahlreicher', allein die heiligen Väter auf der Kirchenversammlung zu Costanz haben oft ganze Ladungen wichtiger Handschriften kommen lassen, und fast nichts wieder zurükgeschikt. Unter den übrig gebliebenen sind mehrere aus dem neunten und zehnten Jahrhunderte, die aber meistens durch Motten auf eine schrekliche Art zugerichtet sind. Ich zweifle daran, ob die Manuscripte vom Cicero de officiis, vom Persius, Sallust, Boethius, und an-

dern alten Autoren (zu denen man noch alte Uebersetzungen des Aristoteles, und Plato rechnen muß)
schon gebraucht worden sind. Ueber allen diesen
Merkwürdigkeiten verspäteten wir uns so sehr, daß
wir erst um zehn Uhr wieder nach Costanz kamen,
und also in der Finsterniß der Nacht von unsern
Freunden Abschied nahmen.

Reichenau ist eine von den unzähligen Gegenden
in Teutschland, die durch den Eifer frommer, und
arbeitsamer Geistlichen aus unzugänglichen, und
öden Wildnissen in reizende Wohnsitze glücklicher
Menschen umgeschaffen worden sind, und um derent-
willen man gern einen Theil des Mißbrauchs vergißt, welchen man in der Folge von den Früchten
der von bessern Vorfahren bebauten und errungenen
Besitzungen gemacht hat. Die Abtey Reichenau,
die schon im achten Jahrhundert gestiftet wurde,
erhielt in den ersten Jahrhunderten nach ihrer Stiftung unermeßliche Güter und Reichthümer, verarmte aber nachher durch die unsinnige Verschwendung
von Aebten so sehr, daß zuletzt nur zween adeliche
Capitularen übrig blieben, und die Abtey mit dem
Bißthum Costanz vereinigt wurde. Der Bischoff
soll durch diese Vereinigung mehr an landesherrlichen
Rechten und Hoheiten, als an Einkünften gewonnen
haben. Er unterhält noch immer zwölf Patres,
denen alles, was sie brauchen und verlangen, ohne
Einschränkung und Vorschrift gereicht wird, von welchen er aber doch solche, die ihm nicht gefallen, weg-
schiken kann.

Coſtanz gehört zu den ödeſten Städten in Teutſch=
land, und vielleicht in Europa, und dieß iſt um de=
ſto trauriger, da ſie in Rückſicht auf Lage viel mehr,
als die reichen und handelnden Städte St. Gallen,
Zürch, und Schaffhauſen begünſtiget iſt *). Rund
um ſich her, hat ſie die fruchtbarſte Natur: hinter
ſich die eben ſo reichen Landſchaften an dem ganzen
Umfange des Boden=Sees, und den ſchönen Ufern
des Rheins, deren Producte ſie alle verſenden, und
denen ſie wieder das, was ihnen abginge, zuſchicken
ſollte. Die Haupt=Epoche ihres Verfalls war un=
ſtreitig die Zeit der Kirchenverſammlung, welche,
ſcheint es, auch eine arme Stadt auf mehrere Men=
ſchenalter hätte bereichern müſſen. Durch das große
Gedränge von Fremden aber, welches das Conci=
lium hervorbrachte, wurden, ſagt die Ueberlieferung,
alle Lebensmittel auf einen ſo ausſchweifenden Preis
hinaufgetrieben, und Kaufleute und Handwerker ſo
ſehr eingeſchränkt, vielleicht auch betrogen, daß ſie
ſich gezwungen ſahen, Schaarenweiſe auszuwandern.

*) Coſtanz hat ſeit meiner Reiſe in die Schweiz etwas
durch die Genferiſchen Uhrmacher gewonnen, die ſich
dort niederlaſſen, und große Freyheiten erhalten ha=
ben; allein man fürchtet nicht, daß die Arbeiter in Co=
ſtanz denen in Genf großen Abbruch thun werden. Viel=
mehr, glaubt man, würden die St. Galler, Zürcher,
Appenzeller, und Toggenburger zu fürchten gehabt ha=
ben, wenn ſich außer den Uhrmachern andere Flücht=
linge in Coſtanz niedergelaſſen hätten.

Nachdem Handel und Gewerbe einmal einen tödt=
lichen Stoß empfangen hatten, konnten ſie ſich nicht
leicht wieder erholen. Beyde wurden durch alle Rei=
ze der Freyheit in die benachbarten Schweizeriſchen
Städte gezogen, und in Coſtanz nicht allein nicht
ermuntert, ſondern immerfort noch mehr niederge=
drückt: und zwar nicht nur durch Härte, oder feh=
lerhafte Verfügungen der Regierung, ſondern durch
Uebel, welche die Regierung vielleicht ſchon lange
gern gehoben hätte. Allein wie konnte ſie bisher
ganze Haufen betender Mönche zu nützlichen Arbei=
ten anhalten, oder die Verſchwendung von Domher=
ren einſchränken oder zurückhalten, welche die Früch=
te des Landes (es giebt freylich immer Ausnahmen)
unter fremden Völkern, oder doch an Producte ei=
nes ausländiſchen Luxus verſchwenden? Auch hier
iſt der gemeine Mann mehr wider die reichen Pfrün=
den der Domherren, als wider die Armuth der Clö=
ſter, beſonders der Capuciner eingenommen, die oft
Noth leiden, und ſchon ſeit geraumer Zeit, ohne daß
man es ihnen unterſagt hätte, keine Almoſen mehr
ſammlen. Den Verfall der Stadt kann man ſchon
allein aus dem niedrigen Preiſe, und der Miethe
der Häuſer ſchließen. Man hat hier ein Haus,
freylich ein kleines, für zwölf Gulden feil geboten.
Für acht bis zehn Gulden miethet man ſchon an=
ſehnliche Häuſer, und für funfzig bis ſechzig kann
man die beſten Quartiere haben. Das Maaß von
gewöhnlichen Seeweinen koſtet nur zween, bis vier
Kreuzer; allein dieſer Wein iſt auch viel herber,

als der Markgräfler oder Schaffhäuser, so herbe, daß ich ihn nicht ohne Ueberwindung trinken konnte, wiewohl man mich versicherte, daß er sehr gesund sey. Die Sprache und Aussprache ist in Costanz der unserigen viel ähnlicher, als die in Schwaben, und selbst in einigen Gegenden in Franken; und dieses ist in der That zu bewundern, da die Einwohner der Stadt keine andere, als Andachtsbücher lesen, (denn nur solche kann man in den hiesigen Buchlä= den kaufen, andere Werke muß man von Zürch kom= men lassen;) und rund umher mit Menschen umge= ben sind, deren Teutsch man versucht wird, für eine ganz fremde Sprache zu halten. Ehe ich Costanz verlasse, muß ich Ihnen doch noch erst sagen, daß ich eine Wallfahrt nach der heiligen Stätte vorneh= men wollte, wo Huß verbrannt worden ist; allein man weiß zwar, daß der Scheiterhaufen in dem so= genannten Paradiese errichtet worden; keiner aber kann genau den Platz angeben, wo dieser Märtyrer der Wahrheit getödtet worden ist.

Gestern reiseten wir früh über Zell und Singen nach Schaffhausen ab. Dieser Weg bis Singen ist viel bequemer, als der von Singen über Stein nach Costanz, allein er ist auch viel weniger angenehm. So lange man noch an dem Ufer des kleinen Boden= sees, und an der Seite der Insel Reichenau her= fährt, ist die Gegend freylich schön, aber die Aus= sicht beschränkter und einförmiger, als zwischen Stein und Costanz. Wir wurden an den Thoren von Schaff= hausen weder befragt, wer wir wären, noch unsere

Sachen visitirt, und weder das eine, noch das andere soll in den übrigen Schweizerischen Städten geschehen. Die große Menge von wohlgekleideten und gutgenährten Menschen, besonders von blühenden Kindern, die wir in allen Straßen erblickten, und die uns auf unsere Fragen höfliche, aber freymüthige und zuversichtliche Antworten gaben, liessen uns bald die angenehme Bemerkung machen, daß wir in einem glüklichen Lande der Freyheit seyen. Nachdem wir die berühmte Brüke über den Rhein, die vornehmsten Strassen der Stadt, und die Stadt selbst von der Anhöhe, wo vormals eine Burg oder eine Festung war, besehen hatten, so fuhren wir nach dem Rheinfalle, um ihn von der Zürcher Seite zu betrachten. Als wir bey dem Schlosse Laufen ankamen, und auf die erste Laube geführt wurden, wo man diß Schauspiel der Natur übersieht, erstaunten wir, nicht über die Grösse der Erscheinung, sondern darüber, daß sie so weit unter unserer Erwartung war. Wir sahen Ströme von weissem schäumenden Wasser queer durchs ganze Bett des Flusses herabfallen, und hörten ein heftiges Getöse; allein weder Augen noch Ohren wurden so gerührt, daß wir nicht einen heimlichen Unwillen gegen diejenigen empfunden hätten, die so viel Geschrey über das, was wir jetzo vor uns sahen, machen konnten. Als wir aber an dem steilen Ufer des Rheins auf den kleinen hölzernen Treppen zu der Brücke oder hölzernen Gallerie hinabstiegen, die an den Rand, und man kann sagen, in den Katarrakt selbst hinein-

gebaut ist, da, bester Freund, hörten und sahen wir
Dinge, die unsere Ohren nie gehört, unsere Augen
nie gesehen hatten, die keine menschliche Zunge auszusprechen, keine Kunst zu erreichen vermag, die
endlich solche Empfindungen hervorbringen, von denen man in Lesern, oder Hörern nicht einmal Annä-
herungen oder Anfänge erwecken kann. Ungeachtet
wir alle Augenblicke, besonders wenn ein Windstoß
die Dünste auf uns zutrieb, mit ganzen Wolken von
feinem Staubregen bedeckt wurden; ungeachtet der
Boden, auf welchem wir standen, auf eine so furcht-
bare Art zitterte, als wenn er von heftigen Erdbeben
erschüttert würde; ungeachtet wir stets in Gefahr waren, von einem Gewitterschauer überfallen zu werden;
so konnte ich mich doch nicht eher losreißen, als bis
ich alles genossen und gleichsam erschöpft hatte. In
den ersten Augenblicken standen wir voll stummen an-
betenden Erstaunens da, und in der Folge konnten wir
uns unsere Bewunderung nur durch Geberden, Mienen, und Blicke zu verstehen geben, weil Worte und
Geschrey selbst vor dem Donnern des Wasserfalls nicht
würden gehört worden seyn. Als ich mich nachgerade
von dem ersten betäubenden, nahe an Entsetzen grän-
zenden Erstaunen erhohlte, und das, was ich sah und
hörte, und die in mir vorgehenden Bewegungen unterscheiden konnte, versuchte ich es, von dem erhabenen
was mich so tief gerührt hatte, gleichsam eine schwache Zeichnung in Worten zu entwerfen, weil ich
fühlte, daß, wenn ich es nicht gleich auf der Stelle
thäte, ich eine Stunde nachher nicht den hundertsten

Theil von dem, was ich jetzo mit meinen Sinnen wahrnahm, mit meiner Phantasie wieder erreichen würde. Allein ich unterlag bald diesen ersten Versuchen, und fand, daß die Kunst ihre eigenen Werke, und auch die schönen Werke der Natur nachahmen könne, daß es ihr aber unmöglich sey, erhabene Gegenstände und Scenen, in Worten oder andern Zeichen treu darzustellen, und dasjenige nur einigermaßen auszudrücken, was den Rheinfall zu einer der größten Erscheinungen in der Natur macht. Denn gerade die eine jede andere sichtbare Bewegung, und selbst die Schnelligkeit unserer Gedanken übersteigende Geschwindigkeit, womit man unaufhörlich Wellen über Wellen herstürzen sieht, als wenn sie von der Hand des Allmächtigen herabgeschleudert würden, ferner die unglaubliche Kraft, womit diese Wellen die aus ihrem schon Jahrtausende geschlagenen Bett hervorragenden Felsen zersprengen, und sich selbst zernichten zu wollen scheinen, endlich die unendliche Mannigfaltigkeit von ganz neuen Tönen, Getösen und Gestalten, womit die Wellen in sich selbst hinein und wieder heraus strudeln, gerade dieses, also, was am meisten Bewunderung und Erstaunen hervorbringt, läßt sich weder durch Worte, noch durch Zeichnungen, und durch diese noch weniger, als durch jene ausdrücken. Zwar ist kein Mensch im Stande, in Worten die Größe dessen, was er gesehen hat, nach Würden zu beschreiben; allein man kann doch bemerken, was man nicht auszudrücken vermag, und einigermaßen andeuten, was man dabey empfunden hat. Dies alles kann der Mahler und Zeichner nicht, und es bleibt ihm weiter nichts übrig, als die umliegende Gegend des Rheinfalls, die Formen der Felsen, von und an welchen der Rhein herabstürzt, die Gestalt und Farben der Wellen u. s. w. also nur das, was dasein könnte, ohne den Rheinfall zu einem so seltenen Phänomen zu machen, in einem verstümmelnden, oder doch bis zur Unkenntlichkeit verkleinernden Bilde darzustellen. Auch die glücklichsten Zeichnungen liefern demjenigen, der nicht eben das, was der Künstler beobachtet hat, keine treue Darstellung des hinreißenden Schauspiels, sondern nur einen schwachen Schattenriß, der höchstens dazu dienen kann, das, was man vormals sah, von Zeit zu Zeit zu erfrischen und zu erneuern. — Schon eine halbe Stunde vor dem Fall, nämlich vor der prächtigen Rheinbrücke bey Schaffhausen wird das Bett des Rheins so abschüssig, und der Fluß selbst so reißend, daß alle Schiffe ausgeladen werden müssen. Nahe vor dem großen Sturze aber werden seine Gewässer durch unzählige theils verborgene, theils hervorragende Klippen in fürchterliche Strudel und schäumende Wellen zerspalten, bis er endlich von einer Höhe von etwa fünf und siebenzig Schuhen an einer steilen, aber unebenen Felswand herunter schießt. Gerade an der Stelle, wo die herabstürzenden Fluthen sich mit dem Flusse wieder vereinigten, steigen zween Felsen hervor, unter welchen der zweyte der größte, der erste aber, den man von der Zürcher Seite sieht, der kleinste und gebrechlichste ist. Sein Fuß ist durch die Gewalt der Wellen größtentheils verzehrt, und es scheint, als wann eine jede

ihn von neuem angreifende Wassersäule denselben um=
werfen könnte. Dieser Fels macht, daß man nur ei=
nen Theil des Wasserfalls, denjenigen nämlich überse=
hen kann, der zwischen ihm und dem Ufer ist, auf wel=
chem man steht. Dieser Theil ist aber unstreitig der
wichtigste, und läßt sich wiederum in vier Absätze zer=
legen. Beym ersten stürzen die Wellen mit einer sol=
chen Gewalt herab, daß es fast unmöglich ist, mit
sterblichen Augen einen stärkern sinnlichen Ausdruck
von Kraft zu sehen. Schon von diesem ersten Sturze
steigen unaufhörlich Wolken über das obere Bett des
Flusses empor, und es ist, als wenn man in die Spitze
einer mächtigen Wassersäule hineinsähe, die durch
künstliche Triebwerke in die Höhe gehoben, und zuletzt
in Nebel und feinen Regen zerstäubt würde. Die drey
übrigen Fälle sind weniger hoch, allein die Wuth der
Wellen ist gerade da am größten, wo sie sich in die
Abgründe verlieren, die sie sich selbst ausgehöhlt haben.
Diese Abgründe werfen ohne Unterlaß Strahlen von
milchweißem Wasser und dicke Staubwolken aus, de=
ren Gestalten und Wälzungen eben so mannigfaltig,
als die der Wellen sind, aus denen sie entstehen, und
die sichtbar und langsam dem entgegengesetzten Ufer
zugetragen würden. Als wir den Wasserfall von der
interessantesten Seite betrachtet hatten, stiegen wir wie=
der zur obern Laube hinauf, entschlossen uns aber so=
gleich, uns an das andere Ufer des Rheins übersetzen
zu lassen. Wir kletterten einen fast unwegsamen und
in der That gefährlichen Fußsteig hinab, der an eine
der ersten Stellen führt, wo man ohne Gefahr über

I. Theil. C

den Fluß setzen kann. Gefährlich ist dieser Fußsteig deßwegen, weil man gar nichts hat, woran man sich halten kann, und er fast durchgehends mit kleinen glatten, und beweglichen Kieseln bedeckt ist, die bey einem unvorsichtigen Tritt unter dem Fuß verschwinden. Der leichte Kahn, in den wir uns setzten, tanzte auf den Wellen des Flusses, der von seinem gräßlichen Falle noch heftige unnatürliche Bewegungen und gleichsam Zuckungen litt. Ich gestehe aufrichtig, daß ich nicht ganz ohne Furcht war, ungeachtet ich mehrmalen viel wildere Wellen und heftigere Bewegungen von Schiffen erfahren hatte. Der Führer unsers Kahns war ein junger Bube, der zwar kurz vorher einen guten Freund glücklich herüber gebracht hatte, von dem ich aber doch nicht wußte, wie geübt er war, und ob er nicht durch eine einzige ungeschickte Bewegung unsern kleinen Nachen umwerfen könnte. Eben dieses konnte auch geschehen, wenn einer von uns sich vor einem unvorhergesehenen Schrecken zu sehr auf die eine, oder die andere Seite neigte. Die größte Gefahr, in die wir wirklich kamen, hatte ich gar nicht einmal geahndet, daß wir nämlich mitten auf dem Strome von einem heftigen Windstoß getroffen werden könnten. Wir erreichten aber glücklich das andere Ufer, und übersahen nun freylich die ganze Breite, und alle Abtheilungen des Wasserfalls mit einem Blick; allein dies Schauspiel war doch mehr neu, und seltsam, als groß und Bewunderung erregend, indem man schon zu weit entfernt ist, als daß man die Kraft

und Geſchwindigkeit der Wellen recht wahrnehmen
könnte. Wir gingen beyläufig in den Drathzug, der
im Waſſerfall ſelbſt angelegt iſt, und durch die ge=
bändigten Wellen des Rheins getrieben wird. Un=
geachtet es regnete, und ich mich durch naſſes Gras
und Buſchwerk durcharbeiten mußte, ſo ſtieg ich doch
an den Rand des Katarrakts hinab, welchem ich
jetzo am nächſten war. Hier iſt der Sturz des Waſ=
ſers immer noch heftig, aber doch ſo weit unter dem
entſetzlichen Fall an der entgegengeſetzten Seite, daß
ich meine Mühe gar nicht belohnt glaubte. Auf
der Rückfahrt ſahen wir die Majeſtät des ganzen
Falls viel beſſer, als von dem Ufer, das wir zuletzt
verlaſſen hatten. Die ganze Scene wurde auf ei=
nen Augenblick von der Sonne erleuchtet, durch wel=
che Erleuchtung alles uns viel näher gebracht, und
ſowol die weiße Farbe der Wellen und Staubwol=
ken, als die bläulichen und grünlichen Streifen, die
man hin und wieder in dem abſtürzenden Waſſer
ſieht, ſehr erhoben wurden. Regenbogen ſahen wir
nicht; allein dieſe entbehrte ich am eheſten, weil man
ſie eben ſo gut bey künſtlichen Caścaden, und doch
bey keinem Waſſerfall ſo ſchön und prächtig, als am
Himmel ſelbſt ſehen kann. Auf der Rückfahrt ſchien
es uns immer, als wenn wir dem Waſſerfall viel
näher kämen, als wir ihm bey der Abfahrt vom
Zürcher Ufer geweſen wären: eine Täuſchung, die
unſtreitig daher entſtand, daß wir das ganze furcht=
bare Schauſpiel jetzo gerade vor Augen hatten. Im
Anfange oder in der Mitte des Monats, worin wir

ihn sahen, ist der Fall am schönsten, weil der Rhein
alsdann am wasserreichsten ist. Früher schmilzt der
Schnee noch nicht recht auf den hohen Gebirgen,
und einige Wochen später ist das Meiste wegge=
schmolzen, was sich den letzten Winter von schmelz=
barem Schnee gesammlet hat. Im Winter sind al=
le Seen und Flüsse in der Schweiz am kleinsten,
und alsdann ist der Rhein unmittelbar unter dem
Fall so ruhig, daß man bis an den zweyten und
größten Felsen hinanfahren kann, welches jetzo eine
durchaus unmögliche Unternehmung wäre. So un=
geheuer aber auch die Gewalt des herabstürzenden
Stroms, und so hoch das Felsenbett ist, von welchem
er herunter fällt, so haben mich doch mehrere glaub=
würdige Leute versichert, daß Lächse es oft versuchen,
gegen den Fall hinanzuspringen. Sie sollen gleich=
sam auf, oder an den hervorstehenden Klippen Ru=
hepuncte nehmen, und bisweilen in mehrern Absätzen
das höhere Bett erreichen, öfter aber zurückgetrieben
und verwundet, oder gar zerschmettert werden.
Wenn man den Rheinfall in der Jahrszeit sieht,
worin wir ihn sahen, so muß man nothwendig den
Wahn einiger Engländer belachen, welche glaubten
und darauf wetteten, daß ein kleines Boot oder
Schiff, ohne umgeworfen oder zerschmettert zu wer=
den, auf den herabschießenden Wellen hinunter gleiten
könnte. Das Fahrzeug, womit man den seltsamen
Versuch anstellte, wurde in so viele Trümmer zer=
schlagen, daß man in ihnen kaum die Ueberbleibsel ei=
nes Kahns erkennen konnte. Mehrere Reisende ha=

ben vermuthet, daß der Rheinfall viel mehr Eindruck machen würde, wenn das Wasser sich nicht an einer schiefen Wand herunter wälzte, sondern von dem obersten Rande einer senkrechten Felswand in den leeren Luftraum fiele, und sich alsdann in Staub oder feine Tropfen auflöste. So viel ich aber urtheilen kann, würde der Rheinfall durch diese gewünschte Verwandlung alles Große verlieren, weil man alsdann nicht mehr die Kraft und Geschwindigkeit des fallenden Flusses bemerken könnte, die jetzo in ein so hohes Erstaunen setzt. Es würde eine zwar kostbare, aber gar nicht unmögliche, oder die Kräfte des Cantons übersteigende Unternehmung seyn, die Felsen im Rheinbett so weit zu sprengen, daß der Fluß schiffbar würde; allein so etwas wird vermuthlich niemals ausgeführt werden, weil dadurch eine Menge von Personen, die jetzo vom Ein= und Ausladen, und dem Transport der vorbeygehenden Waaren leben, auf einmal ihre Nahrung verlieren würden.

Als wir vom Rheinfall zurückkamen, wollte ich einige Gelehrte, und einige meiner ehemaligen Zuhörer besuchen; mein Miethlakay sagte mir aber, daß ich jetzo (es war eben Sonntag) schwerlich Jemand zu Hause treffen würde. Ich durchging also noch einige der vornehmsten Gassen, und fand allenthalben dieselbigen Spuren von Wohlhabenheit; doch kann man die Stadt nicht eigentlich schön nennen, weil sie weder große Reihen schöner Häuser, noch auch lange, breite, und gut gepflasterte Straßen hat,

Ihre Lage und die umliegende Gegend kann einem
Reisenden, der Costanz eben verlassen hat, nicht sehr
gefallen. Schaffhausen ist in einen tiefen Kessel ge-
senkt, und rund herum, und zwar sehr nahe mit hohen
Bergen umgeben, die meistens mit einformigen Reben besetzt sind. Man mag also anlangen, oder ab-
reisen, woher und wohin man will, so muß man immer Berg auf oder Berg ab fahren *).

Zürch am 11ten Junius.

Gestern Abends kamen wir glücklich und bey dem
schönsten Wetter in Zürch an. Heute Morgen werde
ich noch einige Besuche machen; ich kann aber doch
nicht gleich ausgehen, weil wir erst unsern ganzen

*) Ich kann nicht umhin, es öffentlich zu bedauren, daß
ich vor meiner Ankunft in Schaffhausen Nichts vom
Herrn Prof. C. Jezler, und von der großen Unternehmung gehört hatte, die er mit dem Eifer des erhabensten Patriotismus angefangen, und so viel ich
weiß, großentheils glücklich ausgeführt hat. Herr J.
ist der Urheber, und einer der vornehmsten Wohlthäter eines neuen Waisenhauses, dessen Plan er im
J. 1779. seinen Obern und Mitbürgern in einer kleinen Schrift vorgelegt hat. Von dieser Schrift, und
den Verdiensten ihres Verfassers werde ich an
einem andern Orte reden. Man müßte ohne alles
Gefühl seyn, wenn man bey der Lesung dieses Aufsatzes sich nicht freute, daß unser Zeitalter einen so
verehrungswürdigen Menschenfreund, als Herr J. ist,
hervorgebracht habe.

Coffre auspacken lassen, und uns zu einem Aufenthalt von wenigstens acht Tagen einrichten müssen. Ich hoffe daher, daß ich Zeit genug haben werde, um diesen Brief schliessen, und mit der nächsten Post abschicken zu können.

Ungeachtet die Versammlung und der Auszug der Schaffhäuser = Cavallerie (denn bis zur Musterung möchte ich meine Neugierde nicht treiben) unter aller meiner Erwartung war; so reut es mich doch nicht, daß ich mich um ihrentwillen einige Stunden länger aufgehalten habe, weil ich mir sonst gar keinen Begriff von einer solchen Reuterey hätte machen können. Das ganze Regiment, oder Escadron bestand ohngefähr aus hundert und vierzig Mann, und versammlete sich auf dem Markt, oder grossen Platze vor dem Rathhause. Die Pferde waren größtentheils so elend, daß kein Bürger in Göttingen das Herz gehabt hätte, sie einem Studenten zuzuführen. Auch die Reuter bestanden meistens aus alten, wahrscheinlich gemietheten Leuten, denen man es sogleich ansah, daß sie nie Waffen geführt, und vielleicht nie ein Pferd bestiegen, wenigstens nicht Kraft genug hätten, irgend einem Feinde einen tödtlichen Streich zu versetzen. Viele waren nicht einmal im Stande, ihre eigensinnigen Gäule in die Reihen zu bringen, und mußten sich daher unter dem lauten Gelächter der Umstehenden an die ihnen bestimmten Plätze führen lassen. Unter den eingebornen Zuschauern waren gewiß nur wenige, die eine gut berittene Cavallerie gesehen hatten; allein das Schaff-

häuser = Corps machte doch einen so wunderlichen Auf=
zug, daß fast eine jede Bewegung desselben ein all=
gemeines Lachen erregte, welches Fremde, wenn sie
ihr Gesicht nur ein wenig zum Lächeln zogen, unter=
halten, und erneuern konnten, so oft sie wollten.
Beym Abzuge bildete kein einziges Glied eine gerade
Linie, und alle Augenblicke mußte man Halt ma=
chen, weil die ihrer Pferde nicht mächtigen Reuter
in Unordnung kamen. Einer von den wenigen, die
selbst nach dem Urtheile fremder Officiere ihrem Pla=
ze Genüge thaten, war unser Wirth, der seine Mit=
bürger als Major anführte. Vielleicht wäre es bes=
ser, die ganze Musterungs = Ceremonie einzustellen,
indem sie weniger eine kriegerische Uebung ist, als
die Reuter bey Einheimischen und Ausländern lächer=
lich macht. Denn im Grunde kann es zu nichts die=
nen, daß man alle zwey Jahr etwa anderthalb hun=
dert Mann an einem einzigen Tage aufsitzen läßt,
wenn man sie vorher gar nicht zur Musterung vorbe=
reitet, oder in den Waffen geübt hat.

Der Weg von Schaffhausen nach Zürch mag ehe=
mals recht gut gepflastert gewesen seyn; allein wir
fanden ihn in der schönsten Jahrszeit bis eine halbe
Stunde vor Zürch so tief ausgefahren, daß wir ihn
mit zu den beschwerlichsten unserer Reise rechnen.
Auf diesem Wege trift man weder fruchtbare, noch
schöne Gegenden, hingegen eine Menge von betteln=
den Kindern an, die aber nicht durch Noth getrieben,
sondern durch die unüberlegte Verschwendung der Rei=
senden gelokt, oft lachend und mit schalkhaften Bli=

ten, neben den Wägen herlaufen. In Eglisau, einem Städtchen auf dem halben Wege, fütterten unsere Fuhrleute (denn noch zwey andere Kutschen begleiteten uns,) ihre Pferde, und wir erhielten in einer kleinen Stunde ein so reinliches, wohlzubereitetes, und schmackhaftes Mittagsessen, als wir in keinem der mir bekannten größten Gasthöfe in Teutschland erhalten hätten. Wenn Sie jemals in diese Gegenden kommen, so lassen Sie sich in die hintern Zimmer des Wirthshauses führen, wo man eine Aussicht auf den in grosser Tiesse unter den Fenstern fliessenden Rhein, und ein nahes wildes Gebürge hat. Gewiß werden Sie über die Reinlichkeit der Zimmer, Betten, Tische, Fenster, und alles Hausraths erstaunen, und gestehen, daß die Böden in diesem Gasthofe eines kleinen Landstädtchens glänzender und polirter sind, als die Tische in den prächtigsten Sälen unserer Teutschen Gastwirthe zu seyn pflegen. Als wir in Zürch vor dem Schwerdte anlangten, wurden wir nur mit genauer Noth angenommen, weil gerade Messe war, und (uns Ankömmlinge mit eingerechnet) hundert und zehn Personen in diesem berühmten und weitläuftigen Gasthofe schlafen wollten. Unser Zimmer im dritten Stock ist zwar nicht groß, allein man hat darinn eine so hinreissende Außicht auf die Limmat, die mit der grösten Geschwindigkeit aus dem See heraus schießt, auf den Zürcher=See selbst, und endlich auf die mit Schnee bedekten Glarner, Schwyzer und Unterwaldner=Berge, daß ich an dem gestrigen heitern Abend, und dem heutigen eben so schönen

Morgen schon unzähligemale ans Fenster gezogen worden bin. Ungeachtet ich von hier aus die Vergoldungen der Schneegebürge durch die auf- und untergehende Sonne nur noch in grosser Ferne sah, so hat mich dieser Anblick doch schon überzeugt, daß man die Morgen- und Abendröthe in ihrer ganzen Pracht nur in der Schweiz sehen kann.

Leben Sie wohl! So eben erhalte ich durch meinen Freund, Herrn — Briefe von Ihnen und einigen andern Freunden. Ich danke Ihnen für die angenehmen Nachrichten, die Sie mir mitgetheilt haben, und bitte Sie nur noch kürzlich, alle meine Freunde zu grüssen. Vielleicht antworte ich Ihnen noch aus Zürch, gewiß aber aus Bern wieder, u. s. w.

Zweyter Brief.

Zürch am 14ten Junius.

Liebster Freund,

In den drey ersten Tagen meines Aufenthalts in Zürch bin ich auf eine so angenehme Art zerstreut, und auf eine so lehrreiche Art unterhalten worden, daß ich von Morgens früh bis Abends spät keinen leeren Augenblick habe finden können, einen Brief an sie wieder anzufangen. Auch zweifle ich sehr, daß ich mit diesem weit kommen werde.

Ich brauche Ihnen nicht zu sagen, welch ein Vergnügen es mir gemacht hat, die grosse Menge von verehrungswürdigen und berühmten Gelehrten kennen zu lernen, wodurch sich Zürch zu seinem grossen Ruhme von allen Schweizerischen Städten unterscheidet. Wenn ich jetzo auch Zeit hätte, Ihnen mehr, als die Namen merkwürdiger Männer zu schreiben, die ich besucht habe, so würde ich doch noch nicht wagen, über alle zu urtheilen, da ich mich mit den meisten nur einige, oder eine Stunde, oder gar noch kürzere Zeit unterhalten habe. Viele sahe ich vorgestern auf der schönsten öffentlichen Promenade in Zürch, dem sogenannten Schützenplatze, der nicht weit ausser der Stadt ligt, und zwischen der reissenden Limmat, und einem zu gewissen Zeiten noch viel reissenderen und gefährlichern Waldstrom eingeschlossen ist. Diese Promenade war ursprünglich (und ist es auf eine gewisse Art noch jetzo) eine fruchtbare Wiese, die aber mit breiten und reinlichen Gängen durchschnitten, und mit prächtigen Alleen von alten ehrwürdigen Linden besezt ist. Die Aussicht auf die Stadt und Weinberge jenseit der Limmat ist schön, aber ein wenig eingeschränkt. Ein grosser Zuwachs des Vergnügens, was ich auf diesem schönen Spatziergange genoß, war der herrliche Wohlgeruch, der sich nach allen Seiten von dem jungen Heu verbreitete, das in den Zwischenräumen der Gänge entweder in Hauffen gebracht, oder aus einander geschüttelt wurde. Hier giengen wir mehrere Stunden in grosser Gesellschaft spatzieren, und hier hatte ich die glüklichste Gelegenheit, mich zu überzeugen, daß die Nachrichten von dem heftigen Hasse der Partheyen, in welche die Zürcher-Gelehrten getheilt sind, entweder ganz falsch, oder doch in hö-

hem Grade übertrieben sind. Man erzählte es mir
an mehrern Orten als ganz ausgemacht, daß, wenn
man nach Zürch komme, man sich nothwendig zu der
einen oder andern Parthey schlagen müsse, und daß
man von der einen verlassen, oder angefeindet werde,
sobald man die andere besuche, oder kennen lernen
wolle. Ich sahe Lavater und seine Freunde, einige
seiner vornehmsten Widersacher, und wiederum solche, die weder Lavaterianer noch Antilavateriane
sind, nicht nur auf demselbigen Spaziergange, sondern in denselbigen Creisen beysammen. Alle nahmen gleichen Antheil an denselbigen Gesprächen, und
widersprachen einander ohne Bitterkeit, und Einmi-
schung von Persönlichkeiten. Ueberhaupt hätte man
von Männern von Geist und Charakter nie argwöhnen sollen, daß sie Fremde, denen es darum zu thun
ist, alle merkwürdige Menschen einer Stadt kennen
zu lernen, durch die Erwähnung von Privatstreitig-
keiten in Verlegenheit, oder in Gefahr setzen könnten,
entweder unhöflich, oder ungerecht zu werden.

Schon am ersten Tage hörte ich auf der Promenade zuerst von einer seltsamen Zaubergeschichte, die
in Glariß vorgefallen seyn sollte. Allein hier waren
noch Urtheile und Nachrichten so streitend, daß ich
Wahres und Falsches gar nicht zu unterscheiden im
Stande war. Ich gab mir deswegen alle erfinnliche
Mühe, auf den Grund der Sache zu kommen, und
ich war so glüklich, bey einem berühmten Mann eine Sammlung von Briefen aus Glariß anzutreffen,
die von verschiedenen, allem Ansehen nach unpar-

theyischen und aufgeklärten Männern geschrieben wa=
ren, und vermuthlich das Glaubwürdigste enthielten,
was über diesen in unsern Tagen höchst interessanten
Vorfall bekannt werden wird.

Ein unerwachsenes neunjähriges Töchterchen aus
einem vornehmen Hause zu Glaris fieng zum höch=
sten Schrecken seiner Eltern an, zu wiederholtenma=
len Stecknadeln zu speyen, und an dem einen Beine
contract oder gelähmt zu werden. Diß Stecknadel=
speyen wurde, wie es schon oft geschehen ist, für et=
was Uebernatürliches, und für eine Wirkung von Zau=
berey gehalten. Als die Urheberin dieser Missethat
argwöhnte man ein Dienstmädchen von einem ver=
dächtigen Rufe, das aus dem Canton Zürch gebür=
tig war, eine Zeitlang bey den Eltern des Kindes ge=
dient, aber das Haus kürzlich verlassen, und dem
Kinde nach der Aussage desselben einen Kuchen gege=
ben hatte. Auf diese Aussage allein versprach man
demjenigen eine grosse Belohnung, der das Mädchen
angeben, oder liefern würde. Das Mädchen wurde
ergriffen, festgesezt, und gefoltert; allein unter den
entsetzlichsten Martern sagte es weiter nichts aus,
als daß es zwar dem Kinde einen Kuchen gegeben,
aber diesen Kuchen nicht selbst gemacht, sondern von
einem benachbarten Schlosser empfangen habe, der
allein wisse und wissen müsse, woraus er zusammen=
gesezt gewesen sey. Auf dieses Bekenntniß nahm
man auch den Schlosser in Verhaft, der nicht läug=
nen konnte, daß er dem Mädchen einen aus Eisen=
Feile; und ich weiß nicht aus welchen Erdarten und

Säuren zusammengesezten, und nach einem irgend-
woher ererbten oder erhaltenen Recepte verfertigten
Kuchen gegeben hätte.   Er war aber nur eine kurze
Zeit im Gefängniß, als er sich in einem Anfall von
Verzweiflung erhenkte.   Vermuthlich war der Unglük-
liche eben so sehr Betrogener, als Betrüger, und es
kommt mir auch nicht unwahrscheinlich vor, daß er
sich eben sowohl aus übertriebener Angst, als aus Be-
wußtseyn einer des Todes würdigen Frevelthat hingerichtet habe.   In dem Hause des Selbstmörders
fand man allerley verdächtige Arzneyen und Vorschriften, welche leztere man aber nicht das Herz hatte genau zu untersuchen, weil man gefährliche und magi-
sche Wirkungen davon fürchtete.   Ungeachtet durch
den Tod des Schlossers die ganze Sache viel verwi-
kelter wurde, als sie sonst gewesen wäre, so glaubten doch die Richter, daß man jetzo an der Zauber-
kraft des Mädchens, und an den Zauberwirkungen
des durch ihre Hände gegangenen Kuchens nicht mehr
zweifeln könne. Man zwang die Gefangene, so oft und
feyerlich sie auch ihre Unwissenheit betheuerte, daß
sie das kranke Kind durch eben die übernatürliche Kunst,
wodurch sie es krank gemacht habe, auch wieder heilen solle.   Entweder aus Furcht vor den Martern,
womit man sie bedrohete, oder weil sie wirklich anfieng, sich etwas zuzutrauen, dessen selbst die Herren von Glaris sie fähig hielten, legte die Gefangene
Hand an das grosse Werk, was man von ihr verlangte.   Nach mehrern fruchtlosen Versuchen nahm sie
endlich die lezte Operation in Beyseyn von vielen.

Personen, und selbst von mehrern ihrer Richter vor. Sie rieb das kranke Bein des Kindes unter den heftigsten Verdrehungen und Gebeten etwa zehn Minuten hinter einander, und übergab den Eltern alsdann das gesunde Kind zum größten Erstaunen aller Umstehenden, sowohl der Verständigen und Aufgeklärten, als der Unwissenden und Abergläubigen. Während der Operation wollten viele ein heftiges Getöse, oder gar eine Erschütterung des Hauses, worinn die Heilung geschah, wahrgenommen haben. Nach der Wiederherstellung des Kindes wurde die vermeyntliche Zauberin zum Tode verurtheilt; allein weil sie aus Zürch gebürtig war, und das gestiftete Böse wieder gut gemacht hatte, so fragte man die Herren von Zürch, ob sie die Verbrecherin auf ihre Kosten in das Zuchthaus ihrer Stadt bringen lassen, und lebenslang darinn unterhalten wollten. Die Herren von Zürch freuten sich über die glükliche Gelegenheit, einer Zauberin das Leben retten zu können, und versprachen alles, was man verlangt hatte, wenn man die Gefangene nur bis an die Gränzen bringen wollte *). Während der Untersuchung fragten die Eltern mehrere Personen, wie es möglich sey, daß ein Kind Nadeln ausbrechen, und daß ein Kuchen diese Wir-

*) Dieser weisen Antwort ungeachtet haben die Herren von Glaris es für gut gefunden, die Zauberin hinrichten zu lassen. Durch diesen Schritt sezte man sich wenigstens in Sicherheit, daß das Mädchen nichts bekannt machte, was man nicht gern bekannt gemacht hatte.

kungen hervorbringen könne? Unter diesen Männern,
bey denen man sich Raths erholte, war ein Vieharzt,
Irminger, von Pfaffhausen, der sich aber auch mit
der Heilung menschlicher Krankheiten und Gebrechen
abgibt. Dieser eben so kühne und verschmitzte, als
unwissende Quacksalber gab dem Doctor Tschudi, dem
Vater des Kindes, auf seine Frage zur Antwort:
daß der Zauberkuchen, den das Kind gegessen, wahrscheinlich den Saamen, oder die Embryonen von
Stecknadeln enthalten hätte, und daß allem Ansehen
nach diese Embryonen im Magen des Kindes wären
ausgebrütet worden, und noch fernerhin würden ausgebrütet werden. Ich müßte mich sehr irren, wenn
Sie diese Antwort nicht viel klüger, als die Frage
fänden.

Bey den ungeheuren Versehen, welche man in
dem ganzen Verlaufe des Processes begangen hat,
wäre es vielleicht jetzt den scharfsinnigsten und unpartheyischsten Beobachtern in Glaris selbst nicht möglich, die wahre Beschaffenheit der Sache zu ergrün-
den. Vielweniger darf man in der Ferne sich schmeicheln, die so übernatürlich scheinende Begebenheit aus
natürlichen Ursachen erklären zu können. Wer so etwas unternehmen wollte, der müßte mit dem Charakter, den Talenten, und dem körperlichen Zustande des Kindes, mit dem Verhältnisse der Eltern
desselben gegen das Mädchen, des Mädchens gegen
den Schlosser, und aller dieser Personen gegen die
Richter, auf das vollkommenste bekannt seyn. Nach
allem aber, was ich Glaubwürdiges gelesen und ge-

hört habe, kann man kaum daran zweifeln, daß die Richter wenigstens größtentheils unwissende und abergläubige Leute waren, welches ich bey der grossen Industrie, Wohlhabenheit, und den in der ganzen Schweiz anerkannten glüklichen Anlagen der Glarner am wenigsten begreifen kann; daß ferner das Kind wirklich Stecknadeln von sich gegeben habe, und daß es an dem einen Beine contract oder geschwächt, und in Zeit von einigen Minuten durch die angebliche Zauberin wieder hergestellt worden sey. Gewiß aber werden Sie es mit mir für wahrscheinlicher halten, daß das Kind durch Arzneyen und vorzüglich durch heftiges Reiben, vermuthlich nicht so plötzlich als es geschienen, als daß es durch Beschwörungen geheilt worden sey, so wie es Ihnen auch wahrscheinlicher vorkommen wird, daß das Kind entweder selbst aus nicht bekannten Ursachen eine schon oft gespielte Farce wiedergespielt habe, oder von andern dazu gebraucht worden sey, als daß ein Kuchen durch bisher ganz unbekannte Kräfte Nadeln in den Eingeweiden des Kindes erzeugt, und nicht gefährlichere Symptome nach sich gezogen habe, als von dem Kinde erzählt werden *).

In Ihrem letzten Briefe schärfen Sie es mir zu ernstlich ein, Ihnen zu schreiben, wie ich Bodmer und Lavater gefunden hätte, als daß ich Sie länger warten lassen sollte. Der erstere, ein kleines troknes, aber lebhaftes Männchen, wohnt mit seiner Gattin

*) Eine viel wunderbarere Geschichte, als die Herengeschichte in Glaris, erzählt Heinrich ab Heer in der achten seiner obs. medicar. p. 85.

in einem einfachen und einsamen, aber geräumigen Hause auf einer Anhöhe vor Zürch, wo er eine schöne und
weite Aussicht auf die Stadt, und umliegende Gegend
hat. Als ich ihn besuchte, umarmte er mich herzlich,
und freute sich außerordentlich über meinen Brief vom
Herrn Prof. Lichtenberg, den ich ihm mitbrachte. Er
redet noch von gelehrten Sachen mit einem Feuer, dergleichen ich mich nicht besinne, in Personen von seinem
Alter gefunden zu haben. Begierde zu lesen, und Theilnehmung und Eifer für die neue Litteratur, scheinen in
ihm mit den Jahren zuzunehmen. Dieses versichern
alle Gelehrte in Zürch, und ich schloß es auch daraus,
daß er mich über mehrere neue Bücher fragte, von denen
ich noch gar nichts gehört hatte. Er liest aber nicht bloß,
sondern er schreibt auch noch Bücher, die in Teutschland
nur wenig bekannt werden. Alle Zürchische Gelehrte
verehren ihn, als ihren Vater, und auch die meisten
Fremden aus Teutschland, und selbst aus Frankreich besuchen den ehrwürdigen Greis, indem er neben Geßner
und Lavater immer einer der ersten ist, zu welchem man
Reisende hinführt.

Ueber Lavater kann ich Ihnen schon mehr und auch
etwas zuverlässigeres, als über einen jeden andern
Zürcher Gelehrten (meinen alten vertrauten Freund,
Herrn Professor Hottinger ausgenommen) schreiben,
weil ich in diesen drey Tagen am meisten mit ihm
umgegangen bin, und gestern einen ganzen Tag in
seiner Gesellschafft zugebracht habe. Lavater gehört
unter den Menschen, mit denen ich bekannt geworden
bin, zu den wenigen, die ihr Inneres, besonders ihre

Fehler, am wenigsten verstecken, und noch viel weniger sich bemühen, ihre Vorzüge zur Schau zu legen. Von Seiten seines Characters kann er nicht leicht einen zu enthusiastischen Lobredner erhalten, und selbst seine Widersacher, wenigstens diejenigen, die ich kenne, gestehen, daß sein Leben und Wandel untadelich seyen. Warmer Eifer, die Ehre Gottes und das Wohl seiner Nebenmenschen zu befördern, ist unstreitig seine herrschende und stärkste Neigung, und die erste Triebfeder aller seiner überlegten Handlungen. Neben dieser in Gewohnheit übergegangenen Frömmigkeit sind unermüdliche Versöhnlichkeit, und unerschöpfliche Feindesliebe seine hervorstechenden und charakteristischen Tugenden. Beyde habe ich in ihm in sonst mir nicht durch Erfahrung bekannten Graden angetroffen, und vorzüglich aus diesem Grunde war er mir eine höchst merkwürdige Erscheinung. Sehr oft habe ich ihn von den Talenten, Verdiensten, und Vorzügen seiner Widersacher mit einer solchen Wärme reden hören, als wenn er die Tugenden seiner eifrigsten Freunde gepriesen hätte. Eben so oft bin ich Zeuge davon gewesen, daß er seine Gegner selbst entschuldigt, und auf eine solche Art Wünsche für ihr Wohl geäussert hat, daß es mir, und wie ich glaube, einem jeden unparteyischen Mann unmöglich gewesen wäre, nur den geringsten Argwohn von Prunk oder Affectation zu hegen, und daß auch ein jeder hätte fühlen müssen, daß ihm diese Gesinnungen gar keine Anstrengung kosteten, und mehr die Frucht seiner Natur, als einer mühseligen Arbeit an sich selbst seyen. Nie entwischte

ihm in meiner Gegenwart ein hämischer Tadel, nicht
einmal ein Ausbruch von Verdruß über die unzähli=
gen Kränkungen, die er erfahren hat, und auch jetzo
nicht selten erfährt. Vielmehr ist er überzeugt, daß
alle diese Prüfungen zu seinem Besten, und zu seiner
Vollendung dienen. Von seinen Talenten und Ver=
diensten denkt er gewiß bescheidener, als seine mei=
stens lächerlichen Bewunderer. Er gesteht es frey,
daß ihm eine tiefe Kenntniß der alten Sprachen, und
viele andere nützliche Kenntnisse mangeln, daß eben
dieses ihm viel Schaden gethan, und an manchem Gu=
ten gehindert habe. Keiner empfiehlt daher das Stu=
dium der alten und gelehrten Sprachen eifriger, als
er, ungeachtet er fühlt, daß er das Versäumte nicht
mehr nachholen kann. Von der heimlichen Eitelkeit,
die man oft als die Quelle aller seiner Tugenden an=
gegeben hat, und von der ich ihn selbst nicht frey
glaubte, habe ich auch nach der genausten Beobachtung
so wenig Spuren gefunden, daß ich mir selbst über mei=
nen vorhergefaßten ungegründeten Argwohn in der
Stille Vorwürfe gemacht habe. Noch viel unerwar=
teter war es mir, daß ich in seiner Person und Gesich=
te nichts von der, Sehern und Schwärmern gewöhn=
lichen Salbung, und in seinem Betragen nichts von
der, weichen Herzen eigenthümlichen zusammenschmel=
zenden Liebe und Freundschafft entdeckte. Geberden,
Stellungen, Mienen und Blicke verrathen einen geist=
vollen Mann, aber nicht den Mann mit der feurigen,
noch immer nicht genug gebändigten Einbildungs=
kraft, die ihn in seinen Schriften so oft in seltsame

und gewagte Meynungen hingerissen hat. Wenn man ihm vormals den nicht ganz ungegründeten Vorwurf machte, daß er durch seine warmen und wohlgemeynten Lobreden jungen Leuten eine zu hohe Meynung von ihren Talenten eingeflößt, sie dadurch von ernsthaften und anhaltenden Arbeiten abgezogen, und wider seine Absicht zu allerley Ausschweifungen veranlaßt habe; so verdient er diesen Vorwurf jetzo gewiß nicht mehr. Die Spöttereyen, die er deswegen geduldet hat, haben ihn gegen unbekannte, besonders junge Leute, eher kalt und zurückhaltend, als anschmiegend, und selbst gegen solche, die er kennt und schätzt, eher nur höflich, als entgegenkommend gemacht. Auch alsdann, wenn er vertraut wird, hält er sich, scheint es, immer zurück, und gießt sich nie in übertriebene Lobeserhebungen, und Liebkosungen aus. Er redet leicht und mit Theilnehmung, aber nie hitzig; seine Bewegungen sind lebhaft, aber nie furchtbar heftig; und Widersprüche kann er eben so ruhig und gelassen anhören, als beantworten. Im Creise von Freunden und Freundinnen erwacht er zur heitersten Fröhlichkeit, und scherzt so munter und muthwillig, daß mancher witzige Kopf ihn um dies Talent beneiden würde. Ungeachtet er keine weitläuftige Gelehrsamkeit besizt; so wird doch sein genauster Umgang höchst interessant durch die vielen Erfahrungen, und seltene Menschenkenntniß, die er sich durch seine frühen, noch immer fortdaurenden, und sich erweiternden Verbindungen mit allen Classen von Menschen erworben hat. Bey diesen Vorzügen werden Sie es leicht erklären können.

wie er seiner Schwachheiten und Verirrungen unge=
achtet so viele junge Leute so unwiderstehlich habe an
sich ziehen, und sich die Liebe und das Zutrauen sei=
ner Gemeinde, und des größten Theils der Bewoh=
ner von Zürch, und der umliegenden Gegenden habe
erwerben können. Seine Predigten werden mit größ=
serm Beyfall, als die der übrigen gleichfalls sehr be=
liebten Prediger gehört, ungeachtet sie selten sorgfäl=
tig ausgearbeitete Reden, und auch nicht immer mit
der strengsten Orthodoxie übereinstimmend sind. Ihr
größter Vorzug und eigenthümlicher Charakter ist das
Herzliche, Wohlmeynende, und Rührende in der Spra=
che, Stimme, und den Geberden des Redners, was
auch diejenigen einnimmt, die es nicht zu bestimmen und
zu unterscheiden wissen. Ein unverdächtiger Beweis
der allgemeinen Achtung, worin er steht, war mir die=
ser, daß er, so oft ich mit ihm spazieren ging, fast
von allen, die uns begegneten, mit der größten Ehr=
erbietung gegrüßt wurde, und daß unter den Land=
leuten mehrere waren, die ihm mit kindlicher Ehrfurcht
die Hand küßten. Ein wohlhabender Landmann hat
ihm sogar auf einer der schönsten Anhöhen vor der Stadt,
ein kleines, aber niedliches Rebhäuschen bauen lassen,
wo man eine weite Aussicht auf den See und seine bey=
den Ufer hat. Er ist der Vertraute, Rathgeber, Trö=
ster, und Schlichter von Streitigkeiten in einer Menge
von vornehmen und geringen Familien in Zürch, die vie=
len Fremden nicht einmal gerechnet, die ihn zu ihrem
Gewissensrath machen. Wenn man die erstaunliche
Mannigfaltigkeit von Berufsarbeiten und andern un=

ablehnbaren Geschäften bedenkt, die sich von allen
Seiten auf ihn zudrängen, so erstaunt man, daß er
bey aller seiner Thätigkeit noch so vieles schreiben kann,
und man findet es gar nicht übertrieben, was er sagt,
daß Schriftstellerey für ihn nicht, wie für andere,
Hauptgeschäft, sondern nur Erholung von seinen Arbeiten sey. Unter allen ihm eigenthümlichen oder seltsamen Meynungen hängt er keiner, scheint es, mit so
vielem Eifer an, als der Ueberzeugung von der Sicherheit oder Uhtrüglichkeit seines physiognomischen
Sinns oder seiner Intuition, wodurch er Menschen
eben so zuverläßig, als aus ihren Thaten, erforschen zu
können glaubt. Diese seine Intuition, die er selbst vor
denen nicht verläugnet, die nicht daran glauben, war
einer von den Punkten, worüber ich nicht gern mit
ihm rebete, weil ich fühlte, daß ich mich ihm gar nicht
würde nähern, und ihn auch nicht zu mir würde herüber ziehen können. Wie er vormals über den Wun-
derglauben geschrieben, und gedacht hat, weiß ich
nicht, da ich nicht alle seine Schriften gelesen habe;
allein jetzo ist er nicht nur überzeugt, daß er niemals
Wunder gethan, sondern daß er auch andere keine Wunder habe thun sehen. Zugleich aber behauptet er, welches auch die heftigsten Bestreiter von Wundern nicht
geläugnet haben, daß vielleicht gewisse Menschen von
ausserordentlicher Kraft Dinge verrichten könnten, welche die Kräfte gewöhnlicher Menschen überträfen, und
wider den gewöhnlichen Lauf der Natur zu seyn schienen.

Der Uebergang von Lavater auf die berüchtigte
Nachtmahlsvergiftung ist zu natürlich, als daß ich

nicht sogleich das, was ich nach fleißigem Forschen davon erfahren habe, hersetzen sollte. Bey meiner Ankunft in Zürch hatte ich den Aufsatz in der teutschen Bibliothek über diesen Vorfall noch nicht gelesen; ich war aber doch ganz von der Meynung eingenommen, daß die angebliche Nachtmahlsvergiftung ein Mährchen oder blinder Lärm, und das vermeyntliche Gift in den heiligen Bechern durch Nachläßigkeit, oder Versehen hineingekommene Unreinigkeit gewesen sey. Ich lächelte deswegen, als ich zuerst im Ernst von Gift und Vergiftung reden hörte, erstaunte aber nicht wenig, als ich von mehrern verständigen und zuverläßigen Männern vernahm, daß an der Sache mehr sey, als ich bisher nach den Erzählungen einiger Bekannten, die aber alle aus dem Aufsatze des Ungenannten geschöpft waren, vermuthet hatte. Hätte ich diesen Aufsatz selbst gelesen, so würde ich aus dem heftigen leidenschaftlichen Tone, worinn er geschrieben ist, sogleich Verdacht geschöpft haben. Aller der Möglichkeiten ungeachtet, welche der namenlose Schriftsteller zusammengesucht hat, um das Publikum glauben zu machen, daß man ohne Grund auf den Argwohn vorsetzlicher Vergiftung gefallen sey, zweifelte in Zürch lange kein Mensch daran, daß nicht vorsetzlich gewisse mit Gifttheilchen versezte Unreinigkeiten in die Kelche geworfen worden. Nach der Erscheinung des Aufsatzes, der auch in Teutschland so viel Aufmerksamkeit erregt hat, fiengen zwar manche an, zu zweiflen; allein noch jetzo sind die gelehrtesten, und der Sache am meisten kundigen Männer von der

Meynung überzeugt, die eine Zeitlang die herrschende
in der ganzen Stadt war. Freylich glaubt man nicht
allgemein, (und diesen Umstand hat der unbekannte
Schriftsteller, der sonst die kleinsten Umstände genau
wußte, nicht berührt,) daß der Thäter die Absicht
hatte, durch seine Sudeleyen eine ganze Gemeinde
hinzurichten. Einige vermuthen, daß er gegen gewisse Personen, die er haßte, habe Verdacht erregen,
und böse Gerüchte verbreiten wollen, zu welchen sich
dann leicht andere Aeusserungen und Ausbrüche von
öffentlicher Unzufriedenheit hätten gesellen können.
Eben deswegen, sagt man, habe er die Dosis von
Gift so geringe, und die von unschädlichen oder höchstens widerlichen Bestandtheilen so sichtbar groß gemacht, indem in einigen Bechern ein mehrere Finger
hoher Bodensatz enthalten gewesen sey. Andere hingegen zweiflen gar nicht, daß der unbekannte Bösewicht einige seiner Feinde habe hinrichten wollen, daß
er aber aus Unwissenheit eine solche Mischung gemacht habe, wodurch die Kraft der schädlichsten Be-
standtheile sehr geschwächt worden. Falsch ist es,
daß niemand eher Uebelkeiten empfunden, als bevor
sich die Nachricht von Vergiftung ausgebreitet habe.
Glaubwürdige Männer haben mich versichert, daß
mehrere Personen vor diesem Gerücht einen Eckel ge-
spürt hätten, von dem es aber wahrscheinlicher ist, daß er
durch den eckelhaften Anblick des trüben unreinen Weins,
als durch die schwachen und diluirten Gifttheilchen erregt worden sey. Der unbekannte Recensent gibt sich
alle ersinnliche Mühe, die Spuren von Fingern zu

den Bechern; und von verschütteten Feuchtigkeiten an
der Erde, oder doch ihre natürliche Bedeutung weg-
zudisputiren; allein hatte er denn nicht gehört, daß
auch in dem Altartuche Spuren von unreinen und ab-
gewischten Fingern waren? Wenn man mit allen jetzt
angeführten Umständen noch folgende verbindet, daß
nur allein in den hölzernen Bechern, aus welchen die
Communicanten zu trinken pflegen, und in einigen
zinnernen Kannen, nicht aber in den hölzernen Ge-
fässen, in welchen der Wein zur Kirche gebracht wurde, Unreinigkeiten gefunden worden, und daß das
Weinsediment auf der Stelle Gold weißgefärbt habe,
welches sich ohne Zusammenmischung von Mercurius
und Arsenick nicht gut erklären läßt, so ist es einem
uneingenommenen Beurtheiler kaum möglich, an einer vorsetzlichen Verunreinigung und selbst Vergiftung
des Communionweins zu zweiflen. Die Einwürfe,
die der Recensent (S. 648. 658.) vorbringt, sind so
beschaffen, daß, wenn man sie gelten lassen wollte,
man alsdann ein jedes, auch das augenscheinlichste
Corpus delicti, entkräften oder zweifelhaft machen
könnte. — Der Urheber dieser Frevelthat ist noch immer nicht entdekt; allein viele einsichtsvolle und un-
befangene Gelehrte, selbst solche, die Wasern wohlwollten, argwohnen den letztern als den Thäter. Ob
er einer solchen That überhaupt fähig gewesen sey, mögen Sie selbst aus dem Folgenden schliessen. Man hat
mir mehrere Dinge anvertraut, die den gegen ihn entstandenen Verdacht nicht wenig bestärken; allein ich
mag das Andenken, auch des verruchtesten Menschen,

der doch einmal für seine Thaten gebüßt hat, nicht
durch neue nur wahrscheinliche Greuel noch mehr schän=
den. So viel ist gewiß, daß Waser immer ein wenig
in die Chemie hineingepfuschert, und sich von Zeit zu
Zeit mit Chemischen Operationen beschäftiget hat. In
seinem Gefängnisse und Verhören aber hat er nie et=
was von Nachtmahlsvergiftung gestanden, und Lava=
ter, der ihn anfangs auch im Verdacht hatte, sagte
mir, ohne mir seine Gründe mitzutheilen, daß er ihn
für unschuldig halte. *)

*) Der Verfasser des Sendschreibens im ersten Stück des
60sten Bandes der allgemeinen teutschen Bibliothek, hat
die Dreistigkeit, gegen die Untersuchungen und Zeugnis=
se der größten Aerzte und Naturforscher in Zürch, gegen
eine Menge der aufgeklärtesten und zuverläßigsten Män=
ner, mit denen ich über die Nachtmahlsvergiftung ge=
sprochen und correspondirt habe, endlich gegen alles, was
in ganz Zürch notorisch ist, zu behaupten, daß in den
schmutzigen Kelchen kein Gift gewesen sey, daß Niemand
in Zürch an eine Nachtmahlsvergiftung geglaubt, und daß
Herr Lavater sich zu Wasern in's Gefänniß ge=
drängt habe. Wenn der namenlose Schriftsteller diese
Nachrichten blossen Gerüchten nachschrieb, so war es un=
verzeihliche Kekheit, oder Leichtsinn, einem so unsichern
Gewährsmann zufolge, den glaubwürdigsten und größten
Gelehrten in Zürch (die ich alle mit Namen nennen will,
so bald der Verfasser aus seiner Dunkelheit heraustritt,)
öffentlich zu widersprechen, und einen durch Charakter
und Amt so verehrungswürdigen Mann, als Herr La=
vater ist, öffentlich anzugreifen. War aber der Ver=
fasser ein Schweizer, und besser unterrichtet, so weiß ich
kein Wort für die Niederträchtigkeit zu finden, deren er
sich in diesem Fall schuldig gemacht hat. Die grundlose
Verläumdung, daß Herr Lavater sich zu Wasern
hinzugedrängt habe, ist auch in Teutschland von Leuten
wiederholt worden, denen es nicht schwer wird, auf blos=
se Sagen hin den guten Namen von ehrlichen Männern
anzutasten. — Der unglückliche Waser ließ kurz vor sei=

Zürch am 16. Morgens um 6 Uhr.

Vielleicht ist die gegenwärtige Morgenstunde die lezte, in welcher ich Ihnen noch einige Nachrichten über

ner Hinrichtung die Obrigkeit bitten, daß sie ihm am lezten Morgen anstatt der Candidaten, die der Ordnung nach gefolgt wären, den Herrn Diaconus Heß, die Herren Pfarrer Schinz und Pfenninger, und Herrn Lavater zu seiner Erbauung oder Aufrichtung schicken möchten. Die Obrigkeit gewährte diese Bitte, und trug dem Herrn Antistes Ulrich auf, daß er die eben genannten Männer zu dem Gefangenen berufen möchte. Diß geschah auch durch eine förmliche Einladung des Pedellen Fasi, und Herr Lavater gieng also eben so wenig, als mehrere seiner Amtsbrüder ungerufen, sondern von Waser erbeten, und auf den Befehl der Obrigkeit in das Gefängniß. — Gegen die Beschuldigung: daß ich den Schweizern hätte schmeicheln wollen, um ihre Jugend nach Göttingen zu locken, sage ich nichts, da keiner, der mich nur einigermassen kennt, diese lächerliche Beschuldigung glauben wird, er müßte denn dem anonymischen Correspondenten ähnlich seyn.

Als das angebliche Schreiben aus Schaffhausen erschien, vermuthete man anfangs in Zürch, daß Herr Professor Meister der Verfasser davon sey, weil er nicht lange vorher eine heftige Recension meiner Briefe in die Zürchische Bibliothek hatte einrücken lassen wollen, welches aber die Obrigkeit verboten hatte. Herr M. wurde darüber zur Rede gestellt, allein er versicherte als ein ehrlicher, und seine Worte respectirender Mann, daß er nicht der Urheber des Schreibens sey, und auch gar keinen Antheil daran habe, ja daß er in Zürch auf Niemanden rathen könne, der es möchte gemacht haben. Nur der Beschluß des Briefes, der einige Anekdoten von Häfeli und Stolz enthielt, schien ihm und einigen seiner Freunde so abstechend gegen das übrige, und in Rücksicht auf Styl und Inhalt so wenig fremd, daß der Verdacht in ihnen aufstieg, daß dieser Beschluß wohl von jemanden in Zürch herrühren möchte, der dann und wann Beyträge zur allgemeinen teutschen Bibliothek liefere. Das übrige des Briefes sey, glaubte man, in Berlin selbst gemacht worden.

Zürch aus Zürch selbst schreiben kann. Ich will sie daher dazu nutzen, Ihnen, so viel es in meinem Vermögen ist, den Charakter eines der widersprechendsten,
räthselhaftesten und verkehrtesten Menschen, den Charakter des unglücklichen Wasers, zu schildern. Sie können leicht denken, daß ich alle Mühe und Vorsicht angewendet habe, um die Gemüthsart eines Mannes aus-
zuforschen, der so viele Menschen aufmerksam auf sich
gemacht, und das lesende Publicum in Teutschland
und in der Schweiz in zwo Parteyen getheilt hat.
Ich habe mich über ihn mit allen Arten von Personen,
selbst mit solchen unterhalten, die nichts weniger, als
Vertheidiger oder Freunde seiner Richter waren, die sich
vielmehr Wasers Freunde nannten, die wenigstens seine Talente und Fleiß hochschätzten, und beyde zu seinem
und seiner Mitbürger Besten hinzuleiten gesucht hatten.
Alle ohne Ausnahme schilderten ihn als den rachsüchtig-
sten, ränkevollsten, und undankbarsten Mann, der sein
Vaterland gehaßt, und den Tod, den er gelitten, vollkommen verdient habe. Ein solches übereinstimmendes
Urtheil, wenigstens der aufgeklärtesten Zürcher, mit denen ich bekannt geworden bin, ließe sich in einem Freystaat, wo immer Unzufriedene sind, und wo diese Unzufriedene oft die größten Verbrecher nicht aus Ueberzeugung oder Mitleiden, sondern aus Haß und Rache gegen die Regierung in Schutz nehmen, gar nicht denken,
wenn Waser nach der Meynung seiner Mitbürger auch
nur einen Schein von Recht vor sich gehabt hätte. Waser verrieth schon als Knabe eine gänzliche Verkehrtheit,
oder wie Lavater sagte, einen apoplektischen Zustand sei-

ner sittlichen Natur *). Er konnte, weil es ihm nicht
an Kopf fehlte, oft einsehen, daß etwas Unrecht, oder
wider die Gesetze sey; allein er fühlte es nicht, oder empfand bey schlechten Handlungen entweder gar nicht, oder
nur selten Reue und Unwillen; und eben so wenig oder
selten, brachten Wohlthaten und gute Handlungen, wie
in andern vollendeten Menschen, Liebe, Dankbarkeit
und Bewunderung hervor. In seiner Kindheit übte
er nicht bloß kindischen Muthwillen, um sich mit seinen
Gespielen, oder über seine Gespielen lustig zu machen;
sondern er zeigte bald eine bösartige Schalkheit, die ihn
bis an seinen Tod begleitete, und ihn in der Angst, oder
doch Verlegenheit, oder dem Schaden der ehrwürdigsten
und theuersten Personen ein boshaftes Vergnügen finden
ließ. So fieng er auf einmal, noch als Knabe, an, ein
Nachtwandler zu werden. Er spielte seine Rolle zwar
so gut, daß er seine Mutter, die ihn unaussprechlich liebte, hinterging, aber doch nicht so geschickt, daß sein Vater nicht die Schalkheit des Buben entdeckt hätte. Dieser duldete die Unruhe, die sein Sohn auf seinen natürli-

---

*) Soviel auch der verkappte Schaffhäuser Correspondent, und
andere über dies Urtheil meines Freundes La v a t e r gewi-
zelt haben, so finde ich es doch immer noch eben so wahr, als
der bildliche Ausdruck, dessen er sich bediente, angemessen
ist. Auch habe ich unter allen den Vernunfteleyen, die im
Museo, und anderswo gegen meine Schilderung vom Waser gedruckt oder gesagt worden sind, durchaus Nichts gefunden, was mich zu irgend einer Aenderung, oder Milderung
meines Gemäldes bewegen könnte. Ich muß aber meine Leser nochmals erinnern, daß ich Nachrichten, und Urkunden
über Wasern in Händen habe, die noch viel mehr wider
diesen Mann zeugen, als alles, was ich in Zürch gehört, und
in meinen Briefen gesagt habe.

chen Wanderungen im Hause machte, und immer weiter trieb, so lange, bis die Mutter einstens auf mehrere Tage aufs Land reisete. Gleich in der ersten Nacht, als der Vater allein schlief, nahm dieser eine tüchtige Peitsche mit sich ins Bett, und wartetete horchend auf den Augenblick, in welchen der Nachtwandler erscheinen würde. So bald nun dieser wieder zu lärmen anfing, sprang der Vater aus dem Bette, und hieb unbarmherzig auf den Rücken des Störers seiner nächtlichen Ruhe los. Die ersten Hiebe suchte der junge Waser zu verbeißen; allein da der Vater nicht nachließ, so fiel er ihm endlich zu Füßen, und gestand, daß er bisher vorsetzlich den Nachtwandler gespielt habe. Zu einer andern Zeit jagte er in einem gelinden Fieber, wo er vermuthlich nicht genug bedauret, und gewartet zu werden glaubte, seiner Mutter ein fast tödtliches Schrecken ein, indem er wie ein Rasender zu schreyen, und sich zu geberden anfing. Auch hier ertappte ihn der schärfer sehende Vater, und zwang ihn zum Bekenntniß seines Bubenstücks. Als er in reifern Jahren von andern, als von seinen Eltern, große Wohlthaten zu empfangen im Stande war, waren es immer seine Wohlthäter, die er auf die schändlichste und niederträchtigste Art mißhandelte. Zu seinen größten Wohlthätern gehörte der verstorbene Bürgermeister Heidegger, und der noch lebende Statthalter N — — , ein Mann, den ganz Zürch als einen seiner thätigsten Staatsmänner verehrt, indem er, außer seinen übrigen Verdiensten, durch seine weisen und wohlthätigen Anstalten in der letzten grossen Theurung, Hungersnoth und Elend von seinem Vaterlande abgewandt hat. Den erstern verrieth Waser nicht nur bey seinem Leben an seine Gegenparten, sondern schändete sein Andenken auch nach dem Tode durch die giftigste Schmähschrift. Den letztern belangte er als einen Entwender öffentlicher und heiliger Schätze, und verlor darüber die Stelle, die er ihm vorzüglich zu danken hatte. Nach seiner Absetzung gestand er einem seiner vertrautesten Freunde mit Thränen, und mit anscheinender, vielleicht auch aufrichtiger, aber vorübergehender Reue, daß er die ihm zuerkannte Strafe reichlich verdient habe, und gelobte aufs feierlichste, sich ins künftige zu bessern; allein nichts desto weniger war und blieb sein Haß nicht nur gegen einzelne Personen, die er für seine Feinde hielt, sondern auch gegen sein unschuldiges Vaterland unversöhnlich, und eben dieser brennende Haß, und die daher entstehende blinde Rache zogen ihn in die eben so thörichten, als verruchten Maaßregeln hinein, die ihm endlich das Leben kosteten. — Auch der letzte, den er tödtlich beleidigte, der Stadtschreiber Landolt, war sein Gönner und Wohlthäter. L. gab ihm nämlich eben die Urkunden, wovon Waser wichtige Stücke zurück behielt, in der Absicht, um ihm durch das Abschreiben derselben einen ehrlichen Gewinn zu verschaffen. Als nun der Stadtschreiber, der von den abgelieferten Documenten nur für sich selbst ein Verzeichniß gemacht, nicht aber einen Empfangschein von Waser gefordert hatte, die dem letztern eingehändigten Papiere zurückforderte, und sich die fehlenden mit der Formel ausbitten ließ, daß er sie wahrscheinlich würde vergessen haben, antwortete Waser gleich trotzig, daß er nichts mehr habe, und daß er sich sehr wundere, wie man noch mehr, als das Zurückerhaltene, von ihm fordern könne. Auf diese Antwort gieng der Stadtschreiber selbst zu Wasern, und bat ihn aufs freundlichste, seine Schriften doch noch einmal durchzusehen: er wisse gewiß, daß er ihm die fehlenden Stücke geschikt habe, von deren Wiederfindung nicht nur sein Dienst und seine Sicherheit, sondern selbst sein Leben abhange. Waser blieb bey diesen Bitten unerweicht, und sah mit einem triumphirenden Blick und einem teuflisch boshaften Lächeln auf seinen bedrängten Wohlthäter herab, um ihn fühlen zu lassen, daß er seine Wohlfahrt in Händen habe, und daß weder Landolt, noch irgend ein anderer Mensch ihm seine offenbare Dieberey zu beweisen im Stande sey. Als alle Bitten nichts helfen wollten, fieng der bis zur Verzweiflung gereizte Mann an zu drohen, oder vielmehr ihn zu beschwören. Er rief den allgegenwärtigen Rächer aller Bosheit zum Zeugen, daß Waser es eben so gut, als er selbst, wisse, daß er die Urkunden empfangen habe, und nun mit Gefahr seines Lebens zurückbehalte. Auf alle diese Ausbrüche von Angst und Wuth antwortete Waser weiter nichts, als daß er Landolten als einen nachläßigen Hüter der heiligsten Denkmäler der vaterländischen Rechte belangen würde, wenn er noch länger fortführe, etwas von ihm zurückzufordern, was er nicht erhalten habe. Nach diesen fruchtlosen Unterhandlungen schikte Landolt seine und Wasers Freunde zum letztern, und ließ durch diese nicht nur seine Bitte wiederholen, sondern ihm auch eine grosse Summe unter dem Siegel der tiefsten Verschwiegenheit anbieten, wenn er nur die Dokumente wieder herausgeben wolle. So arm Waser war, so blieb er doch unerschüttert, und zog das Vergnügen, sich an der Angst eines Wohlthäters zu weiden, seinem eigenen Vortheile vor. Zulezt stellten ihm seine Freunde auf das rührendste vor, daß er doch einen unschuldigen Mann, der sich noch dazu um ihn so verdient gemacht habe, nicht länger martern und nicht ins Verderben stürzen möchte. Er wage ja selbst Ehre und Leben dabey, wenn die Sache ruchbar, und er als ein Entwender wichtiger Dokumente überführt werde. Waser gab dieses zu; allein er lieferte nichts zurück. Wenn man dieses gelesen oder gehört, und alsdann nur einiges moralisches Gefühl hat, so muß man Wasern als ein sittliches Ungeheuer verabscheuen, und die Kälte, womit er die Bitte und Vorstellungen aller seiner Freunde abwies, wie die boshafte Freude und Hartnäckigkeit, womit er einen Wohlthäter quälte, viel strafwürdiger, als die Entwendung der Urkunden selbst finden.

So wie Waser einsah, daß die leztere That des Todes werth sey, so gestand er auch nach seiner Gefangennehmung (diß hat mir wenigstens ein sehr glaubwürdiger Mann versichert,) mehrmalen in Gegenwart des Gefangenwärters, daß die aufrührerische Schrift, die er Herrn Hofrath Schlözer geschikt habe, eine gleiche Strafe verdiene. Weit entfernt aber die von ihm selbst anerkannten Verbrechen in der Einsamkeit seines Gefängnisses zu bereuen, oder die seinen Wohlthätern zugefügten Beleidigungen abzubitten, brütete er immer neue Entwürfe von Rache aus. Er hofte bald bey dieser, bald bey jener Gelegenheit, bald auf diese, bald auf jene Art seine Mitbürger gegen ihre Obrigkeit aufzuwiegeln, und gestand, daß er einen unauslöschlichen Haß gegen seine Vaterstadt gefaßt, und eine noch viel gefährlichere Schrift, als die erstere gewesen sey, an Herrn Hofrath Schlözer geschikt habe, welche aber dieser nicht empfangen zu haben versichert. Diese lezten Geständnisse, verbunden mit dem aufmunternden Briefe eines Ungenannten, den man in Wasers Strumpfe fand, und der noch im Archiv aufbewahrt wird, zogen dem leztern das Todesurtheil zu, weil man daraus sah, daß man von ihm gar keine Besserung, sondern so lange er lebe, unaufhörliche Meutereyen zu befürchten habe. Ich weiß es von sicherer Hand, daß unter seinen Richtern gerade diejenigen, die ihn vorher als einen unruhigen verderblichen Bürger haßten, für die Begnadigung, und diejenigen, die ihm sonst wohlwollten, zum Tode gestimmt haben, weil sie ihn dieser Strafe werth hielten, und auch glaubten, daß das allgemeine Beste es erfordere, daß er sie leide.

Selbst nach seiner Verurtheilung gab Waser noch nicht alle Hoffnung auf, daß er der Vollziehung der ihm zuerkannten Strafe entgehen könne. Doch fürchtete er den Tod im geringsten nicht. Vielmehr hätte er, wenn ihm die Wahl wäre gelassen worden, den schmerzhaftesten Tod einem ewigen Gefängnisse vorgezogen. Auch hätte er gewiß zehen Leben, wenn er so viele hätte verlieren können, hingegeben, wenn er nur fünfe seiner Feinde damit hätte tödten können, so

wie er einst sagte, daß er gerne beyde Augen verlieren
wolle, wenn er nur einem seiner Feinde eins ausschla=
gen könne. Wenn er also zu leben wünschte, so wünsch=
te er es blos, um sich noch rächen zu können. Bey
dem herannahenden Tode war er weniger standhaft,
als sorglos und ungerührt, wie man an ihm oft bey
ähnlichen wichtigen Gelegenheiten bemerkt hatte. Am
letzten Morgen, als er hingerichtet wurde, aß und
trank er mit gewöhnlichem Appetit, und untersuchte
mit einem seiner Freunde auf eine so angelegentliche
Art, als wenn er nichts wichtigeres zu untersuchen ge=
habt hätte: ob seine Weste auch noch gut genug sey,
um darinn auf den Richtplatz zu gehen: Zur Noth,
sagte er unter andern, kann ich meinen Rock zuknöp=
fen. Als der Gefangenwärter auf die Gesundheit der
Anwesenden trank, antwortete Waser, daß er ihn aus=
nehmen müsse. Da aber Herr . . . ihn erinnerte, daß
er so gut, als ein jeder anderer, die ausgebrachte Ge=
sundheit annehmen könne, erwiederte er ohne Zaudern,
daß zwar sein Freund, aber nicht der Gefangenwärter
dieses sagen könne. . So lange er noch im Thurme
war, (der rund umher mit Wasser umflossen ist, und
den ich, indem ich diß schreibe, vor Augen habe,) ent=
deckte man weder in seinen Reden, noch in seinem übri=
gen Betragen, Zagen oder Prunk; allein beym Hin=
ausgehen zum Gerichtplatz ward er blaß, und schien
nicht mehr so ruhig, als vorher zu seyn. Vielleicht
aber folterten ihn die Schrecken des Todes weniger,
als es ihn verdroß, daß er wider sein Erwarten nicht
die geringste Bewegung zu seinem Vortheil wahrnahm.

Fast alle Häuser und Fenster waren verschlossen, oder leer; nicht, weil man kein Zeuge von dem Tode des Gerechten seyn mochte, sondern weil diejenigen, welche man für seine Feinde hielt, nicht das Ansehen haben wollten, als wenn sie über ihren niedergeschlagenen Feind triumphirten, und hingegen diejenigen, welche in einiger Verbindung mit ihm gewesen waren, ihm den Gang zum Tode nicht erschweren, oder ihn nicht zerstreuen, und in Verlegenheit setzen wollten.

Ueber die Gesetzmäßigkeit des an Wasern vollzogenen Todesurtheils kann freylich ein jeder denken, wie er will; es erregt aber doch immer eine günstige Meynung für Wasers Richter, daß seine Freunde selbst, und auch der bey weitem größte Theil seiner Mitbürger diß Urtheil höchstens strenge, aber nicht ungerecht gefunden haben. So viel ich einsehe, war Waser von mehreren Seiten des Hochverraths gegen sein Vaterland schuldig. Er hatte mehrere aufrührerische Schriften verfertiget und bekannt gemacht, um das Volk gegen die Obrigkeit aufzubringen; er hatte erklärt, daß er sein Vaterland tödtlich hasse, und niemals sich zu rächen aufhören werde; er hatte endlich Dokumente entwandt, von welchen ein höchst gefährlicher Mißbrauch gemacht werden konnte, und den er auch wirklich machen wollte. Wenn Waser, sagte einer der thätigsten und gelehrtesten Patrioten in Zürch zu mir, in einem öffentlichen Amte hundert Thaler aus einer öffentlichen Casse gestohlen, oder nur eine gleich unbedeutende Summe von einer auswärtigen Macht als Geschenk angenommen hätte, so würde er nach unsern

Gesetzen das Leben verwirkt, und niemand würde die ihm auferlegte Strafe ungerecht gefunden haben. Und jetzo, da er, außer mehrern andern großen Verbrechen, dem Staate etwas entwandt hatte, was viel wichtiger war, als die obenangeführte Summe, und er auch selbst dafür erkannte, jezt will man noch zweifeln, ob dieser Mann den Gesetzen gemäß zum Tode verurtheilt worden sey?

Bey manchen hat gewiß nicht sowohl das Urtheil selbst, als die rasche Gefangennehmung des Verbrechers, die übereilte Durchsuchung seiner Pappiere durch seinen Ankläger, und noch mehr die Art, wie das Urtheil abgefaßt war, und der Gedanke, daß Waser um gleicher Vergehungen willen vielleicht in keinem großen Staate wäre hingerichtet worden, Unzufriedenheit oder Unwillen hervorgebracht. Ich gebe zu, daß man in dem ganzen Processe mehrere grosse Fehler begangen habe, und daß sich besonders die Einkleidung des Urtheils nach unsrer Proceßordnung gar nicht entschuldigen lasse; allein diese Einkleidung überläßt man in Zürch immer einer einzigen Person, und man wendet nicht so viele Mühe darauf, als in Teutschland. Dies läßt sich aber leicht in einem Staate erklären, dessen Blutrichter zwar der väterlichen Gesetze kundig, aber keine gelehrte Rechtsausleger sind, und die sich also auch nicht an so genaue und abgezirkelte Formeln im peinlichen Proceß, als wir, gewöhnet haben. Man mag aber an der Arbeit des Concipienten des Urtheils so viel auszusetzen finden, als man immer will, so ist es doch ein gewaltiger Unterschied, ob ein Urtheil schlecht geschrieben, oder ob es widerrechtlich, und grausam sey.

So falsch man also schliessen würde, wenn man annehmen wollte, daß ein schlecht abgefaßtes Urtheil nicht gerecht seyn könne, so unrichtig raisonnirt man in einem Bedünken nach auch, wenn man das peinliche Recht eines Freystaats mit dem peinlichen Recht einer Monarchie verwechselt, und ohne Einschränkung festsezt, daß ein Urtheil, welches in einem Monarchischen Staat hart gewesen wäre, es in einem Freystaat auch sey. Ein Monarch kann ohne Gefahr einen unruhigen Kopf entweder verbannen, oder begnadigen, oder höchstens in ein ewiges Gefängniß einsperren, weil er stets mit vielen Tausenden geübter Krieger gegen einen Aufrührer, und den Pöbel, den dieser etwa in Bewegung setzen könnte, gewaffnet ist. In einem Freystaate hingegen, wo der Magistrat gegen die übrigen Bürger, oder der regierende Theil des Staats gegen den nicht regierenden den kleinsten Theil ausmacht, und keine stehende Heere zu Gebote hat, wodurch er sich behaupten kann, in einem solchen Staat sind Aufrührer, die den größern und unwissenden Haufen gegen den kleinern und aufgeklärten empören wollen, viel gefährlichere Leute, und Versuche, Aufstände zu erregen, viel größere und strafwürdigere Verbrechen, als in monarchischen Verfassungen. In einer Republik, wie Zürch, ist ewiges Gefängniß auch keine so angemessene Strafe, oder erfüllt wenigstens nicht alle die Absichten, die es in einer Monarchie erfüllt. In einem Freystaate werden in einem Zeitraum von wenigen Jahren die regierenden Cörper durch den Abgang alter, und die Aufnahme neuer Glieder gleichsam umgewandelt. Die Nachfolger bringen in den Platz ihrer Vorgänger andere Gesinnungen und Verbindungen mit, oder sind auch nicht genug von allen den triftigen Gründen unterrichtet, um welcher willen man diesem oder jenem eine solche Strafe aufgelegt hat. Aus diesen Ursachen hat man in den Schweizerischen Republiken fast kein Beyspiel, daß ein zum ewigen Gefängnisse Verurtheilter seine Strafe ausgestanden hätte, und hingegen unzählige, daß Verbrecher, die man auf ewig von den übrigen Bürgern absondern wollte, nach einigen Jahren wieder freygelassen worden sind. Eben dieses mußten Wasers Richter auch fürchten, wenn sie ihn zu einem ewigen Gefängnisse verurtheilt hätten; und er erfuhr daher, wie viele andere in ähnlichen Fällen, die Milde und Gelindigkeit nicht, zu welcher seine Richter sich wahrscheinlich würden hingeneigt haben, wenn sie sich und ihr Vaterland nicht durch eine gelindere, leicht zu vereitelnde Strafe, allen den Gefahren und Unruhen ausgesetzt hätten, die man von einem so fähigen und rachsüchtigen Mann, als Waser war, voraussehen und befürchten mußte. Viele haben geglaubt, daß Waser zwar nicht ungerecht sey gerichtet worden, daß es aber doch klüger oder politischer gewesen wäre, wenn man ihm das Leben geschenkt hätte. Ich selbst war Anfangs dieser Meynung. Ein Mann, dachte ich, der durch seine Verläumdungen und Verräthereyen so verhaßt, und durch seine vielen kindischen

Uebereilungen so verächtlich geworden war, würde wahrscheinlich niemals eine Partey gemacht, oder grossen Schaden gethan haben, wenn er auch mit der Zeit wieder wäre in Freyheit gesetzt worden. Allein, als ich nach Zürch kam und hörte, daß seine Schrift wider die Obrigkeit auf allen Dörfern und von allen Bauren sey gelesen worden, und daß sie wahrscheinlich große Bewegungen würde hervorgebracht haben, wenn nicht die Falschheit seiner Beschuldigungen allgemein bekannt gewesen wäre, da hielt ich den Mann, der freylich keine Verschwörung hätte zu Stande bringen können, doch nicht mehr für so unbedeutend, als vorher, weil er schreiben und durch seine Schriften Unruhen erwecken konnte.

An den peinlichen Gesetzen und der Proceßordnung in Zürch könnte ein unparteyischer Reisender vielleicht mehr, als an den Richtern von Waser oder andern Verbrechern, außsetzen. Zürch hat eben so wenig, als die übrigen Schweizerischen Republiken, vollständige und bestimmte Strafgesetze. Schon oft hat man daran gedacht, diesen wichtigen Theil der Staatsverfassung zu ergänzen, und zu vervollkommenen; allein man hat immer viele Schwierigkeiten und die größte darin gefunden, daß man es nicht wagen durfte, so gelinde Strafen auf Vergehungen zu setzen, als man gemeiniglich zuerkennt, und daß man, wenn man härtere Strafen drohte, als vollzöge, den Gesetzen dadurch ihr ganzes Ansehen nehmen würde. In so ferne aber dieses eine Schwierigkeit gegen die Abfassung eines peinlichen Gesetzbuchs ist, findet es in allen Ländern Euro-

pens statt, und hat deßwegen doch nicht die Ausführung
eines so wichtigen Werks zurückgehalten. Kein Staat,
sagt man ferner, könne einen Codex von Criminalgesetzen
leichter entbehren, als Zürch, weil die Stelle derselben
durch milde unveränderliche Maximen ersetzt, und die
aus diesem Mangel zu befürchtende Folgen durch die
Verfassung selbst gehoben würden. Man werde nicht
leicht ein Land nennen können, wo die Todesstrafen so
selten seyen, als im Zürchischen. Zwar sey es einigemal geschehen, daß man Personen wegen unzulängli-
cher Argwohne und Angaben eingezogen, und selbst
gefoltert habe; allein man wisse kein Beyspiel, daß
jemand unschuldig hingerichtet worden, oder daß man
nur so etwas geglaubt hätte. Endlich könne auch der
kleine Senat, oder die Blutrichter niemals, wie in andern Freystaaten, Tyrannen des Volks werden, weil
die Hälfte derselben von den Zünften, und aus den Zünften gewählt werde *). Alles dieses macht den Sitten
der Bürger, und der Weisheit und Gelindigkeit der Richter Ehre. Es wäre aber doch immer besser, auch in
den Gesetzen für schlimme Zeiten zu sorgen, und zum
voraus die Eigenmacht gewaltthätiger Richter einzuschränken, als es darauf ankommen zu lassen, daß un-
vollkommene Gesetze stets durch einsichtsvolle und gut-

*) Die regierende Hälfte des kleinern Raths hat die höchste pein-
liche Gerichtsbarkeit, und die Hälfte besteht aus einem Bürgermeister, zwölf Rathsherren und zwölf Zunftmeistern,
welche letztere auf den Zünften von den Zunftgenossen aus ihrem eigenen Mittel erwählt werden. Von peinlichen Gerichten wird der Bürgermeister ausgeschlossen, und in seine Stelle
tritt der jedesmalige Seckelmeister, der das Präsidium führt.

denkende Richter verbessert werden. Eben diese Man-
gelhaftigkeit, und Unbestimmtheit der peinlichen Gesetze
hat in vielen Freystaaten, und selbst in Genf, Gewaltthätigkeiten und Empörungen, anderswo übereilte und
ungereimte Aussprüche, wie neulich in Glaris, und
noch öfter Ungewißheit, und Aengstlichkeit der Richter,
und Unzufriedenheit mit ihren Urtheilen hervorgebracht.
Glücklich ist diejenige Republik, welche dies Uebel noch
nicht erfahren hat! Allein billig sollte man nicht darauf
rechnen, daß man sie nie erfahren könnte. Teutsche,
und noch mehr Engländer müssen die Zürchische Proceßordnung noch viel fehlerhafter, als die Gesetze finden. Der Delinquent wird in Zürch nicht, wie in mehrern Republiken der Schweiz geschieht, öffentlich, sondern bey verschlossenen Thüren in seinem Gefängnisse
nur von zween seiner Richter, und einem Secretär verhört. Diese Männer haben also durch Fragen und
Relationen den Lauf des Processes in ihrer Hand, und
können ihren Richtern den Gesichtspunct bestimmen,
aus welchem sie die Schuld oder Unschuld des Gefangenen anzusehen haben. Auch erhält kein Delinquent einen Defensor, der die Unschuld unberedter, ängstlicher,
sich selbst zu sehr anklagender Personen retten, oder ihre
scheinbare Schuld mildern könnte. Wenn zuletzt von
den Blutrichtern ein Todesurtheil ausgesprochen worden ist, so findet gar keine Milderung oder Abänderung
des Urtheils, gar keine Appellation statt, da in Bern, *)

*) In Rücksicht auf Bern verdient diese Bemerkung einige Be-
richtigung. Alle Verbrecher, die auf den Landvogteyen gefangen sitzen, empfangen ihr Endurtheil vom kleinen Rath,
von dessen Aussprüchen keine Appellation statt findet. Auch

Genf und andern Republiken Aussprüche des kleinen Raths von dem großen können aufgehoben, oder gemildert werden. Diese Abwesenheit einer begnadigenden Macht ist in der That etwas fürchterliches. Denn wie leicht kann es geschehen, daß die ersten Richter eines Schuldigen sich übereilen; und wenn dieses sich zuträgt, wie entsetzlich ist es dann nicht, daß gar kein Mittel übrig bleibt, einem Unschuldigen Leben und Ehre zu retten! Ich wiederhole es noch einmal, daß es den Sitten der Zürcher und ihrer Obern die größte Ehre bringt, daß die Mängel ihrer peinlichen Gesetzgebung noch keine so schlimme Folgen nach sich gezogen haben, daß man gezwungen worden wäre, ihnen abzuhelfen. Fast aber sollte man glauben, daß in Zürch kein Urtheil gefällt werden könnte, ohne daß nicht die Richter in den Verdacht von Parteylichkeit oder Härte kämen. Und diesen Richtern liegt also eben so sehr oder noch mehr, als den Bürgern, daran, daß Fehler abgeschafft werden, die ihre Macht nicht allein nicht vermehren, sondern sie in der That einschränken, indem sie dadurch unvermeidlichen Argwöhnen ausgesetzt, und schüchtern oder ängstlich gemacht werden, daß sie nicht frey und unbefangen, wie sie sonst thun würden, ihr Urtheil auszusprechen wagen.

Doch genug hievon. Schließlich will ich noch ein paar Züge zu Wasers Charakter hinzufügen. Waser

die Delinquenten in der Stadt werden von dem kleinen Rath in der höchsten Justanz gerichtet, so lange keine Todesstrafe zuerkannt wird. Fällt hingegen nur eine einzige Stimme zum Tode, so wird die Sache vor den großen Rath gezogen, und da kann es geschehen, daß nicht das Urtheil des kleinen Raths, sondern eine einzige, oder einige Stimmen von Rathsherren von dem großen Rath reformirt werden.

hatte einen so ungeheuren Stolz, und einen so großen
Hang zur Dieberey, daß ich nicht umhin kann, beyde
für Wirkungen und Zeichen eines verrückten Kopfs zu
halten.   So groß bisweilen auch seine Armuth oder
doch Verlegenheit war, die ihn verführten, die Capitalien seiner Frau zu verkaufen, und falsche Obligationen
unterzuschieben, so nahm er doch niemals von seinen
Verlegern Honorarium an.   Er drohete der physikalischen Gesellschafft, die ihm ein kleines Jahrgehalt ausmachen wollte, herauszutreten, wenn sie ihn so beschim-
pfen würde.   Er kündigte endlich selbst ein Collegium
über die Experimentalphysik wieder auf, welches der
große Heidegger, und der Chorherr Geßner besuchten,
um dem Manne Beyfall zu verschaffen.   Waser stahl
selten aus Noth oder Geiz, sondern entweder um andere zu quälen, und in Verlegenheit zu setzen, oder
weil ihm, wie Kindern und Verrückten, eine plötzliche,
unwiderstehliche, und bald wieder verschwindende Neigung, oder Liebhaberey selbst für Dinge aufstieg, die
er nicht brauchen konnte, und die er einige Augenblicke
nachher, wenn er sie entwandt hatte, wieder vergaß und
vernachlässigte.   Einst schnitt er einem seiner Wohlthäter und Freunde, der ihn auf einem Landgute auf das beste bewirthete, elende Kupfer aus einem Buche, die gar
keinen Werth hatten: wahrscheinlich in keiner andern
Absicht, als weil er sich zum voraus an der Ueberraschung,
und den vergeblichen Untersuchungen und Nachfragen er-
götzte, welche die Entdeckung der Verstümmelung des
Buchs verursachen würde.   Ein anderes mal stahl er
aus dem Cabinet der physikalischen Gesellschafft einen

Tubum, machte zuerst Lärm, und lenkte den Verdacht
auf einen unschuldigen Mann, der viele Verdrießlichkei=
ten davon hatte, aber doch seine Unschuld erhärten konn=
te.   Eben dieser seltsame Mann, der mit Verbrechen,
wie mit Possen spielte, war nicht ganz Tugendleer.
Er war vielmehr zärtlich gegen Weib und Kind, flei=
sig, und so dienstfertig, daß er für eben die Freunde,
denen er kurz vorher einige Kleinigkeiten gestohlen hat=
te, acht und mehrere Tage unaufhörlich arbeiten konnte.

Bern am 20sten Jun.

Gestern Abends sind wir glücklich hier angelangt.
Bis ich die schöne Stadt, wo wir uns jetzt aufhalten,
genauer kennen lerne, will ich den Rest meiner Beob=
achtungen über Zürch nachholen.   Sie werden finden,
daß ich mit den merkwürdigen Menschen mehr, als mit
den merkwürdigen Seltenheiten dieser Stadt bekannt ge=
worden bin.   Wenn ich mir nicht vorgenommen hätte,
bey meiner Reise durch die kleinen Cantone von Einsied=
len auf Zürch zurück zu kommen, so würde ich es mir
selbst nicht verzeihen, daß ich so viel schönes, vorzüg=
lich die Fabriken, nicht gesehen habe.
Während unsers Aufenthalts in Zürch haben wir drey=
mal Partieen aufs Land gemacht; und zwar das erste
mal nach Richterswyl mit Herrn Lavater zum Herrn
Doctor H, — einem der berühmtesten Aerzte in der
Schweiz. Der Weg war fast durchgehends uneben,
und steinicht, und die Aussichten nicht ausgedehnt,
(denn links hatten wir meistens Rebhügel und rechts
nahe Berge;) allein die Reise war doch sehr ange=

nehm, und zwar nicht bloß durch die gute Gesellschafft,
worin wir waren, sondern auch durch den unaufhörli-
chen Anblick der Wohlhabenheit des Landmanns. Das
sicherste Merkmal derselben ist die außerordentliche
Cultur des Bodens, der wahrscheinlich seiner Unfruchtbarkeit wegen in wenigen Jahren verwildern würde,
wenn ihn nicht die unermüdlichen Hände glücklicher
Menschen bearbeiteten. Wo man seine Augen nur
hinwendet, entdeckt man kraftvolle und sorgfältig ge-
wartete Reben, oder üppige Wiesen, und stolze Korn-
felder. Kein Fleckchen ist vernachlässigt, es mag so
mühsam zu bearbeiten seyn, als es immer will. Dies
ist um desto mehr zu bewundern, da die Bauren in dieser
Gegend zu den fleißigsten Manufacturiers in der Schweiz
gehören, und fast alle manufacturierende Bauren sich
sonst weniger, als andere, um ihr Land bekümmern.
Landgüter findet man an dieser Seite des Sees nur wenig; diese liegen meistens an dem entgegengesetzten wär-
mern Ufer, wo auch der beste Wein wächst. Allein Dörfer folgen so schnell auf einander, daß man oft schon in
einem neuen ist, bevor man noch einmal bemerkt, daß
man das vorhergehende verlassen hat. Auch an diesen
sieht man, daß ihre Bewohner weder durch Auflagen
ausgesogen, noch durch Herrendienste unterdrückt werden. Die Häuser haben ein städtisches Ansehen: noch
mehr aber die Gärten, die alle in Gemüse = und Blu-
menbeeten abgetheilt, mit kleinern und größern Gängen durchschnitten, und mit zierlichen Hecken oder Zäu-
nen, oder gar mit dicken Mauren eingefaßt sind. Beym
Zürcher Landmann selbst muß man mehr auf den star-

len gesunden Leib, und das volle zufriedene Gesicht, als auf die Kleidung sehen, denn diese ist noch eben so schlecht und einfach, als sie vielleicht vor einigen Jahrhunderten getragen wurde. So wenig der Landmann auf Kleidung und Putz wendet; so freygebig ist er, wenn Kirchen zu verschönern, oder gar zu erbauen sind. Unterwegens sahen wir eine ganz neue, die man in ansehnlichen Städten Teutschlandes würde prächtig genannt, und die viele tausend Gulden mußte gekostet haben. Man hat mehrere Beyspiele, daß Dörfer, die bisher anderswo eingepfarrt waren, und ihre eigene Kirche haben wollten, nicht nur eine neue Kirche aus ihren eigenen Mitteln erbaut, sondern auch eine Summe von zehn tausend Gulden, als ein Pfand niedergeleget haben, daß sie ins künftige ihren Pfarrer selbst unterhalten wollten. — Unterwegens kehrten wir in Oberried im Pfarrhause ein, wo Lavater in der schönen Jahrszeit bey seinem Freunde zu wohnen pflegt, entweder um sich zu erholen, oder auch ungestört zu arbeiten. Lavater nennt diesen Ruhesitz die Wiege oder den Geburtsort seiner Physiognomik, weil er hier zuerst daran gearbeitet hat. Nach einer Reise von ohngefähr fünf Stunden kamen wir in Richterswyl an, wo wir zu unserm großen Vergnügen zween Russische Herren antraffen, mit denen wir von Schaffhausen nach Zürch gefahren waren, und die auf ihrem Rückwege von Einsiedlen nach Zürch bei dem Herrn D. H. eingekehrt waren, weil sie seinen Bruder im letzten Kriege wider die Türken hatten kennen lernen. Wir wurden von Herrn D. H. mit einer Freundlichkeit und Gastfreundschafft aufgenommen, die unsern ganzen

Dank verdiente, mußten aber wegen eines anhaltenden
Regens, der bald nach unserer Ankunft einfiel, zu Hause
bleiben, ohne die umliegende Gegend, eine der schönsten
am Zürcher See übersehen zu können. Wir beschäff-
tigten uns daher mit der Durchsehung der Archiven der
Physiognomik, die Lavater zum Theil hier verarbeitet hat.
Diese Archive bestehen in mehrern ansehulichen Kästchen,
die mit Schattenrissen angefüllt sind, welche man größtentheils aus unsern Gegenden eingeschickt hatte, und
unter welchen wir also manche wieder erkannten. Herr
H. verließ uns häufig, weil er beständig von Kranken
besucht, oder in ihrem Namen um Rath gefragt wurde,
und auch selbst für die Zubereitung der verschriebenen
Arzneyen sorgte. In einem langen Gespräch, was ich
mit ihm über einen medicinischen Fall, und vorzüglich
über die Frage führte, ob meiner Frau das Leuker
Bad in Wallis heilsam seyn würde? hatte ich Gelegenheit mich zu überzeugen, daß er neben dem Ruhm
eines frommen und rechtschaffenen Mannes auch den
Ruhm eines erfahrnen und einsichtsvollen Arztes, den
er in einem großen Theile der Schweiz hat, mit Recht
verdient. Er hat meistens mehrere Patienten, besonders Schwermüthige, bey sich, die in einem schönen,
bequemen, und von dem seinigen abgesonderten Hause
wohnen. Als wir nach Tisch wieder wegfuhren,
dauerte der Regen noch immer fort. Ohngefähr auf
der Hälfte des Weges kehrten wir bey einem Freunde
von L. dem Herrn Landvogt E. ein, theils, um diesen
Herrn kennen zu lernen, theils, um uns an der Aussicht von seinem Schlosse, das auf einem ziemlich hohen

und steilen Berge ligt, zu ergötzen. Aber leider wurden unsere Hoffnungen, daß der Regen aufhören würde, vereitelt. Wir warteten eine Zeitlang, und stiegen alsdann des Regens ungeachtet in einen schönen Pavillon hinab, der vor dem Schloße nach dem See hin erbaut ist. Aus den Trümmern der herrlichen Landschaft, die unmittelbar unter unsern Füssen lagen, oder hin und wieder aus den sich verdünnenden Regenwolken hervorstiegen, konnten wir abnehmen, was man uns allgemein versicherte, daß die Aussicht von dieser Höhe eine der reichsten und ausgedehntesten an dem ganzen Zürcher-See sey. Wir erblickten nur bloß den nächsten Vorgrund, in welchem Weinberge, Wiesen und Fruchtfelder mit einander abwechselten, und einen schmalen Streifen des Sees; allein der größte Theil des Sees, in dessen äusserste Busen man bey hellem Wetter hineinschauen kann, seine gesegneten Ufer, und die Schneegebürge waren mit undurchsichtigem Gewölke bedekt. Ohngefähr anderthalb Stunden vor der Stadt heiterte sich das Wetter auf, und wir kehrten daher noch bey schönem Sonnenschein in die Thore von Zürch zurück.

Die beyden andern Spazierfahrten machten wir zu Waffer: und zwar die erstere auf dem See in einer zahlreichen, und vielleicht der ausgesuchtesten Gesellschaft, die für mich aus ganz Zürch hätte zusammengebracht werden können. Der Himmel war so heiter, das Wasser so ruhig, und die Luft so erfrischend, daß man dadurch doppelt zum Genuß gestärkt wurde. Wir landeten nahe bey Thallwyll, nicht weit vor der soge-

nannten Aue an, wo wir in ein reinliches, und geräumiges Wirthshaus einkehrten, das aber bey weitem nicht so viel versprach, als es nachher leistete.
Nachdem wir uns ein wenig erfrischt hatten, giengen
wir auf den Kirchhof des Dorfs hinab, von welchem
man eine Außsicht hat, die sich in mehrern Stunden
nicht erschöpfen läßt. Man übersieht von hier aus
nicht nur die ganze Länge und die Gränzen des Sees,
sondern auch alle Beugungen und Krümmungen seiner
Gestade. Am Ende des Sees erheben sich zuerst fruchtbare mit Sennen besetzte Alpen, und hinter diesen die
majestätischen Schneegebürge, die noch bis an ihre
Füsse herab mit Schnee belegt schienen. Wir betrach-
teten die unermeßliche Landschaft, die wir vor uns
hatten, bald in grossen Gruppen, bald aber untersuchten wir mit den Fernröhren, die unsere Freunde
mitgenommen hatten, einzelne Gegenstände und Puncte, vorzüglich die Sennhütten und Schneeberge, denen wir uns so viel, als möglich, zu nähern wünschten. Als wir einige Stunden alle Segnungen und
Herrlichkeiten der uns umgebenden Natur genossen
hatten, kehrten wir ins Wirthshaus zurück, wie wir
glaubten, um uns zur Rückfahrt anzuschicken. Wie
sehr wurden wir daher nicht überrascht, als wir eine
lange Tafel gedekt, und mit allem, was zu einem
ausgesuchten ländlichen Abendessen gehört, besezt fanden! Hier erfuhren wir es zum erstenmale, was man
uns schon oft gesagt hatte, daß man in der Schweiz
mehr, als in Teutschland esse, weil die Luft viel schärfer und zehrender sey. Ungeachtet wir unsern Mit-

tagstisch noch nicht fünf Stunden verlassen, und gar
keine starke Bewegung gehabt hatten, so assen wir doch
mit Appetit, besonders von den Fischen, die wir in
Teutschland nie so frisch oder so gut zubereitet, als in
diesem Zürcherischen Dorfe, gefunden hatten. Gegen halb acht Uhr setzten wir uns wieder in unser Schiff,
und ruderten unter muntern Gesprächen und den frohen Gesängen unserer geistreichen und liebenswürdigen
Begleiterinnen wieder nach der Stadt zu. Wir sahen
die ganze umliegende Gegend, und besonders die Schneeberge von der hellsten Erleuchtung und Vergoldung an
alle Schattirungen durchgehen, und sich endlich in die
dunkelsten Schatten hüllen, indem wir erst gegen zehn
Uhr wieder in der Stadt ankamen. Beyde Ufer des
Sees sind gewiß eben so schön bebaut, und wahrscheinlich noch stärker bevölkert, als die des Bodensees, allein sie fallen doch nicht so angenehm ins Auge, als
die lezten, wie ich glaube, aus keiner andern Ursache, als weil die Ufer sich zu schnell erheben, zu nahe durch Berge begränzt werden, und diese Berge keinen so ausgebreiteten mit Landhäusern, Dörfern und
Städten besetzten Vorgrund haben. Der Zürchersee
selbst ist viel lebhafter, als der Bodensee, besonders
um diese Jahrszeit, wo täglich viele Schiffe mit Wall-
fahrern von beyderley Geschlecht entweder nach Maria
Einsiedlen hin, oder zurükfahren. Vielleicht geben
ihm manche deswegen den Vorzug vor dem Bodensee,
weil er nicht so breit, und beyde Ufer näher und über-
sehbarer sind; allein gerade diese Nähe der Ufer war
es, weßwegen er mir weniger prächtig, als der Bodensee schien.

Am folgenden Tage machte ich eine zweyte Spazierfahrt auf der Limmat in Gesellschaft des Herrn ——, seiner vortreflichen Gattin, und liebenswürdigen Schwägerinnen. Dieser Fluß ist so reissend, und die Bewegung des Schiffs, wenn man ihn hinabfährt, so schnell, daß man in den ersten Augenblicken nicht ganz sicher zu seyn glaubt, und gewiß auch in Gefahr käme, wenn man mit den kleinen Fahrzeugen, wie es bisweilen geschieht, auf einen Pfahl oder Stein stiesse. Fast in einer Viertelstunde erreichten wir das Landguth des Herrn Chorherrn G., wo ich den Nachmittag unter dem Schatten prächtiger Bäume, gegen den schnellen und von der Sonne glänzenden Fluß gekehrt, und mit den herrlichsten Wohlgerüchen umdufret, an der Seite meines vortreflichen Freundes hinbrachte. Gegen Abend giengen wir in das bescheidene, aber bequeme Landhaus, aus dessen Fenstern wir ein Schauspiel beobachteten, dergleichen ich noch nie gesehen hatte. Wir selbst, und alle Gärten und Landhäuser, die zwischen uns und der Stadt lagen, waren in tiefes Dunkel versenkt: die von der Abendsonne erleuchtete Stadt hingegen glänzte, als wenn sie in vollem Brande stünde: und die entferntern Schneegebürge, die sich unsern Augen nie sichtbarer darstellten, waren mit einem sanftern rosenfarbnen Lichte umstrahlt.

Zu den angenehmsten Einladungen, welche ich in Zürch erhalten habe, rechne ich die des Herrn Professor Usteri zu dem Schmause, welcher nach geendigter Zunftmeisterwahl auf der Weberzunft, wie auf den übrigen Zünften, gegeben wurde. Die Kosten solcher Schmäuse zahlen zum Theil die Zünfte, die nicht nur prächtige Häuser, sondern auch grosse Capitalien besitzen, zum Theil aber auch die neu erwählten Zunftmeister selbst. Dieser Aufwand ist zwar nicht so groß, daß er einen begüterten Bürger zu Grunde richten, aber doch immer so beträchtlich, daß keiner vom Pöbel es wagen kann, auf die Stelle eines Zunftmeisters Anspruch zu machen. Dieser wichtige und heilsame Zweck, der nie auf eine sicherere und weniger auffallende Art erreicht wurde, ist aber noch nicht die einzige Frucht dieser demokratischen Schmäuse. Sie dienen auch dazu, daß das Volk und seine Vorsteher wenigstens zweymal im Jahre nicht im Verhältnisse von Obrigkeit und Gehorchenden, sondern als Genossen desselbigen Tisches, als Bürger desselbigen Staats, als solche, die sich gegenseitig Wohlthaten erwiesen haben, und wieder empfangen, mehrere Stunden beysammen sind, ihre kleinen Streitigkeiten beylegen, neue Freundschaften stiften, und sich gegenseitig zu künftigen welchselseitigen Diensten verpflichten. Damit aber diese Volksschmäuse, weder der Zunftcasse, noch dem jedesmaligen Zunftmeister (der gewöhnlich alle Jahr wieder erwählt wird) beschwerlich fallen, so hat man einer schädlichen Verschwendung durch strenge sumtuarische Gesetze vorgebeugt, die auf das genaueste beobachtet werden. Es dürfen weder fremde Weine, noch Geflügel oder Wildprett, oder Fische, oder andere kostbare Leckereyen gegeben werden, wodurch die Epulae unter den Römern die Reichen zu

verderblicher Verschwendung verleiteten, im Volke
neue und schädliche Begierden entzündeten, und eine
wichtige Miturſache der Freyheit wurden. Gleich
nachdem mein Freund und ich auf dem Speiſeſaale
des Zunfthauſes anlangten, und dies war ohngefähr
um halb fünf Uhr, ſezten wir uns zu Tiſche, und
ſpeisten an mehrern Tafeln in einer Geſellſchaft, die
man nur in einem Freyſtaate, und bey einer ſolchen
Gelegenheit ſo gemiſcht finden kann. Viele der An-
weſenden hatten nach alter Weiſe ihre Häupter bedekt; alle redeten ohne Zurükhaltung mit ihren Nachbaren, oder Bekannten; allein nirgends hörte man
wildes Lachen, oder Geſchrey, oder Zänkerey. Als
wir einige Stunden gegeſſen hatten, machte man eine Pauſe, während welcher die Vornehmen ſich vertraulich mit den Geringeren unterhielten. Gegen acht
Uhr ſetzten wir uns wieder, und um neun nahmen
Herr Statthalter N. —, die übrigen Mitglieder des
Raths, mein Begleiter, und ich freundlichen Abſchied.
Nach der Entfernung der gnädigen Herren wurde die
Geſellſchaft ſowol auf der Zunft, wo ich geſpeißt hatte, als auf mehrern andern; die nicht weit vom
Schwerdt ſind, etwas lärmender, als vorher. Man
ließ Weiber, Töchter, und Muſikanten kommen, und
ſang und tanzte bis an den frühen Morgen. Alle dieſe nächtlichen Feſte aber zogen weiter keine Unbequemlichkeiten oder Unordnungen nach ſich, als daß die
Ruhe der nächſten Nachbaren bisweilen ein wenig unterbrochen wurde: ein Opfer, welches auch Fremdlinge gerne den fröhlichen Söhnen der Freyheit bringen.

Zürch selbst ist in zwo ungleiche Hälften getheilt. Die sogenannte grosse Stadt sieht einer teutschen Reichsstadt ähnlich. Diese grössere Hälfte hat wie fast alle alte Städte meistens enge, krumme, übelriechende, und oft so steile Gassen, daß es nicht möglich wäre, mit einem Fuhrwerk oder auch nur mit einem Pferde hinanzuklimmen. Die öffentlichen Gebäude sind alle schön oder prächtig: die Häuser der Einwohner aber im Durchschnitt weder in die Augen fallend, noch weitläuftig; doch finden sich in der kleinen Stadt viele schöne Privatgebäude, so wie auch gerade und breite Strassen. Die Häuser haben alle Zeichen und Benennungen, wie in Teutschland die Gasthöfe: zum Beyspiel zur Reblaube, zum gewundenen Schwerdt. Auch hier, wie in einigen teutschen Städten, sinkt der Preis, und steigt hingegen die Miethe der Häuser. Unter den Bürgern und Einwohnern von Zürch findet sich viel Wohlhabenheit; allein noch hat das Glük nicht in den Händen von Wenigen ungeheure Reichthümer versammlet: welchem Umstand die Zürcher hauptsächlich die Erhaltung ihrer Sitten und Staatsverfassung zu danken haben. Hundert tausend Gulden machen in dieser Stadt, wo Handel und Fabriken so sehr blühen, schon einen reichen Mann; und nur wenige gibt es, die zwey- oder dreymal so viel besitzen. Als ich dieses hörte, wünschte ich, daß die Zürcher niemals in ihren Mauren von Millionärs hören möchten. Die Sitten sind im Ganzen genommen in Zürch so rein, oder so wenig verdorben, als man sie, glaube ich, in keiner andern Stadt von gleicher

Grösse und Reichthum in ganz Europa finden wird.
An den Frauenzimmern sieht man hier gar keine Schminke, und sehr wenig von französischen Moden und Sitten, ungeachtet viele Jünglinge und Männer in Frankreich gedient haben, oder noch dienen. Weiber und
Jungfrauen haben noch die liebenswürdige Bescheidenheit und Schüchternheit, die sich bey einem beständigen und vertrauten Umgange mit Personen unsers
Geschlechts verliert, und von unaufmerksamen Reisenden für Aengstlichkeit und Verlegenheit gehalten wird.
Die Zürcherinnen reden anfangs in Gesellschaft von
Fremden, besonders von Teutschen, nicht viel, aber
nicht deswegen, weil sie nicht reden könnten, sondern
weil sie fürchten, daß Fremde durch ihre Aussprache
beleidiget werden möchten, die aber in ihrem Munde
viel weniger auffällt und unverständlich ist, als in dem
Munde von Mannspersonen. Da ich überzeugt bin,
daß man äussere Politur, oder sogenannte feine Welt,
und glänzende Kenntnisse immer viel zu theuer um den
Verlust guter Sitten kauft, so war es mir angenehm,
daß Frauenzimmer lieber ihre Muttersprache, von
welcher sie wissen, daß sie für Teutsche befremdend ist,
als französisch redeten, welches ich mich nicht besinne, irgendwo in Gesellschaft gehört zu haben. Die
Ehen sind zwar hier so wenig, als an irgend einem
andern Orte auf der Erde, unverletzlich; allein, daß
eheliche Treue hier nicht so selten, oder gar Thorheit
ist, wie in manchen nicht grössern Städten, kann man
allein daraus schliessen, daß die Frauen und Mütter
sich ihres Hauswesens und der Erziehung ihrer Kinder

mit Ernst annehmen. Vielleicht könnte es Manchem einfallen, die Unverdorbenheit der Sitten daraus zu erklären, daß die Aufwandsgesetze in Zürch strenger, als in irgend einem andern Staate in der Schweiz sind. Allein vielmehr muß man aus der Aufrechthaltung dieser Gesetze schließen, daß die Sitten noch wenig verfälscht sind. Die Geschichte aller Freystaaten lehrt, daß die Gesetze von den Sitten erhalten, und daß, wenn diese verloren gehen, die geschärftesten Aufwandsgesetze immer übertreten und verspottet werden. Mannspersonen dürfen weder Gold noch Silber, noch Sammet oder Seide; Frauenzimmer keine Edelgesteine, Spitzen, oder Federn tragen. Wenn die letztern in die Kirche gehen, müssen sie mit einem schwarzen langen Kleide von wollenem Zeuge angethan, und ihr Haar mit einem Schleyer oder Haube bedeckt seyn; und selbst im härtesten Winter ist ihnen kein Pelzmantel erlaubt. In der Stadt darf niemand in Kutschen Besuche machen, wiewohl dies Gesetz bisweilen eludirt werden soll. Der Einfalt in Kleidern entspricht das übrige Hausgeräth, selbst in wohlhabenden Häusern. Man findet es durchgehends bequem, reinlich, und und zierlich; aber nirgends, oder selten sehr kostbar. Fremde Weine dürfen in Privathäusern nicht anders, als mit ausdrücklicher Erlaubniß, und auf das Zeugniß eines Arztes, daß man sie als Arzneymittel brauche, eingeführt werden. Wenn nun bey solchen Gesetzen und Sitten, als die Zürcher noch immer haben, die Zahl der Bürger (ich unterscheide hier Bürger von bloßen Einwohnern, die zu keiner Zunft gehören) jährlich ab-

nimmt, so muß freylich der Grund in gewissen Gebrechen
der Staatsverfassung liegen, die sich leichter entdecken
und tadeln, als wegschaffen lassen. Schon tausend,
mal hat man es gesagt, daß die Zünfte eben so viele un,
abhängige oder für sich bestehende Cörper sind, wovon
ein jeder beständig gegen den Staat und das Wohl des
Ganzen streitet, wenn es mit seinem Interesse unverein,
bar ist: daß eben diese abgesonderten Cörper sich unter,
einander aufreiben und Fessel anlegen, indem eine jede
Zunft die Beschwerden der Privilegien und Monopolien
aller übrigen trägt: daß der Zwang und die Vorrechte
der Zünfte Industrie und Nacheiferung ersticken, und
die Waaren in eben dem Verhältnisse vertheuren, in wel,
cher sie an Güte verlieren: daß endlich die Eifersucht
der Zünfte eine Quelle harter und drückender Maaßregeln
gegen den Landmann, und die Municipal-Städte wer,
de. Allein, wenn man alles dieses gesagt hat, so
weiß man doch nicht, wie man diese Uebel ausrotten soll,
ohne überwiegendes Gutes zugleich mit auszureißen.
Ohne die Mischung von Demokratie, welche die Zünfte
in die sonst Aristokratische Verfassung von Zürch brin,
gen, würden Gewerbe, Manufacturen, und Handel
noch weit weniger blühen; würde der Luxus gewiß viel
größer, und die Sitten nicht mehr so unverdorben, als
jetzt seyn.

Von den eigentlichen Merkwürdigkeiten Zürchs will
ich Ihnen nichts schreiben, entweder weil sie denen an,
derer Städte ähnlich sind, wie das Zeug- und Rathhaus
u. s. w. oder weil andere sie schon beschrieben haben,
(und dies ist der Fall mit der Bibliothek, deren Katalo,

guß der verstorbene große Heidegger selbst verfertigt hat)
oder weil ich auch nicht als Kenner davon reden könn=
te. So habe ich zwar die zahlreiche Bibliothek, und
das weitläuftige Cabinet des ehrwürdigen Chorherrn
Geßner gesehen, habe besonders seine kostbare Samm=
lung von Edelgesteinen und Crystallen, und noch mehr
sein eignes Werk bewundert, welches das ganze Linnäi=
sche Pflanzensystem in 80 bis 90 Tafeln enthält, auf de=
nen ein jedes Geschlecht in seiner natürlichen Ordnung und
in einem eigenen Felde mit lebendigen Farben dargestellt
sind; allein ich würde mir selbst zuerst lächerlich vorkom=
men, wenn ich mich unterfangen wollte, dies Werk und
die Schätze seines Besitzers nach Würden zu beschreiben.
Eine andere Seltenheit aber, und meinem Urtheile
nach die größte, die man in Zürch sehen kann, will ich
Ihnen ausführlich schildern: ich meyne die Töchter=
schule, welche ich für eine der vollkommensten, wenn
gleich am wenigsten ausposaunten Erziehungsanstalten
halte, die in neuern Zeiten sind errichtet worden. Le=
sen Sie, was man bisher geleistet hat, und entscheiden
Sie dann, ob ich zu viel sage.

Der Schöpfer dieser Töchterschule ist der Herr Profes=
sor Usteri, der um dieses seines unsterblichen Werks wil=
len nicht nur den Dank seiner Mitbürger, sondern auch
so sehr, als irgend ein anderer, ein öffentliches Denk=
mal ihrer Dankbarkeit verdient. Dieser patriotische
und thätige Gelehrte bemerkte nicht bloß, daß es in
Zürch an einem zweckmäßigen Erziehungsinstitut für
junge Frauenzimmer fehle, (denn eben dieses hatten
wahrscheinlich tausende vor ihm auch bemerkt,) son=

dern er faßte auch den Entschluß, diesem Mangel abzu=
helfen, und mit einigen seiner Freunde Hand ans Werk
zu legen. Er ließ zu dieser Absicht im Julius 1773. ei=
nen kleinen Aufsatz drucken, in welchem er seine Mitbür=
ger zuerst auf das Bedürfniß einer bessern Erziehung
ihrer Töchter aufmerksam macht, dann Vorschläge thut,
wie eine solche Mädchenschule zweckmäßig eingerichtet
werden könnte, und endlich alle wohldenkende Personen
auffordert, eine Unternehmung zu unterstützen, die das
Heil ihrer Töchter und künftiger Geschlechter beträffe.
Wenn sich, sagte er, eine gewisse Anzahl von Patrioten
anheischig mache, so viel beyzutragen, als erfordert wer=
de, eine solche Anstalt mit einiger Hoffnung eines glück=
lichen Erfolgs anzufangen, und drey Jahre zu erhalten;
so verspreche er mit Hülfe seiner Freunde, eine Lehrerin
aufzusuchen, und alles übrige einzurichten und zu besor=
gen. Bey dieser Gelegenheit zeigte sichs, daß Eigen=
nutz und selbstsüchtige Leidenschafften in Zürch noch nicht
allen Patriotismus und Eifer fürs gemeine Beste erstickt,
und daß verzehrender Luxus noch nicht alles Vermögen
genommen habe, gemeinnützige Absichten kräftig zu be=
fördern. Kaum war die kleine Schrift ausgetheilt
worden, als nahe an hundert und funfzig Personen bey=
derley Geschlechts nicht nur für das gegenwärtige, son=
dern auch für ein jedes der beyden folgenden Jahre über
tausend Gulden herschossen, oder unterschrieben. Durch
diese reichlichen Beyträge wurde Herr Prof. Usteri in
Stand gesetzt, nach erhaltener obrigkeitlicher Erlaubniß
die von ihm errichtete Schule nach Ostern 1774. zu er=
öffnen. Die Vorsehung führte ihm in der Mademoi=

selle Goßweiler eine Vorsteherin zu, die eine jede weibliche Tugend mit einem männlichen Geiste und männ-
licher Aufklärung vereinigt, und nicht bloß in alle Theile seines Plans hineingieng, sondern auch Klugheit, Geduld, und Kinderliebe genug besaß, diesen Plan einem
jeden Charakter anzupassen. Mit Recht preist Herr U.
das Glück, diese vortreffliche Erzieherin gefunden zu
haben, als einen besonderen Segen, womit die Vorsehung seine Vaterstadt habe begünstigen wollen, und
erkennt es öffentlich, daß ohne sie die besten Vorschläge
und Absichten unerfüllt geblieben wären. Mad. Goßweiler ist gerade in dem glücklichen Alter, in welchem
eine Lehrerin die Achtung und Ehrfurcht reifender Mädchen gewinnen kann, ohne sie durch einen zu großen Ab-
stand der Gemüthsart und der Jahre von sich zu entfernen. Sie ist liebenswürdiger durch den in ihrer ganzen
Person so sichtbaren Ausdruck von Bescheidenheit, Milde, und Frömmigkeit, als tausende durch die frischen
Reitze der blühenden Jugend nicht sind. Durch die
Bemühungen dieses vortrefflichen Frauenzimmers machten die ersten Zöglinge in einer kurzen Zeit schnelle Fortgänge, und erhielten einen so außerordentlichen Beyfall,
daß man nach neun Monaten, von der Errichtung der
Schule angerechnet, gleichsam gezwungen wurde, eine
zweyte Classe zu errichten, deren Mitglieder eben den
Unterricht, den die erste von 10 bis 12 Uhr erhält, von
1 bis 3 empfangen, und in die leer gewordenen Plätze
der ersten Classe einrücken. Die Früchte des Unterrichts waren so sehr in die Augen fallend, daß auch die
vornehmsten Familien kein Bedenken trugen, ihre Töch-

ter in die öffentliche Schule zu schicken. Die Zahl der Kinder, die aufgenommen zu werden wünschten, nahm, wie die der Wohlthäter, und die Fonds der Anstalt mit jedem halben Jahre zu. Mad. Goßweiler brachte es bald durch Unterweisung in besondern Stunden dahin, daß mehrere von ihren Zöglingen unter ihrer Anleitung in den Familien unterweisen, und daß man noch eine dritte Classe errichten konnte, in welcher unter einer von ihr ge= bildeten Lehrerinn zwanzig Mädchen von einem zartern Alter für die beyden obern Classen (von welchen eine je= de auch nicht mehr, als zwanzig Schülerinnen enthält,) vorbereitet werden. Alle drey Classen stehen unter ei= nem von der Obrigkeit bestellten Collegio von fünf Auf= sehern, unter welchen mehrere Mitglieder des kleinen und großen Raths sind. Jährlich werden öffentliche Prüfungen gehalten, und die Rechnungen der ganzen Anstalt öffentlich bekannt gemacht, die jetzo schon einen Fond von zehntausend Gulden Capitalien hat, und al= so bald auch ohne fernere Beyträge aus ihren eigenen Einkünften wird bestehen können. Die Kosten, wel= che dies Institut in Zürch erfordert, sind unbedeutend gegen die, welche ein ähnliches Institut in Teutschland, oder einem jeden Lande, wo man mehr dem Fürsten, als dem Vaterlande dient, erfordern würde. Die Aufseher lassen sich nicht allein ihre Bemühungen nicht bezahlen, sondern liefern selbst noch ansehnliche Beyträge. Nur die beyden Lehrerinnen werden besoldet; und ungeachtet diese Besoldungen ansehnlich sind, so machen sie doch mit den Ausgaben, für Miethe, Zimmer, Bücher und andere Kleinigkeiten, nur eine geringe Summe für die

Erhaltung eines Instituts aus, in welchem 60 Mädchen unengeltlich unterrrichtet werden *).

*) Seit meiner Abreise aus Zürch hat die Casse der Töchter-schule beträchtliche Zuschüsse erhalten, wie ich aus der letzten gedruckten Nachricht des Herrn Prof. U s i e r i vom März 1786. sehe. Der verstorbene Prof. B o d m e r verord-nete in seinem letzten Willen, daß eine zwote Töchterschule errichtet würde, und setzte dazu ein Capital von tausend Gul-den, und sein Wohnhaus nebst den dazu gehörigen Lände-reyen aus. Die Absicht des Testators war, daß diese neue Schule in seinem Hause errichtet, und daß darin auch andere, als Bürgerstöchter aufgenommen werden sollten. Weil aber das Bodmerische Haus vor der Stadt auf einer Anhöhe lag, so fanden die beyden Vollstrecker des Testaments, Herr Zunftmeister E s c h e r, und Herr Hauptmann v o n O r e l l i, die sich mit den Aufsehern der bisherigen Töchterschule dar-über beredeten, daß es am besten seyn würde, das Ver-mächtniß des sel. B o d m e r s für eine neue Schulanstalt mit dem Fond der bisherigen Schule zu vereinigen, das Haus des Testators mit obrigkeitlicher Bewilligung zu verkaufen, und für die daraus gelöste Summe (die 6250 Gulden be-trug) ein bequemer gelegenes Haus in der Stadt zu kaufen, das auf ewige Zeiten für die Töchterschule bestimmt bleiben sollte. Um aber die wohlgemeynte Absicht des Wohlthä-ters der Schule, nämlich die Bildung der Töchter solcher Einwohner, die keine Bürger sind, nicht zu vereiteln, faßte man mit den Executoren des Testaments den Entschluß, daß man in's künftige in jeder Classe zween Plätze für solche Mäd-chen offen lassen wolle, wenn anders diejenigen, die sich mel-den würden, die Bedingungen erfüllten, unter welchen allein man in die Schule aufgenommen werden kann.

Das Vermögen der Schulcasse betrug im März 178.. ohne die für das Bodmerische Haus gelösete Summe 13926 Gul-den, wovon man im nächsten Jahre fast 600 Gulden Interes-sen erwarten konnte. Diese 600 Gulden reichen aber noch nicht hin, die Schule aus ihren eigenen Mitteln zu erhalten, indem sie jährlich sieben hundert Gulden kostet, und noch merklich mehr kosten wird, wenn man, wie es vielleicht bald geschehen könnte, genöthigt seyn sollte, eine vierte Classe zu errichten. Da die Schule bisher 60 Schülerinnen enthielt, und einen Aufwand von 700 Gulden erforderte, so kostete jede Schülerinn jährlich nur zwischen elf und zwölf Gulden; und

Nachdem ich Ihnen jetzo die Geschichte des Instituts
kürzlich erzählt habe; so will ich Sie nun mit der innern
Einrichtung desselben, und der Art des Unterrichts genauer bekannt machen. In die beyden obern Classen
nimmt man nur Mädchen auf, die das zwölfte Jahr erreicht haben, die lesen und schreiben gelernt, den ersten
Unterricht in der Religion empfangen haben, und endlich die Zahlen kennen. Bey der Wahl von Schülerinnen, denn es sind immer mehrere, die aufgenommen zu
werden wünschen, als Plätze erledigt sind, sieht man
zuerst auf Kenntnisse und Fähigkeiten, und wenn diese
gleich sind, auf die Zeit, ob sie sich früher, oder später gemeldet haben. Alle Aufzunehmende müßen außer dem
neuen Testament, und Osterwalds Betrachtungen, die
biblischen Geschichten, und Gellerts Lieder mitbringen.
Wenn Predigten oder andere Bücher gelesen werden; so
versieht sie die Schule damit. Eben diese gibt auch Feder und Dinte her; mit Papier aber zu Schreib- und
Rechnungsbüchern müssen die Schülerinnen sich selbst
versorgen. Für den Unterricht wird nichts bezahlt,
und selbst das kleine Neujahrsgeschenk, welches die
Zöglinge ihrer Wohlthäterin zu machen die Erlaubniß
haben, ist bestimmt, damit auch in diesem Puncte aller
Unterschied unter Reichen und Armen aufgehoben, und
die Lehrerinnen in der Folge nie durch größere Geschenke

und der ganze Curs, der von einigen in zwey, von andern
in drey Jahren geendigt wurde, kam ohngefähr auf elf neu
Thaler zu stehen. In den zwölf Jahren, die seit der Errichtung der Schule verflossen sind, entließ die letztere 106
Schülerinnen, und die Unkosten betrugen 6526 Gulden, welche Zahlen die vorher angeführte Berechnung bestätigen.

I. Theil.　　　　　　　　　　　C

gewonnen, oder der Stolz und die Nachlässigkeit reicher
Mädchen befördert werde. Wenn aber wohlhabende El=
tern sich für die Bildung ihrer Töchter dankbar beweisen
wollen, so steht es ihnen frey, die Schulcasse zu beschen=
ken, wiewohl dergleichen nicht erwartet wird. Man
verlangt von den Schülerinnen, und hält strenge darauf,
daß sie sich sowohl in ihrem Anzuge, als in allem, wo=
mit sie umgehen, der äußersten Reinlichkeit befleißigen,
und daß sie ihre Stunden nicht anders, als in der höch=
sten Noth verabsäumen, damit sie diejenigen, die auf
ihre Stelle warten, nicht unnöthig aufhalten. Ueber
drey Jahre behält man keine. Viele aber, die gut
vorbereitet, und mit vorzüglichen Kräften begabt wa=
ren, haben den ganzen Cursus in achtzehn Monathen
gemacht.

In einer jeden Classe wurden täglich nicht mehr als
zwo Stunden, und also wöchentlich nur zwölf Stunden
gegeben, von welchen ohngefähr der dritte Theil auf Le=
sen, und die beyden übrigen Drittel auf Schreiben und
Rechnen verwandt werden. Lesen, Schreiben, und
Rechnen sind die einzigen Kenntnisse, welche in dieser
Schule vorgetragen werden. Von weiblichen Arbei=
ten, oder blos modischen und gelehrten Kenntnissen ist
gar die Rede nicht. Dies Institut ist daher auch nicht
für solche Eltern eingerichtet, die sich der ganzen Last der
Erziehung ihrer Kinder entladen, und auf öffentliche
Anstalten nicht bloß die Mühe ihre Kinder zu unterrich=
ten und zu bilden, sondern sie auch beständig zu unter=
halten, werfen wollen. Die erste Uebung in allen drey
Classen ist Lesen, eine schwere Kunst, die viele Schrift=

steller und Gelehrte beyderley Geschlechts nicht verstehen, ungeachtet sie tausende von Büchern verschlungen,
oder vom Anfange bis zu Ende mit ihren Augen durch-
laufen haben. Die Zürcher Töchter, (so nennt man
in der ganzen Schweiz unverheirathete Frauenzimmer)
werden angehalten, vernehmlich, mit Anstand, und
mit Sammlung zu lesen, so daß sie entweder verstehen,
was sie gelesen haben, oder über dunkle Stellen sich Er-
läuterungen ausbitten. Eben dies thun sie, wenn
sie auf fremde ihnen unbekannte Wörter, Redensarten,
und Wortfügungen stoßen. Von dem Gelesenen geben
sie jedesmal Auszüge oder Rechenschafft, und stellen
darüber Unterredungen mit ihrer Lehrerin an. Damit
ihnen aber die Aufmerksamkeit, die man von ihnen verlangt, nicht zu beschwerlich werde; so läßt man sie außer
dem neuen Testament, und den biblischen Historien, gut-
gewählte Erzählungen, Gespräche, Lieder, Briefe u. s. w.
lesen, die eben so unterhaltend und faßlich, als lehrreich
sind.

Beym Schreiben sah man Anfangs mehr auf Recht-
schreibung, und einen leserlichen, als schön gezeichneten
Buchstaben; allein man erfuhr bald, daß die Hand-
schrift der Kinder durch die vielen Uebungen im Rechnen
und Schreiben, eher verschlimmert, als verbessert wurde. Man wurde daher genöthiget, auch auf das Schön-
schreiben mehr Rücksicht zu nehmen, und ich kann versichern, daß unter den Proben von Handschriften, die
ich zum Andenken mitgenommen habe, mehrere sind, die
manchem Gelehrten zum Muster dienen können. Schön
schreiben ist aber doch immer nur einer von den geringern

Zwecken, die man durch die Uebungen im Schreiben zu erreichen sucht. Am allermeisten nutzt man sie als vortheilhafte Gelegenheiten den Verstand der Kinder unvermerkt zu schärfen, und ihr Gedächtniß mit Kenntnissen zu füllen, die ihnen als künftigen Hausfrauen und Müttern nützlich oder unentbehrlich sind. Sie schreiben daher Obligationen, Quittungen, und Rechnungen von allerley Art, von Kaufleuten, Künstlern, und Handwerkern, und erfahren dadurch den Preis aller Waaren und Lebensmittel, und wie, oder wo man die einen, oder die andern am besten und wohlfeilsten erhalten kann. Sie schreiben ferner Briefe, oder bringen Erzählungen, die sie gehört, oder Anmerkungen, die man gemacht hat, zu Papier, ja die Geübtern erhalten Anleitung, nach Wochen= oder andern moralischen Schriften, Charaktere, besonders weibliche, zu entwerfen, ihre Fehler und Vorzüge aus einander zu setzen, und Mittel vorzuschlagen, wie sie von den erstern geheilt werden könnten. Eben diese Geübtern hat man mit großem Vortheil dazu angehalten, aus guten Predigten, die sie hören, Auszüge zu machen, und mehrere Personen über interessante Materien sich unterreden zu lassen. Eins von den wichtigsten Stücken, welche zu den Haushaltungsschriften gehören, ist ein vollständiges Verzeichniß eines Brautschatzes, oder alles dessen, was eine Braut aus einem guten Hause ihrem Bräutigam zubringt.

Auch der Unterricht in der Arithmetik ist so eingerichtet, daß Kinder nicht nur mit den leichtesten Methoden, Zahlen zu behandeln, bekannt gemacht, sondern auch mit vielen, für ihre künftige Bestimmung nothwendi=

gen Kenntnissen bereichert werden. Alle Fälle, die man
ihnen vorlegt, sind so gewählt, daß sie auch dadurch die
Preise von Waaren und Arbeiten erfahren. Die Anwei=
sungen oder Bücher, nach welcher die Kinder im Schrei=
ben und Rechnen geübt, und die Muster und Beyspiele
gewählt werden, sind meinem Urtheile nach so passend
und vortrefflich, daß sie mehr, als manche gepriesene
Werke über die Erziehung bekannt gemacht zu werden
verdienten.

Ungeachtet ich überzeugt bin, daß Sie, mein Vester,
und ein jeder anderer denkender Mann, die Vortrefflich=
keit dieser Anstalt eben so gut, als ich, einsehen werden,
so kann ich doch nicht umhin, Ihnen noch kürzlich einige
Bemerkungen darüber mitzutheilen. Die Absicht des
Instituts ist offenbar mehr zu nützen, als zu glänzen,
und nicht schimmernde Mädchen, und gelehrte Weiber,
sondern reinliche, fleißige, erfahrne Haußfrauen, auf=
geklärte Gattinnen, und gewissenhafte fromme Mütter
und Erzieherinnen ihrer Kinder zu bilden. Wie lo=
benswürdig und groß ist dieses in einem Zeitalter, wo al=
les mehr scheinen, als seyn will, und noch dazu in einem
Freystaat, dessen Fortdauer und Bestand auf den gu=
ten Sitten seiner Töchter beruht, und der durch französ=
sische Artigkeit, und Verachtung aller häuslichen Tu=
genden unwiederbringlich verloren gehen würde. Auch
könnte kein glücklicheres Mittel erdacht werden, die
Trennung oder Absonderung von Ständen, die sonst
in Aristokratien, noch mehr in aristokratischen Demo=
kratien so gefährlich ist, zu verhindern, und Reiche und
Arme, Vornehme und Geringe durch die Bande bü=

gerlicher Liebe und Eintracht und durch ähnliche Ausbil=
dung zu vereinigen, als eine Mädchenschule, wo die
Töchter der ältesten und wohlhabendsten Häuser neben
andern aus geringern sitzen, und nicht anders, als diese
unterrichtet und gezogen werden. Es war für mich ein
rührendes Schauspiel in dieser Schule der weiblichen
Weisheit und Tugend, zwanzig meistens schöne und
blühende Mädchen beysammen zu sehen, von welchen
wenigstens die Hälfte aus den vornehmsten Familien
war, und wovon der größte Theil das vierzehnte, einige
schon das funfzehnte und sechszehnte Jahr zurückgelegt
hatten. Wo wollte man jetzo wol in Teutschland ein
Provinzstädtchen finden, in welchem nicht diejenigen
Eltern, die sich die Vornehmsten zu seyn dünken, es sich
zum Schimpfe anrechneten, ihre Töchter in oder nach
dem vierzehnten Jahre noch in eine öffentliche Schule
zu schicken, und sie darin neben den Kindern armer Nach=
baren nur im Lesen, Schreiben und Rechnen unterrich=
ten zu lassen? In der That glaubte ich der Stadt Zürch
keinen größern Segen wünschen zu können, als daß die
Eltern die Denkungsart, die sie jetzo haben, noch lange
behalten, und daß ihre Kinder den herrlichen Unterricht,
den sie jetzo empfangen, noch lange genießen mögen. —
Die Schülerinnen sind zwar in jeder Classe den Jahren
nach einander nicht gleich, allein in Rücksicht auf Fähig=
keiten und Kenntnisse viel ähnlicher, als man bey einer
jeden andern Anstalt erwarten kann, wo man Zöglinge
ohne Unterschied der Jahre, und ohne Rücksicht auf ihre
Kenntnisse aufnimmt. Weil nur zwanzig Kinder in ei=
ner jeden Classe sind, so kann die Lehrerin alle unter ihrer

Aufsicht erhalten, und weil auch nur zwo Stunden hintereinander gegeben, und in diesen abwechselnde Arbeiten vorgenommen werden, so kann die Aufmerksamkeit nicht leicht ermüdet, und die Lernbegierde nicht leicht abgestumpft und unterdrückt werden. Man erleichtert endlich den Eltern die Erziehung der Kinder, und nimmt ihnen einen der schwersten und wichtigsten Theile des Unterrichts ab; allein man veranlaßt sie nicht zu dem verderblichen Gedanken, daß sie sich nicht weiter um ihre Kinder zu bekümmern brauchen. — Doch ich breche ab, weil ich Ihnen sonst nur Bemerkungen, die Sie gleichfalls schon werden gemacht haben, wiederholen würde.

Ehe ich nach Zürch kam, wußte ich wohl, daß der Rathsherr Geßner ein vortrefflicher Zeichner sey; allein so lange man seine Arbeiten noch nicht gesehen hat, kann man nicht wissen, daß er ein eben so großer Mahler, als Dichter ist. Es war mir in der That eine rechte Angelegenheit, ihm zu sagen, daß seine unnachahmlichen, und jetzo durch den Beyfall aller Nationen Europens gleichsam geheiligten Gedichte mich von meiner ersten Kindheit an gerührt, entzückt, und gebildet haben. Seine Gemälde sind lauter kleine originale Landschafftsstücke, und seinen Idyllen in aller Rücksicht von Seiten der Erfindung, Composition, Zeichnung, und Farbengebung ähnlich. In beyden sind Fabel, Kunst, und Natur auf die gefälligste Art zusammengemischt. Kein Stück ist bloße Nachahmung der Natur: Menschen und Gebäude sind fast immer nach Griechischen Idealen gezeichnet; die ländlichen Gegenstände aber sind aus seiner

vaterländischen Natur gesammlet, die freylich keine
Kunst oder Phantasie übe rtreffen kann. Niemal ha=
be ich Wasserfälle, und angefressene Bäume so glücklich
und täuschend, als von Geßner, gemahlt gefunden. Der
größte Theil seiner Arbeiten geht nach England, wo Geß=
ner der Mahler allem Vermuthen nach berühmter ist, als
Geßner der Schäferdichter.

Den sogenannten philosophischen Bauren habe ich
aus Mangel von Zeit nicht besuchen können, ungeach=
tet Herr Rathsherr Hirzel sich gütigst erbot, mich hin=
aus zu begleiten. An dessen Statt habe ich einen an=
dern gleichfalls merkwürdigen Bauren kennen gelernt,
der während meines Aufenthalts in Zürch in die Stadt
kam, und mir von Lavater zugeschickt wurde. Dieser
Mann, mit Namen Boßart, unterscheidet sich in seiner
Kleidung, Gange, Stellung gar nicht von andern Zür=
cher Bauren; allein seine schwarzen, feurigen, tief im
Kopf liegenden Augen, und die scharfen Umrisse seiner
hochgewölbten Stirn kündigen sogleich einen Genievol=
len Mann an. Ich habe mich über eine Stunde mit ihm
über allerley Gegenstände unterhalten, und nicht das
geringste von Eitelkeit, oder geheimen Stolze an ihm
wahrgenommen. Wenn Lavater es mir nicht geschrie=
ben, oder ich es auch nicht aus ihm herausgefragt hätte,
so würde ich es gar nicht erfahren haben, daß er die be=
sten philosophischen Schriftsteller der neuern Zeit, die
ausländischen freylich in Uebersetzungen, gelesen hat.
Die unaussprechlichen Schönheiten der Natur, sagte er
zu mir, welche die Vorsehung seinem Vaterlande so reich=
lich geschenkt, hätten ihn zuerst veranlaßt, die Werke

Gottes aufmerksamer zu betrachten, und in ihm den Wunsch erregt, sie genauer kennen zu lernen. Er könne mir gar nicht ausdrücken, mit welchem Eifer und Fröhlichkeit er die gefährlichsten Felsen erklimme, um neue Wunder der Natur zu finden, und mit welchem Entzücken er auf ihren schwindlichen Höhen den Schöpfer der Natur anbete. Bey einer solchen Stimmung der Seele ist es begreiflich, daß er gern solche Bücher liest, in welchen die Absichten und Geheimnisse der Wege Gottes entfaltet werden; allein seltsam ist es, daß eben dieser Mann eine so ausserordentliche Liebhaberey für die Erdbeschreibung, und besonders für die alte Geographie hat. Er dankte mir herzlich für die Nachricht, daß D'Anville's Charten nebst einem Auszuge seiner Erdbeschreibung jetzo in Nürnberg herauskämen. Die Beobachtung und das Studium der Natur hat ihn im geringsten nicht gegen die Arbeiten seines Standes gleichgültig gemacht; er baut sein Feld und seinen Weinberg so gut, als andere Bauren, und wendet nur diejenigen Stunden, in welchen andere schlafen, oder die Schenken besuchen, zum Lesen und Nachdenken an. Die grossen Gedanken und Vorstellungen aber, die er sich allmählig von Gott und der Welt erworben hat, sollen zu einer gewissen Zeit seine Einbildungskraft so sehr erhizt haben, daß er darüber in Schwärmereyen verfiel, und seinen Nachbaren zu predigen anfieng, von welchen Reden auch einige gedrukt worden sind. L. versicherte mich, daß Boßart von diesen Verirrungen lange zurückgekommen sey. *)

*) Boßart lebt jetzo nicht mehr in der Schweiz, sondern im Dessauischen, wo der Fürst ihm ein freyes Gut mit allem Zubehör geschenkt hat.

Nachdem wir am 17ten Junius von unsern Freunden, und noch am letzten Abend von der verehrungswürdigen S — Familie mit Thränen Abschied genommen hatten, reißten wir am folgenden Morgen früh um 6 Uhr ab, um noch bey guter Zeit ins Nachtquartier zu kommen. Sowohl die Wege, als der Boden sind im Zürchischen Gebiete eher schlecht, als mittelmäßig. Der letzte ist fast durchgehends dürre und steinigt, und dies ist um desto mehr zu verwundern, da in kleinen Entfernungen ziemlich hohe Berge liegen, welche, scheint es, das unten liegende Land tränken sollten. Zu Baden fütterte unser Kutscher seine Pferde, und wir hatten Zeit zu frühstücken, und die Stadt nebst den nächsten umliegenden Gegenden zu besehen. Die Stadt selbst ist meistens schön gebaut, sie ist aber an allen Seiten mit hohen Bergen umgeben, und die Außsichten sind deswegen zu eingeschränkt. Wir machten einen Spaziergang zu dem Thore hinaus, vor welchem die berühmten Bäder liegen. Allein die Hitze des Tages, und die Versicherungen aller derer, welche wir gefragt hatten, und noch fragten: daß wir außer der Lage nichts Merkwürdiges an den Gebäuden finden würden, bewogen uns, vor den Bädern umzukehren. Diese Bäder finden sich am Fuße eines sehr hohen drohenden Gebürges, welchem gegenüber andere minder hohe Berge sich empor heben. Zwischen beyden fließt die Limmat in einer gräßlichen Tiefe fort. Ich zweifle nicht, daß die Bäder sehr wirksam sind; allein ich kann kaum glauben, daß ein langer Aufenthalt in einer so einge-

schlossenen und feuchten Gegend kranken und schwäch=
lichen Personen heilsam sey. Nirgends habe ich wun=
derlichere, und in ominöfere Hörner außlaufende Kopf=
putze, und abgeschmaktere Inschriften, als in Baden
gesehen. — Dies Haus (so dichtete ein Töpfer) der
liebe Gott behüt, hier ist Hafner Geschirr aufs Feuer,
und glüht. — Behüt uns Herr (hieß es auf einem
andern Hause) für Feuer und Brand, denn dies Haus
wird zum geduldigen Schaaf genannt. Keine von die=
sen Inschriften gibt denjenigen viel nach, von wel=
chen ein Freund mich versicherte, daß er sie in Basel
und Schaffhausen gelesen hätte. Die erstere war die=
se: Ihr Menschen thut Buß, dann dies Haus heißt
zum Rindsfuß; und die zweyte: Auf Gott deine Hoff=
nung bau, denn dies Haus heißt znr schwarzen Sau.
In der That ist es merkwürdig, daß man solchen Un=
sinn nur in den Städten, nicht aber auf den Dörfern
in der Schweiz findet, wo übrigens der Geschmack,
Häuser, besonders Gasthöfe mit Sprüchen und Figu=
ren zu bemahlen, sehr herrschend ist. Die Süjets
sind meistens aus der alten Schweizergeschichte genom=
men: am häufigsten sieht man die Wappen und Trach=
ten der verschiedenen Cantone vorgestellt, die ich mehr=
malen mit folgenden Versen begleitet gefunden habe:
Als Demuth weint, und Hochmuth lacht, da ward
der Schweizer Bund gemacht. Einige Stunden hin=
ter Baden fährt man in einer mäßigen Entfernung an
den Ruinen von Habsburg vorbey, auf welchen der
Canton Bern einen Hochwächter unterhält, der bey
entstehenden Feuersbrünsten der Nachbarschaft durch

zween Schüsse ein Zeichen gibt. Ungeachtet ich mit
grossen Erwartungen hieher kam, und die tiefste Ehrfurcht für den erhabenen Stamm hege, der von hier
aus den teutschen Kaiserthron bestiegen, und so viele
Jahrhunderte mit Ruhm behauptet hat; so wurde ich
doch beym Anblik der Habsburgischen Ruinen viel weniger, als von den Hohenzollerischen gerührt. Ich
wußte mir durchaus keine andere Gründe dieser Erscheinung anzugeben, als folgende: daß die Habsburgischen Ueberbleibsel in der Ferne einen zu geringen Umfang zu haben, und zu gut erhalten zu seyn
scheinen: weßwegen man sie eher für Wachtthürme,
als Reste eines so berühmten Schlosses hält. Auch
schadet es dem Eindruck, den diese ehrwürdigen Denkmäler sonst machen würden, daß der Berg, auf welchem sie liegen, andere viel höhere hinter sich hat, gegen welche er wie ein Hügel erscheint. Wahrscheinlich würde ich von eben dem heiligen Schauer ergriffen worden seyn, den ich beym Anblick von Hohenzollern empfand, wenn die Ruinen des Oesterreichi-
schen Stammhauses auf dem Berge gelegen wären,
wo das Schloß Lenzburg, eine der schönsten und einträglichsten Bernischen Landvogtheyen steht. Ich hatte grosse Lust das letztere zu besteigen, um mich an
der Aussicht zu ergötzen, die von hier aus nach allen
Seiten fast unbegränzt seyn muß; allein erst hielt mich
die Erwartung des Mittagsessens, und nachher die
unleidliche Hitze ab. So bald man ins Bernische Gebiet kommt, werden die Wege und Gegenden besser,
die Dörfer und einzelnen Wohnungen wohlhabender

und häufiger, endlich Wiesen und Felder reicher und
lachender, weil aus den Bergen unzählige kleine Quellen und Bäche hervorquillen, die nirgends, glaube
ich, haushälterischer und kunstmäßiger, als hier, genuzt werden. Die Bernischen Bauernhäuser, von denen ich Ihnen künftig einmal eine genauere Beschreibung geben will, sind meistens mit Stroh gedekt *),
und fallen beym ersten Anblick nicht angenehm in die
Augen; sie reizzen aber doch die Neugierde, weil sie
von allen Baurenhäusern, die man sonst gesehen hat,
verschieden sind, und einen Freund der Schweiz auf
eine angenehme Art fühlen lassen, daß er jezo auf
Schweizerischem Grund und Boden sey. Die Bauren
selbst gehen bey ihren grossen Reichthümern noch viel
einfacher einher, als im Zürchischen, wie Sie in der
Folge lesen sollen. Im ganzen Jahre hätte ich keine
glüklichere Zeit treffen können, die Reise von Zürch
nach Bern zu machen. Es war eben Heuerndte, die
in dem grösten Theile des Bernischen Gebiets und auch
der übrigen Schweiz wichtiger, als Kornerndte und
Weinlese ist. Das ganze Land wimmelte von muntern Schnittern oder Arbeitern, und die Luft war mit
balsamischen Düften der kräftigsten Frühlingskräuter
und Blumen angefüllt. Die schönsten Gegenden fanden wir zwischen Rotherist, wo wir schliefen, und
Morgenthal, oder noch etwas weiter. Zur Linken hatten wir Wiesen, die gleich den Fruchtfeldern oft mit

*) Im Emmethale, und manchen Gegenden des Aargäus
   sind die Baurenhäuser wenigstens so hoch, und so zierlich gebaut, als die Burgerhäuser in wohlhabenden teu-
   schen Landstädtchen von mittlerer Grösse.

grünen Hecken eingefaßt, mit Obstbäumen besezt, und
durch unzählige kaum sichtbare Röhrchen und Aerm=
chen von Bächen durchschnitten waren. Diese Wie=
sen heben sich gewöhnlich sanft empor: bisweilen aber
senken sie sich erst in mahlerische Thäler hinab, stei=
gen dann wieder fruchtbare Hügel hinan, werden aber
noch, ehe sie dieselben erreichen, durch niedliche Wäld=
chen, oder Reihen von Bäumen unterbrochen, und
endlich mit sanften Bergen, und milden einladenden
Waldungen begränzt. Rechts waren zuerst Aecker,
dann Wiesen, die bis an die Aar hinabliefen, und
gleich mit dem entgegengesetzten Ufer wieder anfiengen:
hinter den Wiesen Aecker, die sich bis an Wälder, oder
die Füsse des blauen ehrwürdigen Jura fortzogen, von
welchem der ganze Gesichtskreis majestätisch geschlos=
sen wurde. Wo wir nur hinblikten, in den Gründen,
wie auf den Höhen, sahen wir Arbeiter oder Schnit=
ter, die ununterbrochen und ohne sich nach uns um=
zusehen, den Segen des Sommers einsammleten; oder
auch dichte Haufen von ruhenden Personen beyderley
Geschlechts, die unter dem Schatten fruchtbarer Bäu=
me ihr einfaches Frühstück zu sich nahmen, und sich
reichlicher, als sonst, ihren gesunden und unverfälsch=
ten Wein zutranken. In St. Nicolaus speißten wir
am zweyten Tag zu Mittag, und erreichten von hier
aus in einigen Stunden Hindelbank, wo alle Reisen=
de außsteigen, um das von Nahl verfertigte Grabmal
der Mad. Langhans zu sehen. Die Verstorbene, wel=
cher zu Ehren dies Denkmal errichtet ist, war die
Gattin des ehemaligen Pfarrers, die für eine der schön=

sten Frauen im ganzen Berner = Gebiet gehalten wur=
de, und gleich im erften Wochenbett ftarb. Der An=
blick und die Ausführung diefes berühmten Kunftwerks
hat mir aber weniger gefallen, als der Gedanke felbft,
da ich ihn zum erftenmal hörte, oder auf einem Kup=
ferftich vorgeftellt fah. Die Haupturfache war wohl
diefe, daß man es wider alle Abfichten, und alles Co=
ftume von Grabmälern einige Schuh in das Chor der
Kirche einzefenkt hat, und alfo erft einige hölzerne Lä=
den geöfnet werden müffen, ehe man es fehen kann.
Durch diefe Erdffnung von Thüren und das Hinab=
fchauen in eine, wenn gleich geringe, Tiefe, entftand
in mir die Vorftellung, nicht von einem Ehrendenk=
mal, fondern von einer Todtengruft, wo man ent=
fleifchte Gerippe und modernde Gebeine erblicken könn=
te. Ueberdem ift das Werk für die Erwartung, die
man mitbringt, zu klein, und nicht aus Marmor,
oder einem andern harten, fondern aus einem weichen
oder doch fo fcheinenden Steine verfertigt, der in ei=
nem jeden nachdenkenden Zufchauer den unangeneh=
men Gedanken erregt, daß dies fchöne Werk nicht fo
lange dauren werde, als es feiner Vortreflichkeit nach
verdiene. Aus einem folchen Stoffe aber, als der
Künftler bearbeitet hat, kann nicht leicht etwas fchö=
neres und edleres, als dies Denkmal gemacht werden.
Der Grabftein ift, wie durch die Stimme des Welt=
richters, in drey Stücke zerfprengt, die fich gegen ein=
ander zu heben fcheinen, als wenn fie den Erwachten,
welche fie bisher bedekten, einen Ausgang verfchaffen
wollten. Die Riffe felbft, und die Ränder der Bruch=

stücke sind mit so täuschender Kunst gearbeitet, daß die
Natur selbst nicht natürlicher seyn kann, oder zersprengs
te Felsstücke nicht natürlich scheinen würden, wenn
sie anders als diese aussähen. Durch die Defnung ers
blikt man die Mutter, eine schöne, ausdruksvolle
Griechische Figur, in einem sanften, aber sichtbaren
Bestreben sich aufzurichten, und in ihrem Schooße
das holde Kind, dessen linkes Händchen noch in den
Händen der Mutter ligt, das sich aber mit der rechs
ten Hand an den geborstenen Grabstein anklammert,
als wenn es sich durch eigne Kraft aus seinem Lager
erheben wollte. Diese Attitüde ist über alle Beschreis
bung rührend, und meinem Bedünken nach der glüks
lichste Theil der schönen Erfindung, die so viele Bes
wunderer gefunden hat. Auf dem Grabsteine stehen
ausser dem Namen und dem Todesjahre der Verstors
benen noch einige Verse von Haller, die Sie schon
werden gelesen haben, und dann die vortreflichen Worte:
Hier bin ich Herr, und das Kind, was du mir ges
geben hast. Gleich der Thüre gegenüber, durch wels
che man in die Kirche hineingeführet wird, sieht man
noch ein anders viel prächtigeres marmornes *) Mos
nument, was der Schultheiß von Erlach seinem vers
storbenen Vater hat errichten lassen. Die Arbeit oder
Ausführung ist sehr schön, und gleichfalls von Nahl;
allein Erfindung und Composition sind weit unter des
nen, die man in dem bescheidenern Nachbarn wahrs
nimmt. Zierrathen und räthselhafte Figuren sind an

*) Eigentlich sollte ich gesagt haben: ein anderes glänzendes
res Monument; denn es ist nicht von Marmor, sondern nur
marmorirt, wie man mir aus der Schweiz geschrieben hat.

das erstere in einem solchen Uebermaaße verschwendet,
daß man nicht weiß, wohin man sehen soll, und was
man eigentlich sieht.　Nicht bloß Liebe und Dankbarkeit gegen die verstorbene Langhans, in deren Hause
Nahl während der Verfertigung des Erlachischen Mo-
numents wohnte, sondern auch eine, ich weiß nicht
woher entstandene, Unzufriedenheit mit dem Herrn
von Erlach selbst, sollen den Künstler bewogen haben,
bey dem Denkmal seiner Freundinn alle Kräfte seines
Genies anzuspannen.

Als wir von Hindelbank wegfuhren, ahndeten wir
nichts davon, daß wir noch vor Bern das prächtigste
Schauspiel sehen sollten, was wir in der ganzen Schweiz
gehabt hätten.　Wir fuhren eben in den Grund hinunter, aus welchem man die nächste, oder letzte Anhöhe vor Bern erreicht, als meine Frau auf einmal
fragend ausrief, was doch das für ein Brand wäre,
den wir vor uns hätten. Indem sie dieses sagte, wies
sie mit der Hand vor sich hin; allein ich sah nichts,
weil sich zwischen uns, und den Gegenständen, die
meine Frau so lebhaft rührten, schon Bäume gestellt
hatten.　Einen Augenblick nachher aber erschien der
Brand wieder, und nun sagte uns ein guter Freund
aus Bern, den wir von Zürch aus mitgenommen hatten, daß das, was so heftig zu brennen schiene, die
von der Abendsonne erleuchteten Schneeberge wären,
die wir nicht erkannten, weil wir sie noch nicht so nahe, und so hoch erleuchtet gesehen hatten.　Kaum erfuhr ich, was wir vor uns hatten, und nun nicht
mehr sahen, weil wir schon tief im Grunde waren, so

I. Theil.　　　　　　　　　　H

wurde ich so unruhig, und der Wagen wurde mir so enge, als wenn ich mich in einem düstern Gefängnisse befunden hätte. Nur die Versicherung, daß ich den Hügel vor uns nicht früher zu Fuß, als in dem von raschen Pferden gezogenen Wagen erreichen würde, hielt mich vom Aussteigen zurück. Ich war so voll von ängstlicher Erwartung, als wenn ich die erhabenen Gegenstände, die ich zu sehen wünschte, nur dies einzigemal sehen könnte, und fürchtete jeden Augenblick, daß sie verschwinden, oder sich verwandeln möchten. Mein Herz klopfte immer stärker und stärker, bis wir zulezt auf die so heftig ersehnte Höhe hinauf kamen. Die feyerliche Bewunderung, welche die ungeheuren, von der Abendsonne glänzenden, und die ganze Oberfläche der Erde, und alle ihre Bewohner, und deren Werke an Alterthum übertreffenden Felsmassen in uns hervorbrachten, kann ich Ihnen eben so wenig, als meine Empfindungen beym Rheinfall ganz schildern. Unsere Augen blieben fast unverwandt auf dem Wetterhorn, dem Schreckhorn, und deren Brüdern und Schwestern geheftet, und wir bemerkten kaum den prächtigen mit Bäumen besetzten Weg, auf welchem wir fuhren, die schönen Landhäuser, die wir zu beyden Seiten hatten, und die noch schönere Stadt, der wir noch ganz nahe waren. Die Füsse der Berge hatten sich schon in Schatten gehüllt, und nur ihre Häupter schimmerten noch von einem schwächern Glanze, als wir in Bern einfuhren, wo wir im Falken abstiegen.

Bey der Schönheit der Wege, der Reinlichkeit, Bequemlichkeit, und guten Bewirthung in den Gast-

hdfen, bey der Mannigfaltigkeit und Neuheit der Land=
schafften, endlich bey dem reizenden Anblick eines all=
gemeinen Wohlstandes würde es in der Schweiz bes=
ser, oder doch wenigstens eben so gut, als in irgend
einem Lande in Europa zu reisen seyn, wenn man nur
nicht gezwungen wäre, sich so lange zu bewegen. Man
kann nirgends in der ganzen Schweiz, eine oder die
andere Gränzstadt ausgenommen, Extrapost haben *),
sondern man muß Fuhrleute, oder wie man hier sagt,
Kutscher miethen, welche Reisende mit denselbigen
Pferden von Stadt zu Stadt bringen. Ungeachtet die
Pferde grösser und stärker sind, als unsere teutschen
Postpferde, so kann man doch damit täglich nie mehr,
als zehn, höchstens zwölf Stunden zurücklegen, weil
die Schweizerstunden grösser, als die unsrigen sind,
und drey derselben vielleicht zwo teutsche Meilen be=
tragen. Von Zürch bis Bern rechnet man 24 Stun=
den, ein Weg, den man mit Extrapost bequem in ei=
nem Tage machen würde, den man aber mit densel=
bigen Pferden nur kaum in zween Tagen zurücklegt,
und deswegen den Zürcherischen Kutschern für dritt=
halb Tage bezahlen muß. Diese Nothwendigkeit mit
denselbigen gemietheten Pferden zu reisen, ist es auch
hauptsächlich, was das Reisen in der Schweiz so theuer
macht. Zuerst muß man dem Miethkutscher fast zwey=
mal so viel geben, als Extrapost in Teutschland ko=
sten würde. Gewöhnlich zahlt man täglich für jedes

*) Durch die Verfügungen der Regierung in Bern sind jetzo
   Extraposten zwischen Basel und Bern, und zwischen der lez=
   ten Stadt und Genf angelegt worden, und man kann also
   jezo in einem Tage von Bern nach Genf kommen.

Pferd einen neuen Thaler, oder den vierten Theil ei=
ner Caroline, aber nicht bloß so lange, als man sie
selbst braucht, sondern auch für alle die Tage, welche
der Kutscher zum Rückwege nöthig hat. Ich gab al=
so zum Beyspiel meinem Zürcherkutscher für die Reise
nach Vern mit drey Pferden, und wieder zurück, fünf=
zehn, und Trinkgeld einen neuen Thaler, zusammen
also vier neue Louisd'or. So hoch dieser Fuhrlohn
manchem Reisenden auch scheinen mag, so gewinnen
doch die Kutscher selbst wegen der hohen Preise der Le=
bensmittel, und der Futterung nur wenig dabey. Man
ist aber sicher, daß man in seinem Kutscher einen treuen
Begleiter hat, und daß man auch nichts für ihn zu
zahlen braucht. Dies verlangen die Schweizerkutscher
nicht, und die Wirthe kennen auch ihre Vortheile zu
gut, als daß sie sich mit den Fuhrleuten in Verschwö=
rungen wider die Reisenden einlassen sollten. Der
grössere Fuhrlohn ist aber nur noch ein geringes gegen
die übrigen Ausgaben, welche diese Art zu reisen ver=
ursacht. Weil die Pferde unmöglich ununterbrochen
fortlaufen können, so muß man alle Tage wenigstens
ein = oder zweymal einkehren, ehe man das Nachtquar=
tier erreicht. Zwischen Zürch und Bern haben wir al=
so einigemal Frühstücke oder Erfrischungen, zwey Mit=
tags = und ein Abendessen nebst einem Nachtlager be=
zahlen müssen, da wir mit einem Mittagsessen hätten
auskommen können, wenn wir mit Extrapost gereist
wären. Eben diese Art zu reisen ist auch eine Haupt=
ursache, warum man selbst in Dörfern und Flecken so
schöne Gasthöfe, so gute Betten, so geräumige Zim=

mer, so reinliches Service, so vieles Silbergeschirr, und einen mit so mancherley Confitüren besezten Nachtisch antrift. Die Wirthe in Baden, Lenzburg, Rotherist, Herzogenbuchsee, St. Nicolaus, und an allen andern Orten, wo Fremde Halte machen müssen, können darauf rechnen, daß vom Anfange Mays an bis Ausgang Octobers täglich Reisende ankommen, die bey ihnen essen oder übernachten werden. Wenn sie also auch ein grosses Capital in Haus, Wäsche, u.s.w. hineinstecken, so wissen sie doch, daß sie ihr Geld gehörig nutzen werden. In Teutschland hingegen kann es einem reichen Mann in einem Dorfe oder Flecken gar nicht einfallen, ein Wirthshaus nach Schweizerischem Muster anzulegen, weil die Reisenden von Stadt zu Stadt eilen, und sich in den dazwischen liegenden Orten gar nicht aufhalten. Da sich nun einmal in den Städten so viele Kutscher, und auf dem Lande so viele Wirthe eingerichtet haben, Fremde fortzubringen und aufzunehmen, so ligt darinn vermuthlich der wichtigste Grund, warum man bisher in einem Lande, wo man früher, als in Teutschland, schöne Wege gebaut, noch keine Extraposten zur Bequemlichkeit von Reisenden angelegt hat. In Freystaaten mag und kann man nicht leicht etwas umändern, oder zu einem landesherrlichen einträglichen Rechts machen, was bisher ein Nahrungszweig von Bürgern und Unterthanen war. Vielleicht aber könnte ohne den Schaden der letztern den Reisenden geholfen werden, wenn man ohne die geringste Pacht den Kutschern in den Städten, und den Wirthen auf dem Lande die Extra-

post überliesse. Jene würden alsdann nicht mehr so
weit, aber desto öfter fahren; und diese würden nicht
mehr so oft Fremde bewirthen, aber sich ihres Scha=
dens durch Fuhren erholen. Die Schweizerischen Kut=
scher lassen von dem einmal festgesetzten Fuhrlohn nicht
allein nichts nach, wenn man seinen eigenen Wagen
bey sich hat, sondern sie sehen es sogar lieber, wenn man
sich ihres Fuhrwerks bedienet, weil sie alsdann auf
dem Rückwege wieder Personen mitnehmen können.

Die Stadt Bern, wo wir uns schon mehrere Ta=
ge aufhalten, und wegen der günstigen Aufnahme, die
wir gefunden haben, wie eingewohnt sind, ist die nied=
lichste und reinlichste Stadt, die ich kenne. Sie hat
gut gepflasterte, gerade, und breite Gassen, welches
um desto mehr zu verwundern ist, da sie in einem
Jahrhundert erbaut wurde, in welchem man sich an=
derswo eben so wenig um gesunde und offene Straßen,
als um schöne Häuser bekümmerte. Auch hieraus
könnte man schliessen, daß die Erbauer der Stadt Bern
sich von den Stiftern der meisten alten Städte, so
wie durch Geburt und Erziehung, also auch durch
Kenntnisse und Geschmack unterschieden haben. Durch
alle Hauptstrassen sind in der Mitte mehrere Schuh
tiefe Canäle geführt, die mit Quadersteinen ausgesetzt
sind, und in welchen beständig lebendiges Wasser in
einer solchen Fülle, und mit einem so starken Falle
fließt, daß man es in der Nacht wie das Rauschen
von Bächen hört. Diese Canäle sind nicht nur bey
einem entstehenden Brande von dem grösten Nutzen,
sondern sie führen auch alle flüssige Unreinigkeiten in

die Aar hinab. Damit dieses desto gewisser geschehe, haben die beyden Hälften der Strassen, welche durch die Canäle von einander getrennt werden, einen sanften Abhang gegen die leztern. In Bern ist man also sicher, daß man in den Hauptstrassen nicht durch stinkende Gassen beleidigt werde, die den Aufenthalt in den meisten grossen Städten, besonders in der heissen Jahrszeit so ungesund, und das Gehen durch die Strassen für empfindliche Personen so eckelhaft und unleidlich machen. Alle Hauptstrassen werden den Tag über ein oder mehrmalen von den sogenannten Schellenwerkern, oder den Gefangenen beyderley Geschlechts gesäubert, die um ihrer Thaten willen entweder auf ewig, oder nur auf gewisse Jahre zu öffentlichen Arbeiten verdammt sind *). Diese Verbrecher räumen im Winter den beschwerlichen Schnee und Koth,

*) Man hat jezo in Bern ein Werkhaus angelegt, um die kleinern Verbrecher von den grossen abzusondern, und dies billige ich sehr, allein ich kann noch immer nichts Tadelnswürdiges darinn finden, daß man Verbrecher die Strassen säubern läßt, welches von mehrern Schriftstellern gerügt worden ist. Wenn es nicht möglich ist, und des Beyspiels wegen auch nicht gut wäre, alle Personen, die zu öffentlichen Arbeiten verdammt sind, innerhalb der Mauren eines Gefängnisses zu beschäftigen, so kann man sie eben so gut die Strassen reinigen, als an Festungswerken, oder Strassen bauen lassen, denn auch zu diesen müssen sie, wenn sie anders dergleichen tragen, in Ketten hingeführt, und können, so lange sie arbeiten, den Augen des Publikums nicht entzogen werden. Verurtheilte Bösewichter machen durch ihre Arbeiten auch unter uns keine sonst ehrliche Handthierung unehrlich, oder schimpflich. Womit wollte man solche Menschen in und ausser den Gefängnissen anders beschäftigen, als mit Arbeiten, die von gemeinern Handwerkern und Taglöhnern verrichtet werden?

und im Sommer den noch beschwerlichern Staub weg,
und begiessen oder besprengen täglich mehrmalen nicht
nur die Strassen, sondern auch die bedekten Gänge an
beyden Seiten der Häuser. Diese Polizeyanstalt ist
um desto nöthiger und vortreflicher, da Bern ganz
aus weissen Steinen erbaut ist, und also nach einer
langen Dürre einen unerträglichen, und der Gesundheit gewiß nachtheiligen Grad der Hitze erhalten würde. Wahrscheinlich hätte man diese Einrichtung auch
schon in andern Städten, wo sie vielleicht eben so nöthig und heilsam wäre, nachgeahmt, wenn man nur
Fonds ausfindig machen könnte, aus welchen sich
geringere Verbrecher zur Beförderung der Bequemlichkeit, und Gesundheit der Mitbürger unterhalten liessen. Alle Häuser (die in einigen entfernten Neben-
gassen ausgenommen) sind, meistens aber erst seit
dem Anfange dieses Jahrhunderts, maßiv gebaut,
und einander nicht nur in Ansehung der Materialien,
sondern auch durch Bauart und Höhe ähnlich. Alle
haben vier Stockwerke, und unterscheiden sich nur
durch die ungleiche Breite und Tiefe, wodurch aber
die in ganzen Städten so angenehme Gleichförmigkeit
nicht gestört wird. Wenn man das Erlachische, und
vielleicht noch ein oder das andere Gebäude ausnimmt,
so hat Bern keine Pallast-ähnliche Privathäuser, aber
dagegen auch keine elende zusammenfallende Hütten,
die oft in Städten, wo die Ungleichheit der Güter und
Stände grösser ist, neben den stolzen Wohnungen der
Reichen und Ueppigen stehen, und das Auge des Kenners sowohl, als des Menschenfreundes viel mehr be-

leidigen, als die letztern sie ergötzen können. Die Häuser der Berner verkündigen eine glückliche Mittelmäßigkeit, und eine grössere Gleichheit ihrer Bewohner, als man bey einer genauern Untersuchung antrift. Unter allen Häusern (doch muß man auch hier wieder eine einzige Nebenstraße ausnehmen) gehen Arcaden, oder bedekte Gänge weg, in welchen man im Sommer vor den Strahlen der Sonne, und im Winter vor Schnee und Regen sicher ist. So groß die Bequemlichkeit dieser Arcaden, besonders für die Fußgänger ist, so haben sie doch auch wiederum ihre Nachtheile. Zuerst hindern sie, daß der erste Stock, oder weil dieser Ausdruck zweydeutig ist, derjenige Theil des Hauses, der an der Erde ligt, (rez de chaussée) fast niemals von den Besitzern oder ihren Bedienten bewohnt werden kann, weil die Zimmer an der Erde zu niedrig oder doch zu dunkel sind. Die untersten Theile der Häuser sind daher entweder an Handwerker, oder Krämer, und Kaufleute vermiethet, und wenn man also in den Arcaden, oder so genannten Lauben spazieren geht, so hat man an der einen Seite eine fast ununterbrochene Reihe von Buden, in welchen alle Arten von Waaren verkauft werden. Ein anderer Nachtheil der Arcaden scheint mir dieser zu seyn, daß die Schönheit der Häuser und der ganzen Stadt dadurch nicht wenig verliert. Wenn man nämlich in den Lauben selbst geht, so erblickt man weder von den Häusern, unter welchen man sich findet, noch von denen, welche gegenüber stehen, irgend einen angenehmen in die Augen fallenden Theil, sondern au beyden Seiten dunkle oder niedrige Boutiquen. Sieht man aber im Anfange oder am Ende einer Straße an beyden Reihen der Häuser hinunter, so entdeckt man zwo Reihen von unförmlichen Pfeilern, auf welchen die Häuser ruhen, und die gegen die Straße zu nach unten gleichsam Auswüchse haben, oder viel dicker als oben werden. Die Mißgestalt dieser Pfeiler würde man vermeiden können, wenn man an ihrer Statt starke, aber gerade und schön gearbeitete Säulen brauchte*). Der Boden der Arcaden ist fast immer um einige Fuß über die Straße erhaben, und vor jedem Hause sind deßwegen mehrere Stuffen, wodurch man ohne Umweg auf die Straße kommen kann. An den Seiten dieser Stuffen sind gemeiniglich steinerne Bänke angelegt, auf welchen man fast in jeder Stunde des Tages ruhende oder auch arbeitende Personen sieht, die der freyen Luft genießen, und sich durch die Beobachtung der Vor-übergehenden, oder Vorüberfahrenden zerstreuen. In den Häusern selbst sind die Eingänge oder Dielen, und die Treppen meistens schlecht: die erstern zu schmal, und die letztern zu enge und dunkel. Uebrigens ist das Innere der Häuser eben so zweckmäßig vertheilt, als die Zimmer schön und mit Geschmack möblirt sind. Das

*) Eine Schwierigkeit gegen die Einführung von Säulen statt der Pfeiler, an die ich nicht gedacht habe, besteht darin, daß, wenn Säulen die gehörige Stärke, und Proportion erreichen sollten, sie so hoch werden müßten, daß dadurch die obern Stockwerke gegen das unterste alles Ebenmaß verlieren würden. Uebrigens ist die Errichtung von Ar-caden, und die Anlegung von Buden in denselben ein Rest der morgenländischen Bauart, die zur Zeit der Creuzzüge in mehrern Europäischen Städten nachgeahmt wurde.

Hausgeräth und die Verzierungen der Zimmer lassen schließen, daß ihre Bewohner zwar die Bequemlichkeiten und Vergnügungen des Lebens kennen, und zu genießen wissen, aber zu ihrem Glück noch weit von der verderblichen Ueppigkeit entfernt sind, die nicht zu ihrem eigenen Vergnügen, sondern zu anderer Quaal verschwendet.

Bern ist nicht bloß die reinlichste, sondern, wie ich glaube, auch die gesundeste, oder doch eine der gesundesten Städte in der ganzen Schweiz. Ungeachtet die Sitten nicht so rein sind, als in Zürch, so ist die Sterblichkeit doch viel geringer, als in der letztern Stadt. Ein Gelehrter, an dessen Genauigkeit im Beobachten ich gar nicht zweifeln kann, hat mich versichert, daß von vier Menschen, die geboren werden, einer ein Alter von siebenzig Jahren erreiche, und daß im gegenwärtigen Jahrhunderte weniger sterben, als im vorhergehenden. Aus dem letztern Dato folgt eins von beyden, entweder, daß die Stadt durch die neuen, festern, und geräumigern Häuser an Gesundheit gewonnen habe, oder daß die groben Sünden der Unmäßigkeit, denen die Vorfahren ergeben waren, wenigstens in Bern gefährlicher und tödtlicher seyen, als die weniger beleidigenden, aber sonst die Menschennatur mehr untergrabenden Sünden der Weichlichkeit, und der verfeinerten Sinnlichkeit. Zur Gesundheit der Stadt trägt ihre Lage gewiß das meiste bey. Sie ist nicht nur auf einer Anhöhe erbaut, zu welcher man, wenn man von Zürch kommt, mehrere hundert Schuh hinaufsteigen oder fahren muß, sondern sie wird auch an drey Seiten von der Aar umflos-

sen, welche die Luft beständig reinigt, und in einer
mäßigen Bewegung erhält. Ueberdem ist keine unter
den grdßern Städten der Schweiz den höchsten Schnee-
gebirgen so nahe, als Bern. Diese Nachbarschafft
gewährt ihr eine dünnere und reinere Luft, als die ent=
ferntern, und also niedriger liegenden Städte genießen
können. In eben dieser Nachbarschafft muß man aber
wahrscheinlich auch den Grund suchen, warum in der
Gegend von Bern keine andere Früchte und Gewächse,
als bey uns, und dieselbigen Früchte und Gewächse
auch nicht früher, als bey uns wachsen, da doch Bern
mit Paris unter gleicher Breite, und fünf Grad weni=
ger nördlich, als Göttingen liegt. Eine andere Folge
dieser Nachbarschafft sind wahrscheinlich die Kröpfe,
oder Anlagen zu Kröpfen, die man in keiner andern
schweizerischen Stadt so häufig, als in Bern sieht, wo=
gegen man aber besonders bey jungen Personen sichere
Heilmittel haben soll. Zu den endemischen Uebeln der
Stadt gehören auch verdorbene Zähne und Zahnschmer=
zen, welchen vorzüglich diejenigen Personen, die nahe
an der Aar wohnen, ausgesetzt sind, und die man da=
her der scharfen Luft dieses Flusses, ich weiß nicht ob
mit Recht, zuschreibt.

Da die Berner so nahe an den Quellen der Ströme
wohnen, welche den Rhein am meisten vergrößern, so
ist es zu verwundern, daß sie in Italien, Spanien,
Frankreich, ja selbst in dem niedrigen Holland so ge=
sund bleiben, wo die aus ihrem Vaterlande herabströ=
menden Gewässer sich mit dem Rhein in die See stür=
zen. Am liebsten sollen die Berner in Italien, und

noch dazu in dem südlichern Italien dienen, und man
sagt daher im Scherze, daß, wenn sie einmal die Alpen überstiegen haben, sie alsdann nicht rückwärts, sondern vorwärts eilen. Das Heimweh ist keine Krankheit des Städters, der fast in allen übrigen Städten
Europens, wo nicht dieselbige Luft, doch dieselbigen
oder ähnliche Nahrungsmittel, Wohnungen, Vergnügungen, und Beschäfftigungen findet. Es überfällt eigentlich nur diejenigen, die ihre Kindheit und Jugend
auf den hohen Alpen als Hirten zubrachten, und mit
ihrem Vaterlande auf einmal alles, die reine Bergluft, die einfachen Milchspeisen, und eine jede gewohn-
te Arbeit und Belustigung verlieren *). Wenn man es
aber von irgend einer Stadt sagen kann, daß ihre Söhne und Einwohner in der Ferne von einem kleinen Grade
des Heimwehs, oder einer beschwerlichen Sehnsucht nach
dem Vaterlande befallen werden, so kann man es, glaube ich, am ehesten von Bern behaupten; wenigstens
werden unter den Schweizern die Berner, wenn sie in andern Ländern krank geworden sind, bey der Rückkehr
in ihr Vaterland am leichtesten wieder hergestellt. In
der ganzen Schweiz ist man nirgends gegen den Aufent-
thalt in Göttingen so sehr, als in Bern eingenommen *).

*) Das Heimweh ist zwar den Bergbewohnern in der Schweiz
vorzüglich eigen, es findet sich aber doch in gleicher Heftigkeit
auch in andern, selbst platten Ländern. Ephem. Nat.
Curiof. Vol. III. p. 74.

*) Dies Vorurtheil hat sich seit 1782. fast ganz verloren. We-
nigstens haben nie so viele edle, und hoffnungsvolle Berner
in einem gleichen Zeitraum Göttingen besucht, als in den
letztern Jahren.

Man erkennt den Fleiß und die Verdienste unserer Lehrer, und die Vortrefflichkeit unserer Anstalten; allein man hält die Nahrungsmittel für schlecht und unverdaulich, das Wasser für hart und ungesund, und die Luft für fieberhaft und besonders den Bernern gefährlich. Diese Vorurtheile sind zuerst aus einem Ausspruche des großen Herrn von Haller entstanden, der gewisse Unpäßlichkeiten, die ihn während seines Aufenthalts in Göttingen anfochten, der ungesunden Luft zuschrieb; theils aber sind sie auch durch die auffallenden und wiederholten Todesfälle von Bernischen Studierenden in den letzten zehn Jahren veranlaßt worden. Ich bemerkte aber gegen diejenigen, die mir den einen, oder die andern anführten, daß ich bey aller der Ehrfurcht, die ich gegen den Hallerischen Namen hege, dennoch nicht umhin könne, zu glauben: der große Mann habe unserer Universität zu viel gethan. Wenigstens wisse kein Mensch in Göttingen von solchen periodischen Krankheiten, als er für epidemisch erklärt habe. Freylich würde es besser seyn, wenn die Stadtgräben, deren Ausdünstungen er sein Uebelbefinden zuschrieb, ganz ausgefüllt wären, welches vielleicht mit der Zeit geschehen könnte; allein man müsse doch auch nicht glauben, als wenn sie Pfützen von stillstehendem und faulendem Wasser seyen, indem entweder Quellen von dem nächsten Berge, oder auch Wasserabflüsse aus der Leine hineingeleitet, und dadurch immer eine gelinde Bewegung darin erhalten würde. Nur in den Sommermonathen, und besonders nach einer anhaltenden Dürre, seyen diese Gräben empfindlichen Nasen bisweilen beschwerlich. Daß sie aber die Luft nicht auf eine gefährliche Art vergifteten, könne man allein dahr schließen, daß, wenn epidemische Krankheiten in der Nachbarschafft herrschten, sie entweder gar nicht nach Göttingen kämen, oder sich auch um vieles milderten. Außerdem aber lasse es sich gar nicht absehen, warum die Luft in Göttingen ungesund seyn sollte. Die Stadt liege an dem Fuße eines Berges, in einem fruchtbaren, überall bebauten und offenen Thale, welches eine oder einige Stunden breit, und mehrere Meilen lang sey, das zwar von vielen kleinen Bächen und der Leine durchströmt werde, aber nirgends sumpfige Gegenden oder Moräste habe. Als die sichersten Beweise für die Gesundheit der Göttingischen Luft, könne man diese anführen, daß unsere Universität unter ihren Gelehrten, von denen doch bekannt sey, daß sie ihre Kräfte nicht schonten, einige muntere Greise zwischen achtzig und neunzig, und mehrere berühmte Schriftsteller zwischen sechszig und siebenzig Jahren aufweisen könne, denen diejenigen, die sie nicht kennten, gewiß nur ein Alter von vierzig und einigen Jahren zutrauen würden. Wenn also in den letztern Jahren mehrere Berner gestorben seyen; so liege die Schuld gewiß nicht an unserer Luft, sondern an dem Saamen von Krankheiten, den sie mit hergebracht, und der sich in ihrem Vaterlande eben so wohl, als in Göttingen entwickelt hätte. Ich berief mich hier auf die Zeugnisse einiger Freunde der Verstorbenen, und forderte zugleich einige ältere Zöglinge unserer Universität auf, welche alle versicherten, daß zu ihrer Zeit keiner von ihren Landsleuten gestorben, oder gefährlich krank gewesen wäre. Unser Wasser, fuhr ich weiter fort, sey zwar

nicht so kalt und leicht, als das beste Wasser in der
Schweiz; allein es enthalte doch auch gar keine der Ge=
sundheit schädliche Theile. Vielmehr habe man bemerkt,
daß Steinschmerzen in Göttingen seltener, als anders=
wo wären, und es sey also falsch, wenn man sich ein=
gebildet habe, daß unser Wasser dazu geneigt mache.
Unsere Nahrungsmittel seyen zwar nicht so vollkommen,
als in manchen andern Gegenden sowohl des südlichen,
als des nördlichen Teutschlandes; wir könnten es aber
doch von dieser Seite mit einem jeden Orte der teutschen
Schweiz, wo wir bisher gewesen wären, aufnehmen.
Wenn unser Kalbfleisch nicht so fett, und unsere Hämmel
nicht so schmackhaft wären, als in gewissen Gegenden
der Schweiz, so sey unser Rindfleisch wenigstens so gut,
und meistens zarter und schmackhafter, als was wir in
Zürch, und Bern gefunden hätten. Alle Arten von Ge=
müsen und Obst, besonders die feinern, finde man um
Göttingen wenigstens eben so gut, und in noch größerer
Menge, als in Bern; und man könne mit Grund hof=
fen, daß sie sich mit jedem Jahre veredeln und vermehren
würden, da nicht nur reiche Pächter und Amtleute, son=
dern auch Prediger und Bauren in den umliegenden Ge=
genden sie mit Sorgfalt zu ziehen anfingen. Fische hät=
ten wir zwar weniger, aber dagegen auch mehr Wildprett,
als man in der Schweiz esse. Bey alle dem aber müßten
junge Leute aus guten Häusern immer einen großen Un=
terschied merken, wenn sie auf einmal von ihrem elterli=
chen Tische an den Tisch Göttingischer Speisewirthe ver=
setzt würden. Wenn man aber billig seyn wolle, so
müsse man die Speisen der Göttingischen Traiteurs nicht

mit dem Essen im väterlichen Hause, sondern mit dem
der Traiteurs auf andern Universitäten vergleichen; und
wenn man dieses thue, so wisse ich es aus sorgfältigen
Erkundigungen, und vielen glaubwürdigen und überein-
stimmenden Zeugnissen, daß Studierende in Göttingen
zufrieden zu seyn Ursache hätten.

Nidau, am 27. Junius.

Wir trafen schon vorgestern vor Tisch in diesem niedlichen Städtchen ein, das fünf Stunden von Bern am
Ende des Bielersees, und nahe am Jura liegt. Wir
wurden nicht allein von unserm Freunde, Herrn Pfarrer
Feer, und seiner würdigen Gattin erwartet, und gütig
aufgenommen, sondern waren auch so glücklich, den
Herrn D. M. vorzufinden, der unsertwegen schon einige
Tagen in Nidau geblieben war. Eins schmerzt uns,
daß wir keine Briefe von Göttingen fanden, wie wir gewiß gehofft hatten. Wir trösteten uns aber in der Gesellschaft sowohl unserer Schweizerischen, als unsers teutschen Freundes, welcher letzterer Göttingen mehrere Wochen nach uns verlassen hatte, und uns also viel
Neues und Interessantes erzählen konnte.

Noch nie habe ich mich so sehr nach Ruhe und Einsamkeit gesehnt, als gegen das Ende unsers Aufenthalts in Bern, und auch noch nie habe ich die Süßigkeit der tiefsten Musse und die Wonne, gar nichts
zu thun, in dem Grade empfunden, worinn ich sie
jetzo in Nidau zu empfinden anfange. Wir waren
schon über zween Monate unterwegens, und hatten
diese ganze Zeit entweder mit der Betrachtung schöner

I. Theil.   J

oder erhabener Gegenstände, oder auch in Gesellschaft merkwürdiger Menschen zugebracht. Wir waren also beständig zerstreut oder angespannt gewesen, und unsere Sinne, Kräfte und Neugierde fiengen nach gerade an stumpf zu werden. Ich hatte dieses zum Theil vorausgesehen, und welch ein Glük also war es, daß ich an einem so bequemen und angenehmen Orte, als Nidau ist, einen alten geprüften Freund fand, der so gütig war, mir während der Ruhepuncte, die ich in der Schweiz nöthig haben würde, sein Haus und seinen Tisch anzubieten! Ich werde gewiß nicht eher von hier aufbrechen, als bis mir die Musse, die ich noch so ganz und innig koste, beschwerlich wird, und die abgespannten Sinne und Kräfte ihre Schnellkraft wieder erhalten haben. Wenn man auf Reisen nicht von Zeit zu Zeit solche Pausen macht, so bringt die unaufhörliche Bewegung und Zerstreuung zuletzt eine Art von Schwindel oder Taumel hervor, und das, was man gesehen oder gehört hat, dreht sich im Kopfe in reissenden Wirbeln herum, in welchen alles aus seiner Stelle verrükt und verstümmelt wird. Ich wenigstens würde die vielen interessanten Sachen, die ich in Bern beobachtet und erfahren habe, nicht behalten, und weder für mich, noch für meine Freunde aufschreiben können, wenn ich jetzo, an statt auszuruhen, gleich in die Gletscher und in die kleinen Cantone, wohin ich zuerst zu gehen gedenke, hätte reisen wollen. Für die letzte Reise ist ohne das die Jahreszeit noch nicht weit genug vorgerükt, und ich werde also gewiß mehrere Wochen hier bleiben. Die hiesigen

Gegenden will ich Ihnen umständlicher beschreiben, wenn ich erst einige Excursionen werde gemacht haben. Vors erste fahre ich mit meinen Anmerkungen über Bern fort.

Die umliegenden Gegenden von Bern sind bey weitem nicht so schön, so fruchtbar, und bebaut, als die von Zürch. Man mag sich aber der Stadt nähern, von welcher Seite man will, so trift man schon in der Entfernung von einer halben oder ganzen Stunde bequeme Landhäuser an, auf welchen die reichen oder wohlhabenden Berner den Sommer zubringen. Unter den der Stadt nahe gelegenen Landhäusern, oder wie man hier immer sagt, Campagnen, habe ich kein einziges vorzüglich weitläuftiges oder prächtiges gesehen, doch finden sich in einer Entfernung von $1\frac{1}{2}$ bis 2 Stunden wenigstens sechs, die beynahe den Namen von Lustschlössern verdienen. Ich besinne mich nicht in der Nachbarschaft der Stadt von merkwürdig schönen Gärten gehört zu haben. Der Grund davon ligt weder im Mangel von Vermögen, noch im Mangel von Geschmack am Landleben, sondern darinn, daß die reichsten Familien ihre Schlösser und Gilter entweder in Païs de Vaud, oder auch im Fürstenthum Neuenburg, oder endlich am Murtner- und Bielersee haben. Von den Ländereyen, die zu den Landsitzen in der Nachbarschaft der Stadt gehören, nimmt man meistens nur gerade so viel zum Garten, als nöthig ist, um einige Blumen, und die für das Haus nöthigen Gemüse zu ziehen; alles übrige läßt man zu Wiesen liegen, weil man Ländereyen auf diese Art am vortheilhaftesten, und mit dem geringsten Aufwande und

Gefahren nutzen zu können glaubt. Diese Wiesen sind zwar mit Fruchtbäumen besezt, aber selten mit Gängen durchschnitten, die zwo Personen neben einander fassen könnten. Als ich mich wunderte, daß man um Bern herum so wenig auf das blosse Vergnügen sehe, antwortete man mir, daß dieses aus einer allgemeinen Sparsamkeit herrühre, die in der That einer reichen Aristokratie Ehre macht, und so lange sie dauert, eine der vornehmsten Säulen der Staatsverfassung seyn wird.

Daß Bern jährlich an Einwohnern zunehme, kann man aus den steigenden Preisen der Häuser und Ländereyen schliessen, wiewohl die letztern seit einigen Jahren etwas gesunken seyn sollen, seitdem man Gelder mit grossen Vortheilen in auswärtigen, besonders Französischen Fonds, hat belegen können. Andere leiten die steigenden Preise der Häuser nicht sowohl aus der zunehmenden Bevölkerung, oder dem immer sich vergrössernden Zuflusse von Fremden, als vielmehr daher ab, daß in jedem Jahre mehrere kleinere Häuser in ein grosses zusammengebaut werden, wodurch nothwendig die Miethe der Wohnungen steigt. Die Zahl der Häuser belief sich im Jahre 1780. auf 1068, unter welchen auch die öffentlichen oder obrigkeitlichen Gebäude mit begriffen, und meistens für zwey gerechnet sind. Die Zahl der Einwohner schät man auf 12000 und darüber. In dieser ganzen Zahl sollen sich etwa 250 bürgerliche Familien, und dreyßig von ewigen Einwohnern finden, und das übrige soll aus sogenannten Insassen bestehen. Die ewigen Habitans

haben mit den bürgerlichen Familien einerley Vorrech=
te, den Weinverkauf im Kleinen abgerechnet, sind
aber von allen obrigkeitlichen Bedienungen, und der
Regierung ausgeschlossen. Die Insassen hingegen kön=
nen gar keine Häuser eigenthümlich besitzen *), dür=
fen gar keinen Wein verkaufen, und müssen jährlich
von 7½ Batzen bis zu 3 Bernthalern Schutzgeld ge=
ben, zum Beweise, daß sie weder zu der einen, noch
der andern der beyden eben genannten Classen gehö=
ren. Ungeachtet die Insassen viel weniger Vorrechte
haben, als die Bürger und ewigen Einwohner, so
nehmen jene doch alle Jahre an Zahl zu, und diese
hingegen ab: eine wichtige Erscheinung, deren Ursa=
chen Sie in der Folge lesen sollen!

Der Vorwurf: daß die Einwohner von Bern stolz
seyen: ist in und ausser der Schweiz zu allgemein,
als daß er niemals gegründet gewesen, oder auch jetzo
ganz ungegründet seyn sollte. Ich war bey meiner
Ankunft so sehr wider den Bernischen Stolz eingenom=
men, daß ich mir vornahm, mich demselben höch=
stens nur einige Tage auszusetzen. Allein alle Be=
kanntschaften, die ich sowohl unter verschiedenen wür=
digen Gelehrten, als in Familien von der Regierung
gemacht habe, liessen mich von diesem verschrienen und
gefürchteten Stolze keine Spur finden. Vielmehr kön=
nen wir die Gefälligkeiten nicht genug rühmen, die
man uns allenthalben, und besonders in allen Zwei=
gen der angesehenen und verehrungswürdigen Halleri=

*) Doch soll man in den letzten Jahren einige Ausnahmen
　gemacht, und mehrern Insassen Häuser zu kaufen erlaubt
　haben.

schen Familie erwiesen hat. Die verwittwete Frau
von Haller, und alle ihre Kinder denken noch immer
mit so vieler Zärtlichkeit an Göttingen zurück, daß es
ihnen nichts weniger, als gleichgültig zu seyn schien,
in meiner Frau die Tochter eines ihrer besten ehemali=
gen Göttingischen Freunde zu sehen. — — Doch ich
muß hier abbrechen, wenn ich meinen Brief noch mit
der Post fortschicken will. Leben Sie wohl u. s. w.

Dritter Brief.

Nidau am 9ten Jul.

Liebster Freund,

Erst vorgestern habe ich einen Brief an Sie abge=
schikt, und heute fange ich schon einen wieder an, weil
das Schreiben jetzo eine von meinen wichtigsten Be=
schäftigungen ist. Da ich wegen der Hitze nicht im=
mer spazieren gehen kann, und meinem Freunde Feer
seiner Amtsgeschäfte wegen nicht immer beschwerlich
fallen mag, so wechsle ich in den Morgenstunden mit
Lesen und Schreiben ab. Meine Lectüre besteht ganz
allein in unterhaltenden Büchern, besonders in histo=
rischen, geographischen, oder topographischen Wer=
ken über die Schweiz; denn wissenschaftliche Schriften,
die anhaltende Aufmerksamkeit fordern, fliehe ich jetzo
eben so sehr, als langes ernstliches Nachdenken. Wenn
ich des Lesens überdrüßig werde, so setze ich mich hin,
an Sie zu schreiben, oder ich denke auch, aber ohne
mühsame Anstrengung, an das, was ich Ihnen
schreiben will.

Daß ich Ihnen von Bern noch vieles zu sagen habe, werden Sie aus meinem letzten Briefe schon ersehen haben, und ich fahre also dreist fort, Ihnen meine Beobachtungen und Gedanken mitzutheilen, bis Sie mir schreiben, daß ich Ihnen und meinen übrigen Freunden lästig dadurch werde.

So wie aus dem allgemeinen Wohlstande und Reichthume der Bernischen Bauern die Milde und Weisheit der Regierung hervorleuchtet, so beweisen alle öffentliche Werke, Gebäude, und Einrichtungen nicht nur den Reichthum des Staats, sondern auch das Bestreben und die Kunst, die ersparten Reichthümer zum Wohl und Vergnügen des Ganzen anzuwenden. Ungeachtet Bern nur eine kleine Stadt ist, so entdekt man in ihr doch viel mehr öffentliche Pracht, als in manchen vielmal größern Städten. Um von den Promenaden anzufangen, so wird man, glaube ich, nur wenige Städte nennen können, die schönere und besser unterhaltene Spaziergänge hätten. Innerhalb der Stadt gibt es deren zwey vorzüglich schöne, und eine gleich vor dem Thore. Auf allen dreyen hat man die Aussicht auf die Schneeberge, die sich fast in jeder Stunde anders, am schönsten aber gegen Untergang der Sonne darstellen, um welche Zeit man am häufigsten spazieren zu gehen pflegt. Vor allen andern gefällt mir die sogenannte Platteform, oder der Spaziergang neben der Hauptkirche, der mit mehreren Reihen hoher ehrwürdiger Castanienbäume besezt ist, unter denen man zu allen Zeiten des Tages gegen die Strahlen der Sonne Schutz findet. Hier hört man unaufhörlich das Brausen der Aar, die in einer Tiefe von drey, oder noch mehr hundert Schuhen wegfließt, und wovon ein Theil mit einem gewaltigen Geräusch über einen Damm wegstürzt, welchen die ehemalige Bubenbergische Familie aufgeführt hat, um den Fluß in ein engeres Bett zu zwingen, und ihm dadurch eine größere Kraft und Geschwindigkeit zur Treibung von Mühlen zu geben. Man erstaunt, wenn man in die gräßliche Tiefe hinabsieht, und sich denn dabey besinnt, daß die erhabene Fläche, auf welcher man steht und umhergeht, von Menschenhänden ist zusammengetragen, gestützt und befestiget worden. An den beyden Enden, welche gegen die Aar gekehrt sind, stehen zween schöne aus Steinen erbaute Pavillons, die den Spaziergängern bey einem plötzlichen Regen einen sichern Zufluchtsort darbieten. In der Mauer, womit diese Promenade eingefaßt ist, findet sich ein Stein, in welchen die berühmte Geschichte eines gewissen Weinzäpfli's eingegraben ist, der mit einem flüchtigen Pferde von der Platteform heruntergestürzt seyn soll, ohne den geringsten Schaden zu nehmen. Als ich diese Inschrift zum erstenmal las, und dann gleich in die fürchterliche Tiefe unter mir hinabblikte, rief ich gleich aus, daß ich das Factum für ganz unglaublich halten würde, wenn es nicht durch eine so feyerliche und öffentliche Urkunde bestätigt würde. Mir fiel es aber doch nicht ein, daß die Obrigkeit eben so wohl, als in andern Fällen einzelne Menschen, oder auch das ganze Publikum hintergangen werden könnte. Ich wiederholte die innere Unwahrscheinlichkeit

der Geschichte in mehreren Gesellschaften, und traf
endlich einen eben so gelehrten, als scharffinnigen
Mann an, der mir aufrichtig gestand, daß des Wein=
zäpfli's abentheuerlicher Fall allem Vermuthen nach
eine Erdichtung sey. Er selbst habe von mehrern glaub=
würdigen Männern, die es von Zeitgenossen des Hel=
den der Geschichte erfahren, gehört, daß Weinzäpfli
einstens mit andern muthwilligen jungen Menschen ei=
nigen Bauren die Pferde, womit sie zur Stadt ge=
kommen wären, heimlich entführt, und damit in den
Strassen von Bern herumgejagt hätten. Weinzäpfli
habe sich sogar auf den Kirchhof gewagt, wo sich das
wild gewordene Pferd in den Abgrund gestürzt, nach=
dem es vorher den Reuter abgeworfen hätte, oder die=
ser auch freywillig heruntergesprungen sey. Um der
Strafe seines Muthwillens zu entgehen, und mehr
Staunen und Dank über seine wundervolle Erhaltung,
als Unwillen gegen sich und seine Freunde zu erregen,
habe er sich mit seinen Mitschülern verabredet, bey der
Aussage zu beharren, daß auch er mit dem Pferde hin=
untergefallen, aber durch eine besondere Fügung der
Vorsehung erhalten worden sey. Diese erdichtete Er=
zählung fand einen fast allgemeinen Glauben, selbst
bey der Obrigkeit, von welcher er abgehört wurde, und
es läßt sich also leicht erklären, warum er in der Fol=
ge nicht widerrufen konnte. Mir kommt es viel wahr=
scheinlicher vor, daß die Sache so geschehen sey, als
ich sie jetzo aus dem Munde eines gelehrten und zu=
verläßigen Mannes aufgeschrieben habe, als daß Wein=
zäpfli den Sprung gemacht habe; der auf dem öffent=

lich errichteten Denkmale erzählt wird. Doch möchte
ich die gleichzeitigen Urkunden sehen, von welchen
mir einer der scharfsinnigsten Alterthumsforscher in
Bern sagte, daß sie den Fall des Abentheurers ausser
Zweifel setzen. *)

Nach der Platteform ist die Engi, oder die Promenade
außer der Stadt die schönste. Die letztere hat darin
einen Vorzug vor der erstern, daß man einer weitläuf-
tigern Aussicht genießt, und nicht bloß gehen, sondern
auch fahren kann; allein ihre Hecken und Lauben, oder
Cabinetter schützen lange nicht so sehr gegen die Sonne, als die dichten Alleen auf der Platteform. Die
Engi stößt an einen Wald, in welchen Gänge hineingehauen sind, wo man auf einmal allem städtischen
Getümmel entrückt ist. Nach dem Kirchhof, und der
Engi findet man die Promenade auf dem Wall nicht
mehr vorzüglich schön, ungeachtet man sie in einer jeden andern Stadt bewundern würde.

Unter allen Denkmälern öffentlicher Pracht, an
welcher Bern so reich ist, hat keins mich so sehr interes-
sirt und gerührt, und keins mir die väterliche Sorge

*) Seit der Erscheinung meiner Briefe haben mir mehrere
gelehrte Männer aus Bern geschrieben, daß Weinzäpfli's Sprung nicht geläugnet werden könne, ohne
die sichersten Urkunden zu verwerfen. Allein eben diese
Urkunden erzählen die ganze Begebenheit auf eine Art,
wodurch sie viel weniger wunderbar, und unbegreiflich
wird, als ich sie in Bern gehört habe. Weinzäpfli hatte
im Fallen einen weiten Mantel um, dergleichen die Studenten damals trugen, und der wahrscheinlich die Heftigkeit,
und Geschwindigkeit des Falls aufhielt, oder minderte. Auch
fiel er nicht ganz auf den Erdboden hinab, sondern auf das
Dach eines unten liegenden Hauses, und blieb nicht ganz unbeschädigt, sondern brach das Bein.

der Regierung für die öffentliche Wohlfahrt so stark be=
wiesen, als das große Kornmagazin, von welchem ich
überzeugt bin, daß auch Sie, und ein jeder anderer
Menschenfreund es lieber, als die seltenste Sammlung
von Gemählden gesehen hätte. Dies herrliche Gebäu=
de ist aus großen Quadersteinen erbaut, und hat vier
Böden über einander, die hundert vier und achtzig Fuß
lang, und vier und sechszig breit sind. Ein jeder die=
ser Böden hat nach drey Seiten hin geräumige Luft=
oder Zuglöcher, vor welchen Vorhänge von grober Lein=
wand herabhängen, die durch den sanftesten Wind be=
wegt werden. Die beständige Zugluft, die durch diese
Oeffnungen unterhalten wird, und die Lage des Ge=
bäudes gegen Norden, machen, daß die Frucht sich
hier länger, als in allen andern Magazinen hält. Un=
geachtet man den Truppen vor Genf schon einen be=
trächtlichen Vorrath von Getraide nachgeschickt hatte;
so fanden sich doch noch auf den verschiedenen Böden
nur allein 7000 Mütt Waizen und Dinkel, diejenigen
nicht einmal mitgerechnet, die in Säcken standen, oder
aufgethürmt lagen. Ein jeder Mütt hält zwölf Mäß,
und ein jedes Mäß ist nach dem abwechselnden innern
Gehalt der Frucht wieder achtzehn bis ein und zwanzig
Pfund schwer. Unter diesem Vorrath waren fünf und
zwanzig hundert Mütt Sicilianischer Waizen und 1500
Mütt gedorrte Frucht, die man auf einer großen Dörr=
maschine, welche ich hier zum erstenmal sahe, selbst
hatte trocknen lassen. Den Sicilianischen Waizen ließ
der Rath mit unsäglichen Kosten zur Zeit der letzten
großen Theurung kommen. Er ist viel grobkörnichter

und schwerer, als alle andere Arten, die ich gesehen
habe, und man hat von ihm als etwas eigenthümli=
ches angemerkt, daß er besonders Anfangs beträchtlich
aufgelaufen ist, oder an Volumen zugenommen hat,
an statt daß andere Frucht in sich verschwindet. Als
man ihn zuerst nachmaß, fand man achtzig Mütt mehr,
als man bezahlt hatte, und zu besitzen glaubte.

Dies Magazin ist zwar das größte, aber nicht das
einzige im Berner Gebiet; denn es sind noch sieben,
einige sagen gar, zwanzig andere an bequemen Orten
angelegt. Ueberdem sind alle Landvögte verbunden,
für die Rechnung des Staats eine gewisse Quantität
von Getraide stets bereit zu halten. Hierauf wird so
strenge gehalten, daß man schon verschiedene Landvögte
absetzte, und aller bürgerlichen Ehre und Würden verlu=
stig erklärte, weil sie einen Theil der Frucht, die dem
Staat gehörte, verkauft hatten, um sie bey wohlfeilern
Preisen wieder zu erstatten. Von Zeit zu Zeit wer=
den Bevollmächtigte herum geschickt, welche die Korn=
häuser und die Vorräthe der Landvögte untersuchen
müssen.

So große Kosten diese Kornhäuser auch verursachen,
so sind sie doch in einem Lande unumgänglich nothwen=
dig, das nicht so viel Getraide baut, als es braucht,
und mit Ländern umgeben ist, die entweder in demsel=
bigen Fall sind, oder auch bey dem geringsten Anschein
von Hungersnoth und Theurung alle Ausfuhr verbieten.
Man hebt aber nicht bloß durch die angelegten Kornma=
gazine alle Gefahren von Theurung und Hungersnoth
auf, sondern man gewinnt dadurch auch noch den unschäz=

baren Vortheil, daß man die Preise des Getraides gleich=
sam in der Hand hat, und sowohl die verderblichen An=
schläge von Wucherern zernichtet, als die gleichfalls
schädliche Wohlfeilheit der Frucht zurückhält. Wenn
das Mäß auf dem wöchentlichen Markte über zwanzig
Batzen steigt, so läßt der Stand aus seinen Magazinen
dieselbige Quantität zu achtzehn Batzen verkaufen.
Sinkt aber das Mäß unter funfzehn Batzen herab, so
fängt der Staat an, einzukaufen, und hindert dadurch
das fernere Sinken der Kornpreise, wodurch der Bauer
oft eben so sehr, als durch Mißwachs zu Grunde ge=
richtet wird.

In eben den Absichten, in welchen der Stand Bern
acht große Kornhäuser erbaut hat, in eben den Absichten
hat er auch zwey große Weinläger angelegt, von welchen
eins teutsche Weine, vornehmlich solche, die um den
Bielersee herum wachsen, das zweite aber welsche Weine,
das heißt, solche Weine enthalten, die in der Französi=
schen Schweiz wachsen, und von welchen die eine Art, die
man zwischen Lausanne und Nyon baut, La Cote, und
diejenige, die zwischen Lausanne und Vevay gezogen
wird, Ryfwein, oder vin de la Vaud genennt wird.
Das größte oder doch eins der größten Weinläger fin=
det sich unter dem großen Kornhause in Bern, und
enthält welsche Weine von verschiedenen Jahrgängen.
Dies Weinlager ist eben so lang und breit, als die
Kornböden, und giebt, glaube ich, dem großen Weinla=
ger auf der Insel Meinau im Bodensee nichts nach.
Es liegen vier Reihen mächtiger Fässer hinter einander,
zwischen welchen man bequem durchgehen kann. Das

große Faß, das erst im Jahre 1781. angefüllt worden
war, enthielt zweyhundert und sechs und zwanzig Säu=
me, jeden Saum zu hundert Maaß oder zweyhundert
unserer Quatiere gerechnet. Nie habe ich einen Keller
so hoch gewölbt, oder den Fußboden eines Kellers so
reinlich gesehen, als hier. In dem Fußboden sind an
verschiedenen Orten vier geräumige Behälter ausge=
mauert, um darin den Wein aufzufangen, wenn etwa
ein Faß springen, oder sonst verunglücken sollte.

Nach dem großen Kornhause und dessen Einrichtung
habe ich nichts mehr bewundert, als die Insel: Ein Ge=
bäude, das einem königlichen Pallaste ähnlicher, als ei=
nem Hospital sieht. In diesem Hospital waren, jetzo,
wenn ich nicht irre, achtzig Kranke, von welchen ein je=
der ein reinliches mit grünen Umhängen versehenes Bett
hatte. Sechs bis sieben lagen in einem der großen Sä=
le, die alle so reinlich waren, daß man sie als Besuch=
zimmer hätte brauchen können. Diese Kranken sind ge=
gen Feuersgefahr vollkommen sicher. Die Insel ist nicht
nur aus Quadersteinen gebaut, sondern auch in allen
Stockwerken gewölbt. Venerische, oder mit andern
ansteckenden und unheilbaren Krankheiten behaftete Per=
sonen werden hier nicht aufgenommen, sondern in ein
Hospital geschickt, das außer der Stadt liegt.

Unmittelbar aus der Insel giengen wir in das so
genannte Hotel de Musique, das von einer Gesellschafft
reicher Privatpersonen erbaut worden ist, und zu einem
Schauspielhause bestimmt war. Der Stand hat sich
aber der Einführung eines beständigen Theaters bisher
nicht allein widersetzt, sondern auch zugleich auf ewige

Zeiten verboten, daß das sogenannte Hotel de Musique zu einem Schauspielhause gebraucht werden soll. Jetz werden daher Bälle und Concerte darin gegeben, doch findet man auch schön möblirte Zimmer, in welchen kleine, oder größere Gesellschafften zusammenkommen und speisen könnten. Der große Saal, und die darüber angelegten Logen müssen eine herrliche Wirkung machen, wenn sie schön erleuchtet sind. Die Trepzen und Gallerien schienen mir in diesem sonst niedlichen Gebäude zu enge und dunkel, und es freute mich, daß die Wohnungen der Schwachen und Elenden in Bern ohne alle Vergleichung prächtiger, als der Sitz des Vergnügens und der Glücklichen sind.

Das schönste, oder wenn man diesen Ruhm der Kirche zum heiligen Geist zuerkennen will, gewiß das weitläuftigste öffentliche Gebäude in Bern, das auch am allermeisten in die Augen fällt, ist das sogenannte Spital. Nur wenige Fürsten in Europa wohnen so schön, als die armen, alten, und unvermögenden Personen aus bürgerlichen Familien, deren funfzig, von einem jeden Geschlechte fünf und zwanzig, in diesem Spital frey unterhalten werden. Außer diesen nimmt man noch eine unbestimmte Zahl von Kostgängern auf, die aber entweder selbst, oder für die auch ihre Zünfte Kostgeld bezahlen müssen. Ein jeder Bewohner des Spitals hat sein eignes Bett mit grünen Umhängen, deren vier bis sechs in großen und schönen Sälen stehen. Das Zimmer, in welchem die Curatoren zusammenkommen, ist kostbarer möblirt, getäfelt, und vergoldet, als ich manche fürstliche Audienzsäle gefunden habe. In diesem Zimmer

waren auf einer Tafel die Namen der Wohlthäter ver=
zeichnet, welche dem Spital seit dem Jahre 1719. be=
trächtliche Vermächtnisse hinterlassen hatten. Unter
diesen Legatis war eins von 20000, ein anders von
10000, und mehrere von 5000 Gulden. Der nützlich=
ste Gebrauch, den man von den unermeßlichen Fonds
des Spitals macht, ist gewiß dieser, daß man eine Schu=
le unterhält, in welcher beständig 15 bis 20 Hebammen
unterrichtet werden. Sehr schädlich hingegen scheint
mir die Barmherzigkeit, oder vielmehr die Verschwen=
dung zu seyn, womit man alle herumstreichende Bett=
ler ohne Unterschied aufnimmt, mit Brod und Suppe
speist, die Nacht über beherbergt, und am folgenden
Morgen mit einem oder einigen Batzen Zehrgeld weiter
schickt *). Im Sommer geschieht es häufig, daß an
jedem Tage funfzig, hundert, ja wohl gar hundert funf=
zig solcher gefütterter und beschenkter Landstreicher im
Frieden entlassen werden. Als ich dieses hörte, pries
ich die Schweizer glücklich, daß man in ihrem Lande,
wohin sich wegen der ungemessenen öffentlichen und Pri=
vat = Freygebigkeit liederliche Bettler aus allen benach=
barten Gegenden hinziehen, nicht noch mehr von Dieb=
stählen und Räubereyen hörte. Die Sicherheit gegen
heimlichen oder gewaltsamen Raub ist in manchen Ge=

*) Im Jahre 1785. hat die Regierung in Bern die strengsten
Verordnungen gegen die Straßenbetteley von Einheimischen,
und gegen das Umherziehen von Landstreichern gemacht. Ein
jeder Bettler, den man auf den Straßen, oder öffentlichen
Wegen antrifft, wird durch die Marechaussee derjenigen
Stadt, oder Gemeine, wozu er gehört, auf die Kosten der=
selben zugeführt. Daß man ein Werkhaus angelegt habe,
ist oben schon bemerkt worden.

genden auf dem Lande so groß, daß man nicht einmal
daran denkt, Zimmer, die man nicht bewohnt, oder die
man auf eine kurze Zeit verläßt, zu verschließen, wie es
anderswo gewöhnlich ist. Ungeachtet aber die übertrie=
bene Güte gegen fremde Bettler hier nicht alle die schlim=
men Folgen hat, welche fast unzertrennlich davon zu
seyn scheinen; so ist doch gar kein Zweifel, daß die gros=
sen Summen, womit man jährlich die Liederlichkeit
und Faulheit unbekannter Vagabonden nährt, viel
nützlicher zur Errichtung eines Werkhauses verwendet
werden könnten, in welches alle Bettler gebracht, und
eine Zeitlang zum Arbeiten angehalten werden müßten.

Hinter dem Spital liegt das Zuchthaus, in welches
nicht nur Verbrecher, sondern auch einzelne Blödsinnige
und Verrückte eingesperrt werden. Die Säle und
Gänge waren zwar nicht so sauber, als im Spital,
aber doch viel mehr, als sie in ähnlichen Anstalten ge=
wöhnlich sind. Besonders war die Arbeitsstube der
Weiber so reinlich, daß ich mich gar nicht würde ge=
scheut haben, während meines Aufenthalts in Bern
darin zu wohnen. Ich weiß nicht, ob es zweckmäßig
ist, so schöne Zuchthäuser zu bauen, als das Bernische
ist, aber davon bin ich überzeugt, daß man die Gefan=
genen strenger halten müsse, als hier geschiehet, wenn
die Absicht ihres Gefängnisses erreicht werden soll. Die
Bewohner des Bernischen Zuchthauses befinden sich so
wohl, daß mehrere, die man um gewisser Vergehun=
gen willen aus dem Spital hineingesetzt hatte, nicht
wieder heraus wollten, weil sie darin weniger Klatsche=
reyen und Zänkereyen, als im Spital, ausgesetzt wären.

I. Theil.   K

Unter den übrigen öffentlichen Gebäuden ist keins, wenn ich etwa noch die Hauptwachen ausnehme, das sich durch vorzügliche Schönheit auszeichnete. Die Bibliothek ist reich an kostbaren Werken, vorzüglich an Handschriften, von denen ich Ihnen aber nichts sage, weil der ehemalige gelehrte Bibliothekar Sinner sie alle umständlich in seinem Katalogus beschrieben hat. Daß das Zeughaus mit grobem und kleinem Geschütz, und allen andern Arten von Kriegsbedürfnissen reichlich versehen ist, werden Sie schon in vielen Reisebeschreibern gelesen haben, und läßt sich aus dem Reichthum und der Vorsicht des Staats vermuthen. Am aufmerksamsten betrachtete ich unter den Burgundischen Siegeszeichen die Waffen der Leibgarde des Herzogs von Burgund und besonders die Leibpistolen Carls des Kühnen, die ausnehmend schön mit Silber und Elfenbein ausgelegt sind. Eben so merkwürdig schienen mir die Rüstungen der Bernischen Helden, welche glänzende Siege erfochten, oder große Eroberungen gemacht haben. Unter allen diesen Rüstungen kündigte nur die einzige, die dem Stifter von Bern, dem Herzoge von Zähringen, gehört hatte, eine außerordentliche Figur, die übrigen alle aber kleinere Männer an, als der Canton Bern jetzo gewöhnlich hervorbringt. Man hat schon lange daran gedacht, ein neues prächtigeres Zeughaus zu erbauen; allein man hat bisher keinen Platz zu finden gewußt, wo man unterdessen den ganzen Kriegsvorrath hätte lassen können. Eine ähnliche Ursache hat die Erbauung eines neuen Rathhauses zurückgehalten, indem das jetzige nicht abgebrochen werden kann, ohne die unsicht-

baren Heiligthümer des Staats, nämlich den Schatz
zu bewegen, und anderswo hinzubringen. Zu einem
neuen Waisenhause ist, wie ich höre, schon der Plan
und Anschlag gemacht worden. Das jetzige ist ohnge=
fähr vor dreyßig Jahren gestiftet worden, und soll doch
schon einen Fond von mehrern hundert tausend Gul=
den haben. Aus diesem Facto allein können Sie den
mächtigen Hang der Berner zu frommen Vermächtnis=
sen sehen, welcher Hang durch ein ausdrückliches Gesetz
unterhalten und befördert wird. Ein jeder Notarius
(ein Factum, das einige läugnen wollen) ist bey sei=
nem Eide verbunden, Sterbende oder Testirende zu
erinnern, ob sie nicht an irgend ein pium corpus etwas
zu vermachen gedächten *). Ehemals fielen diese Ver=
mächtnisse vorzüglich dem Spital und den Zünften, seit
einer gewissen Zeit aber am meisten dem Waisenhause
zu. Im letztern werden die Kinder armer Bürger auf
eine Art erzogen, wie die wenigsten es in ihrem elter=
lichen Hause erwarten könnten, und nicht bloß in den

K 2

*) Man versichert mich nach den sorgfältigsten Erkundigungen,
daß die Notarien in Bern durch keinen Eid verbunden sind,
Testirende zu Vermächtnissen ad pias causas zu ermun=
tern. Allein es ist sonderbar, wie man mir gleichfalls
schreibt, daß unter zwanzig Personen wenigstens funfzehn
glauben, daß die Notarien eine solche Verbindlichkeit ha=
ben, und daß der weniger unterrichtete Theil des Bernischen
Publicums allgemein in dem Wahn steht, daß ein Testament
nicht gültig seyn würde, wenn es keine fromme Vermächt=
nisse enthielte; weßwegen sie auch nur selten in den Te=
stamenten mangeln Wenn Testamente aus gültigen Rechts=
gründen umgestoßen werden, so bleiben nach Bernischen
Gesetzen die Vermächtnisse ad pias causas dennoch gültig.

nöthigen und nützlichen, sondern auch in manchen schö=
nen, aber entbehrlichen Kenntnissen unterrichtet. Aus
diesem sorgfältigen Unterricht entsteht die nachtheilige
Folge, daß die Waisenkinder sich über ihren Stand er=
heben, und lauter Künstler, oder Gelehrte, oder Schrei=
ber in den Collegiis und auf dem Lande, nicht aber
Handwerker, werden wollen.

Während meines Aufenthalts in Bern hatte ich kei=
ne Zeit, Cabinete zu besehen, nach welchen ich über=
haupt zuletzt frage. Doch habe ich mit so vielem Ver=
gnügen, als ein Profaner empfinden kann, die Münz=
sammlung des Herrn Gerichtschreibers von Haller *),
und die Vogelsammlung des Herrn Pfarrers Sprüngli
betrachtet. Jene ist die reichste Sammlung von eidge=
nossischen Münzen, diese von einheimischen Vögeln in
der ganzen Schweiz. Herr Sprüngli sagte mir, daß
ihm, wenn mich anders mein Gedächtniß nicht trügt,
noch zwölf Gattungen von Vögeln fehlen. Bey dem
Herrn Obristen von Braun, einem würdigen Officier,
der acht Jahre in Bengalen unter Lord Clive gedient
hat, sahe ich mehrere Indische Seltenheiten, unter an=
dern Gemälde, sowohl Portraite, als Phantasien von
Indischen Meistern, in welchen viel mehr Zeichnung,
und Ausdruck war, als in allen Sinesischen, die mir
jemals vorgekommen sind.

Am 21ten Jul.

Erst gestern haben wir Ihren, und unserer übrigen
Freunde letzte Briefe erhalten. Sie waren uns um

*) Dies schöne Münzcabinet hat die Regierung, so viel ich
weiß, noch bey Lebzeiten des Herrn von Haller an
sich gekauft.

besto erfreulicher, da wir sie so lange, und sehnlich erwartet hatten, und schon zu fürchten anfingen, daß ihnen auf der langen Reise irgend ein Unfall möchte zugestoßen seyn. Die Ursache ihrer spätern Ankunft war wahrscheinlich diese, daß Sie dieselben nicht auf die Casselsche, sondern auf die kaiserliche Post gegeben hatten, weßwegen sie die Reise queer durch Teutschland machen mußten, ehe sie in die Schweiz, und zu uns kamen. Lassen Sie also ins künftige Ihre Briefe den nächsten Weg am Rhein hinauf nehmen, auf welchem ich sie viel früher erhalten werde.

Jetzo bin ich mit Nidau schon so bekannt, daß ich Ihnen eine Beschreibung sowohl von der Stadt, als der umliegenden Gegend geben kann. Beyde haben dem großen Naturmahler Aberli so sehr gefallen, daß er sie auf einem seiner artigsten Blätter vorgestellt hat, mit welchem Blatt in der Hand ich diesen Brief zu lesen bitte. Die Stadt selbst besteht nur (einige Häuser an beyden Seiten der Kirche gegen den See hin abgerechnet) aus einer einzigen wohlgepflasterten Straße, die so breit ist, als wir keine in Göttingen haben. Die Häuser haben fast alle das Ansehen der Neuheit, auch ohngefähr dieselbige Höhe und Bauart, sie sind von drey Stockwerkern, und mit einer Seite ihrer überhängenden Dächer nach der Straße zugekehrt. Der vortheilhaften Lage ungeachtet hat die Stadt weder Gewerbe, noch Fabriken, noch Handel, etwas Speditions- und Commissionshandel ausgenommen. Der größere Theil der Einwohner ist wohlhabend, und besitzt so viele Weinberge, oder Wiesen, oder Aecker, oder

Capitalien, daß sie von ihren Einkünften gemächlich, und ohne anstrengende Arbeit leben können. Die Aermern beschäfftigen sich lieber mit dem Fischfange, oder der Fortbringung der Schiffe, die aus der Aar in den Bieler und Neuenburger See, oder aus diesen in jene fahren, als mit anhaltenden und nnunterbrochenen Arbeiten. Auch brauchen sie außer ihrem Bürgerrecht nur noch wenig, um gegen die äußerste Noth geschützt zu seyn. Das Bürgerrecht in Nidau ist zwar bey weitem so einträglich nicht, als in andern Municipal = Städten, es bringt aber doch jährlich an Holz und andern Naturalien für drey neue Louisd'or werth ein, und wird deßwegen auch von Fremdlingen, die es kaufen, mit tausend Gulden bezahlt. Wegen der Wohlhabenheit eines großen Theils der Einwohner giebt es hier auch mehr gute Gesellschaft, als man sonst in einem so kleinen Landstädtchen erwarten sollte. So wohl hier, als in andern Städten der Schweiz ist es gebräuchlich, daß, wenn ein Fremder bey einem angesehenen Mann einkehrt, alle diejenigen, die mit dem Fremdlinge von demselbigen, oder von einem etwas geringern Range sind, ihm die ersten Besuche machen. Diese einen Teutschen fast beschämende Ehre ist also auch uns widerfahren. — Das Schloß, auf welchem der jedesmalige Landvogt wohnt, liegt, wie Sie aus Aberli's Zeichnung sehen werden, nicht in, sondern gleich außer der Stadt. Es war der ehemalige Wohnsitz der Grafen von Nidau, und eben so fest, als hohe Bergschlösser, weil es von allen Seiten mit den verschiedenen Ausflüssen des Bieler Sees um geben ist. Der jezige Landvogt ist Junker Tscharner, (so titulirt man die Bernischen Landvögte aus diesem und einigen andern adelichen Geschlechtern) ein Bruder des verstorbenen Landvogts von Aubonne, der außer andern Schriften die besten Aufsäze in dem Dictionnaire helvetique gemacht hat. Auch der hiesige Landvogt ist nicht nur ein aufgeklärter, sondern zugleich ein so rechtschaffener, gerechter und gelinder Richter, daß alle, denen er vorgesetzt war, seinen bevorstehenden Abzug bedauren.

Als ich zuerst von Bern nach Nidau kam, glaubte ich nicht, daß die Stadt so gesund wäre, als ich aus dem Munde selbst von einsichtsvollen Aerzten gehört hatte. Nidau ligt am Ufer und gegen das Ende des Bieler-Sees, und ist fast rund herum entweder von dem hohen Jura-Gebürge, oder auch von niedrigern, aber nähern Hügeln eingeschlossen. Auch lassen sumpfige Weiden, und stehende Wasser, die man an mehrern Seiten entdekt, anfangs fürchten, daß sie durch ihre Ausdünstungen die Luft verderben könnten. Beyde rühren von den Ueberschwemmungen des Sees und der Zihl her, die im Frühling, wenn der Schnee auf dem am Neuenburger- und Bieler-See sich herumziehenden Jura zu schmelzen anfängt, acht, zehn, zwölf und noch mehrere Fuß anwachsen, und alsdann die niedrigen Gegenden überschwemmen. Dieser der Gesundheit nachtheilig scheinenden Umstände ungeachtet lehrt die Erfahrung, daß die Luft hier gesunder, als an manchen höhern Orten, und hektischen und schwachbrüstigen Personen vor allen andern zu-

träglich sey: daß es hier weniger Krankheiten und be=
sonders Fieber, als anderswo, und hingegen mehr
alte Leute gebe, indem ein glaubwürdiger Mann mich
versichert hat, daß er selbst einmal in einem kleinen
Hause am See drey Personen, die alle über achtzig
Jahre alt gewesen seyen, angetroffen habe. Die Haupt=
ursache der Gesundheit der Luft ist die sogenannte Bi=
se, oder der Bergwind, der sich alle Abend nach Un=
tergang der Sonne vom Jura erhebt, und so durch=
dringend ist, daß man es auch nach dem heissesten
Tage Abends ohne Bewegung in der freyen Luft nicht
aushalten kann, und daß im Garten des Schlosses,
der dem Berge am nächsten li, oft die Kirschen nicht
reif werden. Dieser Abendwind ist aber nicht der ein=
zige Reiniger der Luft. Der Bieler=See, und seine
vier Arme oder Ausflüsse, die sich alle sammt der trü=
ben Schüß in der reissenden Zihl oder Sihl vereinigen,
säubern die Atmosphäre gleichfalls von schädlichen
Dünsten, und erhalten sie in einer beständigen Bewe=
gung. Ich glaube zwar nicht, daß die Dünste aus
den stehenden Wassern, und sumpfigten Gegenden um
Nidau herum von einer besondern Art sind; allein es
hat mir doch merkwürdig geschienen, daß ich sie nie
so faulend, oder nur übelriechend gefunden habe, als
sie anderswo zu seyn, oder bald zu werden pflegen.

So wie die Herren von Bern nie etwas versäumen,
was zur Vervollkommnung des Landes und zur Er=
haltung ihrer Bürger und Unterthanen dienen kann, so
haben sie auch schon seit mehrern Jahren angefangen,
den Ueberschwemmungen des Sees und der Zihl ent=

gegen zu arbeiten, und die Ursache derselben, so viel es in menschlicher Macht ist, zu heben. Sie lassen mit grossen Kosten das Bett aller Ausflüsse des Sees, und vorzüglich der Zihl, von dem beweglichen Grand und Steinen reinigen, um es einige Schuh tiefer zu machen, damit es mehr Wasser, als vorher, fassen, und den Ueberfluß des anwachsenden Sees besser aufnehmen könne. Die Art, wie man den Grund der Zihl säubert, ist eben so sicher, als einfach. Man wirft einen grossen eisernen Rechen, dessen Zacken einige Schuh lang sind, und dicht beysammen stehen, in das Bett des Flusses, und läßt alsdann den Rechen sammt dem Schiff nach dem Ufer zu winden. Das Schiff begleitet die Maschine, damit es dieselbe, wenn sie irgendwo hängen bleibt, sogleich wieder los machen könne. Wenn der Rechen ans Land kommt, so bringt er allemal eine beträchtliche Ladung von harten Steinen und groben Grand mit, von welchem ich oft gewünscht habe, daß wir ihn in unserm Lande hätten, um unsern Chausseen damit eine feste Decke geben zu können.

Das Pfarrhaus, worinn wir wohnen, ligt gerade mitten in der Stadt, dem neuen Brunnen gegenüber, und ein wenig seitwärts von der Kirche, so daß zwischen der letztern, und den ihr parallel gebauten Häusern eine freye Aussicht auf den Jura und den See übrig bleibt; letztern kann ich wenigstens aus unserm Zimmer sehen, das im dritten Stock ligt. Wenn der See von der Sonne erleuchtet, und seine Oberfläche vom Winde ein wenig gekräuselt wird, so läßt sich

der zitternde Glanz der zurückfallenden Sonnenstrah-
len kaum an unserm Fenster aushalten. Schon einigemal habe ich ihn von heftigen Windstössen fürchter-
lich empört, und grosse, aber doch offene Kähne mit
seinen erzürnten Wellen kämpfen gesehen. Viel selte-
nere und mannigfaltigere Scenen, als der See, bietet uns der Jura dar. Dies prächtige und vielleicht
das fruchtbarste unter allen Gebürgen von gleicher
Grösse auf der ganzen Erde, den Libanen ausgenommen, ist uns nicht so nahe, daß es uns beängstigen
könnte; (denn Nidau ist durch die Breite des Sees
von demselben getrennt) allein es ist auch nicht so weit
entfernt, daß wir nicht alle seine Theile, und die an
ihm vorgehenden sichtbaren Veränderungen recht gut
beobachten könnten. Auch bey dem heitersten Wetter
sieht der Jura in einer mäßigen Entfernung blau, und
in einer etwas grössern schwarz aus, welche Farben
durch unendliche Schattirungen bald erhellt, und bald
wieder verdunkelt werden. Die interessantesten Phänomene zeigt er bey schlechtem Wetter, oder vielmehr,
wenn es schlechtes Wetter werden will; denn aufmerk-
samen Beobachtern verkündigt er nahe bevorstehende
Gewitter, oder Regen fast untrüglich vorher. Bisweilen lagert sich an der Mitte des Berges eine um-
gestürzt scheinende Wolkensäule her, die bald unbeweglich da ligt, bald aber auf eine furchtbar langsa-
me Art sich fortbewegt. Noch häufiger rauchen die
Spitzen, wie die Kratere von Vulkanen, oder der ganze Berg ist in dichte Wolken gehüllt, bis auf kleine
Fleckchen von Wäldern, die in der Luft zu hängen,

oder wie unverſehrte Reiſer in einem brennenden Schei=
terhaufen ſcheinen. Zu einer andern Zeit iſt es, als
wenn man Wolken entſtehen, oder in ihrer Geburt ſä=
he. Es erheben ſich nemlich an unzähligen Stellen
aus den Spitzen der Wälder leichte Nebelwölkchen,
die kaum dieſen Namen verdienen, empor, und ver=
einigen ſich bald nachher in dichtere Wolken, die man
aufſteigen und fortziehen ſieht. An andern Stellen ſte=
hen dicke Wolken in den Wäldern, oder an dem Berge
gleichſam mit den Füſſen eingewurzelt, und ſtrecken
ihre grauen Häupter kühn in die höhere Luft empor.

Eben dieſe Erſcheinungen kann ich auch im Gar=
ten betrachten, der mir noch überdem eine Menge von
reizenden Gegenſtänden und Ausſichten darbietet. Er
geht, wie alle ſeine Nachbaren, bis an die Zihl, und
iſt gleich dieſen mit einer acht bis zehn Schuh hohen
Mauer geſtützt, die aus dem Bette des Fluſſes aufge=
führt iſt. An der linken Seite des Gartenhauſes, wel=
ches an, und ſelbſt auf der Mauer ſtehet, ligt gleich=
ſam als die Zinne der Mauer ein groſſer ebener vier=
eckigter Stein, auf welchem zwo nicht zu breite Per=
ſonen bequem ſitzen können. Auf dieſen Stein ziehe
ich mich alle Mittage nach Tiſch, wenn das Wetter
nicht zu ſchlecht iſt, zurück, weil ich nirgends einen
ſchönern und zugleich kühlern Platz finden könnte, in=
dem ich durch das Dach des Gartenhauſes gegen die
Sonne geſchützt bin. Hier ruhe ich täglich eine, oder
mehrere Stunden, und freue mich meines Daſeyns in
der Betrachtung der herrlichen Natur, die ich vor mir
ſehe, und in der ich täglich neue Schönheiten, oder

doch Merkwürdigkeiten entdecke, wodurch die ganze
Landschaft meiner Einbildungskraft tiefer eingeprägt
wird. Bisweilen lehne ich mich an die nahe Wand,
und überlasse mich einem leichten Schlummer, doch
thue ich dies niemals, als wenn ein guter Genius
mir zur Seite sizt, der mich vor einem Fall in den
tiefen Fluß bewahren kann. Das Plätzchen ist so schön,
daß ich es mir gleichsam zugeeignet habe, und daß ei=
ne kleine Beschreibung der Gegenstände, die mich um=
geben, und so oft entzücken, Ihnen nicht unange=
nehm seyn wird, da sie wenigstens dazu dienen kann,
daß Sie sich meine beneidenswerthe Lage desto voll=
ständiger vorstellen können. Vor mir, und selbst un=
ter meinen Füssen fließt die aus dem Bielersee ausströ=
mende Zihl mit einer solchen Geschwindigkeit fort, als
man in Gegenden, wo keine hohe Berge nahe sind,
nicht einmal in Bächen bemerkt. Ungeachtet die Zihl
schon mehr, als einen Fuß gefallen ist, (und diesen
Fall des Flusses, und des Sees kann man den gan=
zen Sommer über genau angeben, weil die Mauern,
womit beyde eingefaßt sind, von der Höhe an, bis
wohin das Wasser stieg, viel weisser sind, als die un=
berührten Theile,) so ist sie doch noch so hoch, daß
ich von dem grossen Steine ihr Wasser mit der Spitze
des Fusses erreichen kann. Bey ihrer ausserordentli=
chen Geschwindigkeit ist ihr Wasser so klar und durch=
sichtig, daß ich ziemlich weit in den Fluß hinein alle
Steine auf dem Grunde zählen, und die Bewegun=
gen der Fische deutlich wahrnehmen kann. Diese ver=
sammlen sich bisweilen bey hunderten unter meinen

Füſſen, entweder um den Salat oder das Unkraut zu
haſchen, was man aus den Gärten in den Strom
wirft, oder weil an den Ufern der Strom weniger reiſ=
ſend iſt, und ſie ſich mehr nach Willkühr bewegen
können. Sie ſind ſo wenig ſcheu, daß dieſelbigen Fi=
ſche ihr Spiel halbe, und ganze Stunden lang vor
meinen Augen fortſetzen. Bald ſchwimmen ſie, wie
es ſcheint, um ihre Kräfte zu üben, gegen den Strom
an: bald laſſen ſie ſich wieder, als wenn ſie keine
willkührliche Bewegung hätten, von dem Strome fort=
tragen: bald relben ſie ſich unter allerley Wendungen
an Steinen oder Pfählen, die auf dem Grunde des
Fluſſes ſind; und bald machen ſie mit einer bewun=
dernswürdigen Geſchwindigkeit auf Kirſchen = oder
Salatblätter Jagd, die ich in den Strom werfe. Noch
nie habe ich geſehen, daß die größern den kleinern
nachſtellten, oder ihnen zu ſchaden ſuchten. Sonder=
bar iſt es, daß unter den Fiſchen, die ſich in einem
ſo reinen und ſchönen Fluſſe finden, nur ſo wenige
ſind, die ſich eſſen laſſen. Wenn die Zihl vor mir
vorübergefloſſen iſt, ſo bildet ſie einen ſchönen Buſen,
und windet ſich zuerſt an den Gärten, und bald nach=
her an dem Fuſſe eines waldigten Berges herum, der
ihren geraden Lauf bricht, und ſie an das entgegen=
geſezte flächere Ufer hinüberwirft. Ihre Breite bleibt
bis an ihren Ausfluß in die Aar, mit welcher ſie ſich
einige Stunden von hier vereiniget, faſt immer dieſel=
bige; und dieſe iſt ſo beträchtlich, daß ich, glaube
ich, auch mit dem aufs ſorgfältigſte gewählten Stein,
und der äuſſerſten Anſtrengung nicht hinüber werfen

könnte. Selten vergeht eine viertel oder halbe Stunde, in welcher man nicht Fahrzeuge in die Aar hinab, oder aus dem Rhein, und der Aar, in den Bieler= und Neuenburgersee hinauf schiffen sieht. So leicht und angenehm die Fahrt den Strom hinab ist, so beschwerlich ist sie in der entgegengesetzten Richtung. Größere Schiffe können die Heftigkeit des Stroms nicht durch blosse Ruder überwinden, sondern müssen sich an Linien von Menschen ziehen lassen. Hinter dem grünen Rücken der Berge, um welchen die Zihl sich herumzieht, hebt in grosser Ferne ein Schneeberg einen Theil seines weissen Hauptes hervor, dessen Riesenkörper und Brüder man aber weder hier, noch sonst in der Nachbarschaft von Nidau sehen kann. Jenseits der Zihl liegen Wiesen und Felder, und links sieht man das grosse Salzmagazin, wo Aberli seinen Standpunct nahm, als er Nidau zeichnete; dann die fünf Brüken; die über die Schüß, und vier Ausflüsse des Sees geschlagen sind, hinter den Brücken das Schloß, und zuletzt den Jura, an welchem vorzüglich eine Felsenwand das Auge des Beobachters auf sich zieht, weil sie einem unermeßlichen von Menschenhänden aufgeführten Gemäuer ähnlich ist. Diese Felsenwand hängt über den Weg her, der über den Jura, und zwischen zween Armen dieses Gebürges ins Münsterthal führt. Dies grosse Werk der Natur wird mir noch interessanter, wenn ich bedenke, daß unter ihm oft die Kriegszeichen der Römischen Legionen glänzten, und daß es vielleicht vor achtzehn hundert Jahren vom Cäsar, den ich unter allen Menschen zwar nicht am meisten liebe, aber am meisten bewundere, eben so aufmerksam, als jetzo von mir, ist betrachtet worden.

Weder in, noch gleich ausser der Stadt sind beschattete, oder sonst merkwürdig schöne Spaziergänge. Es führen zwar angenehme Wege, und Fußsteige durch Wiesen und Felder in die umliegenden Dörfer; allein die Außsicht bleibt immer, so lange man keine Anhöhen ersteigt, zu eingeschränkt. Auch sind die Wiesen und Felder nicht so fruchtbar, die Häuser nicht so groß, und die Dörfer nicht so reich, als im obern Aargäu, oder Emmethale, wiewohl es in dieser Gegend einzelne Bauren gibt, die 60 bis 80000 neue Thaler, oder 20000 neue Louisd'or im Vermögen haben. Solche einzelne reiche Bauern hält man aber eher für einen Fluch, als für einen Segen von Dörfern, weil sie allmälig das beste Land an sich kaufen, und alle ihre Nachbaren durch vorgestrekte Gelder in eine harte Abhängigkeit von sich setzen. Die Hauptbeschäftigung der hiesigen Bauern ist Ackerbau, den sie aber meinem Urtheile nach bey weitem nicht so gut verstehen, als die Teutschen Bauren. Ich schliesse dies vorzüglich aus dem sogenannten Mischelkorn *), welches ich um Nidau herum häufig antreffe, und welches in einer Mischung von Waizen, Rocken und Gerste, oder auch

*) In der Gegend von Nidau läßt sich aber doch noch ein wichtiger Grund angeben, worum das Mischelkorn so häufig gebaut wird. Um diese Stadt herum finden sich verhältnißmäßig nur wenig Wiesen, und die Heuerndte ist wegen der häufigen Ueberschwemmungen sehr ungewiß. Es würde daher oft an Futter gebrechen, wenn der Bauer keinen Vorrath von dem den Pferden nicht weniger, als dem Hornvieh angenehmen Mischelkornstroh hätte.

von drey andern Arten von Früchten, als Spelt, Ha=
ber und Wicken besteht, welche letztere Art hier die ge=
wöhnliche ist. Wahrscheinlich ist die weniger sorgfäl=
tige Bearbeitung des Ackers eine Mitursache, warum
Fruchtfelder um so vieles wohlfeiler, als Wiesen sind,
und Acker = bauende Landleute in der Schweiz zu den
ärmsten gezählt werden. Diese letztern haben nur al=
lein diejenigen unter sich, die zugleich Wein = und Acker=
bau treiben, und darüber weder den einen, noch den
andern recht in Acht nehmen können. Denn indem sie
ihren Weinberg gehörig düngen und warten wollen,
entziehen sie ihrem Acker Nahrung und Fleiß, und ge=
ben dem erstern doch nicht genug. Reicher als beyde
sind die Bewohner des nördlichen Ufers des Vieler=
sees, die sich ganz allein mit Weinbau abgeben, und
ihren Reben alle ihre Zeit und Sorgfalt, und auch al=
len den Dünger ungetheilt zuwenden, den sie von ih=
rem Vieh erhalten. Am wohlhabendsten aber sind die
Bewohner des obern Aargäus, und des Emmethals,
deren Hauptgeschäft die Veredelung und Wartung von
Wiesen ist, und die damit etwas Feldbau, noch mehr
aber Fabrikarbeiten verbinden. Als ich von Zürch nach
Bern reisete, freute ich mich zwar über den ausseror=
dentlichen Wohlstand, den ich in allen Dörfern antraf;
allein ich bedauerte es doch, daß die Bernischen Bau=
ren so herrliche Ländereyen, als ich im obern Aargäu
sah, zu Wiesen liegen liessen, und nicht in Ackerland
verwandelten. Wenn sie dieses thäten, dachte ich,
würde der Staat nicht nur an Unterthanen, sondern
auch sie selbst am Ertrage ihrer Ländereyen gewinnen.

Ich erstaunte also nicht wenig, als ich wider alle meine bisherigen Erfahrungen, und erworbene Kenntnisse hörte, daß Wiesen viel einträglicher und also auch theurer, als Ackerland seyen, und daß ein Juchart Wiesen, der 31250 Quadratschuh enthalte, tausend und mehrere Gulden, und hingegen ein Juchart Ackerland zu 35000 Quadratschuhen, nur zwey hundert oder etwas mehr, oder weniger koste. Ich hielt es anfangs beynahe für ein Mährchen, daß man das beste Land zu Wiesen, und das schlechteste zu Fruchtfeldern brauche, und daß man mit dem von mittlerer Güte abwechsele, indem man es einige Jahre besäe, und andere Jahre zu Wiesen liegen lasse. So wie aber Wiesen um drey oder fünfmal theurer, als Ackerland sind, so sind wieder gute Weinberge vier = oder noch mehrmal theurer, als der beste Wiesengrund. Ein Juchart Rebenland am Bielersee zu 40000 Quadratschuhen, kostet im Durchschnitt 3000 und das beste 4000 Gulden, und am Neuenburgersee gar 2000 neue Thaler, oder 500 neue Louisd'or und noch mehr. Es ist aber auch fast unglaublich, wie viel das Rebenland in guten, und selbst in mäßigen Jahren einbringt. Ein Juchart Rebenland gibt sowohl am Bieler = als Neuenburgersee im Durchschnitt jährlich 25 Säume, jeden zu hundert Maaß, und in guten Jahren vierzig bis sechs und fünfzig Säume, ja man hoft, daß er dieses Jahr noch mehr bringen werde. Die Kosten der Bearbeitung steigen auf fünfzig bis sechzig Thaler, und dessen ungeachtet können reiche Besitzer ihre Capitalien, welche sie in Weinbergen am Bielersee angelegt ha-

I. Theil.　　　　　　　　　　L

ben, zu fünf Procent nützen. Kein Wunder also, wenn die Bauren, die Eigenthümer und Arbeiter zugleich sind, reich werden, da sonst in allen bekannten Ländern diejenigen Landleute, die sich allein mit dem Weinbau abgeben, gemeiniglich die ärmsten, wie die liederlichsten sind! Rebenland ist am Neuenburgersee theurer, als am Bieler= und selbst am Genfersee, weil die Neuenburger Weine viel edler und theurer, als alle übrigen Schweizer=Weine sind. Gute Haushälter am Neuenburgersee verkaufen ihre Weine nie wohlfeiler, als das Maaß zu zehn Kreuzern, oder dritthalb Batzen, da hingegen der Seewein in glüklichen Jahren um einen Batzen, und der La Cote und Ryfwein, der gewöhnlich 10 Kreuzer kostet, um sechs Kreuzer gekauft wird. Zum gewöhnlichen Tischwein ziehe ich den Seewein, der am Bielersee wächst, dem La Cote, und selbst Ryfwein vor. Er hat eine angenehme Säure, und kommt in Ansehung seiner Lieblichkeit dem guten Markgräfler, und dem Johannisberger sehr nahe. Die Zahl der Arbeiter, welche jede Art von Länderey erfordert, verhält sich nicht genau wie ihre Preise. Es wird hier allgemein angenommen, daß Rebenland noch einmal so viele Hände verlange, als Ackerland, und Ackerland wieder einmal soviel, als Wiesen. Um sich zu überzeugen, daß Weinbau eine viel größere Bevölkerung hervorbringt, als Ackerbau, darf man nur die beyden Ufer des Bielersees betrachten, unter welchen das flächere, an welchem man fast nichts, als Wiesen und Ackerland sieht, bey weitem nicht so viele Dörfer und Städte zeigt, als das andere, an welchem sich steile und steinigte Weinberge erheben.

Wenn ich keine Lust habe, beschwerliche Berge zu erklettern, so gehe ich zum Herrn Decan Hunziker in Mett, einem gelehrten und scharfsinnigen Mann, der in seiner Jugend ansehnliche Reisen gemacht hat, oder ich besuche auch die öffentliche Promenade in Biel, die man vor nicht langer Zeit von der Stadt bis an den See angelegt, und mit schönen Bäumen besetzt hat. An beyden Seiten des Spazierganges sieht man Gartenland, welches in eben so viele gleiche Portionen abgetheilt ist, als es Bürger in Biel giebt. Diese Gartenländer waren vormals eine unfruchtbare sumpfigte Gemeinweide, die der Gesundheit der Einwohner von Biel gewiß nachtheiliger, als ihrem Vieh zuträglich war. Zur Zeit der großen Theurung kam man auf den vortreflichen Gedanken: diese Gemeinheit an die Bürgerschafft, und zwar an einen jeden Bürger 4 Stücke, das Stück 12 bis 14 Schuhe lang und breit auszutheilen, damit sie die nothwendigen Gemüse und Gartengewächse darauf bauen könnte. Auf diese nachahmungswürdige Art hat man aus einer morastigen Gegend hinlängliche Gemüsgärten für die Bürger, und eine schöne Promenade fürs ganze Publicum gewonnen. Hier hatte ich vor einigen Tagen das Vergnügen, den Herrn Burgermeister Walker, einen gelehrten und Staatsklugen Mann kennen zu lernen, von dem ich eine lehrreiche Geschichte seiner Vaterstadt im Manuscript gesehen habe.

Vor dem Thore, zu welchem man von Bern aus hereinkommt, giebt es keinen angenehmern Spaziergang, oder wenigstens Standpunct, als auf der Höhe,

wo das Signal steht. Es wird Ihnen bekannt seyn,
daß man seit dem Anfange der Freyheit in der ganzen
Schweiz auf erhabenen und bequemen Orten Signale
errichtet hat; wodurch man sich in kurzer Zeit die Gefahr
eines herandringenden Feindes bekannt machen kann.
Ein solches ist auch dasjenige, was ich vor kurzem be=
sucht habe. Es sieht einer spitz zulaufenden, und mit
Stroh gedeckten Hütte ähnlich, die gar keine Mauren
oder Wände hat, und ruht auf einem festen Fundament
von Holz, welches den Brand eben so lange erhalten, als
das Strohdach ihn leicht empfangen kann. Zehn bis zwölf
Schritte von dem Signal ist ein steinernes Wachthaus
erbaut, dessen Bestimmung ich Ihnen nicht zu erklären
brauche. Bey diesem Signal hat man eine sehr weite
Aussicht nach drey Seiten, denn die eine wird durch
nahe und höhere Berge verschlossen. Wenn man sich
mit dem Gesichte von Nidau wegkehrt, so hat man
die ganze Reihe der Bernischen Schneeberge vor sich,
und rechts erblickt man den Bielersee, die Petersinsel,
und beyde Ufer des Sees, besonders alle die Dörfer und
Städte, die am Fuße des Jura erbaut sind. Dreht
man sich alsdann um, so hat man Nidau und Biel
gleichsam zu seinen Füßen, bemerkt den schlängelnden
Lauf der Zihl, und die ganze Oeffnung des Thals, wel=
ches sich bis nach, und über Solothurn hinunter zieht.

Um aber noch schönere Aussichten, als die vom Sig=
nal zu genießen, muß man sichs nicht verdrießen lassen,
entweder den Jura selbst zu ersteigen, oder von dem
Ende des Bielersees an, einem steinigten allmälig sich
erhebenden Pfade nachzugehen, der sich über den Fuß

und Rücken des Jura bis nach Neufchatell fortzieht.
Den Jura erstieg ich zuerst an einem schönen Morgen
in Gesellschafft mehrerer Freunde und Freundinnen, mit
welchen wir den ganzen übrigen Tag im Schooße der
Natur, und der geselligen Freuden zubrachten. Gleich
hinter Biel fängt man an, den Berg hinanzuklettern;
doch ist der Fußsteig nicht sehr beschwerlich, so lange
man sich zwischen den Mauren der Weinberge findet,
die bis zu einer beträchtlichen Höhe angelegt sind.
Man hat in den felsigten Berg Stuffen eingehauen,
damit man die Trauben so bequem, als möglich herab,
und Dünger und andere Nothwendigkeiten hinauftragen
könne. Dieser in den Berg hineingearbeitete Fußsteig
schien mir gleichsam ein tiefer Einschnitt in seinen ungeheuren Cörper zu seyn, durch welchen man alle die verschiedenen Arten und Lagen von Steinen, aus denen
er besteht, entdecken könnte; und ich habe mich deßwegen gewundert, daß keiner der eifrigen Sucher und Be-
schreiber von Steinen diese merkwürdige Stelle näher
beobachtet hat. Wo die Weinberge aufhören, wird der
Berg steiler und unwegsamer. Hier stößt man bald
auf ein großes Stück von Geißbergerstein, das in einer
mäßigen Entfernung einer kleinen Hütte nicht unähnlich
sieht. Diese Granitmasse ist wahrscheinlich älter, als
der Jura, der sie jetzo trägt, und durch uns unbekannte
und fast unbegreisliche Revolutionen und Kräfte an den
Platz hingeführt worden, wo sie jetzo liegt, schon Jahrtausende gelegen hat, und noch liegen wird. Nach allen Erkundigungen, die ich eingezogen habe, hat man
niemals Geisbergerstein im Jura gefunden, oder aus

dem Jura hervorgezogen, und doch findet man in dieser
Gegend noch mehrere gleichfalls sehr große, aber doch
nicht so große Stücke an dem Abhange des Berges,
als das, was ich zuerst sah, zerstreut *). Dies letztere
liegt an einer so steilen Stelle, daß es scheint, als wenn
die Kraft eines einzigen Menschen hinreichte, es über-
zustürzen, in welchem Falle es gewiß die unter ihm liegenden Weinberge verwüsten würde. Der Stoß, der
es an seinen jetzigen Platz gebracht hat, muß sehr sanft
gewesen seyn, indem es gar keine Vertiefungen gemacht
hat, und nur an der Oberfläche des Berges zu hängen
scheint. Nie habe ich einen Fels gesehen, der so sehr
das Ansehen von Unvergänglichkeit gehabt hätte, als
dieses Stück. Nirgends entdeckt man Vertiefungen
oder Ritzen, welche Stürme, Schnee, oder herabflies-
sender Regen gemacht hätten. Es ist allenthalben so
glatt, als wenn es erst heute aus der Werkstatt der Natur herausgekommen wäre, so glatt, daß nicht einmal
Moos daran hat haften können. Bey diesem ehrwürdigen Denkmale aus Zeiten, die keine Geschichte uns
beschreibt, fing die Sonne an, uns ein wenig beschwerlich zu werden. Wir ermannten uns aber doch, und kamen nach einem anderthalbstündigen Klimmen bey dem
alten Penz, (so spricht man hier Benedict aus) einem
klugen Wiedertäufer an, der sich auf diesem Theile des

---

*) Aehnliche Granitmassen findet man auch in andern Ländern,
z. B. bey Broniza in Rußland. Core 1. S. 317.
Ich gestehe, daß alle Erklärungen, die Saussüre und
andere von der Versetzung dieser Felsstücke an die Abhänge
so hoher, und steiler Berge, dergleichen der Jura ist, gegeben haben, mir nicht genugthuend scheinen.

Jura, welchen man den Bieler Berg nennt, vor vielen
Jahren angebaut hat, weil er seines Glaubens wegen
aus seinem Geburtsorte im Canton Bern weichen
mußte. Er kaufte seinen jetzigen Wohnplatz, vormals
eine wüste Strecke, als ein Lehn von der Stadt Biel
um funfzig Cronen, errichtete ein bequemes und geräu=
miges Haus, pflanzte mehrere Arten von Obstbäu=
men, legte einen artigen Garten an, schuff fruchtbare
Wiesen und Ackerfelder, und trieb mit seinen Kindern
in den Stunden, welche die ländlichen Arbeiten ihm
übrig ließen, sein altes Handwerk, die Weberey. Als
wir in sein Haus traten, fanden wir ihn mit seinen
Kindern am Tische sitzen, wo sie ihr Frühstück ein=
nahmen. Dies Frühstück bestand in gekochtem Car=
toffelnbrey, und dem Safte von gedörrten Birnen, die
beyde in besonderen Schüsseln aufgetragen, und sehr
schmackhaft und reinlich waren. Ungeachtet der ar=
beitsame Benz schon weit über sechszig Jahr alt ist,
und graue Haare und Bart hat, so ist er doch noch so
rüstig, daß er alle Tage ein oder mehrmalen nach Biel
hinunter und wieder heraufsteigen kann. Er ist einer
von den angesehensten Lehrern der Wiedertäufer, die
an den Höhen und in den Thälern des Jura, welche
der Stadt Biel und dem Bischofe von Basel gehören
zerstreut sind, und ohngefähr tausend Köpfe ausmachen
sollen. Weil beyde Mächte seit undenklichen Zeiten
keine Kriege geführt haben, und allem Ansehen nach
auch so bald keine führen werden, so können sie am ehe=
sten eine Secte aufnehmen, die es für eine Todsünde
hält, in den Krieg zu gehen, und Menschenblut zu ver=

gießen. Außer dem alten Benz haben die Wiedertäu=
fer noch fünf und zwanzig andere Lehrer. Der alte
Prophet, der uns so freundlich aufnahm, predigt fast
alle Sonntage, und geht jede dritte oder vierte Woche
mehrere Stunden weit, um seinen Brüdern das Wort
Gottes zu verkündigen. Wenn er so beschwerliche
Reisen macht, so theilt er seine geistlichen Schätze reich=
licher, als gewöhnlich aus, indem er drey bis vier Stun=
den hinter einander reden soll. Er erzählte mir selbst, daß
Herr Pf — aus Zürch ihn gehört, und geglaubt hät=
te, daß er in seiner Jugend müsse studirt haben. Er
besitzt eine unglaubliche Belesenheit in der heiligen
Schrift, und es ist kein Spruch von einigem Gewich=
te, der ihm nicht immer gegenwärtig wäre, und den er
nicht ohne Anstoß hersagen könnte. Einige von unserer
Gesellschafft fingen auf eine höfliche Art an, sich mit
ihm über streitige, oder seiner Secte eigenthümliche
Puncte zu unterreden, und wir alle mußten gestehen,
daß er für die seltsamsten Meynungen seiner Secte alles
sagte, was sich dafür sagen läßt, und daß er besonders
die ihr günstig scheinenden Sprüche der Bibel geschickt
zu nutzen wußte. Die Gespräche dieses alten, mun=
tern, und geistreichen Mannes waren für uns eine Haupt=
quelle von Unterhaltung, und ich bin überzeugt, daß die=
ser Greis, der mit eigenen Händen einen vorher unge=
nutzten Fleck der Erde bebaut und verschönert, und durch
seine Frömmigkeit viele Seelen getröstet, und vom Ver=
derben zurückgehalten hat, dereinst viel größer erschei=
nen werde, als manche berühmte Eroberer, die ganze
Völker vertilgt, und große blühende Länder verwüstet
haben.

Gleich nach unserer Ankunft lagerten wir uns unter den Schatten der Bäume, um die reiche Landschafft, die wir vor uns hatten, mit Muße zu betrachten. Rechts sahen wir nicht nur den Bielersee und die Petersinsel, sondern auch den Neuenburger = und Murtnersee, und selbst die Stadt, von welcher der letztere den Namen erhalten hat. Vor uns irrte das Auge in einem unabsehlichen Thale umher, das mit Städten und Dörfern angefüllt ist, unter welchen diejenigen, welche in diesen Gegenden bekannt sind, Solothurn links, wie am Ende des Horizonts erblickten. An vielen Stellen schimmerte die Aar hervor, von welcher das ganze Thal durchströmt wird. Nicht weit jenseits der Aar erheben sich vier bis fünf Reihen von Bergen hintereinander, welche das Auge gleichsam als Stuffen braucht, um die höhern Schneeberge, vor denen sie verschwinden, zu ersteigen. Noch nie sahen wir eine längere Kette von Schneebergen mit einem einzigen Blick, indem wir die ganze Strecke von den Savoyschen Gebirgen an bis nahe an den Gotthart vor uns hatten, und auch noch nie erschienen sie uns weißer, glänzender, und näher, als hier. Wenn wir es nicht gewußt hätten, daß wir über zwanzig Stunden von den nächsten Schneebergen entfernt wären, oder auch nicht die Menge von Gegenständen, die zwischen uns und den beschneiten Felsengipfeln lagen, uns auf eine größere Entfernung hätte schließen lassen, so würden wir gewiß vermuthet haben, daß wir uns ihnen in einigen Stunden nähern könnten. Wir hatten aber das prächtige Schauspiel, was diese erhabenen Naturgerüste gewähren, kaum eine Stunde genos sen, als sich an verschiedenen Stellen kleine Wolken zu bilden anfiengen, und sich bald nachher mit unglaublicher Geschwindigkeit ausbreiteten. Es dauerte nicht lange, so waren die meisten niedrigern Berge ganz, und von den höhern bald der Fuß, und bald die Spizen bedekt. Im letztern Falle sahen die Wolken wie Fortsetzungen der Berge aus, und es war nicht möglich, die Gränzen von beyden zu unterscheiden. Ueberhaupt begegnet es einem jeden, der die Lage, scheinbare Höhe, und Gestalten von Bergen nicht genau kennt, unzähligemale, daß er die Berge mit Wolken, und wiederum Wolken mit Bergen verwechselt. Das Wetterhorn, Schreckhorn, und die Jungfrau erhoben ihre Häupter am längsten über die immer zunehmende Fluth. Sie ragten aus den Wolken, wie Inseln aus dem Meere hervor, wurden aber doch zulezt, wie ihre kleinern Nachbaren verschlungen, und nun sahen wir sie den ganzen Tag nicht wieder, ungeachtet es immer helles Wetter blieb, und die Sonne fast nie vom Gewölke verdunkelt wurde.

Nachdem wir uns ein wenig erholt und gestärkt hatten, stieg ich nebst einigen andern von der Gesellschaft noch weiter den Berg hinan. Wir erreichten bald eine Heerde von Geissen und Kühen, die von französisch redenden Hirten, aus dem Gebiete des Bisthums Basel, das bis hieher geht, geweidet wurden. Die Kühe waren, wie alle, die ich in dieser Gegend gesehen habe, nicht grösser, als bey uns; allein die Butter, die aus ihrer Milch bereitet wird, hat eine eigenthümliche Süßigkeit, und einen gewürzhaften Ge-

schmack, den ich nie in der besten Holsteinischen oder
teutschen Butter gefunden habe. Nachdem wir etwa
noch einmal so hoch geklettert waren, als wir von Viel
bis an Benzens Haus zurückgelegt hatten, so erreichten wir den Gipfel des ersten Absatzes des Jura, und
sahen Ilfingen oder Orvins zu unsern Füssen liegen,
in welchem Dorfe sich jetzo ein Lord Northampton aufhält, um seine vom Podagra zerrüttete Gesundheit
durch den Genuß der reinen Bergluft wieder herzustel-
len. Nicht nur das eben genannte Dorf, sondern auch
mehrere andere im Bisthum Basel, und so auch im
Pals de Vaud haben zween verschiedene Namen, einen
Teutschen und einen Französischen, die sich bisweilen
fast gar nicht ähnlich sind. Diese Verschiedenheit von
Namen rührt wahrscheinlich daher, daß sie auf der
Gränze des Teutschen, und des ehemaligen Burgundischen Reichs lagen. Als wir bey der übrigen Gesellschaft wieder anlangten, fanden wir, daß die Bewegung, und die reine Bergluft unsern Appetit ungewöhnlich rege gemacht hatten. Einige Stunden nach
Tische kehrten wir durch einen angenehmen Umweg
nach Nidau zurück, und berührten das schöne Landgut des Herrn von Wildermett aus Viel, das hinter
sich einen prächtigen Wald, rund um sich her Weinberge, und unter, und vor sich das ganze fruchtbare
Thal, und die Kette von Schneebergen hat, die ich
Ihnen vorher beschrieben habe. Der Spaziergang
zum alten Benz hat mir so viele Freude gemacht, daß
ich ihn schon einigemal wiederholt habe. Einmal waren die Schneeberge nicht mit Wolken, sondern mit

einem dünnen Nebel umzogen, durch welchen aber ih=
re rosenfarbenen Gipfel, wiewohl ein wenig trübe,
durchschimmerten.   Das anderemal war die Luft so
rein, daß ich mit meinem dollondschen Teleskop ganz
deutlich die grossen Risse und Brüche in den Felswän=
den der Schneeberge, und zu ihren Füssen die Reste
von Laulnen unterscheiden konnte, die viel schmutziger
und gelber, als der Schnee auf den Spitzen sind.
Auch konnte ich in Murten nicht nur die Häuser, son=
dern auch an jedem Hause die Fenster, Schornsteine,
und andere Theile wahrnehmen.   Ich ließ den alten
Benz gleichfalls durch mein Teleskop sehen, und er
gestand, daß er weder die Schneeberge, noch die Stadt
Murten jemals so hell gesehen, ohngeachtet er beyde
schon oft durch andere Fernröhre betrachtet habe. Der
Grund davon lag nicht bloß in der grössern Vortref=
lichkeit meines Teleskops, sondern auch darinn, daß
die Wanderer, deren Fernröhre er bisher gebraucht
hatte, ihn am Morgen, oder bald nach Tische, und ich
hingegen nicht lange vor Untergang der Sonne besuch=
te, um welche Zeit die Luft immer am heitersten ist.

Viel weniger beschwerlich, und dennoch viel an=
genehmer ist mein zweyter Lieblingsgang an dem Ufer
des Bielersees, und über den Fuß des Jura.   Der
Fußsteig, der am Ende des Bielersees anfängt, ist
zwar steinigt und uneben, und läuft auch immer Berg
an; er ist aber nirgends, so weit ich ihn kenne, steil,
und dabey so breit, daß man ihn ohne Gefahr reiten
kann. Diesen romantischen Fußsteig verfolge ich, bald
nicht weit über die ersten Reb = und Wirthshäuser, die

am See liegen, bald bis an Gottstatthaus, bald bis
an den Wald, der an dem steilen und felsigten Berge
bis an den See hinabläuft, und bald bis an ein Land=
gut des Herrn Landvogts von Tscharner, das Suz
gegenüber ligt. Wenn ich entweder ermüdet bin, oder
auch Lust habe, die mich umgebenden Gegenstände ge=
nauer zu betrachten, so setze ich mich auf die erste, die
beste Terrasse, oder Mauer eines Weinbergs hin,
zwischen denen man fast beständig durchgeht. Dies
thue ich niemals, ohne daß ich nicht eine unbeschreib=
lich süsse Gemüthsruhe empfände. Als ich das letzte=
mal hieher gieng, sank die Sonne schon gegen halb
sechs Uhr hinter den Gipfel des Jura hinab. Die dun=
keln Tannen, die auf einer gewissen Höhe des Ber=
ges ganz allein wachsen, (welche Höhe ich für eben so
unveränderlich halte, als an den höhern Bergen die
Linie, wo der ewige Schnee anfängt,) die hellern Ei=
chen, die ihnen folgen, die noch hellern Weinberge,
zwischen welchen ich saß, und endlich ein beträchlicher
sich immer vergrössernder Abschnitt des Sees waren
im Schatten: der grössere Theil des Sees hingegen,
das entgegengesetzte Ufer, Nidau und Biel, und zu=
lezt die Schneeberge waren noch alle von der Sonne
erleuchtet. Ueber mir hörte ich das Geläute des Viehs,
das in mir allemal angenehme Arkadische Bilder auf=
weckt, und von unten tönten Stimmen von Arbeitern
und Fischern, deren Nachen ich mit dem blossen Au=
ge kaum entdecken konnte, und dann das sanfte beru=
higende Plätschern des Sees herauf, der seine nicht
einmal sichtbaren Wellen an das steile Felsenufer roll=

te. Ich wurde von diesen verschiedenen Eindrücken so eingewiegt, und gleichsam aufgelöst, daß ich die Stille meiner Seele durch die Anstrengung des Rückgehens nicht stören mochte. Ich miethete daher ein kleines Boot, und wurde in einer halben Stunde bey Nidau ans Land gesezt.

Die Menschen an dieser Seite des Sees scheinen mir viel aufgewekter, als die Bauern an dem flachen Ufer zu seyn. Wenigstens konnte ich mich mit den erstern unterhalten, da ich die letztern eben so wenig zu verstehen, als mich ihnen verständlich zu machen im Stande bin. Ich unterrede mich deswegen oft mit den Personen, die ich entweder in den Weinbergen, oder beym Heumachen, oder bey den Heerden, oder auch vor den Häusern antreffe. Nur vor wenigen Tagen gieng ich in ein ansehnliches und geräumiges Haus, um mich nach den Namen gewisser Oerter und Gegenden zu erkundigen, und fand zu meinem Erstaunen ein Beyspiel von Standhaftigkeit und Ergebung in die Fügungen der Vorsehung, das ich in einer so unbekannten Wohnung nicht gesucht hätte. Als ich mich der Hausthür näherte, erblikte ich vor dem offenen Fenster eine alte Frau mit einem kränklichen, aber heitern und interessanten Gesichte, die mit grosser Begierde Kirschen aß. Meine Fragen und ihre Antworten führten uns allmälig zu einem Gespräch über ihren Zustand, indem ihr ganzer Körper zeigte, daß sie vor kurzem krank gewesen seyn müsse. Sie erzählte mir, daß sie seit dem letzten Herbst die Wassersucht, und fünf beynahe tödtliche Anfälle von dieser Krankheit ge-

habt habe. Bey der letzten Rückkehr derselben habe sie
fünf Wochen hintereinander in dem Stuhle, worinn
sie jezo siße, ohne Schlaf und Essen, und unter unaussprechlichen Beängstigungen zugebracht; allein sie
preise Gott dafür, daß sie niemals von dem Zutrauen
zu ihm, und von der Geduld im Leiden verlassen worden. Vielmehr habe sie in den Stunden der Mitter-
nacht, wenn ihr Mann und ihre Söhne geschlafen,
für die Wohlfahrt dieser theuren Personen gebetet, und
ihrem Schöpfer für alle die unzähligen Freuden ge-
dankt, die er ihr in einem langen glüklichen Leben geschenkt habe. Ungeachtet jezo Schlaf und Appetit,
und mit diesem die Liebe und Süßigkeit des Lebens
zurückgekehrt seyen, so wäre sie doch immer bereit,
aus dieser Welt zu scheiden, wenn der Herr des Lebens
sie abfordern wolle. — Ich mußte zwar, daß die ro-
hesten Wilden die gräßlichsten Krankheiten, und den
martervollsten Tod mit eben der Gleichgültigkeit dulden, womit sie alle übrigen Freuden und Leiden aufnehmen; allein noch nie hatte ich selbst auf eine so rührende und beschämende Art erfahren, daß eine Person
aus dem niedrigen Stande, die keine sorgfältige Erziehung und Unterricht genossen, eine langwierige Krankheit, und den nahen Tod nicht nur ohne Verdrießlich-
keit, sondern auch mit frohem Danke ertragen und erwartet hätte.

Die Lage von Nidau ist besonders für einen Fremden, der die Schweiz theilweise, und zu verschiedenen
Zeiten sehen will, außerordentlich günstig. Dies Städtchen ist nur fünf Stunden von Neufchatell, ohngefähr

eben so weit von Bern, Murten und Solothurn, achtzehn Stunden von Basel, und fast eben so weit von Lausanne entfernt. Am nächsten liegt es bey Biel, das man auch bey dem mäßigen Schritt eines Spazier=gängers in weniger, als einer halben Stunde erreichen kann, und das ich daher fast eben so genau, als Nidau selbst kenne. Biel ist nicht weit von dem See, der von dieser Stadt den Namen hat, auf der letzten Abhängigkeit des Jura erbaut, wo der Fuß des Berges sich in eine ebene Fläche verliert. Die meisten Straßen sind deßwegen abhängig, und zugleich enge, oder ungerade. Für ihren Umfang ist die Stadt schlecht bevölkert. Sie enthält nicht mehr, als achtzehenhundert Seelen, und unter diesen nur dreyhundert Bürger, welche Volksarmuth man schon aus dem Grase schließen kann, womit einige geräumige Plätze, besonders um öffentliche Brunnen herum bewachsen sind. Die Lage von Biel ist weder vorzüglich schön, noch auch zur Handlung besonders vortheilhaft. Rund um die Stadt herum sieht man nichts, als Wiesen und Weinberge, und man muß schon sehr hoch steigen, wenn man eine weite und mannichfaltige Aussicht haben will. Sie ist überdem mehrere hundert Schritt vom Ende des Sees entfernt, der hier sehr seicht wird. Zwar verbindet sie die Schüß, die aus dem St. Immerthal herabkömmt, mit dem See; allein dieser Waldstrom ist zu seicht, als daß er zum Trans=port von Waaren gebraucht werden könnte. So viel ich gehört habe, ist die Stadt reicher, als ihre Einwohner. Jene hat aus ihren Gütern und Capitalien jährlich etwa zwölftausend Thaler; unter diesen sollen nur einige reich,

und sehr wenige wohlhabend seyn. Der größte Theil
lebt von dem Ertrage von Wiesen und Weinbergen,
deren Wartung die Hauptbeschäfftigung der Einwohner von Biel ausmacht. Der Wein, den die Bieler aus
ihren Weinbergen gewinnen, ist viel schlechter, als der
Seewein, und so sauer, daß ihn nur die gemeinen Leute
in der Stadt, und die Bauren, die seinetwegen des Mon-
tags nach Biel kommen, trinken können. Man verkauft
jetzo hundert Maaß, oder filuf Anker von dem Wein,
den man den nächsten Herbst zu erhalten hofft (und man
verspricht sich viel Gutes von der Weinlese) für zween
neue Thaler, oder eine halbe Caroline. Die Säure
des Bielerweins rührt nicht bloß aus einer andern Richtung her, welche der Jura am Ende des Sees nimmt,
sondern am allermeisten daher, daß er die Wärme des
Sees, und die Hitze, die aus den davon zurückprallenden
Strahlen entsteht, entbehren muß. In der ganzen
Schweiz liegen die besten Weinberge an Seen, und der
Wein wird allenthalben um desto besser, je näher die
Reben dem Wasser stehen. Die Weinberge der Bieler
sind fast alle hinter und jenseits der Stadt, nach Solothurn hin angelegt; denn vom See an bis an Biel ist der
Jura so steil und felsigt, daß er nur wenige Reben tragen
kann. Der Wohlfeilheit des Weins muß man es zu-
schreiben, daß in der ganzen Schweiz Völlerey, und die
daher entstehenden Laster und Krankheiten nicht so allgemein, als unter dem gemeinen Mann in Biel sind. Auch
ist nirgends Taglohn so theuer, oder theurer, als hier, indem man einem gemeinen Handarbeiter täglich neun Ba-
zen, oder fast eben so viele gute Groschen bezahlen muß.

I. Theil. N

Dieser hohe Arbeitslohn ist die Haupturfache, warum weder in Biel, noch in den meisten übrigen Städten der Schweiz Fabriken gelingen können. Man hatte vor einigen Jahren in der Nachbarschafft von Biel eine Cattunfabrike angelegt; allein sie ist schon von mehrern Herren verlassen worden, und die Zeit muß lehren, ob sie sich wird erhalten können. Merkwürdig ist es, daß die vernünftigsten Geistlichen in allen Landstädten gegen die Fabriken eingenommen sind. Sie haben durchgehends bemerkt, daß Fabriken, und Manufacturen die Sitten in den Städten unglaublich schnell verdorben haben, und zwar nicht sowohl durch den größern Wohlstand und Luxus, den sie hervorbrachten, als durch die fremden und liederlichen Arbeiter, die sie herbeyzogen, und deren Umgang und Beyspiel die unschuldigen Schweizer verführte *).

*) Aus den Nachrichten eines mir ganz unbekannten, aber sehr einsichtsvollen Correspondenten, dem ich hiemit öffentlich für die mitgetheilten Berichtigungen danke, sehe ich, daß man außer der Sittenverderbniß, welche die Cattunwebereyen und Fabriken auf dem Lande hervorbringen, noch viele andere wichtige Ursachen hat, mit den fabricirenden Bauren unzufrieden zu seyn. Der fabricirende Bauer vernachläßigt über der leichtern Arbeit, die noch dazu baar Geld gibt, die schwerere, und es liegen daher manche Hügel wüste, die noch vor vierzig Jahren bebaut wurden. Weil ferner der fabricirende Bauer das Halten von Schaafen, den Flachs- und Hanfbau, und die Erziehung von Gemüsen entweder ganz, oder größtentheils vernachläßigt, so ist er schlechter gekleidet, und nährt sich schlechter, als der nicht fabricirende Bauer, muß seinen Gewinn für Nothwendigkeiten des Lebens hingeben, und erhöht sowol durch Versäumung des Feldbau's, als durch die größere Consumtion den Preis des Getralbes, mit welchem die Preise aller übrigen Dinge steigen. Man wird gewiß erstaunen, wenn man liest, daß die Errichtung von Fabriken einen so nachtheiligen Einfluß

In der Stadt selbst ist kein einziges prächtiges, weder öffentliches, noch privat Gebäude; vor der Stadt aber sind einige schöne Landhäuser. Am merkwürdigsten ist unter den Seltenheiten in und um Biel die Quelle, die nicht nur neunzig bis hundert Brunnen in der Stadt füllt, sondern auch einige Schritte von ihrem Ausflusse durch ihr entbehrliches Wasser zwo Mühlen treibt. Diese Quelle fließt unter einer Felsengrotte hinter der Stadt mit einer stets gleichen Fülle aus einem unterirdischen Wasserbehälter hervor, dessen Tiefe

M 2

auf den Landbau habe, daß jetzo in einem District der Grafschaft Lenzburg, der etwa 2200 Seelen enthält, hundert Malter Zehenden weniger gehoben, und also 1000 Malter weniger gebaut werden, als vor 1750., um welche Zeit die Manufacturen errichtet wurden. Wenn man annimmt, daß der Ackerbau in der übrigen Grafschaft, die 36000 Seelen enthält, eben so abgenommen habe, als in dem angeführten District, so muß der geringere Ertrag der Aecker allerdings auffallend werden. — In den gebirgigten Theilen der Schweiz, wie in Neufchatel, Glaris, u. s. w., wo gar kein Ackerbau stattfindet, fürchtet man sich vor der Vervielfältigung von Fabriken, und der Arbeiter in den Fabriken am allermeisten, deßwegen, wenn Unfälle einen großen Fabrikanten zu Grunde richten, oder die Mode, oder auch die Verordnungen mächtiger Fürsten den Absatz der verfertigten Fabrikwaaren plötzlich vermindern, oder wenn endlich der wetteifernde Kunstfleiß von nahen oder fernen Völkern die bisherigen Käufer an sich ziehen, und abwendig machen sollte, weil alsdann das Land auf einmal mit einem großen Haufen von armen Familien beschwert seyn würde, denen man kein Brod zu verschaffen wüßte. — Wenn die Schweizerischen Regierungen statt der Baumwolle-Spinnereyen und Webereyen den Anbau, und die Verarbeitung des Flachses zu begünstigen suchten, so würden alle Vorwürfe, die man den Fabriken auf dem Lande, und den fabricirenden Bauren machen kann, auf einmal wegfallen.

über siebenzig Klafter betragen soll, und dessen Umfang kein Sterblicher erforscht hat, und vielleicht auch
nie erforschen wird. Das Wasser war bis auf das
Erdbeben von Lissabon niemals verändert worden; allein um diese Zeit wurde es trübe, und soll es auch
nachher bey anhaltendem Regen bisweilen geworden
seyn. Die Naturforscher möchten wahrscheinlich die
Röhren im Jura, wodurch dem Behälter bey Biel das
Wasser zugeführt wird, noch lieber, als die Beschaffenheit des Behälters selbst kennen lernen.

Nirgends glaube ich, sind seltsamere politische Verhältnisse, und Theilungen, oder Einschränkungen der
höchsten Gewalt, als in der Schweiz, und vorzüglich
in Biel, und einigen benachbarten Orten und Gegenden. Biel ist eine unabhängige Republik, die alle
Vorrechte der höchsten Gewalt besitzt, mit mehrern Cantonen verbürgert ist, und als ein zugewandter Ort
jährlich einen Gesandten auf die Eidgenössischen Tage-
satzungen schickt. Nichts desto weniger muß diese unabhängige Republik dem Bischofe von Basel huldigen,
und von ihm einen Mayer (Maire) annehmen, der in
dem kleinen und großen Rath den Vorsitz hat. Wenn
man dies hört, so glaubt man Anfangs, daß Biel nicht
mehr souverain sey, als die Calmykischen und Cosaki-
schen Horden und Versammlungen, in welchen allemal
ein Russischer Officier, oder vornehmer Staatsbedien-
ter gegenwärtig ist. Allein nur die Einschränkung der
Souveränität, nicht die Souveränität selbst, ist scheinbar. Der Maire hat zwar in den höchsten Collegien
den Vorsitz, und sammelt die Stimmen der Mitglie-

der, kann aber selbst keine geben. Auch hat er den dritten Theil der Einkünfte der Civilgerichte, muß aber auch wieder den dritten Theil der Kosten peinlicher Processe tragen, und darf gar keine Appellationen annehmen. So gering, und wenig furchtbar auch die Gewalt des Bischofs von Basel in Biel ist, so muß er doch alsdann, wenn die Bieler ihm huldigen, feierlichst versprechen, daß er sie bey allen ihren Rechten, und Gerechtigkeiten erhalten wolle. Auch muß er erlauben, daß die Bürger von Biel bis auf drey tausend Mann aus seinem Gebiet, der Landschafft Erguel, auffordern, wenn sie dieselben in eignen Gefahren, oder auch in den Gefahren ihrer Bundesgenossen nöthig haben sollten. Dagegen ist die Stadt verbunden, ihm zu Hülfe zu ziehen; aber nur bis auf einige Stunden von ihren Gränzen.

Ohngefähr dieselbige Bewandtniß hat es mit der kleinen Stadt Neuenstadt, oder Neuveville am Bielersee, die gleichfalls unter dem Schutze des Bischofs von Basel steht. Sie hat beständig einen vom Bischofe ernannten Maire, erwählt übrigens ihre Obrigkeitlichen Personen, und richtet allein nach ihren eigenen Gesetzen. Diese kleine Stadt hat das Panner, oder das Recht, Mannschafft aus solchen Dörfern aufzubieten, die in Ansehung der Gerichtsbarkeit unter Bern, oder Biel, oder dem Bisthum Basel stehen.

Zu den politischen Seltsamkeiten gehören auch die Consistorialrechte, welche der Canton Bern über die Reformirten Bewohner des Münsterthals hat, und ausübt. Bern schickt alle Jahr einen Inspector aus dem

kleinen Rath, nebst einem Geistlichen in's Münsterthal,
um die dort wohnenden Glaubensgenossen bey ihren
Vorrechten zu erhalten, die Klagen über Bedrückungen oder Einschränkungen, wenn dergleichen geschehen
seyn sollten, zu vernehmen, und die Streitigkeiten zwischen den Unterthanen und ihrem Herrn, dem Bischofe von Basel, zu schlichten. Es ist eine Art von Ver-
geltung für diese mit nicht geringen Kosten verbundene Aufsicht und Schutz, daß Bern zu seiner Vertheidigung Mannschaft aus dem Münsterthal auffordern
kann. Dieses Jahr gieng einer der gelehrtesten Bernischen Staatsmänner, der Herr Rathsherr Jenner, als
Inspector ins Münsterthal. Die Regierung von Bern
läßt jährlich eine beträchtliche Menge von Erbauungs-
schriften in diesem Lande austheilen.

Allein, es ist einmal Zeit, diesen Brief zu schliessen. In meinem nächsten sollen Sie etwas von der
Petersinsel, und vielleicht von Solothurn lesen. Auch
werde ich noch, ehe ich in die kleinen Cantone gehe,
einen Theil des Fürstenthums Nexenburg, oder Neuf-
Chatel besuchen. Ueber Mangel von Fleiß im Brief-
schreiben sollen Sie sich, hoffe ich, nicht beschweren.
Grüssen Sie unsere Freunde, und melden Sie uns,
ob sich die Rußische Krankheit schon wieder aus Göttingen verloren hat. Ich bin u. s. w.

Vier-

Vierter Brief.

Nidau am 11ten Jul. 1782

Liebster Freund,

Sie haben meinen Rath befolgt, noch ehe Sie meinen ersten Brief von hier erhalten konnten, und haben Ihr letztes Schreiben über Cassel geschikt. Es fehlte nicht viel daran, daß es nicht seinen ältern Vorgänger erreicht hätte. Jetzo sind wir durch Ihre und unserer übrigen Freunde Güte so reich an Göttingischen Neuigkeiten, daß wir eine Zeitlang daran zehren können, und bey unserer Rückkehr kaum etwas neues antreffen werden.

Sie fordern mich auf, Ihnen eine kurze und doch vollständige Schilderung von der Bernischen Verfassung zu geben. Was Sie im Stanian, dem Dictionnaire helvetique, dem Simler, Fäsi, und noch mehr in Französischen und Englischen Reisebeschreibern gefunden hätten, das sey entweder nicht vollständig, oder nicht deutlich genug, oder auch zu sehr zerstreut, oder so widersprechend, daß Sie nicht wüßten, wem Sie folgen, oder nicht folgen sollen. Unter den genannten Werken sind die drey ersten die zuverlässigsten. Im Stanian finden sich, in so ferne er Bern beschreibt, nur einige wenige unbedeutende Fehler, und er wird selbst von den ersten Gelehrten in Zürch und Bern, wiewohl mit einigem Widerspruch, für einen der besten Schriftsteller über die Schweizerischen Staatsverfassungen gehalten.

M 4

Ihr Wunsch, einen der blühendsten Staaten auf der Erde genauer kennen zu lernen, ist zu gerecht, als daß ich nicht alles, was in meiner Macht ist, thun sollte, ihn zu befriedigen. Ich habe bisher Gelegenheit genug gehabt, die wahre Einrichtung und den gegenwärtigen Zustand des Cantons Bern zu erfahren, und ich hoffe also, daß es mir nicht an Stoff fehlen wird, Ihrer Neugierde genug zu thun. Wenn Sie aber einmal mit einem einzigen musterhaften Freystaate, wie der Bernische ist, bekannt geworden sind, so werden Sie gewiß (wenigstens ist es mir so ergangen) viele weise, oder auch thörichte, und ungerechte Maaßregeln der alten Republiken besser bemerken, und richtiger beurtheilen, als vorher, und es werden Ihnen viele Stellen in allen Schriftstellern interessant, und merkwürdig werden, die Ihnen sonst unfruchtbar und unbedeutend schienen.

Der Canton Bern ist bey allen seinen Mängeln, die ich nicht verkenne, und auch nicht verschweigen werde, eine der vollkommensten, vielleicht die vollkommenste Aristokratie, die sich je in der wirklichen Welt gefunden hat; und ich zweifle sehr, ob alle die Entwürfe von vollkommenen Republiken, welche politische Träumer in alten und neuern Zeiten zusammengedichtet haben, wenn sie von einem Gott wären realisirt worden, so glükliche Menschen würden gemacht haben, als im Bernischen Gebiet wirklich leben. So wie es untrügliche Merkmale gibt, an welchen man die gute oder schlechte Einrichtung und Verwaltung eines jeden Staats erkennen kann; so gibt es

auch wiederum andere, aus denen man die Vortref=
lichkeit, oder Ausartung einer jeden Staatsverfassung
insbesondere zu bestimmen im Stande ist. Die Merk=
male einer guten Aristokratie haben schon Plato, Iso=
krates und Aristoteles angegeben; und Sie werden sich
erinnern, daß diese, wie alle übrige grosse Schrift=
steller, keiner andern Regierungsform so günstig sind,
als der aristokratischen. Eine Aristokratie ist gewiß
vortreflich eingerichtet, wenn alle Unterthanen und
Bürger, selbst diejenigen, die keinen Theil an der Re=
gierung haben, bewaffnet sind, und keine stehende
Truppen unterhalten werden, wodurch eine gewalt=
thätige Regierung sich gegen die Unterdrückten behaup=
ten könnte: wenn man keine gehäßige Maaßregeln
nimmt, die geheimsten Gesinnungen von Einheimi=
schen und Fremden zu erfahren, wodurch fast alle ge=
sellschaftliche Verbindungen und Vertraulichkeit, und
alle Freyheit zu reden, und zu denken, wie in Venedig
aufgehoben werden: wenn die Gerechtigkeit auf das
strengste gehandhabt, und die geringste Ungerechtig=
keit auf das härteste bestraft: wenn die öffentlichen
Einkünfte gewissenhaft verwaltet, und die ersparten
Summen nicht geplündert, oder ausgetheilt, sondern
zu unvorhergesehenen Bedürfnissen aufgehoben, und zur
Verschönerung von Stadt und Land angewendet: wenn
die vornehmsten Bedienungen, die grosse Talente und
Kenntnisse erfordern, nach Verdienst und durch Wahl,
und die einträglichen ohne Cabale und Gunst durchs
Loos gegeben werden: wenn nicht Erbrecht und Ge=
burt allein, in die regierenden Collegia einführen, son=

dern gewiffe Jahre und Verdienfte erfordert werden,
um hineinzukommen: wenn endlich auch den nicht re=
gierenden Familien Hoffnungen und Wege übrig blei=
ben, zu den Würden und Vortheilen, die fie bisher
nicht hatten, zu gelangen, und alle oder der größte
Theil von Unterthanen fo glüklich und zufrieden find,
daß fie die gegenwärtige Verfaffung mit Gut und Blut
gegen einen jeden Angriff vertheidigen würden. Alle
diefe Merkmale finden fich in der Bernifchen Regie=
rungsform zufammen; und wenn man alfo die Zürchi=
fche Regierungsform eine ariftokratifche Demokratie
nennen kann, fo kann man der Bernifchen den Na=
men einer demokratifchen Ariftokratie geben.

Die Regierungsform war in Bern fo wenig, als
in einer jeden andern Stadt und Nation von den er=
ften Anfängen der Freyheit an fo befchaffen, wie fie
jetzo ift. Vielmehr hat fie alle Veränderungen und
felbft Ausartungen von bürgerlichen Verfaffungen ge=
litten, nur die Unterdrückung eines Tyrannen oder Al=
leinherrfchers nicht. Bern und Zürch unterfcheiden fich
dadurch von faft allen übrigen Freyftaaten der alten
und neuen Welt, daß fie nicht von einem fehlerhaften
Extrem gleich in das entgegengefezte eben fo fchlimme
oder noch fchlimmere, von ausgelaffener Demokratie
in Tyranney, oder drückende Oligarchie, oder von Oli=
garchie in Ochlokratie übergegangen find, daß fie auch
nicht Mißbräuche durch andere Mißbräuche gehoben;
fondern allmälig, und ohne blutige Revolutionen durch
beffere Einrichtungen geheilt haben. Die Gefchichte
der urfprünglichen Geftalt und der Verfchlimmerung

sowohl, als Verbesserung der Bernischen Regierungs=
form ist mit vielen Dunkelheiten bedeckt, und zwar
mehr die neuere, als die ältere, mehr die Geschichte
der Verbesserung, als der Ausartung derselben. Ich
hege so viel Ehrfurcht gegen die, wenigstens Auslän=
dern, unbekannten Reformatoren der Bernischen Ver=
fassung, und die Urheber der Glückseligkeit, deren je=
zo ihre Nachkommen geniessen, daß ich nicht leicht ir=
gend einen andern Punct so sehr, als die Verdienste
dieser grossen Männer in's Licht gesezt wünsche. Dies
wird man aber nicht eher hoffen können, als bis der
Staat klugen und freymüthigen Geschichtforschern er=
lauben wird, die öffentlichen Archive zu Rathe zu zie=
hen. Wenn eine Regierungsform einmal so vollkom=
men und so festgegründet ist, als die Bernische, so
darf und sollte sie billig nicht die Entdeckung fürchten,
daß sie zu andern Zeiten weniger vollkommen, oder
anders eingerichtet war, als sie es jetzo ist.

Bern hatte von seiner Entstehung, oder wenig=
stens von dem Jahre an, in welchem es von Friedrich
dem zweyten für eine freye Reichsstadt erklärt wurde,
(und dies geschah 1218., oder sieben und zwanzig Jah=
re nach der ersten Gründung) eine demokratische Ver=
fassung. Die Bernischen Geschichtschreiber wollen die=
ses nicht zugestehen, und führen mehrere, aber mei=
nem Urtheile nach sehr schwache Gegengründe an, die
durch unbezweifelte Urkunden und Thatsachen wider=
leget werden.

Man beruft sich zuerst auf die Art und Absicht,
in welcher Bern von Berchtold dem fünften, Herzoge

von Zähringen, erbaut wurde. *) Bern, sagt man,
entstand nicht, wie die meisten übrigen Städte in
Teutschland, aus einem Haufen von Handwerkern,
Künstlern, und Kaufleuten, die sich in der Nähe ir=
gend eines Bischöflichen Sitzes, oder Klosters, oder
auch Hofes von Fürsten und Rittern niederliessen; son=
dern sie wurde zur Demüthigung des hohen, und zur
Beschützung des niedern Adels angelegt. Die ersten
Bürger von Bern waren gröstentheils Edelleute, und
freye Besitzer von Ländereyen in der Nachbarschaft der
Stadt. Als einen Beweis dieser ersten Bevölkerung,
und der aristokratischen Verfassung von Bern, führt
man das Factum an, daß die Stadt in einem Zeit=
raume von drey Jahrhunderten fast keine andere, als
adeliche Schultheissen gehabt habe.

Ich will jetzo die Absicht nicht bezweifeln, warum
man sagt, daß Bern erbaut worden sey. Auch läug=
ne ich nicht, daß Bern unter seinen ersten Bewoh=
nern einen zahlreichen Adel, und in den ersten Jahr=
hunderten fast keine andere, als Schultheissen aus
edeln Geschlechtern gehabt haben. Allein ich läugne
den Schluß, den man hieraus zieht, daß Bern's er=
ste Verfassung Aristokratisch gewesen sey. Nichts war
natürlicher, als daß die Einwohner von Bern in den
ältesten Zeiten, wo sie unaufhörlich kriegen mußten,
solche Männer zu ihren Häuptern und Führern wähl=
ten, die wegen ihres Reichthums am meisten Zeit und
Vermögen hatten, den Staat zu regieren, und wegen
ihrer Erziehung am meisten Stärke, Muth und Ge=

*) Lesen Sie Diction. Geogr. Berne p. 62.

schicklichkeit die Feinde der Stadt zurück zu schlagen. Unter welcher Classe von Bürgern konnte man solche Männer eher finden, als unter den begüterten Edelleuten, die sich in Bern niedergelassen, und die schon so oft Güter und Leben für die gemeinschaftliche Sache gewagt hatten? Daraus aber, daß die Bürger von Bern nur Edelleute zu ihren Führern ernannten, folgt eben so wenig, daß sie kein Recht hatten, diese Führer zu erwählen, als man annehmen kann, daß das Römische Volk nicht die Macht gehabt habe, seine Magistratspersonen zu wählen, und andere Vorzüge der höchsten Gewalt auszuüben, weil es eine Zeitlang seine Vorsteher nur aus den patricischen Familien nehmen durfte.

In allen teutschen Städten, fährt man fort *), bekleideten in den ältesten Zeiten die adelichen Familien, die sich den Bedrückungen mächtiger Baronen entzogen hatten, die ersten Stellen, und übten eine Macht aus, die dem Zutrauen ihrer Mitbürger entsprechend war, bis der Geist der Gewerbe und Handlung allenthalben Demokratien erschuf, und Sprecher und Vertheidiger des Volks erweckte. Es wäre also in der That sonderbar, daß zu eben der Zeit, wo in allen übrigen Städten die Aristokratien in Demokratien übergiengen, in Bern die Demokratische Verfassung in eine Patricische Aristokratie verwandelt worden, ohne daß man den Zeitpunct dieser Verwandlung anzugeben im Stande wäre. Dies müßte einem jeden um desto sonderbarer vorkommen, da das Volk in

*) Dict. helv. p. 88. 92. 93.

den häufigen Unruhen und Empörungen im vierzehnten, fünfzehnten und sechszehnten Jahrhunderte niemals, nicht einmal im Jahre 1384. wo man sich gemeiniglich einbilde, daß der Rath der Zweyhunderte
gestiftet, und die Demokratie aufgehoben worden, auf
die Wiederherstellung seiner ehemaligen Vorrechte ge-
drungen habe.

So scheinbar diese Gründe auch sind, so enthalten
sie doch lauter mißgedeutete Facta, oder unrichtige
Schlüsse aus richtigen Vordersätzen. Bern läßt sich
in Ansehung seiner ältesten Verfassung mit dem grösten Theile teutscher Städte nicht vergleichen, indem
diese entweder von Bischöffen, oder Mönchen, oder
Fürsten unmittelbar abhiengen. Mit denjenigen aber,
deren Verfassung der ältesten Bernischen ähnlich war,
oder wurde, hat Bern einerley Schritt gehalten, das
heißt, Bern wurde je grösser und reicher, desto demo-
kratischer, und erhielt in seinen Bennern vier Zunftmeister, die es vorher nicht gehabt hatte, oder wenn
diese Magistratspersonen eben so alt, als die Stadt
sind, so gewannen sie doch viel mehr Gewalt, als ihnen in den ältesten Zeiten anvertraut worden war. Es
ist also auch gar nicht zu verwundern, daß das Volk
in den Aufläufen des 14., 15. und 16. Jahrhunderts
nur auf die Absetzung einzelner verhaßter Personen,
nicht aber auf die Abschaffung der Regierungsform ge-
drungen hat, weil diese so demokratisch war, daß
kaum dem herrschsüchtigsten Pöbel etwas zu wünschen
übrig blieb.

Wenn man auch wahrscheinlichere Vermuthungen
für die aristokratische Regierungsform von Bern anfüh-

ren könnte, als ich bisher gehört oder gelesen habe, so würden diese alle durch die ausdrücklichen Worte der ältesten Urkunde, und der ältesten Geschichtschreiber widerlegt werden. Die Urkunde ist die sogenannte Handveste der Stadt Bern, worinn Friedrich der zwey= te sie für eine freye Reichsstadt erklärt, und alle ihre Rechte umständlich angeführt und bestimmt hat. In dieser Handveste, die Sie im vierten Stück der helve= tischen Bibliothek lesen können, heißt es: Wir geloben euch auch, daß wir, noch einer unserer Nachkommen, einen Schultheissen, noch einen Leut = Priester, noch einen Rath, noch einen Weibel, noch anders einen Amtmann sollen setzen, wann wen ihr setzet, den sol= len wir bestätigen. Ihr möget auch alle Jahre den Schultheissen, den Rath, und alle der Stadt Amtleu= te, ohne einig den Leut = Priester wandeln, ob es euch gefällt. Diese Worte der Handveste lassen gar keinen Zweifel übrig, daß die Bürgerschaft von Bern in all= gemeinen Versammlungen ihre Magistratspersonen erwählt habe.

Daß aber die Bürgerschaft von Bern die ihr von Friedrich dem 2ten verliehenen Vorrechte behauptet, und bisweilen auf eine nicht ganz regelmäßige Art ausgeübt habe, erhellt aus einem Vorfall, welchen Conrad Justinger, einer der ältesten und zuverläßig= sten Geschichtschreiber, erzählt. Dieser Justinger, der lange Stadtschreiber gewesen war, und auf Befehl des Raths die Chronik von Bern zwischen 1421. bis 1426. schrieb, meldet unter andern *), daß sich im

*) S. dessen Fragment in der Helv. Bibl. S. 29.

Jahr 1362. in Bern eine große Rede erhoben, wie man vor 13 Jahren den Ritter Johann von Bubenberg wegen beschuldigter Bestechungen verjagt, aber nichts dadurch gewonnen habe, weil die regierenden Herren nicht weniger, als der verwiesene bestechlich gewesen seyen. Hierüber wäre die Bürgerschaft so sehr aufgebracht worden, daß sie die Vorlesung ihrer Handveste verlangt habe, weil diese lehre, daß die Bürger das, was sie der Stadt gut und nützlich hielten, auch zu thun befugt seyen. Als der Stadtschreiber, fährt Justinger fort, die Stelle, welche die Vorrechte der Bürger enthält, nicht gleich finden konnte, wurde er von einem der Umstehenden gemißhandelt, und nachdem er nun das Gesuchte gefunden und gelesen hatte, eilten die Bürger zu dem Hause des Schultheißen von Schwarzenberg, und verlangte die Panner, welche er ihnen auch willig und freundlich zum Fenster hinausreichte. Mit diesen Fahnen hohlten sie nicht nur den alten Ritter von Bubenberg feierlich ein, sondern ernannten auch sogleich ihm zu Ehren seinen Sohn zu ihrem Schultheißen. Der Geschichtschreiber muß nicht geglaubt haben, daß die Bürgerschaft durch die Absetzung eines alten, und die Ernennung eines neuen Schultheißen eine unrechtmäßige Gewalt ausgeübt habe, indem er selbst gesteht, daß der Kaiser Friedrich der 2te der Stadt große Freyheit über Haut und Haar zu richten, ihre Aemter zu besetzen, ihre Erbe und Erbfälle auszurichten u. s. w. verliehen hätte *).

*) Die bisherigen und folgenden Anmerkungen über die ursprüngliche Verfassung von Bern theilte ich dem Herrn

Weil nun die Bürgerschaft alle ihre Vorsteher nicht nur erwählte, sondern auch (den Prediger ausgenom-

Gerichtschreiber von Haller als einem Kenner mit, der ihre Richtigkeit am besten prüfen könnte. Dieser verdienstvolle Gelehrte und Statsmann war so gütig, auf meine Frage zu antworten: daß Bern gewiß zu allen Zeiten aristokratisch gewesen sey, und daß dieses durch die wichtigsten Urkunden, und durch das fortdaurende politische System selbst bewiesen werde, dessen keine Demokratie fähig sey. Zwar habe man zu gewissen Zeiten die Bürgerschaft, wie die Gemeinden auf dem Lande zusammen berufen; allein sie habe nie einen gesezlichen Einfluß in die Regierung gehabt. Ursprünglich seyen zwey Rathscollegia gewesen, eins von 12, und ein anders von 50 Mitgliedern, wovon das erste nachher auf 27, und das andere auf 272 Personen erhöht worden. Nirgends sey eine Spur zu finden, daß die Bürgerschaft Magistratspersonen erwählt, oder andere Vorrechte der höchsten Gewalt ausgeübt habe. Die Gewalt der Venner sey anfangs bloß militarisch gewesen, und durch dies Ansehen unterstüzt, hatten sie sich zu dem wichtigen Einfluß in Staats- und Familiengeschäfte erhoben. Justinger sey nichts weniger, als zuverläßig, und die Geschichte der Bubenberge eine Fabel u s w. — Ich bescheide mich gern, daß Herr von Haller die Zuverläßigkeit von Justinger besser, als ich, beurtheilen könne, da ich nur einen kleinen Theil der Chronik dieses Mannes gelesen habe. Weil aber doch dieser Geschichtschreiber so wohl wegen der Würde, die er bekleidete, als wegen des vom Rathe erhaltenen Auftrags, eine Chronik von Bern zu schreiben, ein Vorurtheil von Glaubwürdigkeit für sich hat, so wünschte ich, daß Herr von Haller, oder wenn es diesem seine wichtigen Geschäfte nicht erlauben, ein anderer Bernischer Gelehrter, der eine eben so tiefe Kenntniß der vaterländischen Geschichte und zugleich mehr Muße hätte, den Werth dieses Mannes und seines Werks gehörig bestimmte, und zugleich zeigte, wie die Handveste von Bern ohne Zwang sich mit der ältesten aristokratischen Verfassung vereinigen lasse. Wenn es auch ausser der Handveste keine andere Urkunden gäbe, aus welchen erhellte, daß die Bernische Bürgerschaft die vornehmsten Magistratspersonen erwählt, oder andere Vorrechte der höchsten Gewalt

I. Theil.   N

men) jährlich ändern konnte, so hatte sie keine Ursache, auf den Rath, der ganz in ihrer Macht war, ei-

ausgeübt habe, so würde doch daraus nicht folgen, daß die Bürger dergleichen nicht gehabt hätten. Die meisten alten Städte zeichneten zwar vor dem Zeitpuncte, in welchem Bern seine gegenwärtige Verfassung erhielt, ihre wichtigsten Begebenheiten auf, und sammleten auch wohl ihre Civil- und einige peinliche Gesetze, allein sie dachten nicht daran, ihre Grundgesetze, die sie nicht auf einmal von einem Gesetzgeber, sondern zu verschiedenen Zeiten von den Umständen erhalten hatten, zusammen zu suchen und aufzuschreiben, weil es ihnen gar nicht einfiel, daß ihre Verfassung sich jemals ändern, oder daß geschriebene Gesetze jemals ein solches Uebergewicht über verjährte heilige Gewohnheiten erhalten könnten. Genf sammlete seine Grundgesetze erst im Jahr 1568., ungeachtet diese Gesetze schon seit undenklichen Zeiten gegolten hatten. — Wenn ich es für wahrscheinlich hielt, daß die vornehmsten Magistratspersonen, und vorzüglich die Venner in den ältesten Zeiten vom Volke erwält werden seyen, so hatte ich nicht bloß die Handveste im Sinne, sondern ich stützte mich auch auf die Analogie anderer Städte, und auf die Natur der Sache selbst. So wählte Genf z. B. in seinen Syndics Fürsprecher des Volts, und diese ernannten nach ihrem Gutdünken Räthe oder Beysitzer. Wenn die Vernischen Venner vom Rathe, und nicht von der Bürgerschaft erwählt worden wären, so ließe sich gar nicht begreifen, wie sie sich eine solche Gewalt hätten anmaßen, und diese so lange behaupten können. Mir ist es endlich aus der ganzen Geschichte der Stadt Bern wahrscheinlich, daß, wenn sie auch ursprünglich eine aristokratische Verfassung gehabt hätte, diese doch nothwendig bald in eine demokratische hätte übergehen müssen. Denn wie wollte eine kleine Zahl von edeln regierenden Familien ohne stehende Truppen die zahlreichere und mächtigere Bürgerschaft bewogen haben, Jahrhunderte lang zu kriegen, und zur Ankaufung von Herrschaften so häufige und große Beyträge (die bisweilen den fünften Theil des Vermögens überstiegen haben sollen) herzugeben, wenn man mit ihr nicht ohngefähr die gewonnenen Vortheile, wie die Lasten getheilt hätte? So lange die Verner noch Kriege führten, und Eroberungen machten, oder aus ihrem eigenen Ver-

ferſüchtig zu ſeyn, und ſie überließ ihm daher allem
Vermuthen nach) die ausübende Gewalt mit uneinge-

mögen für den Staat neue Beſitzungen ankauften, was
das Bürgerrecht in Bern viel weniger ein Vortheil, als
eine Laſt, die man gleichſam ausbieten mußte, oder gerne mittheilte, weil eine beſtändig kriegende Bürgerſchaft
ohne Ergänzung durch Fremde bald aufgerieben worden
wäre. So bald aber die Kriege der Berner, und das An-
kaufen von Herrſchaften aus dem Vermögen der Bürger
aufhörte, ſo erhielt das Bürgerrecht einen ganz andern
Werth, und der Staat allmälig eine andere Verfaſſung,
als er vorher hatte. Die Volksverſammlungen wurden
unnöthig, weil die Bürger nicht mehr zu blutigen oder koſt-
baren Unternehmungen aufzumuntern, und die nöthigen
Abgaben einmal beſtimmt waren; und da die Bürger nicht
mehr zuſammen kamen, ſo trat der Magiſtrat ſtillſchwei-
gend in die Vorrechte ein, die man vormals gemeinſchaft-
lich mit der Bürgerſchaft beſeſſen hatte. Das Bürgerrecht
wurde nun geſucht, und ſeltner ertheilt, weil die Beſitzer
deſſelben beträchtliche Vortheile vor den Inſaſſen hatten,
und der Rath um deſto mächtiger wurde, je weniger zahlreich die Bürgerſchaft war. Meiner Meynung nach finden ſich noch jetzo in der Benennung der Mitglieder des
groſſen Raths, die Räth und Burger genannt werden,
in der Wahl der Sechszehner, und in gewiſſen Gebräu-
chen und Einrichtungen der Zünfte manche Spuren, daß
Bern vormals demokratiſch geweſen ſey. Ich ſchmeichle
mir, daß weder Herr von Haller, noch irgend ein aufgeklärter Verner mir dieſe Bemerkungen übel deuten wird.
Ich bin bereit, mich eines beſſeren belehren zu laſſen, und
würde meine Gedanken gewiß nicht niedergeſchrieben haben, wenn ich hätte befürchten dürfen, daß ſie einer Regierung, die ich ſo ſehr bewundere, Nachtheil bringen
könnten.

Zuſatz) Unter den bekannten und unbekannten Cor-
reſpondenten, die über meine Briefe an mich geſchrieben
haben, ſind mehrere, die mich abermals verſichern, daß
die Berniſche Verfaſſung urſprünglich ariſtokratiſch geweſ-
ſen ſey. Allein keiner hat mir ſolche Gründe oder Nachrichten mitgetheilt, die ich nur einigermaſſen für befriedi-
gend hätte halten können. Berchtold von Zähringen,
ſonſt ein Ungenannter, und ſein Miniſter, von Buben-

schränktem Zutrauen, so lange er desselben werth war.
Wahrscheinlich aber legte der Rath, um kein Murren

berg, seyen zu sehr Edelleute gewesen, als daß sie eine
Demokratie, und Demagogen hätten begünstigen sollen.
Allein gegen das Ende des zwölften Jahrhunderts war es
in ganz Teutschland gar nichts ungewöhnliches mehr, daß
Ritter Bürger in den Städten wurden, ohne auf aus-
schliessendes Regiment Anspruch zu machen. — Ein anderer Beweis für die aristokratische Verfassung von Bern
sey der Schwinbrief, der von den ältesten Zeiten her jährlich dem kleinen Rath von dem grossen, nicht aber von der
ganzen Bürgerschaft ertheilt worden. Allein auch dieses
Factum beweißt nichts, so bald man den grossen Rath als
einen vom Volk abhängigen, oder vom Volke aus seinem
eigenen Mittel erwälten Repräsentanten ansieht. Wenn
endlich der grosse Rath zur Zeit der Reformation die wichtige Religionsveränderung beschloß, ohne die Bürgerschaft
zu fragen, und ohne daß diese sich darüber beschwert hätte, so konnte es der Bürgerschaft nicht einfallen, darüber
zu klagen, weil der grosse Rath die Reformation mit dem
Willen, und auf dringendes Verlangen des Volks gegen
die Neigung des kleinen Raths durchsetzte. Der letzte
wichtige Fall, meldet mir der vorhergenannte anonymische
Correspondent, wo man die versammlete Bürgerschaft gefragt, oder zu Rath gezogen habe, sey zur Zeit des Krie-
ges mit Savoyen gewesen, in welchem Bern das Pays
de Vaud gewann, und der Anfang der Kriegserklärung
laute so: Scultetus, magnus, parvusque senatus,
nec non communitas urbis Bernæ. illustrissimo
Sabaudiæ principi non salutem. Wenn die Bürgerschaft ursprünglich kein Recht hatte, in wichtigen Vor-
fallenheiten zusammenberufen, und gefragt zu werden,
warum nannte man sie in diesem Schreiben als einen
Hauptbestandtheil der gesetzgebenden Macht der Republik
Bern? — Allein alle weitere Zweifel und Fragen sind
durch die Urkunden und Nachrichten aufgehoben worden,
die Herr Hofrath Müller in der neusten Ausgabe seiner Schweizergeschichte über die älteste Verfassung von
Bern beygebracht hat, I. 428. 582. II. 295. 405. und die
gar keinen Zweifel übrig lassen, daß Bern gleich vom Anfange eine demokratische Gemeinheit war, in welcher aber
mehrere Edele, als anderswo, lebten, und durch Geburt,

oder Aufläufe zu veranlassen, alle wichtige Fälle der
versammelten Bürgerschafft, oder doch einem Ausschuß derselben vor, aus welchem in der Folge der große
Rath entstand. Es ist ungewiß, ob der Rath zuerst
zu seiner Sicherheit einen solchen Ausschuß aus der Bürgerschafft an sich gezogen, oder ob die letztere gewisse
Personen aus ihrem Mittel ernannt habe, den Berathschlagungen des Raths beyzuwohnen, um nicht durch
zu häufige Versammlungen in ihren Arbeiten gestört,
oder vom Lande, wo viele wohnten, in die Stadt ge-
lockt zu werden. So viel aber, glaube ich, kann man
als gewiß annehmen, daß die Zahl dieser Repräsentanten eben so wenig, als ihre Rechte genau bestimmt
waren. Wenn das Volk sie erwählte, so läßt sich kaum
zweifeln, daß sie jährlich ernannt oder bestätigt worden,
indem dieses in der Folge auch unter den Bennern geschah, von denen ich jetzo reden will.

Die häufigen Volksversammlungen, welche die ursprüngliche Verfassung von Bern nothwendig machte,
waren mit mancherley Unannehmlichkeiten verbunden,
welche selbst dem gesetzgebenden Pöbel auffielen, und
beschwerlich wurden. Sie veranlaßten daher die Bürgerschafft in Bern, wie in Venedig und vielen andern

N 3

Reichthum, und Tapferkeit einen größern Einfluß, als in
andern teutschen Städten hatten. — Vor dieser Entde-
kung braucht sich Bern eben so wenig zu fürchten, als unsere Teutschen und übrigen Europäischen Fürsten sich vor
den Untersuchungen fürchten, in welchen bewiesen wird,
daß die Fürsten in alten Zeiten viel weniger Gewalt, und
das Volk viel größere Vorrechte hatte, als die einen, und
das andere jetzo haben.

Städten, zu dem Entschlusse, inskünftige ihre Magi-
strats = Personen nicht mehr selbst, sondern durch andere von ihr dazu ernannte Bürger wählen zu lassen.
In dieser Absicht erwählte eine jede der vier Quartiere,
in welche Bern eingetheilt war, einen Venner, oder
ein Haupt, welche Venner mit sechszehn andern Bürgern, die sie nach ihrem Belieben aussuchen konnten,
den alten Rath ergänzen, und auch den nachherigen
großen Rath besetzen sollten. In welchem Jahre, und
durch welche Veranlassungen die mächtige, bald alles
an sich reißende, und zerrüttende Vennerwürde zuerst
eingeführt, oder ihr alle die Vorzüge gestattet worden,
die sie mehrere Jahrhunderte durch ausgeübt hat, kann
ich Ihnen nicht melden, da ich darüber nichts gehört,
und in den mir bekannten Büchern nichts gefunden habe. So lange die Venner den Absichten des Volks
entsprachen, mußte das letztere weniger Abnahme von
Macht, als von Unruhen oder Beschwerlichkeiten merken. Es ernannte die Erwähler aller Magistratspersonen, wählte in den Sechszehnern selbst mit, und
wurde auch in den großen Rath der Zweyhunderte gezogen, der schon in Urkunden des dreyzehnten und vierzehnten Jahrhunderts erwähnt wird. Die Vorrechte
der Vennerwürde waren aber zu groß, als daß man sich
nicht durch unrechtmäßige Mittel darum hätte bewerben, und sie nachher nicht hätte mißbrauchen sollen.
Weil die Venner die Personen, mit welchen sie den kleinen
und großen Rath ergänzten, nach ihrem Belieben wählen durften, so nahmen sie keine andere, als solche, von
deren Ergebenheit sie sich zum voraus versichert hatten.

Eine natürliche Folge hievon war, daß weder in den großen, noch in den kleinen Rath leicht jemand kam, der ihnen verwerflich geschienen hätte. Weil auch damals noch keine Gesetze waren, wodurch Blutsverwandte von dem kleinen, und Personen unter einem gewissen Alter, sowohl von dem kleinen, als großen Rathe ausgeschlossen wurden, so konnten die Venner in den regierenden Rath von ihrer eigenen, oder einer jeden andern Familie so viel hineinbringen, als sie wollten, und sich dadurch das Uebergewicht verschaffen. Weil endlich in alten Zeiten die Landvogteyen nicht durchs Loos, sondern durch öffentliche Stimmen des großen Raths, der ganz aus ihren Creaturen bestand, vergeben wurden; so hatten sie es in ihrer Gewalt, die einträglichsten Stellen, wem sie wollten, zuzuwenden, den Landvögten nach Belieben von ihren Rechnungen abzulassen, und alle Klagen über verübte Gewaltthätigkeiten abzuweisen. Auf diese Art wurden die Venner bald der Mittelpunct der Macht, und der wichtigsten Angelegenheiten des Staats, den sie plünderten und drückten, ohne daß einzelne Personen sich an sie gewagt hätten. Es entstanden zwar oft Aufrühre auf dem Lande, und Meutereyen in der Stadt, allein diese endigten sich höchstens mit der Absetzung einiger strafbaren Räuber und Unterdrücker, nicht mit der Aufhebung der Gebrechen, wodurch die Häupter des Volks verdorben wurden. Die Nachfolger traten bald wieder in die Fußstapfen der Vorgänger ein, und die Verfassung artete zuletzt in eine eben so schimpfliche, als drückende Oligarchie aus, aus welcher sie sich kaum in einem Zeitraume von zweenen Jahrhunderten hat heraus arbeiten können.

Den ersten Schritt zur Aristokratie, und zur Verminderung der unmäßigen Gewalt der Venner that der große Rath kurz vor der Reformation, als er sich die Ergänzung des damals der Kirchenverbesserung abgeneigten kleinen Rathes anmaßte. Durch diese Einschränkung der Venner litt aber der kleine Rath nur wenig, oder gar nichts. Letzterer war noch im vorigen Jahrhundert so allgewaltig, daß er die wichtigsten Angelegenheiten ganz allein abthat, ohne das Volk, oder den großen Rath zusammenzurufen. Ein viel kühnerer Schritt zur Zerstörung der bisherigen Oligarchie war dieser, daß man die Ergänzung des großen Raths, dem ganzen kleinen Rath, und einer gewissen Zahl von Mitgliedern des großen übertrug, und daß man das Gesetz machte, daß keiner vor dem dreyßigsten Jahre in den großen, und keiner in den kleinen Rath aufgenommen werden solle, der nicht zehn Jahre im großen Rath gesessen habe, und verheirathet sey, oder gewesen sey. Die Zeitpuncte der meisten dieser Einrichtungen finde ich eben so wenig bestimmt angegeben, als die Perioden, in welchen der große Rath sich die verschiedenen Theile der gesetzgebenden und oberstrichterlichen Gewalt angemaßt, und sowohl den kleinen Rath, als alle hohen Collegia von sich abhängig gemacht hat.

Die Bewohner der Stadt und des Cantons Bern lassen sich in zwo Classen abtheilen: nämlich in Bürger, und Unterthanen. Ungeachtet alle Bürger ohne Ausnahme regimentsfähig sind, das heißt, nicht durch

ausdrückliche Gesetze vom großen und kleinen Rathe
ausgeschlossen sind; so kann man doch die bürgerlichen
Familien in regierende, und nicht regierende eintheilen.
Der erstern waren zu Stanians Zeiten achtzig, und sind
jetzo nur etwa siebenzig; der letztern, die keine Mitglieder im großen Rathe haben, sind jetzo kaum zweyhundert, da man ihrer zu des ebengenannten Schriftstellers Zeiten noch dreyhundert und sechszig zählte.
Selbst die regierenden Familien lassen sich wieder in die
großen oder vornehmern, und in die kleinern eintheil-
len. Zu den ersten gehören diejenigen, die gewöhnlich
aus ihrem Mittel ein Mitglied im kleinen, und sechs
bis zwölf im großen Rath haben. Kleine sind solche
aus welchen selten einer im kleinen, und nur wenige im
großen Rath sitzen, oder die wenigstens nicht auf viele
Stimmen im letztern rechnen können. Die ewigen
Einwohner kann man als Bürger sine jure suffragii
ansehen, dergleichen die Römer auch hatten. Doch
hat man bisher unter den ewigen Einwohnern allen
denen das Bürgerrecht gegeben, die es nur einigermaßen wahrscheinlich machen konnten, daß es ihnen vormals versprochen worden. Sonst aber ist das Bürgerrecht in Bern, wie in allen aristokratischen Staaten
der Schweiz, jetzo um keinen Preis feil. Die Unterthanen sind wenigstens eben so sehr, als die Bürger
von einander verschieden. Die Edelleute im Pays de
Vaud fühlen die Herrschaft der Republik Bern nur allein darin, daß sie ihr huldigen, und in gewissen Fällen, wenn ihre Güter an andere, als ihre nächsten Verwandten fallen, eine bestimmte Summe bezahlen müs-

N 5

sen. Noch unabhängiger sind die sogenannten freyen
Städte im Aargäu, Zofingen, Arau, Lenzburg, Brug,
und dann die Städte Burgdorf, Erlach, und Thun.
Alle diese Städte wählen nicht nur ihre eigene Obrigkeit,
sondern einige von ihnen richten so gar in der letzten In=
stanz über Leben und Tod, und üben über benachbarte
Dörfer die Gerichtsbarkeit aus. Die übrigen Munici-
palstädte stehen zwar alle unter der Jurisdiction von
Landvögten; allein sie haben doch die erste Instanz, und
können ihre Magistratspersonen selbst wählen, oder auch
mehrere verschlagen, aus welchen dann eine vom klei=
nen Rath in Bern bestätigt wird. Sie geben keine
andere Abgaben, als die im Verkauf des Salzes, und
in den mäßigen Zöllen enthalten sind. Auf dem Lande
giebt es zwar Baurengerichte; allein diese kann der
Kläger vorbey gehen, und geht sie auch gewöhnlich
vorbey. Die Bauren tragen keine andere Auflagen,
als die Städter und Bürger, den Grundzins oder die
Zehnten ausgenommen, womit ihre Ländereyen in den
ältesten Zeiten beschwert waren.

Nur die Regimentsfähigen Bürger allein können
in den großen Rath kommen, der, wenn er vollständig
ist, mit Inbegriff des kleinen Raths, aus zwey hundert
und neun und neunzig Mitgliedern besteht. Die Stellen
der verstorbenen Mitglieder besetzt man nicht gleich nach
ihrem Tode, sondern man wartet acht oder zehn Jahre,
bis wenigstens achtzig abgegangen sind, wie einige sagen,
um desto mehrere auf einmal zu erfreuen, oder, wie an=
dere, um in einem gewissen Zeitraume die Zahl von Prä=
tendenten si, vermindern zu lassen, die auf Landvog=

teyen Anspruch machen können. Wenn man den Ent=
schluß, eine Rathsergänzung vorzunehmen, gemacht
hat, so läßt man von allen Zünften ein Verzeichniß der
Bürger einreichen, welche sie der Ehre in den großen Rath
aufgenommen zu werden für würdig halten. Zugleich
werden alle Jahr von neuem auf einer jeden der vier
wichtigeren Zünfte zwo, und auf einer jeden der acht
kleineren eine Person durchs Loos erwählt, die mit dem
kleinen Rath den großen ergänzen sollen. Diese Perso=
nen nennt man ihrer Zahl wegen die Sechszehner, und
sie können gewöhnlich nur aus den Mitgliedern des gros=
sen Raths, die schon Landvogteyen hatten, erwählt wer=
den, ausgenommen wenn auf einer Zunft sich gar keine
Alt=Landvögte finden sollten. Diese Sechszehner,
verbunden mit den sieben und zwanzig Mitgliedern des
kleinen Raths, machen die wichtige Versammlung aus,
welche den gesetzgebenden Cörper ergänzt. In dieser
Versammlung haben zuerst die Schultheißen durch ein
altes Herkommen den Vorzug, zwo Personen, und die
übrigen Rathsherren, und Sechszehner, sammt dem
Stadt= und Gerichtschreiber, dem Groß=Weibel, und
Rathhaus=Amman eine Person, als ein würdiges
Mitglied des großen Raths zu ernennen. Nichts ist
natürlicher, als daß Väter ihre Söhne oder Schwie=
gersöhne, und Brüder ihre Brüder, oder andere ihren
am nächsten verbundene Personen ernennen. Solche
von den Mitgliedern des Wahlcollegii vorgeschlagene
Personen werden einstimmig erwählt, wenn sie sich an=
ders dieser Ehre nicht durch notorische Schändlichkeiten
unwürdig gemacht haben; denn in solchen Fällen wer=

den die Vorgeschlagenen bisweilen verworfen. Durch
diese Ernennungen werden schon funfzig Stellen besetzt;
die übrigen werden, wie es heißt, durch freye Wahl
vergeben. Man ließt nämlich alle von den Zünften
eingegebene Namen der Regimentsfähigen Bürger, so
wie sie durch das Loos herausgezogen werden, einen nach
dem andern ab. Bey den Namen von Personen, die
keine Verwandte oder Beschützer unter den Wählenden
haben, bleibt alles sitzen; bey denen aus regierenden
Familien hingegen stehen diejenigen auf, die der abge-
lesenen Person ihre Stimme geben wollen. Die Zahl
der aufgestandenen Personen wird bey jedem Namen
genau bemerkt, und wenn alle Verzeichnisse abgelesen
sind, so sind diejenigen erwählt, welche die meisten Stimmen haben. Eingeborne, die mit den Verhältnissen
der Bernischen Familien genau bekannt sind, wissen
nicht nur vor der Wahl, welche Personen ein jedes
Mitglied des wählenden Collegii ernennen, sondern auch
oft, welchen ein jeder seine Stimme geben wird. Höchstens bleibt es von einem oder einigen Candidaten ungewiß, welcher die meisten Stimmen erhalten werde, und
es geschieht also nur selten, daß Personen wider alle
Erwartung übergangen, oder erwählt werden. Wenn
die große Rathsbesatzung nicht durch eine öffentliche Ernennung, oder durch Stimmen geschähe; so würden unzählige heimliche Betrügereyen begangen, und endlose
Feindschafften unter Familien und Verwandten gestiftet werden. Diejenigen, welche einige, wenn gleich
nur entfernte, Hoffnungen hatten, in den großen Rath
zu kommen, ohne ihren Wunsch zu erreichen, werden-

durch einträgliche Landschreiberepen, oder andere Stel=
len getröstet, unter denen verschiedene bis 6000 Pfund
abwerfen. Bey der jetzt beschriebenen Art, den gro=
ßen Rath zu ergänzen, wird es freylich solchen Familien,
die herausgefallen, oder noch nicht darin gewesen sind,
sehr schwer, hineinzugelangen; es ist ihnen aber deßwegen
der Zugang nicht gänzlich verschlossen. Talente, Fleiß,
und Vermögen können auch solche Bürger, deren Vor=
fahren nicht im Rath saßen, oder wenigstens ihre Kin=
der in den gesetzgebenden Rath einführen. Männer
von großen Verdiensten werden bisweilen von Gön=
nern, die ihnen durch nichts als Genie und Tugend
verwandt sind, zu Mitgliedern des großen Raths er=
nannt, und reiche Bürger, die nach dieser Würde stre=
ben, brauchen sich nur um die Töchter eines, oder des
andern Erwählers zu bewerben, die entweder keine oder
schon versorgte Söhne, und zugleich wenig Vermögen,
oder viele Schulden haben. Der Bräutigam erhält
alsdann mit seiner Braut die Ernennung zu einem Mit=
gliede des großen Raths, welche Ehre allemal für einen
reichen Brautschatz gelten kann, und gemeiniglich auf
dreyßigtausend Pfund geschätzt wird. So wie die
großen Familien sich aus einem gemeinschafftlichen In=
teresse unterstützen, und darnach streben, daß keine tie=
fer sinkt, als sie bisher stand; so geben sie auch wieder
darauf Acht, daß keine unverhältnißmäßig mächtig
werde, oder ein zu großes Uebergewicht erhalte. Man
sucht es deßwegen zu verhindern, daß die Zahl der Mit=
glieder aus einer einzelnen Familie nicht zu groß, oder
nicht viel größer als bisher werde, und eine jede kann al=

so nur darauf rechnen, eben so viele Mitglieder aus ihrem Mittel in den großen Rath zu bringen, als sie verloren hatte *). Man hat mich versichert, daß die kleinen Familien sich der Aufnahme von Bürgern, oder dem Eindringen von bisher nicht regierenden Familien in den großen Rath viel heftiger, als die vornehmsten Häuser widersetzen.

Dieser große Rath hat nach der jetzigen Verfassung der Republik allein die höchste Gewalt. Er allein giebt, oder schafft Gesetze ab: vermehrt, oder vermindert Auflagen, beschließt Krieg, Frieden, und Bündnisse, übt die oberste peinliche und bürgerliche Gerichtsbarkeit aus: besetzt die vornehmsten Bedienungen des Staats: hat die oberste Aufsicht über die Verwaltung der öffentlichen Einkünfte: theilt allen übrigen Collegiis die Gewalt und Vorrechte aus, die sie besitzen, und kann allein außerordentliche Ausgaben oder Gnadenbezeugungen, die über hundert Thaler steigen, bewilligen. Der große Rath versammelt sich wöchentlich dreymal, und in der Erndte und Weinlese, dringende Nothfälle ausgenommen, nur zweymal. Er kann alle Sachen viel schneller, als andere Collegia, abthun, weil sie ihm schon von einem, oder mehrern Collegiis vorgearbeitet, und gleichsam reif vorgelegt werden.

Bern hat dieses mit allen ihm ähnlichen aristokratischen Staaten gemein, daß außer dem großen gesetzgebenden Cörper noch ein kleinerer da ist, der gleichsam

*) Diese Regel hat bey der letzten Regimentsbesatzung einige Ausnahmen gelitten. Einige Familien nämlich haben mehr Mitglieder in den großen Rath gebracht, als sie sonst hatten.

beständig fortdauert, über alle Sachen, die dem grös=
sern vorgelegt werden sollen, vorher rathschlagt, und
sie vorbereitet, der die Befehle und Entschlüsse der ge=
setzgebenden Macht ausübt, und gewisse Theile der aus=
übenden allein besitzt. Ein solcher Cörper ist der so
genannte kleine oder tägliche Rath, den man einen
Ausschuß des größern nennen kann, weil er, sobald
dieser versammelt ist, in denselben verschwindet. Die=
ser kleine Rath bestehet aus sieben und zwanzig Mit=
gliedern, zween Schultheißen, eben so vielen Seckel=
meistern, vier Vennern, siebenzehn Rathsherren, und
zweenen Heimlichern. Die beyden Schultheißen wer=
den aus einer gewissen Zahl von Personen, welche die
Venner vorgeschlagen haben, vom großen Rath er=
wählt, und wechseln jährlich ab. Der regierende
Schultheiß ist das Haupt des kleinen, und des großen
Raths, in welchem er aber nur Stimmen sammlet, oh=
ne selbst eine zu haben. Unter den Seckelmeistern ist
der Teutsche im Range der nächste nach den Schult=
heißen, und der Präsident der teutschen, so wie der
Welsche, der welschen Schatzkammer. Die vier
Venner sind Mitglieder beyder Schatzcollegien, und
haben zwar noch einige, aber doch nur wenige von ih=
ren ehemaligen Vorrechten erhalten. Ihre Würde, die
nur vier Jahre dauert, wird auch vom großen Rath
vergeben, und ist mit der Regierung eines der vier um
die Stadt gelegenen Landgerichte verbunden, die in den
ältesten Zeiten das ganze Gebiet von Bern ausmachten,
und für Landvogteyen angesehen werden können. Die
beyden Heimlicher sind gleichsam Abgeordnete des gros=

sen Raths, die darauf Achtung geben müssen, daß im
kleinen Rath keine der Republik nachtheilige Entwürfe
gemacht werden. Sie sind daher verbunden, Sachen, die
ihnen von einigen Mitgliedern des großen Raths in
dieser Absicht anvertraut werden, mit Verschweigung
der Namen bey dem kleinen anzubringen; auch können
sie, wenn sie es nöthig finden, ohne und wider den Wil=
len des regierenden Schultheißen den großen Rath zu=
sammen berufen. Wenn ein Rathsherr stirbt, so wird
der älteste Heimlicher gewöhnlich zu der erledigten Stelle
erhoben, und zugleich ein neuer Heimlicher erwählt.

In der Wahl eines Mitgliedes des kleinen Raths
findet sich eine so eigenthümliche Mischung von Stim=
men und Loos, daß sie gewiß ihre Aufmerksamkeit rei=
zen wird. Wenn ein Rathsherr gestorben ist, so wird
gleich nach seiner Beerdigung der kleine und große Rath
versammlet, und es werden in zwey verdeckte Gefäße so
viele Kugeln gethan, als Mitglieder des einen, und des
andern Raths gegenwärtig sind. Unter den Kügelchen,
die für den kleinen Rath bestimmt sind, finden sich drey,
unter denen für den großen Rath sieben vergoldete; die
übrigen alle sind silbern. Die drey Mitglieder des
kleinen, und die sieben des großen Raths, welche die
goldenen Kugeln ziehen, gehen hinter einen Vorhang,
wo sie viele Bögen finden, auf welchen die Namen al=
ler rathsfähigen Mitglieder des großen Raths gedruckt
sind. Hier schneidet ein jeder den Namen desjenigen
aus, den er zu einem Heimlicher tüchtig hält. Niemand
ist rathsfähig, der nicht zehn Jahre im großen Rath
saß, und verheirathet ist, oder es wenigstens war.

Wenn die zehn Erwähler weniger, als sechs Personen
vorschlagen, so werden auf die beschriebene Art zehn
andere durchs Loos erwählt, welche die mangelnde
Zahl von Candidaten voll machen müssen. So bald
dieses geschehen ist, so werden die Namen der Ernannten auf Schachteln geklebt, und abermals in verdeckte Gefässe so viele Ballots gelegt, als Herren des grossen und kleinen Raths da sind. Unter diesen Kugeln
sind zwey Drittheile vergoldet; und ein Drittel silberne. Wer eine silberne greift, ist von der Zahl der
Wählenden ausgeschlossen; diejenigen aber, denen die
goldenen zufallen, werfen sie in die Schachteln derer,
welchen sie ihre Stimmen geben wollen. Wenn man
herum ballotirt hat, so ruft man denjenigen, der die
wenigsten Ballots erhalten hat, mit seinen Verwandten wieder herein, indem die Candidaten mit ihren
Verwandten bis dahin abtreten müssen. Auf eine ähnliche Art ballotirt man, und fähret fort, diejenigen,
welchen die wenigsten goldenen Kugeln zugefallen sind,
herein zu fordern, bis noch vier Candidaten übrig sind.
Für diese wirft man vier Ballots, zwey silberne, und
eben so viele vergoldete in einen Beutel, und läßt sie
einen nach dem andern ziehen. Diejenigen, welche
die silbernen treffen, sind ausgeschlossen, und nur um
die beyden übrigen wird wieder ballotirt. Wer alsdenn die meisten Ballots erhält, ist Heimlicher.

Die Absicht der weisen Vermischung des Looses und
des Votirens in der Wahl eines Rathsherrn ist augen-
scheinlich diese: daß alle Cabalen und gefährliche Bewerbungen gehindert, und doch auch nicht unwürdi-

I. Theil.   O

gen Mitgliedern der Zugang in den Rath geöfnet wer=
de. Wenn man aber Bern nicht kennt, und dabey be=
denkt, daß die ersten Ernenner durchs Loos erwählt,
daß durchs Loos wieder ein Theil des grossen Raths,
vielleicht also gerade die unpartheyischsten und aufge=
klärtesten Patrioten, von den Wählenden ausgeschlos=
sen, und daß endlich zwey von den vieren, welche die
nächste Hoffnung zur Rathsherrnwürde haben, gleich=
falls durch's Loos gesprengt werden, so kann man
leicht auf die Vermuthung kommen, daß man dem
Loos in der Ernennung der Väter des Volks zu viel
überlassen habe, und daß dieses eben sowohl sich zu ei=
ner unfähigen und unwürdigen, als fähigen und wür=
digen Person verirren könne. Allein das einzige, was
das Loos vermag, besteht darinn, daß es die würdig=
sten Candidaten einigemal übergehen, oder täuschen
kann. Das erste geschiehet alsdann, wann unter den
zehn Personen, denen der Vorschlag der künftigen Raths=
glieder durch's Loos überlassen wird, keine denjenigen
nennt, welchen das Publikum oder der grössere Theil
des Raths dazu bestimmt hat. Der andere Fall tritt,
wie es sich von selbst versteht, alsdann ein, wenn ein
Ernannter bey dem letzten Loosen ein= oder mehrmal
eine silberne Kugel zieht. Allein beyde Unfälle sind
von der Art, daß sie einen von dem grössern Theile des
regierenden Raths begünstigten Candidaten zwar eini=
ge Jahre aufhalten, aber nicht gänzlich ausschliessen
können. Wer also von den vornehmsten Familien un=
terstützt wird, der muß nothwendig bald in den Rath
kommen; denn diese können es immer dahin bringen,

daß er unter die vier glüklichen kömmt, welche um die erledigte Würde loosen; und wenn er auch nicht das erste oder zweyte oder drittemal eine goldene Kugel erhascht, so kann er doch versichert seyn, daß es das viertemal geschehen, und daß er alsdann beym letzten Ballotiren werde erwählt werden. Wer hingegen alle mächtige Häuser gegen sich hat, dem ist es unmöglich, Rathsherr zu werden, so sehr ihn auch das Glük begünstigen mag; denn, wenn er auch bis zur letzten Wahl gelangt, so wird er doch immer beym letzten Ballotiren gesthmmt. Eben deswegen, weil die vornehmen Familien bey der Rathsherrnwahl immer mächtiger, als das Loos bleiben, so ist es fast noch seltener, daß jemand aus einer Familie, die bisher noch nicht in dem kleinen Rath saß, Mitglied desselben wird, als daß ein novus homo aus einer nicht regierenden Familie in den grossen Rath kommt. Doch kann das erstere sich am leichtesten zutragen, wenn bey dem letzten Loosen der Candidaten gerade die beyden, von welchen man einen zum Rathsherrn bestimmt hatte, silberne Kugeln ziehen, und alsdann jemand, der vorher nur wenig Hoffnung hatte, mit einem andern auf die letzte Wahl kommt, der sich den vornehmsten Familien verhaßt gemacht hat. In diesem Falle wird der erstere nicht um seiner vorzüglichen Verdienste willen, sondern hauptsächlich deswegen erwählt, damit nicht sein Mitbewerber die erledigte Würde erhalte.

Wenn aber auch das Loos bisweilen den Würdigsten vorübergeht; so ist es doch kaum gedenkbar, daß ein durchaus Unwürdiger jemals Rathsherr werden

sollte. Dawider streiten nicht nur die heiligsten Gese-
ße, sondern auch eben so heilige Staatsmaximen, die
nicht weniger unverbrüchlich beobachtet werden. Weil
nach den Gesetzen niemand Rathsherr werden kann,
der nicht zehn Jahr im grossen Rath gesessen hat, so
kann man immer annehmen, daß die wahlfähigen Personen nicht nur in den Versammlungen des regierenden Senats, sondern auch als Landvögte sich mit allen Theilen der Staatsverwaltung bekannt gemacht
haben, denn nicht leicht wird jemand als Rathsherr in
Vorschlag kommen, oder diesen Vorschlag annehmen,
der nicht schon vorher eine Landvogtey gehabt hat. Ueberdem wird aus einer jeden Familie immer nur das
fähigste und würdigste Mitglied zum Rathsherrn bestimmt, und diejenigen als unwürdig verworfen, die
sich schändlicher oder gewaltthätiger Handlungen schuldig, oder nur verdächtig gemacht haben. Der kleine
Rath in Bern besteht daher gewiß immer aus den reif-
sten und weisesten Staatsmännern, und hat auch gewöhnlich durch seine Weisheit mehr Einfluß und Ansehen, als die Gesetze des Staats ihm Gewalt gelassen haben.

Die wichtigsten Vorrechte des kleinen Raths sind
folgende: daß er alle täglich vorfallenden sowohl auswärtigen, als innern Angelegenheiten, sowohl Poli-
zey- als Civil- und Kirchensachen abthut, die nicht
vor den grossen Rath, oder ein anderes hohes Collegium gehören: daß er Belohnungen oder Gnadengel-
der oder andere Ausgaben bis auf hundert Thaler bewilligen kann: daß er die geistlichen Stellen und un-

tern Civil = und Policeybedienungen besezt: daß er al=
les, was dem grossen Rath vorgelegt werden soll, zu=
vor überlegt, und vorbereitet: daß aus seinem Mittel
Gesandte, die Vorsitzer fast in allen hohen Collegiis,
und die vornehmsten Staatsbedienten gewählt werden,
und endlich daß er vorzüglich den grossen Rath ergänzt.
Dieses lezten Vorzugs wegen ist den vornehmen Fa=
milien immer am meisten daran gelegen, eine Person
aus ihrem Mittel im täglichen Rath zu haben. Wenn
Sie diese Vorrechte des kleinen Raths mit denen des
grossen und anderer Collegien zusammen halten, so
werden Sie finden, daß der erstere Macht genug hat,
um die Maschine des Staats im Gange zu erhalten,
oder sie zu verbessern, aber nicht so viel, um sie zu
verrücken, oder gar über'n Haufen zu werfen.

Die Mitglieder des grossen Raths erhalten gar kei=
ne Besoldungen: die Vorsitzer oder Directoren einiger
Collegien ausgenommen, z. B. den Groß = Weibel,
Gerichtschreiber u. s. w. Die Mitglieder des kleinen
Raths werden alle besoldet, aber so geringe, daß nicht
leicht jemand um der Besoldung willen nach einer
Rathsherrnstelle eifrig streben würde. Der Schultheiß
erhält jährlich etwan fünf bis sechs tausend Pfunde,
wovon ein jedes $22\frac{1}{2}$ franzbsische Sols ausmacht,
ein Seckelmeister 3000 bis 4000, und ein Rathsherr
1200 oder fünfzig neue Louisd'or. Einer von den Ven=
nern, zu den Pfistern genannt, steht auch gut, indem
das Amt, was er zugleich verwaltet, eine kleine Land=
vogtey ist; diese Stelle wird aber, wie die der übri=
gen Venner, alle vier Jahre von neuem besezt. Nach.

einer zuverläſſigen oder höchſtwahrſcheinlichen Schä-
tzung glaube ich nicht, daß die Beſoldungen, welche
der Staat an den großen und kleinen Rath, und alle
hohe Collegia auszahlt, viel über 3000 neue Louis-
d'or ausmachen. Ich brauche es Ihnen nicht zu ſagen,
daß geringe Beſoldungen ein ſicheres Kennzeichen, und
eine unumgängliche Bedingung eines gut geordneten
Freyſtaats ſind.

Im gemeinen Leben, und auch in Briefen, nennt
man im Verniſchen ein Mitglied des kleinen Raths:
hochgeachter, und ein Mitglied des großen Raths
hochgeehrter Herr, denn gnädiger Herr oder Ihre
Gnaden wird ganz allein den beyden Schultheißen
gegeben. Von gnädiger Frau, oder gnädigen Fräu-
lein weiß man hier nichts. Der große Rath wird oft
durch Räth und Bürger, am häufigſten durch die
Worte: meine gnädige Herren bezeichnet, welche
leztere Formel auch Mitglieder des kleinen und großen
Raths in der Verſammlung des leztern gebrauchen.

So wenig irgend ein Miniſterium alle Geſchäfte
beſtreiten könnte, wenn man ſich aus dem ganzen Lande zuerſt, und unmittelbar an daſſelbe wenden dürfte;
eben ſo wenig würde in demſelbigen Falle der kleine
Rath in Bern dazu im Stande ſeyn. Die meiſten Angelegenheiten kommen an den leztern aus andern niedern, wichtigern oder unwichtigern Collegiis. Wenn
man die Zahl dieſer Collegien mit denen in Monarchi-
ſchen Staaten vergleicht, ſo ſollte man auf die Gedanken kommen, daß der Staat Bern ein viel größeres Gebiet, oder vielmehr Geſchäfte habe, als er wirk

lich hat. Es giebt nicht nur ein Chorgericht oder Con-
sistorium, einen Kriegsrath, und außer einem Stadt-
gericht zwo Appellationscammern, und eben so viele
Schatzcammern für das teutsche, und welsche oder
französische Gebiet; sondern es giebt auch eine teutsche und welsche Holzcammer, eine Jäger- und Exu-
lanten-Cammer, eine Landsassen-, Proselyten- und
Reformations-Cammer, ferner eine Fisch- und Fleisch-
tax-Commission, eine Landsfriedliche, eine Lessen-
bergische, Neuenburgische, Freyburgische, Reitschul-
und Pferdezucht-Commission, in welchen alle ein
oder mehrere Mitglieder des kleinen Raths sitzen. Auf
diese Art werden Geschäfte und Departements, deren
in Monarchien oft ein einziger Minister mehrere zu besorgen hat, unter viele Collegia vertheilt. Eine solche Zersplitterung von Geschäften, oder Vervielfältigung von Collegiis macht den Gang der erstern freylich langsamer, aber auch sicherer; und Geschäfte werden zwar nicht so rasch abgethan, als in grossen Reichen, aber länger und reifer, und von einsichtsvol-
lern und erfahrnern Männern erwogen. Durch diese
reifere Ueberlegung gewinnt der Staat unendlich mehr,
als er durch Langsamkeit je verlieren kann, besonders
da fast alle Arbeiten, womit sich die wichtigsten Collegia beschäftigten, innere, nicht aber auswärtige Angelegenheiten sind, bey welchen allein Zögerung bisweilen gefährlich oder schädlich werden kann. Die
grosse Zahl von Commissionen hat auch noch diesen
grossen Vortheil, daß Söhne aus vornehmen Familien
in einem Alter, wo sie zu höhern Würden noch keinen

Zutritt haben, als Secretaire vorbereitet, und in öffentliche Geschäffte eingeweiht werden.

In keinem Theile der öffentlichen Verwaltung zeigt es sich mehr, wie viel der Staat und die Einrichtung desselben seit einigen Menschenaltern gewonnen haben, als in der Besetzung und Verwaltung der Landvogteyen, welche man die Provinzen der Bernischen Magistratspersonen nennen kann. Noch im Anfange dieses Jahrhunderts wurden die Landvogteyen durch öffentliches Votiren vergeben. Eine Folge davon war, daß diejenigen, welche einträgliche Landvogteyen zu haben wünschten, sich um die Gunst solcher Mitglieder des großen Raths bewarben, die das meiste Ansehen hatten, und daß sie dieser ihre Gunst durch eine gänzliche Ergebung ihrer Person, durch die Verpfändung ihrer und ihrer Verwandten Stimmen, und nicht selten durch Bestechungen zu gewinnen suchten. Aus diesen Bewerbungen entstanden Kleinmüthigkeit oder Mangel von Freymüthigkeit im Rath, und gewaltthätige Bedrückung der Unterthanen, weil man wußte, daß man durch eben die mächtigen Gönner, denen man seine Stelle zu verdanken hatte, auch gegen Klagen, oder die Ablegung einer strengen Rechenschaft würde gesichert werden. Die Gewaltthätigkeiten der Landvögte waren so unleidlich, daß sie noch im Jahre 1653 einen allgemeinen Aufstand der Bauern veranlaßten, und auswärts so allgemein anerkannt, daß die Landvögte in ganz Europa als Tyrannen ihrer Unterthanen verabscheut wurden. So gar Stanian versichert, daß zu seiner Zeit Recht und Unrecht in der ganzen Schweiz

feil gewesen sey, und auf eine ähnliche Art habe ich
viele aus dem Païs de Vaud von Bern und den Bernischen Magistratspersonen reden hören; allein diese
Vorwürfe haben von Zürch und Bern schon lange aufgehört wahr zu seyn, und es ist also unbillig, das, was
die Väter und Vorfahren gesündigt haben, den in diesem Puncte gebesserten Nachkommen anzudichten. Die
unvermeidlichen Nachtheile, die mit der ehemaligen
Art zu wählen verbunden waren, fielen so sehr in die
Augen, daß der grosse Rath im Jahre 1710. den Entschluß faßte, nach dem Beyspiele von Freyburg die
Landvogteyen durchs Loos zu vergeben. Diese Verordnung wurde zuerst nur auf sieben Jahre gemacht;
man fand aber bald, wie ein scharffinniger Schriftsteller sagt, daß das Ohngefähr nicht blinder, als Gunst
und Cabale sey, und übergab also dem Loose auf ewig,
was man ihm bisher nur auf eine gewisse Zeit anvertraut hatte. So bald man die Landvogteyen nicht
mehr zu erkriechen oder zu erkaufen brauchte, hörte
die sclavische Abhängigkeit des größten Theils des regierenden Raths von einigen mächtigen Oligarchen
auf: man redete und stimmte mit mehr Muth, als
vorher, man nahm sich der Geschäfte mit größerem
Eifer an, und nöthigte die Landvögte zur größten Genauigkeit in ihren Rechnungen, und die Schatz-
collegia zur größten Strenge in den Prüfungen. Von
diesen Verbesserungen muß man den Wohlstand und
selbst den Reichthum des Bernischen Bauren, und seine Zufriedenheit mit der Regierung anrechnen.

O 5

Die Landvögte sind gleichsam ein jeder in seinem Amte das und zum Theil noch mehr, was der kleine Rath in Bern für den ganzen Staat ist. Ein Landvogt ist der oberste Policeycommissarius in seinem Bezirk, der Einnehmer und Verpachter der öffentlichen Einkünfte als Domainen, Grundzins, und Zehnten, und die erste oder zweyte Instanz in allen Civilprocessen. Bey dieser großen Gewalt und der kurzen Dauer derselben (indem kein Landvogt seine Stelle länger, als sechs Jahre behält, oder jemals behalten hat) mußten nothwendig Ungerechtigkeiten ausgeübt werden, so lange nur die geringste Hofnung, es ungestraft thun zu können, übrig blieb.

Bey der jetzigen Einrichtung ist es kaum möglich, daß ein Landvogt, ohne entdeckt und bestraft zu werden, den Staat betrügen, oder den Unterthanen Unrecht thun könnte. Durch die Verwaltungen und Abrechnungen seiner Vorgänger, unter denen fast immer einer oder mehrere im großen Rath sitzen, sind die öffentlichen Einkünfte seines Amtes auf das genaueste bekannt, und auch in Bestrafungen ist der Willkühr des Landvogts nichts überlassen, wenigstens sind alle Geldstrafen auf das genaueste bestimmt. Wenn jemand mit dem Urtheile eines Landvogts nicht zufrieden ist; so darf dieser keinen Augenblick die Appellation verweigern. Glaubt er aber gar von ihm zu hart gestraft, oder sonst ungerecht behandelt zu seyn, so kann er sich ohne Bedenken an den kleinen Rath in Bern wenden, wo der ärmste Bauer versichert ist, daß er gegen den reichsten und mächtigsten Landvogt Recht

erhält, wenn er es anders wirklich auf seiner Seite hat.
In Bern ist es fast zum Sprüchwort geworden, daß
der Bauer, wenn er nicht ein offenbarer Chicaneur ist,
fast immer gegen den beklagten Landvogt Recht behält;
er mag Recht oder Unrecht haben. Selten also straft
ein Landvogt so scharf, als die Gesetze es ihm erlauben;
und wenn einer oder der andere es bißweilen wegen der
Ausgelassenheit der Bauern nöthig findet, so legt er nicht
selten den Theil der Strafgelder, der ihm nach den Gesetzen zukäme, den er aber über die gewöhnlichere gelindere Tare gefordert hat, bey Seite, und schenkt ihn den Armen, oder irgend einer wohlthätigen Anstalt, um nicht
einmal einer aus Habsucht entstandenen, wenn gleich
nicht ungerechten Strenge geargwohnt zu werden. Die
regierenden Familien wetteifern gleichsam unter sich,
welche die andere an Milde übertreffen, oder den schon
lange verdienten Ruhm einer sanften Regierung am
längsten behaupten werde.

Alle Landvogteyen sind in Rücksicht auf ihre Einträglichkeit in vier Classen getheilt. Die von der ersten Classe bringen jährlich zwischen sechs und acht tausend Thaler; die von der zweyten vier bis fünf tausend;
die von der dritten drey bis vier tausend; und die von
der letzten Classe weniger als zwey tausend Thaler ein.
Da nun die Landvogteyen in Ansehung der Einträglichkeit so sehr von einander verschieden sind; so erforderte es die Billigkeit und Klugheit, das Loos, wodurch sie vergeben werden, so einzuschränken, daß es
nicht mehrere der besten Landvogteyen einer einzigen
Person, und den verdientesten Männern vielleicht gar

keine oder eine schlechte zuwenden könnte. Um also der blinden Güte sowohl, als der Ungerechtigkeit des Ohngefährs vorzubeugen, machte man das Gesetz, daß alle diejenigen, welche eine Landvogtey von der ersten Classe gehabt hätten, niemals eine andere vom großen Rath zu vergebende einträgliche Bedienung erhalten könnten: die Landvogteyen ausgenommen, welche Bern abwechselnd mit andern Cantonen zugleich besetzt, und die in Bern nicht sehr gesucht werden. Man verordnete ferner, daß, wer eine Landvogtey von der zweyten Classe erhalten hätte, niemals wieder auf eine von derselbigen, noch weniger auf eine von der ersten Classe Anspruch machen, und überdem acht Jahre warten solle, bevor er wieder Landvogt werden könne. Eben diesen Gesezen nach ist es zwar den ehemaligen Besitzern von Landvogteyen aus der dritten Classe erlaubt, sich um eine zweyte von der vierten Classe zu bewerben, doch müssen die Alt=Landvögte sechs Jahre warten, ehe sie als Candidaten von erledigten Landvogteyen wieder an= genommen werden.

Selbst diese Einrichtungen aber würde man noch als unbillig tadeln können, wenn junge Rathsmitglieder, die sich entweder gar keine oder sehr geringe Verdienste um das Vaterland erworben haben, mit den ältern und verdientern ein gleiches Recht besäßen, um eine jede Landvogtey zu loosen. Es werden daher einem wei= sen Gesetze zufolge vor der Besetzung einer Landvogtey zuerst die Mitglieder von der ältesten Rathswahl ge= fragt, ob sie loosen wollen, und wenn diese, wie es ge= meiniglich geschieht, keine Lust oder auch kein Recht mehr dazu haben, so wendet man sich an diejenigen Mitglieder, welche das nächstemal nach ihnen in den großen Rath gekommen sind, und wenn auch diese aus ähnlichen Ursachen keine Ansprüche machen wollen, oder dürfen; so kömmt die Reihe endlich an die von der vorletzten, oder letzten Rathsergänzung *). Wenn alle Candidaten sich gemeldet haben, so thut man so viele Kugeln in einen Sack, als Bewerber sind; und wer alsdann die einzige vergoldete zieht, der ist Landvogt. Bisweilen geschieht es, daß Mitglieder des grossen Raths zwanzig oder dreyßig Jahre in auswärtigen Diensten sind, und erst bey der Rückkehr in ihr Vaterland eine Landvogtey begehren. Solche alte Mitglieder sind gemeiniglich aus der ganzen Regimentsbesatzung oder der Zahl von Personen, die mit ihnen in den großen Rath kamen, die einzigen, die auf Landvogteyen vom ersten, oder zweyten Range noch Anspruch machen können. Ihnen ist es auch also erlaubt, ohne Loos eine jede erledigte Landvogtey, die ihnen gefällt, zu wählen, weil niemand von gleichem Alter da ist, der sie ihnen streitig machen könnte. Von denen, welche im Lande bleiben, wartet fast keiner so lange, bis niemand aus derselbigen Regimentsbesatzung übrig ist, der um eine der ersten Landvogteyen ansuchen könnte; denn, wenn man vor diesem Zeitpuncte stürbe, so verlöre die Familie alles, was man in einer Landvogtey von einer geringern Classe hätte ersparen können. Ueberdem trösten sich diejenigen, welche gleich um eine jede Landvog

*) Neue Mitglieder des großen Raths müssen aber doch vier Jahre warten, bevor sie um eine Landvogtey loosen können.

tey von der dritten oder vierten Classe loosen, mit der Hoffnung, daß sie in der Zukunft noch eine andere erhalten, oder in den Rath befördert werden können.

So sehr auch unverständige oder eingenommene Männer darüber declamirt haben, daß eine gewisse Zahl von Familien sich der einträglichsten Aemter bemächtigt habe, und den größten Theil der Einkünfte des Staats gleichsam unter sich austheile; so halte ich doch die Landvogteyen, und die damit verbundenen grossen Vortheile für eine Haupturfache der Beständigkeit der Staatsverfassung, und des Flors der edelsten und mächtigsten Familien. Einem jeden Unparteyischen muß es einleuchten, daß es im höchsten Grade unbillig wäre, wenn man den Nachkommen von Personen, die oft um unbedeutender Geschicklichkeiten willen das Bürgerrecht erhielten, und deren Geschlechter dem Staate keine wichtigen Dienste geleistet haben, wenn man diesen gleiche Vorrechte mit solchen Familien zugestehen wollte, deren Vorfahren nicht nur dem Vaterlande seit Jahrhunderten in den ersten Würden gedient, sondern ihm auch oft ihr Leben und einen großen Theil ihres Vermögens aufgeopfert haben. Im vierzehnten und fünfzehnten Jahrhunderte kauften die Berner eine Menge von Herrschafften nicht aus erpreßten oder geraubten Schätzen, sondern mit Geldern, die sie freywillig nach dem Verhältnisse ihres Vermögens zusammenschossen. Da also die Ahnen der jetzt noch blühenden alten und reichen Geschlechter vor allen andern gesäet und gepflanzet haben, so ist nichts billiger, als daß ihre Nachkommen auch vorzüglich die Früchte genießen; besonders, da sie diese

Früchte nicht ohne alle Arbeit einsammlen, sondern sowohl während, als vor, und nach der Erndte dem Staate nützlich werden. Die Landvogteyen sind daher die angemessenste Belohnung für die geleisteten Dienste ganzer Geschlechter, und zugleich ein sicherer und unveräusserlicher Fond, den kein unbesonnener Verschwender herdurch bringen kann. Ohne die beträchtlichen Summen, welche durch die Einkünfte von Landvogteyen jährlich in die Cassen der regierenden Familien fließen, würde der Wohlstand derselben eben so ungewiß, und eben so schnell vorübergehend, als der von andern angesehenen und reichen Häusern in den übrigen Ländern Europens seyn. In Bern hingegen hebt der Staat den Geschlechtern, die ihn regieren, in den Landvogteyen einen unvergänglichen Schatz auf, aus welchem sie sich nachgerade wieder erholen können, wenn sie durch die Pracht, oder Schwelgerey einzelner Personen geschwächt sind. Verarmte oder verarmende mächtige Familien sind zwar eine Last für einen jeden Staat, aber nirgends sind sie gefährlicher, als in einem aristokratischen, wo sie mit ihrem Reichthum nicht gleich ihr Ansehn verlieren, und keine leichte oder anständige Mittel finden können, sich wieder aufzurichten. Solche Familien müssen nothwendig rauben, was sie nicht rechtmäßig erwerben können, und ich bin deßwegen überzeugt, daß die öffentlichen Einkünfte in Bern nicht so gewissenhaft würden verwaltet, und der Landmann nicht so gerecht und gelinde regiert werden, wenn die Landvogteyen, deren jetzo im Gebiete der Republik ohngefähr neun und funfzig sind, an Zahl oder Einkünften abnehmen sollten.

Hier breche ich vors erste ab, weil ich sonst befürch=
te, daß ich Sie durch meine politischen Nachrichten, und
Bemerkungen ermüden möchte ; wenn Sie aber bis hie=
her geduldig ausgehalten haben, so will ich Sie für ihre
Beharrlichkeit auf die Petersinsel im Bielersee mitneh=
men, die durch Rousseau's Aufenthalt, und noch mehr
durch die hinreißende Schilderung, die er in seinem Leben
davon gemacht hat, berühmt geworden ist.

Wir machten diese Reise vor kurzem in der schönen
Gondel des Herrn Landvogts, worinn wir uns, wenn es
nöthig gewesen wäre, gegen Regen, oder den Brand
der Sonne hätten schützen können. Das Wetter war
kühl, ohne rauh zu seyn, und der Himmel bedeckt, oh=
ne daß er sich auf eine drohende Art getrübt hätte. Dies
war uns lieber, als heller Sonnenschein, weil wir dabey
unsäglich von der Hitze würden gelitten haben. Der Wind
blies uns beständig und zwar lebhaft entgegen, und un=
sere Schiffer waren deßwegen genöthigt, unaufhörlich
ihre Ruder zu gebrauchen.   Hierdurch wurde zwar un=
sere Fahrt langsamer, aber für uns interessanter, da wir
alle Gegenstände desto genauer beobachten konnten. Wir
fuhren stets an dem nördlichen Ufer weg, von welchem sich
der Jura ohne den geringsten Vorgrund schnell und steil
emporhebt.   Die Ufer des Bielersees sind lange so reich,
und abwechselnd nicht, als die des Zürcher = oder Bo=
densees ; doch hat das nördliche etwas großes und ro=
mantisches, was den letztern fehlt. Dies nördliche
Ufer ist fast ununterbrochen mit Weinbergen besetzt,
einige wenige Stellen ausgenommen, wo nackte Felsen,
oder steile, nur mit Tannen bewachsene Abhänge des

Berges in den See hineinlaufen. Hinter den Wein=
bergen erblickt man meistens dichte Eichen = oder Bu=
chenwälder, das Haupt des Jura aber, auf welchem
man große Geier und Adler schreyen hört, ist ganz al=
lein mit schwarzen, und undurchdringlich scheinenden
Tannen bedeckt. So steil und beschwerlich dies Ufer
auch ist, so liegt doch ein Dorf und Landgut neben dem
andern. Die letztern sind verhältnißmäßig nicht so
prächtig, als die Dörfer, Flecken, und Städtchen schön
sind. Die reichen Familien aus Bern bringen auf den
Gütern, die sie am Bielersee haben, nur den Herbst,
oder die Zeit der Weinlese zu, weil man hier keine Wä=
gen, oft nicht einmal Pferde brauchen, und kaum den
Fuß aus dem Hause setzen kann, ohne Berg ab, oder
Berg auf zu steigen. Es giebt in vielen Ländern hö=
here und schöner in's Auge fallende Weinberge, als
am Bielersee, aber gewiß keine, die so sorgfältig be=
arbeitet werden, und ihre Pfleger so reichlich belohnen.
Wenn man die erstaunliche Ergiebigkeit von gut gepfleg=
ten Reben nicht kennt, so muß man es für unmöglich
halten, daß sie so viele und kostbare Arbeiten belohnen
können. In manchen Weinbergen sind nicht nur zehn
und noch mehrere Terrassen mit hohen Mauren gestützt,
sondern die Füße der Weinberge sind auch in dem See
gegründet, und mit kühner Hand aus dem Grunde des=
selben aufgemauert worden. Diese Mauren, womit
die ganze nördliche Seite des Sees eingefaßt ist, werden
alle Winter durch Wellen und Eis beschädigt, und ver=
langen mehr oder weniger kostbare Verbesserungen.
Die Besitzer der Weinberge sind so sinnreich, und gei=

I. Theil. P

zen so sehr mit einer jeden Handbreit, die sie dem Berge abgewinnen können, daß sie oft mehrere Fuß hohe Mauren aufführen und fruchtbare Erde hinauftragen, um nur drey oder vier Stöcke hinpflanzen zu können. Solche kleine Häuslein von Stöcken stehen bisweilen im Grunde eines oder mehrerer hohen Felsen, wie in natürlichen Nischen, und haben das Ansehen, als wenn sie in heiligen Capellen irgend einer Gottheit des Orts gewidmet wären. So unterhaltend und neu das nördliche Ufer ist, so einförmig ist das entgegengesetzte, an welchem man mittelmäßige Weiden und Fruchtfelder, und selten Dörfer sieht, die noch dazu größtentheils in Bäumen versteckt sind. Die Petersinsel hat von der Nidauer Seite, wovon sie am längsten und häufigsten gesehen wird, eine öde abschreckende Gestalt, welches man leicht abändern könnte. Sie zeigt nämlich einen steilen von Gebüsch und Gräsern ganz entblößten Abhang, der noch überdem einen nahen Einfall zu drohen scheint. So bald man aber diesen hinter sich hat, so sieht man in ihren fruchtbaren, mit allen Arten von ländlichem Segen angefüllten Schooß hinein. Sie ist gleich ihrer schönern Schwester Meinau sich selbst genug, und wenn sie also auch auf einmal von der ganzen bewohnten Erde abgerissen würde, wie sie es jetzo vom festen Lande ist, so würde sie doch ihre fleißigen Bebauer reichlich ernähren können. An ihrer flächern und mittägigen Seite bringt sie Getraide, Wein, Gemüse, und alle Arten von Gartengewächsen hervor, und an der erhabenern und nördlichen Seite ist sie mit einem prächtigen Walde bewachsen, in dessen dunkle Gänge und einsame Schatten Rousseau sich so gerne zurückzog. Die ganze Insel gehört dem Spital in Bern, welches die fruchtbaren und bebauten Theile an einzelne Personen verpachtet, über welche alle ein Schaffner gesezt ist. Der Weinwachs allein soll jährlich fünf hundert, einer sagte mir gar 1000, Säume eintragen. Erst vor einigen Jahten ist die Mauer vollendet worden, womit jezo die ganze Insel umgeben ist, und die man aufführen mußte, weil der See jeden Winter an der Insel nagte, und beträchtliche Stücke in seine Abgründe hineinrieß. Diese Mauer hat den Spital dreysig tausend Thaler gekostet, die Arbeiter bestanden meistens in den Schellen = Werkern, welche der Staat dem Spital auf mehrere Jahre überließ. Das Wohnhaus des Schaffners ist nicht prächtig, aber fest, geräumig, und bequem. Die besten Zimmer werden für den Commissär des Spitals, oder für Herren von Bern aufgehoben, die hieher kommen. Ausser den Wohnstuben, und den zu einer grossen Haußhaltung nothwendigen Gemächern, und Kammern hat der Schaffner noch einige Zimmer zu seiner Disposition. In einem von diesen, und zwar in dem schlechtesten wohnte Rousseau, der es aber fast zu einer heiligen Stätte oder Wallfahrt gemacht hat. Der Schaffner ist stolz auf seinen ehemaligen Gast, und hat das Zimmer ohne alle Veränderung so gelassen, wie es zu R. Zeiten war. Die Wände sind nackt, ohne alle Tapeten oder Mahlerey, und in der ganzen Stube findet sich nur ein hölzerner Schrank, sechs gemeine mit grünem Tuche überzogene Stühle, ein eben so überzogener Tisch,

und ein reinliches mit grünen Vorhängen versehenes
Bett. Durch das einzige Fenster hat man eine Aussicht auf den bebauten Theil der Insel, auf einen schmalen Arm des Sees, und gegenüberliegende flächere
Ufer. Was aber dies Zimmer seinem sonderbaren Bewohner vielleicht am theuersten gemacht hat, ist eine
geheime Treppe, durch welche man unbemerkt zum
Hause hinaus kommen kann. Durch diese entfloh
Rousseau oft in den Wald, wenn er von beschwerlichen Neugierigen besucht wurde.

An der Wand fanden wir mehrere erlauchte Namen, und auch wir schrieben die unsrigen hin, nicht
um grossen Vorgängern nachzuahmen, sondern um
Freunden, die nach uns hieher kommen könnten, ein
Andenken zurück zu lassen. Auf dem Ofen stand eine
kleine gipserne Statue, die R. sehr ähnlich seyn soll,
und die man, wie sein Brustbild, sehr häufig in der
Schweiz sieht. In der kurzen Zeit, da er sich hier
aufhielt, gewann er durch sein vertrauliches und lieb-
reiches Betragen die Herzen, nicht nur des Schaffners
und seiner Frau, sondern auch aller übrigen Hausge-
nossen. Er hielt sich oft halbe und ganze Tage in dem
Walde, bald auf diesem, bald auf jenem Baume auf.
Zu andern Zeiten legte er sich in einen Kahn, und überließ sich dem Triebe des Windes und den Bewegungen
der Wellen, wodurch er einigemal bey plötzlich entstehenden Stürmen oder Windstößen in wirkliche Gefahr
gerieth. Ungeachtet ich den waldigten Theil der Insel
beym Spaziergehen und in süssen Träumereyen dem
bebauten vorziehe, so würde ich doch zu meinem Lieb-

lingsplätzchen nicht die dunkelsten Stellen des Waldes, sondern das zwar beschattete, aber doch heitere Plätzchen wählen, wo ein niedlicher Salon für vornehme Gäste aus Bern gebaut ist, und sich zur Zeit der Weinlese die Jugend an jedem Sonntage zu frohen Tänzen versammlet. Hier setzten wir uns nach Tische in den Schatten ehrwürdiger Eichen hin, die auf der ganzen Insel nicht edler, als hier sind, und ergötzten uns an der reinen und leichten Luft, die man auf dieser Höhe athmet, und an der Aussicht in den sanftbewegten See, und auf alle die Oerter, die an seinen feenhaften Ufern erbaut sind.

Fünfter Brief.

Nidau am 14ten Jul. 1782.

Liebster Freund,

Weil Sie mich einmal aufgefordert haben, Ihnen von Bernischen Staatssachen zu schreiben, so müssen Sie nun auch bis zu Ende aushören. Ich will aber doch Ihre Geduld nicht auf eine zu harte Probe setzen, und mich so kurz, als möglich fassen. Diesmal zuerst von den Einkünften des Standes Bern, und ihrer Verwaltung.

Schon in meinem letzten Briefe bemerkte ich, wie ich glaube, richtig, daß eins von den sichersten Kennzeichen einer guten Aristokratie, die gewissenhafte Verwaltung der öffentlichen Einkünfte sey. Denn, wenn irgend eine oligarchische Parthey oder Familie ein zu grosses Uebergewicht hat, oder erhält, so fängt sie gewiß bald an, die öffentlichen Einkünfte mit dem Staat zu theilen, und ihm wohl gar das Nothdürftige zu rauben. In Bern sind die Einnehmer und Verwalter der öffentlichen Gelder so strengen Untersuchungen unterworfen, daß es nicht einmal jemanden einfällt, daß Unterschleife, oder Veruntreuungen vorgehen könnten. Ein solcher Argwohn wird auch durch die That selbst widerlegt. In allen übrigen grossen Staaten sind die Auflagen unglaublich vervielfacht worden, und doch sind diese Staaten, einen oder einige ausgenommen, in unermeßliche Schulden versunken. Bern hingegen fordert noch immer von Bürgern und Unterthanen nicht mehr, als vor zwey hundert Jahren, und hat sich doch bey diesen unveränderten Auflagen, und den nicht wenig vermehrten Ausgaben beträchtliche Schätze gesammlet, weil es durch milde Regierung die Volksmenge, Handlung, Manufacturen, und Ackerbau vermehrt und verbessert, und eben dadurch die alten Quellen von Einnahme viel ergiebiger gemacht hat, als sie vorher waren.

Seit Stanian's Zeiten sind mit den Finanzen aller Cantone grosse Veränderungen, oder vielmehr Verbesserungen vorgegangen. Die kleinen Demokratischen Cantone sind nicht mehr so arm, und die Aristokratischen viel reicher, als sie es zu dieses Schriftstellers Zeiten waren. Alle kleine Cantone haben nicht nur einen Schatz, sondern auch Capitalien; und beyde besitzt Uri am grösten, wegen des einträglichen Zolles, den dieser Stand von den über den Gotthart gehenden

Waaren hebt. Unter den Aristokratischen Cantonen
ist Bern der reichste; auf diesen folgt Zürch, oder Freyburg, welcher letztere Stand grosse Summen in auswärtigen Fonds haben soll. Von Solothurns und Lu-
cerns Finanzen habe ich nichts näheres erfahren können.

Eine jede der beyden Schatzkammern in Bern besteht aus den vier Vennern, denen in der teutschen der
Seckelmeister der teutschen, und in der welschen der
von den welschen Landen vorsitzt. Diese Collegia und
ihre Vorsitzer nehmen die Rechnungen der Landvögte
und Zollbedienten, und ihre Gelder an, und zahlen
auch wiederum die ordentlichen, oder angewiesenen
Ausgaben aus. Beyde Seckelmeister müssen jährlich
detaillirte Rechnungen ablegen, und jeden Artickel der
Einnahme und Ausgabe mit gültigen Documenten be-
währen. Neben dem ältesten Heimlicher hat ein jedes
Mitglied der Schatzkollegien einen Schlüssel zum Schatze des Staats, der so fest verwahrt ist, daß man gar
nicht dazu kommen kann, wenn nicht alle sieben Personen, welche ihn öffnen dürfen, gegenwärtig sind.

Der wichtigste Zweig der öffentlichen Einkünfte,
die jährlich vom Lande gehoben werden, besteht in dem
Ertrag der Domänen der Republik, der Zehnten und
des Grundzinses. Einen grossen Theil dieser ersten
Classe von Einkünften hat der Staat der Reformation
zu danken, als wodurch er auf einmal in den Besitz
aller geistlichen Güter gesetzt wurde. Weil aber aus
diesen Einkünften die Landvögte und Pfarrer besoldet
werden, so ist der Ueberschuß, der in die Casse des
Staats fließt, bey weitem so groß nicht, als man ſ h

P 4

gemeiniglich einbildet. So viel ich gehört habe, brin=
gen die Domainen, Zehnten und Grundzinsen aus den
teutschen Landen jährlich ohngefähr nur reine fünfzig tau=
send Thaler ein. Wie viel eben diese Artikel in dem
Französischen Gebiet eintragen, kann ich nicht bestim=
men. Wenn man annehmen dürfte, daß sie sich ge=
gen die aus dem teutschen Gebiete eben so verhalten,
wie die Zahl der welschen und teutschen Landvogteyen
gegen einander, so würden die Domainen , Zehnten
und Grundzinsen aus dem Païs de Vaud etwa einen
Drittheil der Summe abwerfen, die ich vorher ange=
geben habe. Im Païs de Vaud hebt aber der Staat
noch eine andere Abgabe, die man im teutschen Gebiet
gar nicht kennt, und die im Französischen Lod, und
im Lateinischen laudemium genannt wird. Diese be=
steht, wenn es Edellehen sind, im sechsten, sonst aber
im zehnten Theil des Kaufpreises von liegenden Grün=
den, wenn diese in andere als der nächsten Erben Hän=
de kommen, welches im Païs de Vaud häufig ge=
schieht, weil sich so viele Ausländer darinn niederlas=
sen. Dieser beschwerlichen, und den Werth von Gü=
tern sehr verringernden Abgabe sind nicht alle Lände=
reyen und Besitzungen unterworfen. Der Stand kauft
aber dieses Recht an sich, wo er kann, meistens für
den achten Theil des Werths von Gütern, oder Län=
dereyen. Ihre Domainen erweitert die Regierung
nicht, der es sonst leicht seyn würde, in einem halben
Jahrhundert die besten Ländereyen und Güter an sich
zu kaufen. Die Zehnten werden gewöhnlich in natura
gehoben, doch aber öffentlich dem Meistbietenden zu=

geschlagen, und zwar meistens an diejenigen, auf deren Ländereyen sie gewachsen sind, damit der Erde, welche die Früchte getragen hat, der Dünger, oder das Stroh nicht entzogen werde. Vor dem Verkaufe werden die Zehnten von Geschwornen eines jeden Dorfs geschäzt, und dadurch erhält der Landvogt einen Maaß-stab, nach welchem er sich gegen die Verabredungen von Bauern schützen kann. Wenn aber die letztern gewisse Zehnten in der Hitze des Bietens über den geschätzten mäßigen Preis hinaustreiben, so werden sie oft von dem Landvogte selbst gewarnt, und ihrer Hitze Einhalt gethan. Nennen Sie mir ausser der Schweiz irgend ein anderes Land, wo man so darauf raffinirt, den Landmann zu schonen!

Die zweyte Quelle der öffentlichen Einkünfte, die vom ganzen Lande gehoben werden, ist das Salzmonopol, welches jährlich nahe an neunzigtausend Thaler einbringt. Diese Auflage, welche alle Bewohner des Bernischen Gebiets, Arme wie Reiche, Bürger sowohl als Unterthanen bezahlen müssen, scheint beym ersten Anblick mit dem Geiste der Bernischen Regierung streitend zu seyn. Schon das Wort Monopol allein erregt einen ganzen Haufen von schrecklichen Vorstellungen, und sie werden gewiß fragen, wie eine so weise und gütige Regierung, als die Bernische ist, sich einen ausschliessenden Handel mit einer der ersten Nothwendigkeiten des Lebens anmassen, und dem ganzen Volk eine Last auflegen könne, die selbst in Frankreich eine der drückendsten sey. Diese Frage läßt sich leicht beantworten, und wenn Sie meine Antwort werden gelesen haben, so werden Sie vielleicht zum erstenmale eine Ausnahme von der Regel machen, daß Monopole in den Händen einer Regierung immer unweise und schädlich sind.

Salz ist eine von den Nothwendigkeiten des Lebens, welche die Natur der an Quellen und Bergen so reichen Schweiz versagt hat. Zwar läßt der Canton Bern seine Salzwerke bey Bex bearbeiten; allein diese liefern nur einen kleinen der Quantität, die im ganzen Lande verbraucht wird. Wenn man also den Handel mit diesem unentbehrlichen Artikel den Kaufleuten allein überließe, so würde durch die Unvorsichtigkeit, oder Bosheit, gewiß eben so oft Mangel entstehen, als Hungersnoth oder Theurung von Getraide entstehen würde, wenn nicht der Staat durch seine Magazine die Kornjuden im Zaume hielte. Der Staat übernimmt daher gleichsam das Amt eines Großhändlers, und liefert eine Waare zu allen Zeiten um denselbigen mäßigen Preis, um welchen sie höchst wahrscheinlich kein Kaufmann liefern würde, weil er sich schwerlich dieselbigen Vortheile zu Nutze machen könnte. Das Salz wird in Burgund, Lothringen, und Baiern aus der ersten Hand bey grossen Quantitäten aufgekauft, zu den bequemsten Zeiten, wenn die Fracht am wohlfeilsten ist, zugefahren, und in sichern und gräumigen Magazinen aufgehoben. Daß der Gewinn, welchen der Staat sich durch das Salzmonopol verschaft, nicht sowohl eine drückende Auflage ist, als durch eine vortheilhaftere Einrichtung des Handels gewonnen wird, sieht man am meisten daraus, daß man nichts von Com-

trebande hört, welches gewiß nicht unterbleiben wür=
de, wenn bey einem heimlichen Handel viel zu viel erbeu=
ten wäre. Nirgends aber wäre Unterschleif leichter,
als im Bernischen, wo man so aufmerksame Licent=
und Zollbediente nicht kennt und dulden würde, als
woran man in andern Länder gewohnt ist.

Der dritte Hauptzweig von Einkünften, die aus
dem Lande selbst gehoben werden, besteht in den Zöl=
len. Diese sind so mäßig, daß sie, so weit meine
Erkundigungen gehen, im teutschen Gebiete nicht ein=
mal die Hälfte der Summe ausmachen, welche die
Landvogteyen aus Grundzins, Zehnten, und Domai=
nen in die Casse des Staats liefern. Die übrigen
Quellen von Einkünften bestehen in der Pacht der Po=
sten, und in den Ohmgeldern, den Verhör=, Au=
dienz=und Naturalisationsgeldern, Legitimations=
und Habitantengeldern u. s. w. Die erstere giebt
jez 60000 Pfund, und die andern werden jährlich in
den teutschen Landen nicht viel mehr, als vierzig tau=
send Pfunde abwerfen, von welchen die Ohmgelder
ohngefähr die Hälfte ausmachen. Aus diesen ange=
führten Einkünften könnte der Staat in manchen Jah=
ren unmöglich nur seine ordentlichen Ausgaben, so wie
sie jezo einmal eingerichtet sind, bestreiten, geschwei=
ge daß er für Nothfälle etwas daraus erübrigen könn=
te. Die ordentlichen Ausgaben bestehen in der Un=
terhaltung, oder Anlegung der öffentlichen Gebäude
und Wege; in den Besoldungen der Rathsherren, Ar=
tillerie=Officiere, Schreiber, Registratoren, Policey=
bedienten, und der Stadtwache; in dem Aufwande

von Gesandten oder ausserordentlichen Commissionen: in Almosen und Gnadengeldern, und endlich in Unterstützung von Unglücklichen, die durch Brand gelitten haben. Die beyden lezten Artikel machen grosse Summen aus, weil in einem Aristokratischen Staate die Regierung immer die erste und größte Wohlthäterinn ist, und in Ermangelung von Brandcassen beynahe die Stelle derselben vertreten muß. Wenn aber der Schade zu groß ist; so bewilligt die Obrigkeit den Nothleidenden unter ihrer Aufsicht die Erlaubniß, im ganzen Lande oder einem gewissen Theile desselben eine milde Beysteuer zu sammlen, wodurch der erlittene Verlust meistens mehr, als ersetzt wird.

Unter diesen Umständen würde der Staat schon lange gezwungen worden seyn, seine Ausgaben einzuschränken, oder nach dem Beyspiele anderer Staaten die Auflagen zu vermehren, wenn nicht die Sparsamkeit der Vorfahren eine andere immer reicher fließende Quelle von Einkünften geöfnet hätte. Diese lezte Quelle von Einkünften sind die Zinsen der Capitalien, welche man seit ungefähr hundert und funfzig Jahren in und außer Landes belegt hat. Die Capitalien ersparte man zu einer Zeit, als man noch keine neue Wege, und so grosse Kornmazine zu unterhalten hatte, und auf die Verbesserung des Landes, und die Verschönerung der Stadt viel weniger wandte, als jezo. So wie man aber die Früchte einer guten Oekonomie mehr und mehr einzuerndten anfing; entschloß man sich, nicht ohne Zwek todte Schätze zu häufen und zu vermehren, sondern sie zu grossen oder nüzli-

chen Unternehmungen, und Werken anzuwenden.
Man baute Wege nicht nur nach allen Städten und
Landvogteyen hin, sondern selbst in unabsehliche und
vorher unersteigliche Felsen hinein, dergleichen der berühmte Weg über dem Gemmiberg nach dem Leu-
kerbade ist. Man erneuerte oder verschönerte alle öffentliche Gebäude, troknete Moräste, reinigte und
vertiefte Flüsse, und zog Canäle, die selbst Römische
Baumeister in Erstaunen setzen würden, um zerstören-
de Bergwasser, wie die Kander, im Zaume zu halten. Unter allen Ständen, welche den Reichthum
und die Freygebigkeit des Staats gefühlt haben, hat
der geistliche am meisten Ursache, dankbar zu seyn.
Die Regierung hat nämlich allein in diesem Jahrhundert über dreyhundert Pfarrhäuser auf ihre Kosten neu
erbauen lassen.

Die Capitalien des Standes Bern, die zu Stanian's Zeiten nur 1200000 Thaler ausmachten, waren vor einigen Jahren bis nahe an sechs Millionen
Thaler gestiegen, und brachten beynahe zwo Tonnen
Goldes Interessen ein*). Fast die Hälfte dieser Summe ist in Engelland allein belegt, die größere Hälfte
aber an teutsche Fürsten und Städte ausgeliehen.
So ansehnlich die Summen sind, welche Bern jährlich von außen hereinzieht; so würden doch bald Zinsen und Capitalien verzehrt werden, wenn der Staat
nur zwanzig Jahre einen so zahlreichen Hof, einen
so kostbaren Civil- und Militär-Etat, als die teut-

*) Von dieser Zeit an hat das Capital wenigstens noch
   um eine Million Pfund zugenommen.

schen Fürsten vom dritten Rang, erhalten, ja, wenn er nur beständig ein so kleines Heer, als vor kurzem noch vor Genf stand, bezahlen müßte. Dies kleine Heer kostete monatlich dreyßig tausend Thaler, und würde allein die Einkünfte der ganzen Republik verzehret haben. Solche ausserordentliche Ausgaben, als die Expedition gegen Genf, oder die Erbauung neuer Wege, oder anderer öffentlichen Gebäude sind, oder als in den theuren Jahren der Aufkauf ausländischer Früchte war, an welchen der Staat über zwey Tonnen Goldes einbüßte, werden Hindernisse, daß die Capitalien des Staats nicht in geometrischer Progression zunehmen können.

Die meisten Reisenden frägen weniger nach dem weisen Gebrauch, den die Regierung in Bern von ihren ersparten Reichthümern gemacht hat, und noch macht, als nach dem, was niemand beantworten kann: wie groß der öffentliche Schatz sey? Dies kann kein Mensch genau wissen, weil an dem Schatze schon länger, als ein Jahrhundert gesammlet ist, und allemal, wenn man etwas hineinlegt oder herausnimmt, solches zwar eingeschrieben, aber Einnahme und Ausgabe auf die gleiche Seite und nicht in Ziffern, sondern mit Buchstaben eingezeichnet wird. *) Stanian

*) Das Schatzgewölbe in Bern darf nicht anders, als auf ausdrücklichen Befehl des regierenden Raths geöffnet werden. Die Schlüssel dazu besitzen der regierende Schultheiß, die beiden Seckelmeister, die vier Venner, und der älteste Heimlicher. Im Gewölbe selbst liegen zwey Bücher, in deren eins die Einnahme, in das andere die Ausgaben eingeschrieben werden, und die beyde mit Ketten angeschlossen sind. Auch die alten Bücher, worin die ehe-

wollte von guter Hand wissen, daß zu seiner Zeit
schon im Schatze zu Bern über sieben Millionen Thaler enthalten wären. Wenn man diese Summe als
richtig annehmen, und zugleich voraussetzen dürfte,
daß der Schatz in gleichem Verhältnisse mit den Capitalien zugenommen hätte; so würde eine ganz unglaubliche Summe herauskommen. Zwar wollte mich
jemand in Bern glauben machen, daß Stanian den
baaren Reichthum des Staats nicht übertrieben hätte; allein andere versichern, daß Personen, die den
Schatz gesehen hätten, und die vorräthigen Massen
von Gold und Silber zu schätzen wüßten, nicht zwo
Millionen Thaler dafür geben möchten. Es wäre ein
politisches Problem: ob es weise sey, daß die Regierung eben so viel, oder noch mehr Geld ungenutzt liegen lasse, als sie auswärts belegt hat? Ich wage es
nicht, diese Frage zu entscheiden; ich glaube aber, daß
ein Staat, dergleichen der Bernische ist, eben sowohl
zu viel Capitalien belegen, als seinen Schatz zu sehr
anfüllen könne.

Die Kriegsverfassung in Bern ist so gut, als sie in
einem Staate seyn kann, der keine stehende Armee unterhält, und in einigen Jahrhunderten keine langdau-
renden Kriege geführt hat. Ueber die Einrichtung des
Kriegswesens verweise ich Sie auf Tscharnern, und
andere. Aus diesen werden Sie sehen, daß alle streit-
bare Männer zwischen sechszehn, und sechszig Jahren
(denn die ältern sind von dem Dienste frey) in drey

maligen Vermehrungen und Veränderungen des Schatzes
verzeichnet sind, bleiben stets im Gewölbe liegen.

Aufgebote, und diese wieder in Regimenter und Esca-
brons abgetheilt sind, daß ein jeder streitbarer Mann
mit vollständiger Montur und Waffen versehen seyn
muß, und daß alle zu gewissen Zeiten in den Waffen
geübt werden, u. s. w. Ich will Ihnen jetzt nur etwas von dem mittheilen, was ich selbst beobachtet habe.

Die Waffenübungen können in einem Staate, der
keine stehende und besoldete Heere hat, unmöglich so
ernstlich und anhaltend, als in Teutschland seyn, dessen Kriegszucht, wie es scheint, allen übrigen Nationen, die Russen ausgenommen, unnachahmlich, und
unerträglich ist. In Teutschland sind die Waffenübungen das einzige Geschäfft des Soldaten; im Bernischen sind sie nur eine von den Sonntagsbelustigun-
gen der Bürger und Bauern, und dürfen also auch nicht
so weit getrieben werden, daß sie diejenigen, die von
der Arbeit der vergangenen Woche entweder noch ermüdet sind, oder doch sich erholen möchten, zu beschwerlich fallen. In Teutschland werden die geringsten
Versehen mit unerbittlicher Strenge bestraft; in der
Schweiz sind die Officiere Mitbürger oder Nachbaren
der gemeinen Soldaten, die oft angesehene Bürger,
oder Bauren, oder deren Söhne sind. Es ist also gar
nicht daran zu denken, daß die erstern den Stock, den
einzigen Schöpfer und Erhalter der guten Disciplin,
brauchen dürften. Eben so wenig kann man erwarten, daß die Vernische Miliz die Behendigkeit und Ge-
wandtheit des Körpers, und die Schnelligkeit, Pünkt-
lichkeit, und Harmonie von Bewegungen habe, welche
alle Ausländer an den disciplinirten Truppen unsers
Vaterlandes bewundern.

Den großen Unterschied von teutschen Truppen und schweizerischer Miliz bemerkte ich am meisten, als ich vor kurzem einige Detaschements von Bernischen Soldaten, die von Genf zurückkamen, in Bern einmarschiren sah. Der alte Schweizermarsch, mit welchem sie ihre Fahnen zurückbrachten, rührte mich erstaunlich; denn wem sollten nicht dabey die großen Thaten der alten Schweizer im fünfzehnten und sechszehnten Jahrhunderte einfallen? allein die Bildung der meisten Soldaten, ihr Gang, die Art, wie sie sich trugen, und ihre Aufführung gegen die Officiere konnten unmöglich den Beyfall eines Teutschen erhalten. Der größte Theil derselben bestand aus großen oder vierschrötigen Leuten, und man sagte uns, daß die Genfer sich über nichts so sehr, als über die dicken Lenden und Waden der Berner gewundert hätten; sie waren aber fast alle plump, und durch Arbeit oder böse Gewohnheit gekrümmt, und nur selten sah man einen von Gesicht schönen, behenden, und hurtigen Kerl darunter. Die größten und wohlgebildetsten unter ihnen waren aus dem Oberlande, oder aus den gebirgigten Gegenden des Landes, in welchen Viehzucht die einzige Beschäfftigung ist. Eben diese größern mit Milch genährten Menschen sollen aber viel weniger dauerhaft seyn, als die kleinern unansehnlichen knorrigten Aargäuer, die durch die Arbeiten des Feldbau's gestärkt, und abgehärtet sind. Ihr Gang war weder leicht, noch gleichformig, und alle Stellungen und Bewegungen des Cörpers verriethen eine gewisse Langsamkeit und Unbehülflichkeit, die nicht anders, als durch anhaltende

Uebungen und strenge Strafen überwunden werden
können. Mehr als alles dieses aber beleidigte mich
die Ungeneigtheit, die ich in manchen wahrnahm, den
Befehlen ihrer Officiere zu gehorchen. Weil sie einen
oder einige Tage ausruhen, und auf Kosten des Staats
bewirthet werden sollten, so wurden sie in verschiedene
Quartiere vertheilt; die sie aber, wenn sie ihnen nicht
gefielen, verließen, und eigenmächtig mit andern ver-
tauschten. Dieser Ungehorsam blieb ungestraft, und
dies konnte ich so wenig billigen, als daß der regierende Rath den Officieren, die ohne das schon zu geneigt dazu sind, Gelindigkeit gegen ihre Soldaten empfohlen
hatte. Man kann freylich nicht ohne eine lächerliche
Schiefheit des Geistes von einem so friedfertigen Staat,
als Bern ist, verlangen, daß er einen eben so großen
Unterschied, als das kriegerische Rom, unter civibus
und militibus machen, und eben die Männer, welche
im Frieden zu mißhandeln Majestätsverbrechen war,
im Kriege den Stöcken der Centurionen, und den Bei-
len seiner unumschränkten Imperatoren unterwerfen
solle; allein das scheint mir immer einleuchtend, daß
man in keinem Staate ohne den größten Schaden die
Disciplin so weit erschlaffen lassen könne, daß gemeine
Krieger sich unterstehen dürften, wider den Willen ihrer
Vorgesetzten, oder nach ihrem eigenen Willen zu han-
deln. Die Regierung von Bern sah wahrscheinlich
Gelindigkeit als das sicherste Mittel an, die Unzufriedenheit ihrer Truppen mit dem Zuge nach Genf zu be-
sänftigen; allein meiner Meynung nach hätte man eher
ein jedes anderes, als ein solches Mittel versuchen müs-

sen, was die Schwäche oder Schüchternheit der Regierung selbst in einer guten Sache verräth. Uebrigens
war es dem Bernischen Landmann nicht zu verdenken,
wenn er unwillig darüber wurde, daß er um einer Stadt
willen, die seinem Vaterlande schon so viele Kosten
und Unruhen verursacht hat, seine Wiesen und Aecker
gerade zu einer Zeit, wo sie seinen Arm am meisten nöthig hatten, verlassen, und überdem noch sein Geld
fern von seiner Familie verzehren sollte. Der Staat
gab zwar einem gemeinen Soldaten täglich ein Pfund
Fleisch, ein Pfund Brod, und drittehalb Batzen; allein
dieser hohe Sold reichte lange nicht hin, die Bedürfnisse
wohlhabender und gutgenährter Bauren zu befriedigen.
Weil die Berner nicht gewußt hatten, wie lange sie vor,
oder in Genf bleiben würden, so hatten manche sechszig, und noch mehrere Louisd'or mitgenommen, von
welchen sie gewiß viele in der Nachbarschafft von Genf
gelassen haben. Aus allen diesen Nachrichten werden
Sie mit mir gewiß denselbigen Schluß ziehen: daß
nämlich eine gewisse Wohlhabenheit dem Bauren gegen
Kriegsdienste nothwendig einen Widerwillen einflößen
müsse.

An eben dem Tage, an welchem ich den Einmarsch
der von Genf zurückkehrenden Truppen sah, hatte ich
das Vergnügen, im Falken mit einem Landvogt zu
speisen, der als Major vor Genf gewesen war, und
nun die Officiere seiner Compagnie bewirthete. Die
Regierung in Bern besetzt nicht, wie andere Aristokratische Staaten in der Schweiz, alle Officierstellen mit
bloßen Bürgern, sondern wenigstens einen Drittheil aus

den Landleuten, und Einwohnern der Municipal-Städte. Gewöhnlich nimmt man aber zu Officieren nur solche, die in auswärtigen Diensten gestanden haben. Diejenigen, welche der Landvogt an die Wirthstafel mitbrachte, waren alle Landleute, die gute und geistreiche Gesichter hatten, aber doch in Mienen und Geberden eine gewisse Schüchternheit darüber blicken ließen, daß sie sich in Gesellschafft von Menschen befanden, mit denen sie sonst nicht umzugehen gewohnt waren. Nach Tische dankten sie ihrem Major herzlich für seine Güte, und ich pries diese Güte als eine von den guten und erlaubten Künsten, womit man die Liebe von Untergebenen gewinnen kann, und gewinnen sollte. Am Tische hörte ich, daß von dem ganzen Corps Bernischer Truppen nur ein einziger, und auch dieser plötzlich auf dem Rückmarsche, gestorben sey. Dieser Umstand beweist sowohl die Gesundheit der Truppen, die man nach Genf schickte, als die Sorgfalt der Obrigkeit, den Soldaten gute Pflege und Nahrungsmittel zu verschaffen.

Die Bernische Miliz würde aber gewiß nicht in einem so guten Stande seyn, als worin sie wirklich ist, wenn nicht so viele Bürger und Unterthanen unter fremden Mächten mehr oder weniger Jahre gedient hätten. Ohne diese auswärtigen Dienste würde Bern und die ganze übrige Schweiz schon lange keinen Kriegsetat, keine erfahrne Officiere, und Soldaten mehr haben. Wenn also auch auswärtige Kriegsdienste noch so schädlich wären, so glaube ich doch, daß man sie nicht verbieten müsse, weil sie nothwendig sind. Der geringste Vorwurf, den man ihnen machen kann, ist dieser, daß sie der Bevölkerung schaden. In einem gut eingerichteten Staat wird eine so kleine Zahl von Menschen, als zur Ergänzung der in fremden Diensten stehenden Regimenter nöthig ist, von selbst und leicht wieder ersezt. Viel nachtheiligere Folgen der auswärtigen Dienste sind diese: daß sie jährlich beträchtliche Summen aus dem Lande ziehen (denn die Zeit hat lange aufgehört, wo auswärtige Dienste das einträglichste Gewerbe der Schweizer waren,) und daß sie die Sitten so vieler jungen Leute, besonders aus den vornehmsten Familien, verderben.

Wenn aber auch Bern, und die übrigen Cantone alle ihre Truppen aus den fremden Diensten zurückzögen, und ihre Miliz dadurch vervollkommneten, so glaube ich doch nicht, daß diese gegen eine halb so grosse Zahl disciplinirter Truppen Stand halten könnte. Ich bin so sehr, als der wärmste Schweizer, überzeugt, daß die Schweizer eben so viele Tapferkeit, als die Teutschen haben, und daß Bürger und Bauren für ihre Freyheit, Weiber, Kinder und Güter mit viel grösserem Muthe in die Schlacht gehen würden, als gedungene Miethlinge, die allein durch den Prügel, oder die Furcht vor noch härtern Strafen getrieben und angefeuert werden; aber nichts desto weniger lehrt die Erfahrung, daß Tapferkeit und Vaterlandsliebe gegen bessere und vollkommnere Disciplin nicht allein nichts ausrichten, sondern immer unterliegen. Nicht also innere Stärke, auch nicht vortheilhafte Lage, und noch weniger Eintracht wird die Schweiz gegen Unterjochung schützen, sondern theils die Eifersucht mächtiger Nachbaren, von

welchen sie am ehesten etwas zu fürchten hätte, und
noch mehr die in ganz Europa anerkannte Wahrheit:
daß ein so unfruchtbares und weitläuftiges Land, als
die Schweiz ist, einen Herrn, der es durch kostbare
Heere und Festungen beschützen, und durch besoldete
Collegia regieren lassen müßte, eine unerträgliche Last
werden würde. Nicht leicht wird ein Ministerium ir=
gend eines grossen Fürsten so verblendet oder unwis=
send werden, daß es vergessen sollte, daß die Schweiz
nur allein deswegen so blühend ist, weil sie alle die
Lasten nicht trägt, die sie unter einem Monarchen tra=
gen müßte, und daß ihr Wohlstand auf einmal ver=
schwinden würde, so bald die Einwohner den Ertrag
ihrer Heerden und Aecker mit einem Eroberer theilen
müßten, um Truppen, und Festungen, und Collegia
davon zu erhalten.

Die Schweizer Regimenter dienen allenthalben un=
ter so vortheilhaften Bedingungen, daß man sich wun=
dern muß, daß die auswärtigen Mächte, in deren
Dienste sie sind, sie nicht schon lange entlassen haben.
Frankreich wenigstens würde mit viel geringern Ko=
sten teutsche Regimenter anwerben, unterhalten, und
ergänzen können, als es jetzo auf die Schweizerischen wen=
det. Die Schweizer Officiere wissen dieses ganz gut,
und haben deßwegen wenigstens ein Drittel Teutsche
unter ihren Soldaten, und würden, wie vormals auch
geschah, noch mehr annehmen, wenn sie nicht durch
ein Gesez eingeschränkt worden wären. Ein junger
Schweizer Recrute erhält, wenn er eine Capitulation
auf vier Jahre eingeht, vierzig, funfzig und noch meh=

rere grosse Thaler Handgeld, und wenn diese vier Jahr
verstrichen sind, kann und darf den Soldaten niemand
halten, es sey denn, daß er sich von seinem Officiere
Gelder hätte vorschiessen lassen, und diese nach dem
Ablauf seiner Capitulationszeit nicht bezahlen könnte.
Alsdann ist der Soldat auf eine gewisse Art genöthigt,
wieder Handgeld, und von neuem Dienste zu nehmen.
Eine Folge hievon ist, daß die Officiere ihre Soldaten, so viel sie können, in ihrer Schuld zu erhalten,
und zu allerley Ausgaben zu verführen suchen, welches freylich den Sitten der gemeinen Krieger nicht anders, als verderblich seyn kann. Die Regierung in
Bern thut alles, was in ihrer Macht ist, um Ueber-
listungen, oder heimliche und gewaltsame Werbungen,
so viel als möglich, zu verhüten und zu bestrafen. Kein
Officier darf einen Neu = Angeworbenen aus dem Lande führen, bevor er ihn nicht vor die Rekruten = Cam-
mer gestellt hat. Diese frägt einen jeden, ob er mit
freyem Willen, oder durch schändliche List, und uner-
laubte Mittel zu fremden Diensten bewogen worden
sey? Sagt er das Letztere, und mit Grund, so hat
der Officier nicht nur sein Handgeld verloren, sondern
wird auch noch überdem sehr hart bestraft. Eben dieses würde geschehen, wenn jemand wider seinen Willen, und über die Zeit in fremden Diensten gehalten
werden sollte. Ein jeder Prediger hat ein Verzeichniß
der jungen Leute seines Kirchspiels, die mit Erlaubniß der Regierung auswärtigen Mächten dienen. Sobald also eins oder das andere seiner Pfarrkinder über
die festgesezte Zeit ausbleibt, so muß er sich nach den

Ursachen erkundigen, die den Abwesenden zurückhalten, in seine Heimath zurück zu kehren, und wenn
ihm gegründeter Verdacht aufsteigt, so muß er es sogleich höhern Orts berichten *).

Die Einrichtung der Geistlichkeit im Canton-Bern
und die Verwaltung der geistlichen Angelegenheiten hat
viel eigenthümliches, was man weder in Teutschland,
noch in den übrigen Cantonen wieder findet. Man
kann zwar von der Schweiz überhaupt sagen, daß sie
der Geistlichkeit mehr Ansehen, aber weniger wirkliche
Gewalt, als andere Länder verliehen habe. Von keinem Cantone aber kann man dieses mit grösserm Rechte, als von Bern, behaupten.

In Bern haben die wirklichen Pfarrer den Rang
über die Mitglieder des grossen Raths, die Pfarrer in
den Landstädten über alle Stadtbediente, und die De-
cani, die einigermassen unsern Superintendenten ent-
sprechen, mit den Landvögten; allein alle Geistliche
ohne Ausnahme (und zu diesen gehören auch die Professoren) sind auf ewig von aller Theilnehmung an der
Regierung ausgeschlossen. Der geistliche Stand ist
ein Character indelebilis, den man niemals ablegen
kann; und wenn jemand auch seine geistliche Bedienung aufgeben, und in den Stand der Layen zurück-
kehren wollte, so würde er doch deswegen nicht weniger, als vorher, unfähig seyn, in den grossen Rath
zu kommen. In Zürch kann zwar auch niemand, der

*) Ein sehr unterrichteter Freund, der viele Pfarrer ge-
fragt hat, schreibt mir, daß man von den Verzeichnis-
sen, welche die Prediger von den aus ihren Gemeinden
ausgehobenen Rekruten halten sollten, nichts wisse.

in einem geistlichen Amt steht, in den regierenden Rath
gelangen; so bald aber einer eine geistliche Bedienung
niederlegt, so ist er so gut, als ein jeder anderer fähig,
in den kleinen oder grossen Rath erwählt zu werden. —
Im Bernischen haben zwar ferner die Geistlichen ein
ausgedehnteres Sitten = richterliches Amt, als in dem
mir bekannten Teutschland; sie können z. B. Mädchen,
die in einem schlimmen Rufe stehen, oder von denen
das Gerücht sagt, daß sie schwanger seyen, vorfor-
bern, und den Gastwirthen verbieten lassen, notori-
schen Trunkenbolden über ein gewisses Maaß Wein zu
verkaufen; dagegen sitzen in dem Chorgerichte in Bern,
oder dem obersten Consistorio nur zween Geistliche,
und sieben weltliche Mitglieder aus dem kleinen und
grossen Rath; auch werden die Pfarreyen nicht vom
Chorgerichte, sondern vom Senat besetzt, und Pfarrer auf dem Lande nicht von den Dekanis, sondern
von den Landvögten in Gegenwart der Dekane eingeführt, und der Gemeinde vorgestellt. Ja so gar die
Bußtäge werden von dem kleinen Rath in Bern durch's
ganze Land ausgeschrieben.

Die Pfarreyen theilt man in Rücksicht auf ihre
Einträglichkeit in drey Classen ein. Die von der dritten oder besten bringen zwischen 1500 bis 3000 Gulden, die von der zweyten zwischen 700 bis 1500 Gulden, und die von der schlechtesten Classe zwischen 400
bis 700 Gulden ein. Die einträglichsten Pfarrdienste
sind nicht in der Stadt, sondern auf dem Lande; und
die schlechtesten im Welschen Gebiet. Zur Verbesserung der leztern hat der Staat in diesem Jahrhun-

dert allein 160000 Thlr. hergegeben, und zur Verbeſ=
ſerung der von der erſten oder ſchlechteſten Claſſe über=
haupt ſeit dem Jahre 1680. eine Verordnung gemacht,
die in allen Ländern nachgeahmt zu werden verdiente.
Die glüklichen, welchen die einträglichſten Pfarreyen
zufallen, ſind verbunden, von ſechszig bis drey hun=
dert Thaler nach Maaßgabe ihrer Einkünfte in zehn
Jahren, und eben ſo vielen Terminen in eine gemein=
ſchaftliche Caſſe zu bezahlen, aus welcher allmälig die
ſchlechtern Stellen ihrer Mitbrüder verbeſſert wer=
den. Wahrſcheinlich wird eben die Weisheit und Gü=
te, welche die Lage vieler Geiſtlichen erträglicher ge=
macht hat, in der Zukunft auch Mittel ausfindig ma=
chen, wodurch manche Kirchen verſchönert, oder doch
mit Orgeln verſehen werden. Es gibt noch viele Kir=
chen in kleinen oder nicht reichen Dörfern, wo lärmen=
de und unharmoniſche Blas = Inſtrumente, die von
Bauren geſpielt werden, die Stelle von Orgeln ver=
treten. Dies geſchah auch vor nicht gar langer Zeit
in einigen Kirchen in Bern, und geſchieht noch jetzo
in Biel, wo man aber doch eine Orgel beſtellt hat.

So lobenswürdig die im Verniſchen geſtiftete Pre=
digerkaſſe iſt, ſo wenig iſt es die Methode, nach wel=
cher die Predigerſtellen vergeben werden. Die größe=
re Hälfte der einträglichen Pfarreyen wird nach dem
Alter, und die kleinere nach Gunſt oder Empfehlun=
gen beſezt; und ich bin ungewiß, welche von dieſen
beyden Methoden die nachtheiligſte ſey. Nach der er=
ſtern rücken die ältern Pfarrer, ſie mögen noch ſo un=
wiſſend, oder unbrauchbar geworden ſeyn, zu immer

beſſern Stellen hinauf, die ihnen gar nicht vorenthal=
ten werden können. Eine Folge hievon iſt, daß die
einmal verſorgten Prediger ſich vernachläßigen, und
die beſten Pfarreyen oft lange hintereinander mit ab=
gelebten Männern beſezt ſind, die ihre Stelle als eine
Pfründe anſehen, und ihre Dienſte durch einen jun=
gen ihnen zugeordneten Helfer verrichten laſſen. Eben
ſo nachtheilig iſt es, daß viele einträgliche Pfarrſtellen
nach Gunſt vergeben werden. Zu ſolchen gelangen
nur Söhne aus adelichen, oder angeſehenen regieren=
den Familien, die man weder in die Regierung, noch
in andere vortheilhafte Bedienungen einſchieben konn=
te, oder auch ſolche Candidaten, die Töchter aus vor=
nehmen Familien heurathen, welche man anderswo
nicht zu verſorgen wußte. Weil der Adel in Bern es
ſeiner eben ſo wenig unwürdig hält, das Volk zu un=
terrichten, als es zu regieren oder anzuführen; ſo ſieht
man auch im Berniſchen etwas, was in Teutſchland
unerhört iſt, nämlich Junker Pfarrer; denn ſo wer=
den diejenigen Prediger betitelt, die aus adelichen Fa=
milien geboren ſind. Bey dieſer Einrichtung müſſen
groſſe Verdienſte und Talente entweder einem höhern
Alter, oder einer vornehmern Geburt, oder einer kräf=
tigern durch Heurath erhaltenen Empfehlung nachſte=
hen, und denen, die mit den erſtern begabt ſind, bleibt
weiter nichts übrig, als höchſtens der Sieg über ei=
nen weniger würdigen Nebenbuhler bey der Bewer=
bung um einen Dienſt von der letzten Claſſe. *)

*) Die Regierung in Bern geht auch mit einer Verbeſſe=
   rung der bisherigen Verfaſſung der Geiſtlichkeit um,

So strenge die Sittenzucht auf dem Lande auch ist, so hat man es doch bißher nicht verhüten können, daß sich die Bauren bey gewissen feyerlichen Gelegenheiten besaufen; und noch weniger hat man den sogenannten Kiltgang *) oder die nächtlichen Besuche abschaffen können, welche die ländlichen Liebhaber bey ihren Schönen in der Nacht vom Sonnabend auf den Sonntag abstatten. — Im teutschen Gebiet des Cantons Bern kommen die Bauren fast niemals in grossen Haufen zusammen, ohne daß nicht solche Zusammenkünfte in allgemeine Saufgelage ausarten. Am häufigsten geschieht dieses an Märkten, und am Tage des Verkaufs von Zehenten, wo viele Bauren sich schon auf dem Amthause besaufen, (denn an solchen Tagen wird ihnen Wein und Brod vom Landvogte gereicht) und diejenigen, die dieses nicht thun, das Versäumte in der Schenke nachholen. Ich selbst habe ein solches Bacchanal hier in Aldau erlebt, und zu meiner grossen Verwunderung den erstaunlichen Unterschied des nüchternen, und besoffenen Schweizer-Bauren bemerkt. In seinem natürlichen Zustande ist der Schweizer-Bauer still, langsam, und bedächtlich im Gange, Reden, und Handlungen,

allein ich weiß nicht, wie weit diese Reformation gediehen ist, oder gehen wird.

*) Ich habe in der Schweiz beständig Killygang gehört, und auch mehrere von meinen Correspondenten schreiben so; allein ein anderer, dem ich manche Berichtigungen zu verdanken habe, meldet mir, daß man Kiltgang schreiben müsse. Kilten heisse so viel, als Besuche nach dem Nachtessen geben; und in kleinen Landstädten, wo man früher, als in Bern zu Abend esse, sage der Hausvater noch zu seinem Weibe, und erwachsenen Kindern: wir wollen zu diesem, oder jenem Verwandten, oder Freunde zu Kilt gehen.

und so gesetzt oder ernsthaft, daß man ihn seiner Mine nach oft für elend, oder niedergeschlagen halten könnte. Sobald er aber die Begeisterung des Weingottes fühlt; so wird er lärmend, und oft zänkisch, und gewaltthätig, und es ist deßwegen nichts selteneres, daß Saufbrüder sich in die Haare gerathen. An Märkten ziehen vier bis fünf junge Baurenkerle die sich sträubenden Mädchen ins Wirthshaus, und bey solchen Einladungen gehört es fast mit zur Etiquette, daß den Schönen irgend etwas am Leibe zerrissen wird. Nichts machte mich mehr lachen, als daß Bauren, wenn sie so besoffen sind, daß ihre Zungen nachgerade unbeweglich werden, Psalmen zu singen anfangen. Sie heben, wie man mir sagt, meistens mit dem 42. Psalm an, und gehen dann zu dem 25., 27. und 103. Psalm fort. Sie singen diese Psalmen nicht aus Andacht, sondern weil sie meistens nichts anders zu singen wissen. An Bettagen aber, die nirgends heiliger, als in der Schweiz gefeiert werden, dürfen die Bauren heilige Lieder nur in der Kirche singen; denn an diesen Tagen ist es allen Gastwirthen verboten, an Einheimische Wein auszuschenken.

Der Kiltgang ist ein Ueberbleibsel der Sitten der alten Zeit, und außer der Schweiz giebt es noch viel andere Länder, wo Mädchen ihre Liebhaber ohne Nachtheil ihres guten Namens vor der feierlichen Verbindung glücklich machen. Die Ehre eines Bernischen Landmädchens leidet nichts darunter, wenn sie Besuche von einem Liebhaber annimmt; sondern sie wird nur alsdann für liederlich gehalten, wenn sie ihre Au-

beter wechselt, oder ihrem zuerst begünstigten Liebhaber
untreu wird. Weil die vertraulichsten Verbindungen
zwischen zwoen unverheiratheten Personen meistens gute
Absichten haben, und durch die Gewohnheit gleich am
gesetzmäßig geworden sind, so werden sie auch nicht ge=
heim gehalten, sondern gemeiniglich sind bederseitige
Eltern, und das ganze übrige Dorf davon unterrichtet.
Aus dem Kiltgange ist eine ganz eigene Art von Eifer=
sucht entstanden, die in Teutschland noch weniger *),
als der Kiltgang selbst bekannt ist. Die jungen Bauer=
kerle sind manchmal auf ihre Mädchen nicht so sehr, als
auf die Ehre ihres Dorfs eifersüchtig, und sie rächen
sich daher oft auf eine grausame Art, wenn Liebhaber
aus fremden Dörfern in ihr Gebiet einbrechen, und
Mädchen in ihrem District besuchen. Einen solchen
ungebetenen Mädchenräuber fing man einstens in einem
Heunetze, und hing ihn nackt an einem Sonntagmor=
gen an einem Baume auf, der am Kirchwege stand. Ei=
nem andern band man im Emmethale die Hände auf
dem Rücken an eine Stange fest, und peitschte ihn meh=
rere Stunden Weges mit Nesseln fort. Der Kiltgang
ist noch immer so allgemein, daß selten ein Bauermäd=
chen verheirathet wird, das nicht schwanger wäre **).

*) Doch höre ich, daß man das, was in der Schweiz Kilt=
gang heißt, in einem gewissen Theile von Teutschland
auß Fenstern gehen nenne, und daß auch die Eifer=
sucht der Schweizer Bauern in F.. nicht ganz unbekannt sey.
**) Ein Sachkundiger Mann schreibt mir, daß ich an Statt der
Worte: das nicht schwanger wäre: setzen sollte,
das nicht schwanger seyn könnte. Uebrigens ist der Kilt=
gang nicht allenthalben gleich herrschend. Im Emmethale
ist er am meisten im Schwange; in einer andern Gegend
war einer meiner Bekannten zehn Jahre Pfarrer, und er

Noch seltener trägt es sich zu, daß Liebhaber sich weigern, ihre geschwängerten Mädchen zu heirathen. Wenn sie es aber thun, und doch ihren Bräuten nichts vorzuwerfen wissen, so werden beyde vom Chorgericht in die Kirche geführt, und zusammengegeben. Diese Strenge die ich in einem jeden andern Lande tadeln würde, ist in einem Lande, wo der Kiltgang so allgemein ist, heilsam und nothwendig. Denn wie viele Mädchen würden nicht geschändet werden, wenn der Verführer nicht nachher zur Heirath gezwungen wäre? Ergiebt es sich aber bisweilen, daß zwo Personen, die man mit Gewalt mit einander verheirathet hat, gar nicht zusammen passen, und sich einander unglücklich machen würden; so trennt man die Ehe wieder, nachdem man dadurch das unschuldige Kind ehrlich gemacht hat. Dies ist freylich ein Mißbrauch, aber ein solcher, den ein anderer, nämlich der Kiltgang, so lange er fortdauert, notwendig macht. Die Zwangsehen, welche das Chorgericht in Bern oft erkennt, und erkennen muß, gaben einstens einem Mädchen einen Entwurf ein, der zu schlau und merkwürdig ist, als daß ich ihn hier übergehen sollte. Ein reiches Bauermädchen hatte ihre Eltern lange vergebens gebeten, ihr einen jungen

lebte in einer freylich nicht großen Gemeinde nur zwey Beyspiele von Mädchen, die vor der Hochzeit schwanger wurden. Auch werden Mädchen von ihren Liebhabern häufiger verlassen, als ich in der Schweiz gehört hatte, weil die Liebhaber bey dem häufigen Kiltgang oft argwöhnen, daß ein Mädchen von einem andern geschwängert worden sey. An einem andern Orte werde ich über die Entstehung des Kiltgangs, welcher mit dem unter den tartarischen Völkern gewöhnlichen Busenrechte fast einerley ist, weitläuftigere Untersuchungen anstellen.

Menschen zu geben, den sie auf das heftigste liebte, der aber nach dem Urtheile der Eltern für sie nicht reich genug war. Als sie endlich daran verzweifelte, über ihre Eltern etwas zu gewinnen, so entlief sie heimlich nach Bern, und verklagte ihren Liebhaber, mit welchem sie sich verabredet hatte, daß er sie geschwängert habe, und jetzo sitzen lassen wolle. Um dieses Vorgeben wahrscheinlicher zu machen, und allen Verdacht zu entfernen, ließ sich der junge Mensch in fremde Dienste anwerben. Er erschien zwar, als er vor Gericht gefordert wurde, gestand auch, daß er mit dem Mädchen zu thun gehabt habe, und nichts auf sie zu sagen wisse, beharrte aber nichts destoweniger darauf, daß er das Mädchen nicht nehmen wolle. Bey so nichtigen Ausflüchten fand das Gericht gar kein Bedenken, ihn seiner Widersetzlichkeit ungeachtet mit dem Mädchen copuliren zu lassen. Kaum war die feierliche Handlung vorbey, und die Heirath vollzogen, als der Vater des Mädchens nach Bern kam, um seine Tochter aufzusuchen. Er überzeugte sich bald, daß das verschmitzte Mädchen sich schwanger, und der junge Kerl sich gegen die Heirath abgeneigt gestellt habe, um das Chorgericht sowohl, als die Eltern zu hintergehen.

In einem Lande, wo die Bauren gar nicht gedrückt werden, und wenige oder gar keine Abgaben entrichten, müssen sie nothwendig glücklicher und mit der Regierung zufriedener seyn, als in solchen Reichen, wo sie die Verschwendung des regierenden Fürsten, und seiner Minister, und Mätressen tragen, wo sie große Heere und zahlreiche Collegia unterhalten, und die

Kosten von langwierigen verderblichen Kriegen größtentheils hergeben müssen. Es ist bekannt, daß es in
ganz Europa, Holland und Engelland ausgenommen,
keine so glückliche Bauren, als in der Schweiz, und
vorzüglich im teutschen Gebiet des Cantons Bern gebe. Den größten Wohlstand findet man im obern Aargäu, und Emmethale, wo die Landleute mit einer reichen Viehzucht das Spinnen und Weben von Leinenem
sowohl, als Baumwollenem Garn verbinden. Lan-
genthal ist gewiß einer der schönsten und reichsten Fle-
ken in Europa. In Arau sind in der ganzen Schweiz
außer vielen andern Manufacturen die einzigen Band-
fabriken, die sich neben den Baselischen, und einer in
Zofingen, halten können. Die Industrie der Arauer
hat so große Reichthümer in dieser kleinen Stadt versammlet, daß ein neulich verstorbener Kaufmann fast
anderthalb Millionen Pfund hinterlassen haben soll.
Im Amte Lenzburg allein werden jährlich über hundert-
tausend, Fäsi sagt gar hundert und siebenzig tausend
Stück Cattun = Leinwand verfertigt, und auf jedem
Stück wird ein großer Thaler gewonnen *). Im Emmethale giebt es vielleicht einzelne reichere Leute, aber
nicht so viel, oder doch nicht mehr allgemeine Wohlhabenheit, als im obern Aargäu. Im letztern sind Bauren von hundert und mehrern tausend Gulden nicht
selten; noch merkwürdiger aber ist es, daß es mehrere
Dörfer giebt, wo fast alle Bauren zehn, oder zwanzig

---

*) Den Gewinn auf Cattunleinwand schätzte man sonst auf
dreyßig, dann auf zwanzig, und jetzo nur auf funfzehn Procent.

I. Theil,   R

tausend Gulden reich sind. Die Wohlhabenheit der
Landleute hat nur allein im Emmethale städtischen Lu=
rus erzeugt. Denn hier findet man in den Häusern
gemeiner Landleute kostbares Silbergeschirr, ausländ=
dische Möblen und Weine, Canapees u. s. w. Eben
diese Pracht wird aber auch gewiß die Reichthümer der
Emmethaler schneller zerstreuen, als die der sparsamern
Aargäuer, die den Sitten ihrer Vorfahren gleich den
übrigen Bernischen Bauern treu geblieben, und ihnen
in Ansehung der Kleidung noch eben so ähnlich, als in
Ansehung der Bauart sind. So lange diese Einför=
migkeit in Kleidungen und Häusern fortdauret, wird
der Schweizer Bauer zwar weniger glücklich scheinen,
aber viel mehr glücklich seyn, als der Landmann in ei=
nigen Gegenden Teutschlandes; wo er, sobald er reich
zu werden anfängt, sich über seinen Stand erheben,
und gleich dem vornehmen Städter wohnen, und sich
tragen will. Im Aargäu schämt sich der reichste Bauer
nicht mit seinen Leuten zu arbeiten, und gleich den ärm=
sten Tagelöhnern einherzugehen. Ich selbst sah einen
alten Mann, der 60000 Gulden reich war, und dem
Sie in Teutschland kein Vermögen von 60 Gulden zu=
getraut hätten, mit einer Gabel hinter einem Fuder Heu
hertreten. Außer seinem Strohhütchen trug er gleich
den Aermsten nur ein Jäckchen oder kurzen Kittel von
grober Leinwand, und Beinkleider von eben dem Zeuge,
die bis an die Schuh reichten, und zugleich die Stelle
von Strümpfen vertraten. Seine Füße waren mit
weiter nichts, als mit einem Paar grober Schuhe bedeckt,
und es schien nicht, als wenn sie etwas dabey litten

oder als wenn er bey einer trägern Muße, und kostbarer
Kleidung glücklicher gewesen wäre. Am Sonntage
oder an hohen Festen begnügt sich der reiche, wie der
arme Bauer mit einem blau, öfters grau tuchenen
Kleide, aus dessen verschiedener Güte man gar nicht
auf die Vermögensumstände des Landmanns schließen
kann.   Wenn die Bauren in den Gegenden, wo
die alten Sitten noch unverändert geblieben sind,
sich unterscheiden', oder Staat machen wollen, so
geschieht es in Strohhütten, deren es so feine giebt,
daß man sie mit einem neuen Louisd'or bezahlen
muß.   Der weibliche Putz und Anzug ist sich auf
dem Lande, und in der Stadt unter den Dienst=
mädchen fast eben so ähnlich, als die Tracht der Manns=
personen, und wenn sie von einander abweichen, so ge=
schieht dies weniger in Farbe, Zuschnitt, und Form,
als in der Feinheit und Kostbarkeit des Stoffs, und
der Neuheit und Reinlichkeit derselbigen Kleidungs=
stücke.   Alle tragen im Winter Mützen, und im Som=
mer kleine flache Strohhütgen, die sich ein wenig auf
die linke Seite hinneigen; doch giebt es unter den Bäu=
rinnen auch manche, die den Kopf mit einem Carcaß=
ähnlichen Netze bedecken.   Alle haben ihre Haare in
zwo Flechten gebunden, von welchen die schwarzen
Bänder bis über den Saum des Rocks herabhängen.
Ihre Mieder schließen genau an den Leib, und sind
meistens von rothem Zeuge, das mit schwarzem Bande
oder Plüsch eingefaßt und bey jungen und wohlhaben=
den Mädchen mit silbernen Ketten zugemacht ist. Die
Landmädchen tragen die Vorder=und Hintertheile ge=

wohnlich von verschiedenen Farben, den einen roth, und den andern braun. Die obern Theile des Arms sind bloß mit feinen Hembeermeln, und eben so der ganze Hals mit einem feinen Oberhembde bedeckt, das durch ein schwarz sammtnes Halsband gehoben, und wie es scheint, gehalten wird. Von dem Halsbande läuft an beyden Seiten ein sammtnes Band, bey Bäurinnen oft nur ein lederner Riemen herab, der sich unter den beyden Armen durchzieht. und wiederum zum Halsbande hinaufsteigt, wo er befestiget oder angehakt ist. Die Röcke sind entweder von schwarzem, in der Stadt aber immer von blauem Serge, und fangen nicht immer an denselbigen Stellen an, so wie sie auch nicht an denselbigen aufhören. In der Stadt bedecken sie ohngefähr eben die Theile des Körpers, die in Teutschland dadurch bedeckt werden, doch sind sie meistens länger, und eben deßwegen schwerfälliger, als in Teutschland. Unter den Landnymphen schürzen manche ihre Röcke bis nahe unter die Schultern hinauf, so daß sie keine Spannlange Taille behalten, und die Waden ganz sichtbar werden. Schon dieses Emporstreben der Röcke würde die schönste Bildung verderben, wenn nicht auch noch die hölzernen Culs hinzukämen, wodurch die Röcke gehoben, und an Stellen, wo die Natur dergleichen nie hinbaut, künstliche Höcker geschaffen würden. So wie ich die Bernischen Dienstmädchen nicht so schön gefunden habe, als ich sie nach Erzählungen zu finden glaubte, (denn die meisten haben ein zu rundes, plattes, und gemeines Gesicht,) so hat mir auch die Bernische Tracht weniger gefallen, als die Trachten in

manchen Städten von Teutschland, und selbst in So=
lothurn. In der letzten Stadt tragen die Haushälte=
rinnen oder Cammermädchen schwarze Carcassen ähnli=
che Hauben, grüne hinten zugeschnürte Mieder ohne
Ermel, und eben so leichte, als reinliche Röckgen von
Cattun. In der Bernischen Mädchen = Tracht schei=
nen die doppelten sorgfältigen Bedeckungen des Hal=
ses, und die langen schweren Röcke, besonders im Som=
mer eine unleidliche Hitze erzeugen zu müssen. Wenn
aber diese Tracht auch noch so gut steht, so ist dies nur
allein von jungen und schönen Mädchen wahr. Die
alte Weiber hingegen werden nicht wenig dadurch ver=
häßlicht, daß sie in kurzen Röcken, und mit lang ge=
flochtenen Haaren erscheinen.

Die Bauart der Bernischen Bauerhäuser gefällt
beym ersten Anblick noch weniger, als die Weiber=
tracht. Wenn man aber hört und sieht, wie zweckmä=
sig sie ist, und wie viele Absichten sie erfüllt, so fin=
det man sie schön, und muß sie auch schön finden.
Die Bernischen Baurenhäuser sind in Rücksicht auf
Größe, Höhe und Neuheit eben so sehr verschieden, als
ihre Besitzer es in Rücksicht auf die Vermögensum=
stände sind; in Ansehung der Bauart aber sind sie sich
fast alle gleich. Die meisten sind mit Stroh gedeckt,
und diese Strohdächer gehen nach allen Seiten sehr
weit über die äußern Wände der Häuser herab, so daß
sie in einiger Entfernung fast die Erde zu berühren schei=
nen. Nur den beyden Hauptthüren gegenüber sind in
die herabhängenden Strohdächer Einschnitte gemacht,
damit beladene Wägen hinein und herausfahren kön=

R 3

nen. Diese Dächer schützen nicht nur gegen Regen und Kälte, sondern vertreten auch die Stelle von Scheuren. Unter ihnen stehen Wägen, Pflüge, Tonnen, und anderes Geräth sicher: sie dienen zu Holz = Magazinen, und unter ihnen kann der Hausvater, wie unter einem Obdach an seinem Geschirr arbeiten, sein Vieh ab = und anspannen, und seine Viehställe besuchen. Bisweilen sind die Häuser höher, als gewöhnlich, von der Erde aufgemauert, und dann gehen unter dem Dach eine, bisweilen zwo Gallerien herum, wodurch die angeführten Vortheile verdoppelt, oder verdreyfacht werden. Ein gemeines Baurenhaus ist in zwo Hälften getheilt: die eine besteht aus zwoen Stuben, zwischen welchen die Küche liegt, und der Diele; die andere aus dem Heu = und Kornmagazine und den Viehställen, die rund herum angelegt sind. Unter den Stuben sind die Keller, in welche man oft von außen hineingeht. Die Stuben sind selbst im Emmethal, und obern Aargäu viel höher, geräumiger, und zahlreicher, als in den übrigen Theilen des Cantons, wo sie oft ängstlich niedrig, und die Fensterscheiben fast unsichtbar klein sind. Die meisten Häuser haben einen fließenden Brunnen, und unter diesem einen steinernen oder hölzernen Behälter, aus welchem das Vieh saufen kann. Die Häuser mögen übrigens klein oder groß seyn, so findet sich nirgends etwas verfallenes oder unausgebessertes, oder andere Spuren von Nachlässigkeit, die aus Druck und Elend entsteht, sondern vielmehr allenthalben Merkmale von beständiger haushälterischer Aufmerksamkeit, und daher entstehender Ordnung und Ueberfluß. Wenn der Wind, oder die Zeit irgendwo nur eine Handvoll Stroh aus dem Dache herausreißt, so wird die Lücke gleich wieder ausgefüllt. Auch erblickt man nirgends Wägen, oder Pflüge u. s. w. an solchen Stellen, wo sie durch Feuchtigkeit, oder andere Ursachen Schaden nehmen könnten. Schon in der Mitte des Junins waren alle Hausväter auf den ganzen Winter mit Holz versehen, das auch schon gespalten, und zusammengelegt war, und an welchem man die Reste des letzten Jahrs von dem neuen Vorrath sehr gut unterscheiden konnte. Ich habe es an dem Bernischen Landmann wahrgenommen, was Herr von Möser von allen glücklichen Bauern überhaupt sagt, daß er das Nothwendige im Ueberflusse, und in der größten Vollkommenheit habe.

Wenn der Bauer so glücklich ist, als in der Schweiz, so nimmt die Bevölkerung auch ohne Belohnungen und Aufmunterungen zu. Im Emmethal hat sich die Zahl der Einwohner seit einem Jahrhundert verdoppelt, und im Amte Lenzburg ist sie seit 1760. um sechstausend stärker geworden. In der Französischen Schweiz hingegen nimmt sie aus Ursachen, die ich in der Zukunft vielleicht genauer erfahren werde, immer ab, und der ganze Canton soll jährlich nicht viel mehr, als tausend Menschen gewinnen. Die Volksmenge könnte noch um vieles wachsen, wenn der Flachsbau und die Flachsspinnerey sich mehr auf dem Lande verbreiteten, und besonders in die Land=Städte, die meistens ohne alle gewinnende Gewerbe sind, ein Geist der Thätigkeit gebracht werden könnte.

Ungeachtet der Bernische Bauer nicht die gesetzgebende Macht, wie in den kleinen Cantonen besitzt, und nicht einmal den geringsten Antheil an der Regierung hat, und erhalten kann; so ist er doch mit seiner Obrigkeit eben so sehr zufrieden, als wenn er sie selbst gewählt hätte. Er würde auch gewiß für ihre Vertheidigung, wie für die Vertheidigung seines Vaterlandes, Gut und Blut wagen. Diese Liebe der Unterthanen für ihre milde Regenten ist in allen Ländern die sicherste Stütze der letztern, und im Canton Bern die einzige sichere Stütze. Zwar haben sich alle Cantone ihre einmal eingeführte Verfassung gegenseitig verbürgt, und selbst also die demokratischen Stände müssen herbeyeilen, wenn die Aristokratie in Bern in Gefahr kommen sollte; allein diese Garantie, welche den Magistrat in Freyburg und Genf schon mehrmalen gerettet hat, würde der Bernischen Regierung keine so zuverlässige Hülfe gewähren. Denn erstlich wäre es sehr zu besorgen, daß, wenn die Bernischen Unterthanen einen allgemeinen Aufstand erregten, alsdann die Bauren im Freyburgischen, Solothurnischen, Lucernischen und vielleicht noch weiter mit den Unzufriedenen vereinigen würden. Wenn aber auch dieser Fall nicht einträte, und die benachbarten Cantone ihre Unterthanen zur Hülfe von Bern aufbieten könnten, so wäre doch immer zu fürchten, daß diese Hülfe zu spät käme, oder auch zu schwach wäre; denn im Bernischen Gebiet könnten sich leicht mehr Unzufriedene versammlet haben, als die Nachbaren und Freunde gegen sie aufzubringen im Stande wären. Eine weise milde Regierung ist also,

wie bisher, so auch ins künftige, das sicherste Erhal-
tungsmittel der einmal eingeführten Regierungsform,
für welche sich auch die benachbarten Cantone zu interessiren Ursache haben, weil ihr Regiment schon mehrmalen ganz allein durch Bernische Hülfstruppen ist
geschützt, und befestiget worden.

In Bern wäre nicht leicht eine andere Revolution
möglich, als eine solche, welche die Verschwornen im
Jahr 1749. im Sinne hatten, wodurch die höchste Gewalt der ganzen Bürgerschaft, oder den Zünften sollte übergeben, und der kleine und grosse Rath ohne Unterschied aus den Zünften, und von den Zünften sollte
erwählt und ergänzt werden. Wenn die Verschwornen auch alle die Personen hingerichtet, und alle die
Grausamkeiten ohne Hinderniß ausgeübt hätten, welche sie ausüben wollten; so würden doch gewiß die
Landleute sich der Einführung einer Demokratischen Regierungsform mit Nachdruck widersetzt haben, weil
diese gar wohl wissen, daß allenthalben, wo die höchste Macht in den Händen der Zünfte liegt, diese Zünfte ihre Rechte auf Unkosten der Unterthanen erweitern,
da hingegen die regierenden Familien in einem Aristokratischen Staate sich um die Liebe der Unterthanen
eben so sehr, oder noch mehr, als um die Liebe ihrer
Mitbürger bewerben, um in jenen allemal eine sichere
Hülfe gegen die Unzufriedenheit der letztern zu haben.

Nie, glaube ich, hat es einen verächtlichern und
unbesonnern Haufen von Verschwornen gegeben, als
diejenigen waren, welche im Jahre 1749 in Bern bestraft wurden, und um welcher willen die Regierung

in Bern in fremden Ländern, vorzüglich in Teutsch=
land, auf das ungerechteste ist verläumdet worden.
Ich sage dieses mit Zuversicht, da ich das Glück ge=
habt habe, über die lezte Verschwörung Nachrichten
zu erhalten, die gewiß vielen Einwohnern in Bern
nicht bekannt geworden sind. Die vornehmsten Ver=
schwörer waren nicht die drey hingerichteten, Henzi,
Emanuel Fueter, und Wernier, sondern Gottfried
Kuhn, ein Rothgerber, Daniel Fueter, ein Gold=
schmidt, und Gabriel Fueter ein Kaufmann. Letztern
kann man mit Recht das Haupt der ganzen Verschwö=
rung nennen, weil er seinen Bruder, den hingerichte=
ten Lieutenant Fueter, den Henzi, und die meisten
übrigen angeworben hatte. Der eigentlichen Ver=
schwornen waren nicht viel mehr, als zwanzig, und
diese waren fast alle zu Grunde gerichtete Leute, die
den ganzen Staat gerne umgekehrt hätten, weil sie
bey seiner damaligen Verfassung nicht länger bestehen
konnten, oder weil sie sich bey einer allgemeinen Ver=
wirrung am leichtesten an einzelnen mächtigen Perso=
nen zu rächen hofften, von denen sie beleidigt zu seyn
glaubten. In der ganzen Rotte war Henzi der einzi=
ge Mann von Kopf und Charakter, von welchem man
es bedauren muß, daß er durch blinde Rache in eine
so rasende Unternehmung, als die Verschwörung war,
getrieben wurde. Er hatte einen unversöhnlichen Haß
gegen die Regierung, weil er im Jahr 1748. die Stel=
le eines Bibliothekars, um welche er sich beworben
hatte, nicht erhalten konnte. Schon vier Jahre vor=
her hatte er sich in eine unreife zu früh entdeckte Ver=

schwörung eingelassen, und war deßwegen verwiesen,
aber bald nachher wieder begnadigt, und in sein Va=
terland zurückgerufen worden. Er widersetzte sich stets
den blutigen und zerstörenden Gewaltthätigkeiten, wo=
mit die andern anfangen wollten, und er war auch
der einzige, der nach Plan handelte, und andere han=
deln zu machen wünschte. Die übrigen, vorzüglich
die drey, welche ich vorher als die vornehmsten unter
den Verschwornen genannt habe, redeten und handel=
ten, wie Unsinnige. Ihre Absicht ging auf nichts we=
niger, als, die angesehensten Männer, des Staats um=
zubringen, den Rath in die Bibliothek einzusperren,
die Stadt an mehren Orten anzuzünden, sich des
Schatzes zu bemächtigen u. s. w. Eben diese wüthen=
den Menschen redeten ohne alle Vorsicht und Auswahl
zu sechszig andern Personen, von denen die meisten
die Unausführbarkeit ihrer Anschläge sogleich einsahen,
oder die Grausamkeit der Verschwörer verabscheuten,
denen sie aber doch durch geladene Pistolen, oder Schmei=
cheleyen entweder Aufmerksamkeit, oder Verschwie=
genheit abgenöthigt hatten. Es war also nicht sowohl
zu verwundern, daß die Verschwörung entdeckt wur=
de, als daß sie nicht schon viel früher verrathen wor=
den war. Ein jeder hatte andere Einfälle, und fast
alle waren so heiß, daß sie zur Ausführung schreiten
wollten, ehe man noch ein einzigesmal zu ordentlichen
gemeinschaftlichen Berathschlagungen zusammengekom=
men war, und ehe man sich noch über einen bestimm=
ten Plan, und die Mittel ihn durchzusetzen vereinigt
hatte. Henzi war der erste, welcher einzusehen an=

fing, daß man mit solchen Menschen, als seine Mit=
verschwornen waren, nichts grosses ausführen, und
auch nicht sicher mehr an einem Orte leben könne.
Er hatte deswegen seine besten Sachen in der Stille
eingepackt, und war eben im Begriff, wieder nach
Frankreich oder Italien zu gehen, wo er schon ehe=
mals als Officier gedient hatte, als die Verschwörung
von einem Mitschuldigen entdeckt, und er selbst nebst
zween andern ergriffen wurde. Der Angeber war ein
Candidat, den die Regierung nicht nur mit einer gros=
sen Summe Geldes, sondern auch mit einer reichen
Pfarre beschenkte: den aber weder die Gnade des Raths,
noch die Heiligkeit seines Amtes, womit man billig
keinen Verschwörer und Verräther hätte bekleiden sol=
len, gegen allgemeinen Abscheu schützen konnte. Un=
ter den Verschwornen, welche man gefangen genom=
men hatte, wurden nur drey hingerichtet; andere wur=
den verwiesen: die meisten aber begnadigt. Unter den
entwichenen verurtheilte man die Urheber der Ver=
schwörung, und der gewaltsamsten Anschläge abwe=
send zu einer härtern Todesstrafe, als Henzi und sei=
ne Freunde litten; man hob aber in der Folge diese
Strafe gänzlich auf, und beyde verbannte Fueter le=
ben jetzo ruhig in ihrer Vaterstadt. Wahrscheinlich
würden auch die hingerichteten eine gelindere Strafe
erhalten haben, wenn man nicht den Proceß so ge=
schwind betrieben und geendigt hätte. Dem Henzi
besonders wünschte das damalige Publicum ein weni=
ger hartes Schicksal, weil er sich durch seine vor der
Entdeckung schon fast angefangene Flucht von der

Verſchwdrung gleichſam losgeſagt, und er ſowohl, als
die übrigen Unzufriedenen mehr auf eine unbeſonnene
Art von einer Veränderung der Staatsverfaſſung gere=
det, als eine wirkliche Verſchwdrung entworfen hatten.
Henzi mußte aber nicht allein ſterben, ſondern auch
Zeuge von der Hinrichtung ſeiner Gehülfen ſeyn. Dies
billige ich eben ſo wenig, als daß man den Scharf=
richter, der ein bekannter oder Freund der Verurtheil=
ten geweſen war, nöthigte, die leztern vom Leben
zum Tode zu bringen, ſo ſehr er auch darum bat,
daß man dies traurige Geſchäft diesmal einem andern
auftragen möchte.   Durch dieſe Grauſamkeit ſtrafte
man nicht ſowohl die Verſchwbrer, als den unſchul=
digen Scharfrichter, wenn dieſer anders ſeinen Freun=
den mit einem einzigen Streich Kopf und Leben nahm.
Weil man aber vorausſetzen konnte, daß Mitleiden
und Unwille ſeine Hand zittern machen, oder entkräf=
ten würden, ſo ſetzte man die Verurtheilten der Gefahr
einer viel härtern Strafe aus, als ihnen nach den Ge=
ſetzen zuerkannt worden war.   Der Scharfrichter hieb
auch wirklich mehrmalen fehl, und bey dieſem Anblick
der Zerfleiſchung ſeiner Freunde rief Henzi folgende Wor=
te aus: quelle boucherie! Es iſt falſch, daß er nach
einem empfangenen Fehlhieb ſoll zum Scharfrichter ge=
ſagt haben: tu juges, comme ton magiſtrat.   Ich
weiß dieſes von einer verehrungswürdigen Perſon, die
nahe bey Henzi ſtand, und ihn in den letzten Augen=
blicken genau beobachtete.   Henzi war der einzige,
welcher ſeine That oder vielmehr Thorheit bereute, und
die Strafe derſelben ohne Murren und Zagen litt.   Als

seine Freunde hingerichtet wurden, hielt er seine Augen unverwandt auf dem blutigen Schauspiel geheftet; ungeachtet die Umstehenden ihn baten, daß er sein Gesicht wegwenden möchte. Nach dieser Execution vermehrte man die Stadtwache auf 360 Mann; man verwarf aber mit einer grossen Ueberzahl von Stimmen den Vorschlag von einigen, daß man zur Sicherheit der Regierung ein noch stärkeres Corps errichten möchte. Von den 360 Mann, welche beständig im Solde der Regierung stehn, liegt immer nur ein Drittel in der Stadt, und die beyden übrigen sind ausser derselbigen. Bald nach der Verschwörung machte man verschiedene heilsame Gesetze, wodurch man sich einigen Verbesserungen oder Einrichtungen, welche die Verschwornen einzuführen die Absicht gehabt hatten, merklich näherte, und anstatt also durch die überstandene Gefahr erbittert zu werden, und die Aristokratie noch mehr zu verstärken, machte man das Regiment milder, als es vorher gewesen war. Besonders aber befliffen sich die Rathsherren seit dieser Zeit, ihre Mitbürger freundschaftlicher und höflicher, als sonst zu empfangen.

Damit Sie aber doch nicht einen ganz politischen Brief erhalten, so will ich Ihnen zum Beschluß eine kleine Reise beschreiben, die wir von hier aus nach Solothurn gemacht haben.

Der Weg nach Solothurn ist der einzige ungemachte, den ich bisher in der Schweiz gefunden habe, weil von Nidau und Biel aus, keine grosse und sehr besuchte Strasse nach Solothurn führt. Auch findet man auf dem ganzen Wege keine besonders schöne, oder merkwürdige Gegenstände. Links hat man den Jura unmittelbar zur Seite, der nirgends, glaube ich, weniger fruchtbar und interessant, als in dieser ganzen Strecke ist. Rechts sieht man weitläuftige Wiesen, und gut bebaute Aecker, (denn Solothurn ist der einzige Canton, der mehr Frucht baut, als er selbst braucht) allein ungeachtet diese Aecker einträglicher sind, als im Aargäu, so sind sie doch viel weniger malerisch. Der einzige Vorzug dieses Weges ist der, daß man die meiste Zeit die höchsten unter den Bernischen Schneebergen erblikt. Die Baurenhäuser im Solothurnischen sind ganz nach Bernischer Art gebaut; sie sind aber inwendig weniger reinlich, und auswärts mehr durch den Rauch angeschwärzt, als die Bernischen. Die Bauren selbst schienen mir nicht so gut gebildet zu seyn, als ihre Nachbaren; allein ihre Gärten sind unstreitig besser gewartet, und mit Obstbäumen versehen, und ihr Hornvieh viel grösser, als ich es bisher in der flachen Schweiz gesehen habe. Die Hauptstadt des Cantons ist dem Ansehen nach sehr bevölkert, hat aber weder so breite und regelmäßige Strassen, noch so schöne und gleichförmige Häuser, als Bern. Die Lage der Stadt und vorzüglich der Wall, oder die Hauptpromenade, nimmt sich auf einer Zeichnung viel besser, als in der Natur aus. Der Wall ist zwar mit schönen und hohen Linden besezt, allein an der einen Seite wird die Aussicht durch die Brustwehr verschlossen, und an der andern sieht man auf die Hintertheile von meistens elenden Häusern, deren Unreinigkeiten

oder Abflüsse oft einen unerträglichen Gestank verur=
sachen, und die nichts dadurch gewinnen, daß sie bis=
weilen auf Ueberbleibseln alter Römischer Mauern er=
richtet sind. Wenn man sich aber einen weitläufti=
gern Gesichtskreis verschaffen, und nahe an der Brust=
wehr spazieren gehen will, so ist man gezwungen, al=
le Augenblicke einige Schuh herab und hinaufzusprin=
gen, so oft man nämlich an Stellen kommt, wo für
die Laveten und Mündungen von Canonen Einschnit=
te in den Wall und die Brustwehr gemacht sind. Ich
hatte keine Lust, alle die alten Mauren oder andere
Reste aufzusuchen, welche noch aus den Zeiten der
Römer übrig sind, und die hier häufiger, als anders=
wo gefunden werden; weil an der Stelle der jetzigen
Stadt Solothurn ehemals das castrum Solodurense,
und wenigstens eine Zeitlang das Standlager einer
Legion war. Mit desto grösserer Aufmerksamkeit be=
trachtete ich die neue Hauptkirche, die erst vor weni=
gen Jahren vollendet worden ist, und dem Staat ei=
ne Million Gulden gekostet hat. Ich habe schon oft
viel grössere Gebäude und Kirchen gesehen, als diese,
aber keine, deren Anblick in mir so viel Ehrfurcht und
Andacht erregt hat. Sie ist mit ihrer Fronte gegen die
Hauptstraße gebaut, und so sehr über diese erhöht wor=
den, daß man auf vierzig Stuffen, und in mehrern
Absätzen zu ihr hinaufsteigen muß. Diese prächtige
Treppe, die anf beyden Seiten mit Statüen und klei=
nen Springbrunnen geziert ist, trägt am meisten zu den
feierlichen Empfindungen bey, welche der schöne Tem=
pel hervorbringt. Sie scheint dazu bestimmt zu seyn,

daß sie das Gemüth zu andächtigen Gedanken und Ge=
sinnungen vorbereiten soll. Denn indem man sie lang=
sam hinaufsteigt, und sich dem majestätischen, der
Gottheit geweihten Hause, nähert, ist es, als wenn
man mit der niedrigen Erde auch alle niedrige und ir=
dische Gedanken ablegen, und keine andere, als heili=
ge Vorsätze und Betrachtungen in der gereinigten See=
le nähren müßte. Der untere Theil der Façade ruht
auf vierzehn Korinthischen Säulen von einem weissen
und sehr harten Stein, der in der Nachbarschaft der
Stadt gebrochen, und in der ganzen Schweiz gesucht
wird. Die mittlere und größte unter den drey Eingän=
gen oder Thüren, hat an jeder Seite drey, die kleinen
aber nur zwo Säulen. Der obere Theil der Kir=
che ist auf acht Säulen gestützt, und dem untern voll=
kommen entsprechend. Die Mahlereyen in der Kirche
haben mir besser gefallen, als die Bildhauerarbeit und
Statüen, womit sie besonders an ihren äußern Thei=
len geschmückt ist. Die kostbarsten und schönsten Stü=
cke sind unstreitig der Altar und die Canzel, die beyde
aus dem köstlichsten Marmor, und mit ausnehmender
Kunst gearbeitet sind, ohne im geringsten mit Zierra=
then überladen zu seyn. Die marmorne Canzeltrep=
pe, welcher man in Solothurn ein gewiß übertriebenes
Gewicht von zweytausend Centnern zu geben pflegt,
ist so künstlich gewunden, daß sie durch nichts, als
sich selbst, oder ihre Zusammensetzung gestützt zu wer=
den scheint. Rund um die Kirche her ist ein freyer
Platz, der mit lauter grossen Steinen belegt ist. Die=
se Steine decken ausgemauerte Grüfte, deren eben so

I. Theil. S

viele sind, als es bürgerliche Familien giebt. Die Grabsteine sind alle numerirt, und an einer Stelle durchbohrt, wahrscheinlich um den giftigen Dünsten der verwesenden Leichname einen allmäligen Ausgang zu verschaffen. Nachdem wir die Kirche besehen hatten, stiegen wir auf den Thurm, wo die Aussicht so weitläuftig ist, als man sie in, und um die Stadt herum nur haben kann. Die Aussicht entzückte uns aber nicht in dem Maaße, als sie diejenigen zu entzücken pflegt, die über Basel nach Solothurn kommen. Was wir sahen, war schön, erinnerte uns aber immer an etwas noch schöneres, was wir vor kurzem genossen hatten. In der Nachbarschaft von Solothurn liegen manche reiche Clöster und Landhäuser, es sind ihrer aber noch nicht so viele, daß sie das Auge lange fesseln könnten. Die Aar, welche die Stadt durchströmt, ist zwar zwey bis dreymal so breit, als bey Bern, sie windet sich aber lange so malerisch nicht, als ich sie schon mehrmalen vom Jura gesehen habe. An der einen Seite nähert sich dieses Gebürge der Stadt bis auf eine kleine halbe Stunde. Anstatt aber die Landschaft zu verschönern, giebt es derselben vielmehr ein trauriges Ansehen, weil es an vielen Stellen ganz nackt, und überhaupt viel öder scheint, als es wirklich ist. Wenn man sich vom Jura wegkehrt, so verliert sich das Auge in einer fast unabsehbaren Fläche, die zwar sehr fruchtbar, aber doch nicht in dem Grade ist, als wir Ebenen in Franken und Schwaben gefunden hatten. — Schade ist es, daß der schöne Thurm seines Bruders beraubt geblieben ist, der ihm bestimmt war, aber nicht erbaut wurde, weil man fürchtete, daß das Fundament die Last nicht tragen würde, oder weil die Geduld und Fonds erschöpft waren. Diese Lücke ist eben so auffallend, als die Lage der Kirche, die mit ihrer Façade nicht gerade gegen die Mitte der Hauptstrasse zugekehrt ist. Man entdekt von der einen Seite mehr, als von der andern, wodurch sie, so lange man sie von der Strasse ansieht, ein schiefes Ansehn erhält.

Wir wollten Solothurn nicht verlassen, ohne zuvor die Capelle der heiligen Verena, und die Einsiedeley zu besuchen, welche vor ohngefähr hundert Jahren, eine halbe Stunde von der Stadt, von einem Aegyptischen Eremiten Arsenius angelegt, und bewohnt worden ist, und noch jetzo von einem Capuciner unterhalten wird, der aber gerade ausgegangen war, als wir hinkamen. Der Weg führt bey einer Menge von Klöstern, Kirchen und Capellen vorbey, von welchen man ein unaufhörliches Geläute und Geklingel hört. Ueber der Thür einer Seitencapelle las ich die Worte: hier geht man ein in die Capelle und den Ort, wo Maria Jesum empfangen, und ihren lieben Sohn gekocht (d. i. erhalten) hat. Wir standen eine fürchterliche Hitze aus, ehe wir die Einsiedeley erreichten. wurden aber für den vergossenen Schweiß hinlänglich belohnt. Die Einsiedeley ligt in einem engen und tieffen Bergthal, das von hohen Felswänden eingeschlossen wird, die von der Natur selbst gespalten, und auseinander gerissen zu seyn scheinen. So einsiedlerisch die Gegend ist, so hat sie doch nichts

Furchtbares, oder Beängstigendes, weil das Thal
nach beyden Seiten offen ist, und sich in einen lachen=
den Grund zu endigen scheint. Links sieht man zuerst
eine Nische mit dem Bilde der heiligen Verena, die
hier gewohnt haben soll, und dann am Felsen, Chri=
stum auf dem Oelberge, die drey Apostel zu seinen
Füssen, und etwas höher die Stadt Jerusalem, in
welcher Gruppe man weder Ausdruck, noch richtig be=
obachtete Verhältnisse suchen muß. Unendlich rüh=
render ist die Capelle der heiligen Verena, zu welcher
man von zween Seiten auf etwa zwanzig Stuffen hin=
aufsteigen kann. Diese Capelle ist von dem alten from=
men Einsiedler mit unsäglicher Mühe in einen äusserst
harten Fels hineingehauen worden, und besteht aus
drey Abtheilungen, die in Form von Gewölben oder
Schwibbögen gearbeitet sind. Diese Gewölbe mögen
etwa zwanzig Fuß tief, und zwölf bis fünfzehn breit
seyn. In dem mittlern und größern ligt unser Hei=
land im Grabe; die beyden übrigen sind leer, und
werden wahrscheinlich an gewissen Festtagen geöffnet.
Da, wo das in den Felsen hineingehauene Gewölbe
aufhört, ist das, was zu einer Capelle fehlte, so
künstlich hingebaut worden, daß man die Gränzen der
Kunst, und der Natur kaum unterscheiden kann. Al=
le Innschriften, die ich hier gefunden habe, waren
viel würdiger und passender, als man sie sonst an ähn=
lichen heiligen Orten zu finden pflegt. Von der Ca=
pelle der heiligen Verena wandten wir uns zur Woh=
nung ihres ehemaligen Verehrers, die ihr gegenüber
an dem Fusse eines ungeheuren steilen Felsens errich=

tet ist, und von der Capelle durch einen Bach getrennt
wird, deſſen tieffes Bett zeigt, daß er zu gewiſſen Zeiten viel fürchterlicher wird, als er jetzo war. Weil
der abweſende Capuciner die über den Bach angelegte
Brücke verſchloſſen hatte, ſo mußten wir mit vieler
Mühe an ſeinen gähen Ufern hinab und hinaufſteigen,
um in den Garten der Einſiedeley zu kommen, der vor
der Hütte angelegt iſt. Das Gärtchen enthielt auſſer
einigen Gemüſe-Beeten verſchiedene Blumen, beſonders Roſenſtöcke, von welchen wir einige abbra-
chen, die wir mit der gröſten Sorgfalt aufbewahren,
und Ihnen bey unſerer Rückkunft als Reliquien zeigen werden. Es that uns weh, daß wir nicht ſelbſt,
um die Blümchen, die wir mit vorausgeſetzter Erlaubniß ihres Pflegers nahmen, bitten konnten; allein
wir zweifelten nicht, daß der gute Vater uns dieſe
kleinen Geſchenke gerne gegönnet hätte. An der linken Seite des Hauſes war ein kleines Holz-Magazin,
und an der rechten eine kleine Werkſtätte oder Arbeits-
platz. Im Hauſe ſelbſt, in welches wir nur durch das
Fenſter hinein ſehen konnten, fanden ſich ein ſchlech-
tes Bett, und einige hölzerne Stühle. In eben dieſem Geſchmack einſiedleriſcher Genügſamkeit oder Dürftigkeit iſt die Capelle des ehemaligen Waldbruders
gebaut, die mit der Hütte an derſelbigen Seite, aber
auf einem höhern Arm des Felſens ſteht, und deren
merkwürdigſte Verzierung das an der Wand gemahlte
Bild ihres erſten Stifters iſt. Ungeachtet ich ein ab-
geſagter Feind des ungeſellſchaftlichen Lebens bin, ſo
hatte doch der Anblick der Einſiedeley in dieſer ſchö-

nen Jahrszeit, und in der schwülen Nachmittagsstun=
de, worinn ich sie besuchte, so etwas Feyerliches und
Bezauberndes, daß ich, wenn ich den ersten Regun=
gen meines Herzens hätte folgen wollen, den Aufent=
halt in diesem engen Thale dem Aufenthalt in jedem
mir bekannten Kloster vorgezogen hätte. Freylich wür=
be der Zauber dieser heiligen Stätte bald verschwinden,
wenn man sie in Augenblicken sähe, wo die nahen her=
über hangenden Felsen vom Donner erschüttert, oder
vom Blitze gespalten würden, oder auch das ganze Thal
von Ellen tiefem Schnee unzugänglich geworden wäre.

Wenn Sie mir wieder schreiben, so melden Sie
mir doch, wie weit man mit dem Druck des zweyten
Theils meiner Geschichte der Wissenschaften gekommen
ist, und ob Sie von ohngefähr schon Probebogen von
den beyden kleinern Schriften gesehen haben? Der
Innhalt dieser Werke ist mir in einigen Monathen so
fremd geworden, daß es mir vorkömmt, als wenn ich
in dem Fall, daß sie verloren giengen, nicht den hun=
dertsten Theil derselben wieder herstellen könnte. Tau=
send Grüsse an alle unsere Freunde! Sie, mein Be=
ster, brauche ich nicht mehr zu versichern, daß ich
Sie unverändert liebe u. s. w.

Sechster Brief.

Nidau am 18ten Jul. 1782.

Liebster Freund,

In einem meiner vorhergehenden Schreiben versprach
ich Ihnen, die ganze Bernische Verfassung, so wie sie

sich mir darstellen würde, zu schildern. Da ich Ihnen nun bisher meistens nur die vortheilhaften Seiten derselben beschrieben habe, so werden Sie erlauben, daß ich Ihnen auch die schwachen Seiten aufdecke. Bern ist so wenig, als irgend ein anderer Staat, in welchem Menschen regieren, und regieret werden, ohne alle Mängel. Diese Republik ist gleich allen übrigen krank, aber mit dem Unterschiede, daß ihre Krankheiten weder so zahlreich, noch so unheilbar, als die der meisten Europäischen Nationen sind. Auch haben die Berner nicht den unglüklichen Wahn, der manchen unheilbar Kranken eigenthümlich ist, daß sie vollkommen gesund seyen; noch viel weniger sind sie so kränklich empfindlich, daß sie durch die sanftesten Berührungen ihrer Schäden heftig beleidigt würden *). Fremde können ohne Zurückhaltung tadeln, was ihnen an der Bernischen Verfassung Tadel zu verdienen scheint, und ich habe nie bemerkt, daß ein vernünftiger und bescheidener Tadel übel wäre aufgenommen worden, oder daß man sich, wie in manchen andern Städten, gleichsam verabredet zu haben schiene, die Gebrechen des gemeinen Wesens vor Ausländern zu verbergen, oder zu beschönigen. Vielleicht ist es ohne Beyspiel, (eine Bemerkung, die ich einem gelehrten Schweizer zu verdanken habe) was die Regierung von

*) Dies würde ich jetzo nicht mehr so ohne Einschränkung sagen, als vor einigen Jahren. Die Berner tadeln ihre eigenen Gebrechen viel freymüthiger, als andere Schweizer, können auch mündlichen Tadel sehr gut ertragen; allein vor gedruktem Tadel, wenn er auch noch so gegründet, und billig ist, fürchten sie sich im Ganzen genommen nicht weniger, als ihre übrigen Landsleute.

Bern im Jahre 1681. that, als Ludwig der Vierzehnte Strasburg eingenommen hatte, und man befürch-
tete, daß er seine räuberische Hand auch nach andern
benachbarten Städten ausstrecken möchte. In diesem
Jahre forderte man in Bern einen jeden Bürger auf,
die Mängel der Republik unpartheyisch, und ohne
Scheu anzuzeigen: nach welcher Aufforderung auch
nicht das kleinste Gebrechen übrig blieb, welches man
nicht sammt allen Gegenmitteln den Vätern des Volks
vorgelegt hätte. Von dieser Zeit an hat man unab-
läßig an der Abschaffung von Mißbräuchen gearbeitet, und man kann also gar nicht zweifeln, daß man
nicht denen, die noch übrig sind, allmälig abzuhelfen
suchen werde. Die Schriften der Patrioten und Unzufriedenen, die vor etwa einem Jahrhunderte den
Staatskörper auf das genaueste untersuchten, liegen
im Archiv des Staats, und werden von einem jeden
Mitgliede der Regierung gelesen. Ich schmeichle mir
gar nicht, daß ich in meiner Aufzählung der vornehmsten Mängel der Republik einem Berner etwas neues
sagen könnte; Ihnen aber werde ich dadurch gewiß einen neuen Beweis von der Unpartheylichkeit geben,
womit ich an verehrungswürdigen Staaten, wie an
grossen Männern, kleine von der Menschheit unzer-
trennliche Fehler bemerken, und anerkennen kann, ohne ihnen deswegen die Hochachtung zu entziehen, die
ich ihren Vorzügen schuldig bin.

Ungeachtet die Regierung in Bern seit mehr als
zwey Jahrhunderten sich aus allen Kräften von der
Oligarchie zu entfernen bemüht, und auch wirklich ent-

fernt hat; so wird sie doch aller dieser Bestrebungen ungeachtet durch einen unaufhaltsamen Strom in den Abgrund dieser gefährlichen Verfassung hinein gezogen. Dieser Strom ist die beständige Abnahme der bürgerlichen sowohl regierenden, als Regiments = fähigen Familien, wodurch die höchste Gewalt mit einem jeden Jahrzehend in die Hände einer kleinern Zahl von Familien kömmt. Je kleiner aber die Zahl von regierenden Geschlechtern wird, desto grösser muß nothwendig mit der Zeit die Zahl von Mitgliedern werden, welche ein jedes in den grossen Rath gibt, desto leichter finden gefährliche Verbrüderungen Statt, und desto schwerer wird es, Bedrückungen und Untreue zurückzuhalten, und zur Strafe zu ziehen. Kurz, wenn man diesem Hange der Republik zur Oligarchie nicht steuret, so wird eben der Schauplatz von Erpressungen, Aufrühren, und Verschwörungen wieder eröffnet werden, welche die Bernische Geschichte der vorhergehenden Jahrhunderte schildert, und diese Unordnungen werden jetzo viel traurigere Folgen, als vormals haben, weil Bern weniger Hülfe von den Regierungen hoffen kann, denen es am öftersten geholfen hat. Beträchtliche Aufstände der Unterthanen im Canton Bern würden höchst wahrscheinlich die jetzige Verfassung über'n Haufen stürzen, und wenn das Regiment in Bern zu Grunde gienge, so würde gewiß das Ende der übrigen Aristokratischen Republiken nicht weit mehr entfernt seyn. Anstatt, daß die Unterthanen und Insassen des Cantons Bern sich vom Anfange dieses Jahrhunderts an beträchtlich vermehrt haben, und noch im=

mer vermehren; so ist die Zahl der bürgerlichen Fami=
lien fast jährlich kleiner geworden. Wenn man an=
nimmt, daß um das Jahr 1740. etwa drey hundert
bürgerliche Familien in Bern gewohnt haben mögen,
so erschrikt man, wenn man hört, daß zwischen die=
sem Jahr und dem Jahre 1780. sieben hundert neun
und zwanzig bürgerliche Personen mehr gestorben, als
geboren worden sind. Für die Richtigkeit dieses letz=
ten Datums kann ich eben so gut stehen, als für die
Zuverläßigkeit folgender Liste von bürgerlichen Ehen,
die vom Anfange dieses Jahrhunderts an geschlossen
worden sind.

Zwischen 1700 und 1710 wurden vollzogen 419 Ehen
— 1710 ⸱ 1720 — — 412 —
— 1720 ⸱ 1730 — — 472 —
— 1730 ⸱ 1740 — — 411 —
— 1740 ⸱ 1750 — — 356 —
— 1750 ⸱ 1760 — — 397 —
— 1760 ⸱ 1770 — — 392 —
— 1770 ⸱ 1780 — — 330 —

Auch aus diesem Verzeichnisse erhellt, daß die Bürger=
menge in Bern seit etwa achtzig Jahren fast um ein
Drittel abgenommen habe. Die Ursachen, warum die
Zahl der Ehen in zwey Decenniis merklich stärker war,
als in den übrigen, habe ich nicht erfahren können.
Daß aber die Zahl der Ehen und bürgerlichen Perso=
nen im gegenwärtigen Jahrzehend wachsen werde, läßt
sich gar nicht hoffen, da selbst im großen Rathe fast
hundert Mitglieder sind, die entweder gar keine Kin=
der, oder doch keine Söhne haben.

Die beständige Abnahme der Bürgermenge muß aus Ursachen entstehen, die nicht auf dem Lande, und selbst in der Stadt nicht auf die Insassen wirken. Der Hauptgrund liegt unstreitig in einem nicht geringen Grade von Sittenverderbniß, die alle Stände ergriffen hat, aber doch nicht allenthalben gleich unheilbar ist. Unter dem Pöbel der Bürger läßt sie sich, glaube ich, gar nicht heben, und dieser Schade ist so groß nicht, als er scheinen kann. Unter den Vornehmen kann man ihr kräftig entgegenwirken, wie ich in der Folge zeigen werde.

Die gemeinen Bürger in Bern sind auf eben die Art, und aus eben den Ursachen verdorben, aus welchen es der Pöbel in Athen, Rom, und andern ausgearteten oder untergegangenen Freystaaten war, aus Trägheit, oder Mangel von gemeinnütziger Betriebsamkeit. Weil der größte Theil, gleich den Spaniern im südlichen America, es für eine Erniedrigung hält, zu arbeiten, oder durch Handarbeit so viel zu verdienen, als zur Erhaltung ihrer selbst, und ihrer Familien nöthig ist; so überlassen sie sich allen Ausschweifungen der sich selbst beschwerlichen stolzen Trägheit, besonders der Völlerey, fallen bald in Dürftigkeit, lassen sich eine Zeitlaug aus den Fonds der Zünfte, wozu sie gehören, unterstützen, und überantworten zuletzt sich selbst dem Spital, oder der Insel, und ihre Kinder dem Waisenhaus. Die Bankerote nehmen in Bern mit jedem Jahre zu, und sind viel häufiger, als sie nach Verhältniß der Größe der Stadt seyn sollten *).

*) Leider! sind Bankerote, wie man mir schreibt, unter Vornehmen eben so gemein, als unter Geringen. In

Man behauptet es von allen Aristokratien, und, wie ich glaube, nicht ohne Grund, daß die regieren= den Familien, besonders wenn sie selbst keinen Handel oder einträgliche Gewerbe treiben, eine jede Art von be= reichernder Industrie unter den bloß Regimentsfähigen Geschlechtern zurück zu halten suchen. Handel und Gewerbe vermehren die Bevölkerung, verbreiten Reich= thum und Aufklärung, erregen in denen, die bisher nicht regierten, aber das Recht dazu hatten, kühne Hoffnungen und Ansprüche, und bringen endlich die Verfassung immer mehr und mehr der Demokratie na= he, welche Revolution auch unausbleiblich erfolgt, wenn sie nicht durch gewaltsame Mittel, wie jetzo in Genf, zurückgehalten, oder vereitelt wird. Um also dieser Revolution vorzubeugen, hielten es von jeher die Häupter auch der besten Aristokratien für eine hei= lige Grundregel, wenigstens nichts dazu beyzutragen, daß in demjenigen Theile ihrer Mitbürger, die mit ih= nen gleiche Rechte, aber ungleiche Vorzüge hatten, das Vermögen, und mit diesem der Muth vermehrt würde, ihre Rechte geltend zu machen. Der aristokratische Plato verwünschte deßwegen die Siege der Athenien= ser bey Salamin und Mykale aus keiner andern Ursache, als weil das ganze Volk dadurch war bereichert, und der Pöbel zur Anmaßung derselbigen Vorzüge mit den edelsten und reichsten Bürgern war gereizt worden. Auch verfluchte er den Themistokles, Perikles, und andere nur deßwegen als Verderber des Volks, und

die Insel kommen Bürger, wie es sich von selbst ver= steht, nur alsdann, wenn sie nicht bloß arm, sondern auch krank sind.

Umkehrer der Solonischen Staatsverfassung, weil sie Schiffahrt, Künste, Manufacturen, und Handel geschaffen, oder erweitert, und dadurch die Macht des Volks immer mehr und mehr vergrößert hätten. Aus den Wirkungen muß man schließen, daß die Schweizerischen Aristokratien über die gefährlichen Wirkungen einer allgemeinen Industrie in den Hauptstädten eben so, wie Plato denken. Bern, Freyburg, Solothurn, und Lucern haben wenig oder gar keinen Handel und Fabriken, da beyde in den mehr demokratischen Städten, Zürch, Basel, St. Gallen, und bisher auch in Genf bis zum Neide der Nachbaren und Ausländer blühten. In Bern sind nur zwo Fabriken von seidenen Zeugen, die aber nicht von großer Bedeutung seyn sollen, und die Einwohner dieser Stadt müssen daher alle Bequemlichkeiten, oder Producte des Luxus entweder von Ausländern, oder von ihren eignen Unterthanen kaufen.

In Bern ist der Handel zwar nicht schimpflich, wie ehemals in Rom, auch giebt es keine ausdrückliche Gesetze, woburch Handel und Gewerbe gedrückt würden. Unterdessen befangen sich die vornehmen Familien weder mit dem einen, noch den andern, ungeachtet sie sich kein Bedenken machen, Söhne, die nicht zur Regierung bestimmt sind, der Handlung zu widmen, und auch ihre Töchter an reiche Kaufleute zu verheirathen. Noch viel mehr aber, als durch das Beyspiel der Vornehmen, wird der Geist der Betriebsamkeit durch die ungeheuren Fonds der milden Stiftungen erstickt, deren ungemessene Bereicherung der Staat nicht gehindert, sondern vielmehr durch das populär schei

nende Gesetz befördert hat, vermöge dessen alle Notarien verpflichtet sind, Testirende daran zu erinnern, daß
sie doch ein, oder das andere pium corpus bedenken
möchten *). Die Zünfte allein sind so reich, daß sie
verarmenden Mitgliedern aus der Bürgerschafft jährlich 30 bis 50 Thaler, und auf der Zunft vom Distel-
zwange, die lauter Edelleute enthält, 100 bis 150 Thaler, und noch mehr Pension geben. Ein nichtswür-
diger Mensch also, der das Glück gehabt hat, von Bürgern in Bern erzeugt zu werden, mag das Seinige
noch so freventlich herdurch gebracht haben, und einer
jeden Wohlthat, die ihn nicht bessert, noch so unwürdig seyn, als er will; so kann er doch immer versichert
seyn, daß er von seiner Zunft werde unterhalten, oder
daß er sowohl, als seine Frau und Kinder in reichen
und prächtigen Stiftungen einen sichern und bequemen
Zufluchtsort finden werden. Dieser Gedanke, immer
versorgt zu werden, und niemals die Erniedrigungen,
und das Elend der äußersten Armuth tragen zu dürfen, muß nothwendig oft im gemeinen Mann alle Arbeitsamkeit ersticken, und eine jede Art von Ausschwei-
fung befördern; und man kann daher mit Recht annehmen, daß die reichen Zünfte und Spitäler in Bern eben
den Schaden, wiewohl in geringerm Maaße, stiften,
den die unsinnige Verschwendung sowohl des Staats,
als einzelner reicher und ehrgeiziger Bürger in Athen
und vorzüglich in Rom hervorbrachte. An statt, daß
in Rom ein Pöbel von hundert funfzig bis dreymal
hundert tausend Menschen auf Kosten des Staats und

*) Man sehe meine Note zu S. 147.

der Vornehmen gefuttert, und dadurch immer träger
und tugendleerer wurde, wird in Bern nur eine kleine
Zahl von Familien durch die Verschwendung milder
Stiftungen abgehalten, nicht das zu werden und zu
thun, was sie werden und thun könnten. Wenn die
Bürgerschafft in Bern jemals sich wieder heben, und
ihren Vorfahren ähnlich werden sollte; so müßten noth=
wendig die Fonds von den Zünften, und den Spitälern
so weit vermindert werden, daß man nur allein denen,
die in unverdiente oder unvermeidliche Armuth verfielen,
nothdürftigen Unterhalt, und Pflege verschaffen könnte.
Da aber der Staat dergleichen niemals wird thun kön=
nen, wenn er auch wirklich die Absicht hätte, so kann
man leicht den Schluß ziehen, daß die Sittenverderb=
niß der gemeinen Bürgerschafft in Bern ganz unheilbar
sey: ein Unglück, dessen Einfluß auf die Staatsverfas=
sung man aber ganz hemmen kann, wie Sie in der Fol=
ge sehen werden.

Was die milden Stiftungen für die geringern Fa=
milien sind; das könnten die so genannten Familien=
kisten, oder die unveräußerlichen Güter ganzer Fami=
lien, und ich würde hinzusetzen, die reichen Landvogteyen
für die vornehmern Geschlechter werden, wenn ich nicht
überzeugt wäre, daß die Landvogteyen nicht allein noth=
wendige, sondern auch bey gewissen Einrichtungen
durchaus heilsame Belohnungen wirklicher Verdienste
sind, und seyn werden. Die Familienkisten sollen ei=
nem Gesetze nach, das zwar den Verfall großer Häu=
ser, aber auch die Vermehrung todter und tödtender
Schätze zu verhüten die Absicht hat, nicht mehr als

200000 Pfunde enthalten; allein man sagt, daß sie bisweilen noch ein = oder gar zweymal so reich werden. Ein anderes wahrhaftig Aristokratisches Gesetz verord= net, daß alle Kinder zu gleichen Theilen erben, und daß der Vater nur über ein Drittheil seines Vermö= gens zum Vortheil eines, oder mehrerer Kinder dispo= niren könne. Durch dieses Gesetz wird der zu gefährli= chen Anhäufung von Reichthümern in einer Familie vorgebeugt, indem große Güter bald wieder in kleinere Portionen getheilt werden.

Nicht bloß die geringern, sondern auch die höhern Stände iu Bern sind sittlich krank; wiewohl die letz= tern lange so gefährlich nicht, als die erstern. Die Verderbniß der sittlichen Natur ist in Bern noch nicht bis zu dem fürchterlichen Grade gestiegen, daß sie auch die physische Natur zerrüttet hätte, wie man dieses lei= der von den meisten großen Städten in Europa, und von vielen regierenden oder sonst vornehmen Familien behaupten kann, in welchen Laster durch Häßlichkeit, und Blödsinn, oder doch Schwäche des Verstandes bestraft worden sind. Ich stimme vielmehr dem Zeug= nisse anderer Reisenden bey, daß ich in keiner Stadt von gleicher Größe unter den Vornehmen und mittlern Ständen so viele schöne Mädchen und Frauen, als in Bern gesehen habe. Die Bernerinnen haben nicht bloß eine blühende Farbe, sondern auch oft eine ganz unta= delice Bildung, und eine solche Fülle und Rundung, daß es einem jeden gleich auffällt, daß ihr cörperlicher Zustand bisher noch nichts, oder nichts merkliches ge= litten habe. Männliche Schönheiten sind mir nicht

so häufig vorgekommen, als weibliche; und viel weniger, als man in Teutschland in Städten sieht, wo
zahlreiche Akademien, oder große Besatzungen, oder
glänzende Höfe sind. Man muß aber auch die männliche Bernische Jugend nicht nach dem beurtheilen, was
man im Sommer sieht, weil die meisten und schönsten
jungen Leute aus den angesehensten Familien in fremden Ländern dienen, und erst nach Michaelis auf Ur-
laub zu Hause kommen.

Die Sittenverderbniß in Bern hat auch noch nicht
die Häupter des Staats, in so ferne sie Regierer desselbigen sind, angegriffen. Magistratspersonen in einer Republik nenne ich alsdann verdorben, wenn sie
unter dem Schutze des allgemeinen Beyspiels und ungestraft, oder doch in der Hoffnung ungestraft zu bleiben, ihre Pflichten vernachläßigen, Recht und Unrecht
verkaufen, Bürger und Unterthanen drücken, und die
öffentlichen Schätze plündern, um die Früchte ihrer
Frevelthaten in schändlichen Lüsten verzehren zu können.
Bestechlichkeit, Erpressungen, und untreue Verwaltung der Einkünfte des Staats sind im Bernischen unerhört, und wenn sie sich dann und wann äußern, so
ist es fast unmöglich, daß sie unentdeckt und unbestraft
bleiben sollten. Allgemeine Achtung ist noch ein grosses Gut, und öffentliche Schande, oder Verachtung eine große Strafe. Auch werden oft Geburt, große
Reichthümer, und vielgeltende Empfehlungen nicht geachtet, wenn sie in einem Candidaten mit höchst ver-
dorbenen Sitten, und einem notorisch ärgerlichen Leben verbunden sind. Oeffentlicher Ehebruch, und schänd-

I. Theil.　　　　　　　　T

liche Entführungen werden mit dem Verlust aller bürger: lichen Ehre, aller Würden, und Güter bestraft. Ver: derbliche Verschwendung ahndet der Rath sogar an Mit: gliedern der Regierung, wie an andern Personen, da: durch, daß er dieselben für das erklärt, was sie sind, daß er sie aus dem Genuß und der Verwaltung ihrer Güter setzt, und ihnen nur einen Theil ihrer Einkünfte läßt, das übrige aber unter der Aufsicht eines Vor: munds zur Unterhaltung der Familie, und zur Bezah: lung der Gläubiger anwendet. Wenn die Sitten der Magistratspersonen, als solcher, nicht unverdorben wä: ren, so würde das Land nicht so blühend, die Unter: thanen nicht so glücklich und zufrieden, und die Gesetze und Regierung nicht so weise und sanft seyn können, als sie wirklich sind. Diese Unverdorbenheit der Vor: steher, und Diener des Staats muß man wohl am meisten aus den vortrefflichen Gesetzen ableiten, wo: durch alle Bürger, die noch in den gefährlichen Jahren der Verführung, und der heftigsten Leidenschafften ste: hen, von der Regierung ausgeschlossen, und in den klei: nen Rath uur Männer in einem solchen Alter gelassen werden, in welchem sie gemeiniglich mehr auf das all: gemeine Beste, und ihr und ihrer Familien wahres und daurendes Interesse sehen, als durch gegenwärtige Vor: theile und Vergnügungen gereizt werden.

Die Sittenverderbniß in Bern entstand nicht aus einer zu grossen oder schnellen Anhäufung von Reich: thümern, und einem damit verbundenen übertriebenen Luxus. Beyde können in Bern nicht Statt haben, da diese Stadt weder reiche Eroberungen gemacht, noch einen beträchtlichen Handel und Gewerbe getrieben hat, und überdem die Güter von Familien häufig in kleinere Theile zerstückelt werden. Hiezu kömmt noch, daß die Prachtliebe durch eine Menge von heilsamen Gesetzen eingeschränkt ist, über deren Beobachtung ein besonderes Collegium wacht. Diese Aufwandsgesetze sind nicht so strenge, als in Zürch oder Basel, und das brauchen sie auch in einem aristokratischen Staat nicht zu seyn; sie sind auch nicht mehr so strenge, als sie im Anfange dieses Jahrhunderts waren, wo das Frauenzimmer noch keine seidene Kleider, als nur allein bey feierlichen Gelegenheiten tragen durfte; sie sind aber doch immer so strenge, daß sie den Luxus in den gehörigen Schranken halten können. Ihre Strenge beleidigt unkundige Ausländer, vorzüglich Franzosen so sehr, daß ich von mehrern gemästeten Financiers gehört habe, daß sie um dieser Gesetze willen allein im Canton Bern nicht leben möchten. Alles Gold und Silber auf Kleidern und Putzwerk, alle daraus verfertigte Zeuge, alles kostbare Pelzwerk, alle Besetzungen von Damenkleidern, die nicht mit den Kleidern von gleichem Stoffe sind, selbst also auch die jetzo so allgemein herrschenden Scherpen, endlich alle Spitzen, Federn, Perlen und Edelsteine, ausgenommen in Siegelringen, sind schlechterdings verboten. Zwar ist die Prachtliebe bisweilen schlauer, als der Gesetzgeber, und man trägt also zum Beyspiel unter dem Titel von Siegelringen kostbare Steine, in die man an einem am wenigsten in die Augen fallenden Ort einen fast ganz unsichtbaren Einschnitt hat machen lassen; allein diese

Täuschungen der Gesetze sind selten, und nur ein kleiner Gewinn für den Eitlen, der auf Kosten der Gesetze glänzen will. Wenn man das Verbot fremder Weine ausnimmt, die nicht ohne ausdrückliche Erlaubniß eingeführt werden dürfen, und nirgends häufiger, als in Bern, vorgesetzt werden; so erstrecken sich die Aufwandsgesetze nicht bis auf die Tafel, oder bis auf die Auszierung der Häuser und Gärten, und doch kann man die Berner auch in diesen Puncten keines übermäßigen Luxus beschuldigen. Zwar sind ihre Gastmäler kostbarer, und ihre Tafeln mit einer viel größern Menge von Schüsseln besetzt, als in teutschen Städten von gleicher Größe; allein diese Verschwendung schadet nicht sowohl dem Vermögen, und der Gesundheit der Berner, (da sie weder mit Völlerey, noch mit Gefräßigkeit verbunden ist,) als vielmehr der ächten Geselligkeit. Je kostbarer in einer Stadt die Gastmäler werden, desto seltener werden freundschafftliche Zusammenkünfte; und je mehr man prunken will, desto weniger genießt man wirklich. Dies ist ein so heiliges Naturgesetz, als es irgend eins in der physischen Welt giebt.

Ein jeder anderer, als Sie, wenn er das bisherige gelesen hätte, würde gar nicht einmal errathen können, wo dann noch Sittenverderbniß seyn könnte, da der Stamm der Berner so ungeschwächt, die Häupter des Staats so untadelich, und die Aufwandsgesetze so strenge seyen. Leider aber sind noch immer Theile genug übrig, deren Gebrechen und Krankheiten dem ganzen Staatscörper den Untergang drohen, wenn nicht bald kräftige Gegenmittel dagegen gebraucht werden.

Wenn dieser Brief gewissen Bernischen Frauenzim=
mern in die Hände fiele, so würden diese mich gewiß
für einen traurigen Pedanten, oder wenn sie mich
auch nicht so ungerecht beurtheilen wollten, für einen
lächerlich strengen Sittenrichter halten, der die Welt
nicht kenne, oder sie nach den Vorschriften seiner Stu=
benmoral reformiren wolle *).   Auch selbst bey der

T 3

*) Unter allen Urthellen, die ich in meinen Briefen gefällt
habe, hat kein anderes größere Bewegungen gemacht, und
keins größern Unwillen gegen mich erregt, als mein Ur=
theil über das Bernische Frauenzimmer. Nicht lange nach
der Erscheinung meiner Briefe schrieb eins der liebenswür=
digsten, tugendhaftesten, und edelsten Frauenzimmer an
mich, und übernahm die Vertheidigung ihrer Mitbürge=
rinnen, welche Vertheidigung nicht bescheidener, muthiger,
und geschickter hätte geführt werden können. Ich kann da=
her nicht umhin, dieser allgemein hochgeschätzten Dame
meinen Dank, und meine Verehrung öffentlich darüber zu
bezeugen, daß sie mir die erste Veranlassung gegeben, und
am meisten dazu beygetragen hat, mein Unrecht einzusehen,
das ich den Bernischen Schönen angethan hatte. — Es
ist mir gewiß, wie unzähligen andern Reisenden ergangen,
und wie es noch viel andern ergehen wird. Ich sammlete
den Stoff zu meinem allgemeinen Urtheil über die Sitten,
und die Erziehung des Bernischen Frauenzimmers aus den
mancherley Geschichten, und Beyspielen, die in den besten
Gesellschafften in, und außer Bern, als notorisch erzählt,
und anerkannt wurden, und aus den Urtheilen, die ich von
manchen verständigen Männern in und außer Bern über
die einreißende Sittenverderbniß fällen hörte; und nach
diesen Datis glaubte ich der Wahrheit gemäß das Berni=
sche Frauenzimmer nicht anders schildern zu können, als
ich es geschildert habe. Auch darf ich nicht verhehlen, daß
ich noch jetzo mehrere Schweizer, und selbst Berner kenne,
welche glauben, daß ich ihren Landsmänninnen nicht zu
viel gethan habe. Nichtsdestoweniger bin ich jetzo über=
zeugt, daß ich aus einzelnen Fällen zu viel geschlossen, und
daß ich den Urtheilen entweder von Unzufriedenen, oder
nicht genug unterrichteten zu viel getraut habe. Dies glaube

Sicherheit unentdeckt zu bleiben, thut es mir sehr leid, daß ich von dem schönen Geschlecht in Bern, das diesen Titel vorzüglich verdient, nicht lauter Schönes und Gutes sagen kann. Aber für einen Philosophen, und noch dazu für einen verheiratheten Philosophen, wäre es eine Schande, wenn er die Wahrheit der Schönheit aufopferte, oder wenn er nicht Muth genug hätte, von den Bernischen Schönen zu sagen, daß sie noch schöner seyn würden, wenn sie mit ihren äußerlichen Reizen die Tugenden ihrer Mütter und Großmütter verbänden, ohne welche sie selbst eben so wenig wahrhaftig glücklich seyn, als andere glücklich machen können.

Ich deswegen, weil alle unpartheyische, und einsichtsvolle Männer, die ich in Bern kennen gelernt habe, und die mit Bern länger, und genauer bekannt sind, als ich zu werden Gelegenheit hatte, mir auf meine Anfrage einstimmig geantwortet haben, daß meine Aussprüche über die Bernischen Damen zwar von manchen, aber nicht von den meisten wahr seyen, daß vielmehr der größte Theil der Ehen in Bern, selbst unter den Vornehmen glücklich sey, daß der größte Theil der Mütter und Frauen ihre Pflichten gegen Kinder und Männer gewissenhaft beobachte, und daß der größte Theil von Mädchen zu den Kenntnissen und Beschäfftigungen, die sie künftig als Gattinnen, und Mütter brauchten, sorgfältig angeführt würde. So wie es mich nie mehr gereut hat, meinen Nebenmenschen Unrecht gethan zu haben, als da ich einzusehen anfing, daß ich das schöne Geschlecht in Bern beleidigt hätte; so hat es mich auch nie mehr gefreut, dies Unrecht öffentlich anerkennen, und abbitten zu können. Die unerwartete Verzögerung der zweyten Ausgabe meiner Briefe ist mir vorzüglich aus dem Grunde unangenehm gewesen, weil ich dadurch gehindert wurde, so bald, als ich gewünscht hätte, mein ungegründetes Urtheil zurückzunehmen. Uebrigens wünsche ich nichts so sehr, als daß nie ein Reisender, der nach mir kömmt, mit Grund so über das Bernische Frauenzimmer urtheilen möge, als ich ohne Grund, und vielleicht nur einige Menschenalter zu früh geurtheilt habe.

Ich würde es den schönen Bernerinnen (und hier
verstehe ich bloß Damen vom ersten Range; denn
Frauenzimmer von unserm Stande schminken sich gewöhnlich nicht) gar nicht zum Verbrechen anrechnen,
daß sie sich schminkten, wenn ich es nicht bedaurete, daß
sie die frische blühende Farbe, welche die Natur ihnen
schenkte, durch elende Sudeleyen verdürben, wodurch
die welken bläßgelben Pariserinnen die ihnen versagten
Rosen zu erkünsteln suchen. Man unterscheidet hier
Roth-Auflegen von Schminken, worunter man ganz
allein das ekelhafte Ueberkleistern der Haut mit einem
weissen Firniß versteht, der meistens krebsartige Ge-
schwüre, oder unheilbare Auszehrung hervorbringt,
und hier allein oder vorzüglich für einen Beweis von
Eitelkeit und Coquetterie gehalten wird. Vernünftige Reisende würden aber den Bernischen Frauenzimmern gerne den Gebrauch der rothen, und wenn sie es nöthig
fänden, in seltenen Fällen auch der weissen Schminke
verzeihen, wenn sie nicht zugleich mit diesen auch andere Sitten der Französinnen angenommen hätten.
Man kann jetzo nicht mehr mit Stanian sagen, daß
Gesetze und Mode sich aller Galanterie widersetzen, daß
die Besorgung des Hauswesens alle Zeit und Gedanken
der Bernerinnen von ihrer ersten Kindheit an beschäftigen, und daß es nur wenige Frauenzimmer gebe,
die in Liebeshändel verwickelt wären, als welche in
allen Ländern eine Frucht der Prachtliebe und Geschäft-
losigkeit der Weiber zu seyn pflegten. Es gibt freylich
auch unter den Damen vom ersten Range noch manche,
denen ihre Tugend wichtiger und theurer, als ihre

Schönheit ist, die ihre Männer und Kinder mehr, als ihre Anbeter lieben, und die sich um das Innere ihres Hauses mehr, als um den Beyfall junger Herren bekümmern. Allein diese Beyspiele werden immer seltener, so wie die Zahl der Schweizer-Französinnen mit jedem Jahre wächst. Man sieht nachgerade in Bern eine sorgfältige Erziehung der Kinder, und Verwaltung des Hauswesens nicht mehr als Pflichten vornehmer Weiber, sondern als Geschäfte von Haushälterinnen, Informatoren, und andern Bedienten an, und ist schon geneigt, sie für Beschimpfungen einer vornehmen Geburt und Standes zu halten. Den Morgen bringen die meisten Bernischen Damen am Putztisch, oder doch in der Gesellschaft junger Herren, und den Nachmittag, und oft auch den Abend in Assembleen, oder an Gastmälern, und auf Bällen zu. In einem solchen Wirbel unaufhörlicher Zerstreuungen, und bey einer solchen Entfernung von allen ernstlichen Arbeiten und Gedanken ist es äusserst schwer, daß das Herz unverdorben, die Tugend unbefleckt, und die heiligste unter allen Verbindungen unverletzt bleibe. Wenn nicht die sogenannten Vergnügungen der grossen Welt durch kleine abwechselnde, und vorübergehende Intrigen gewürzt würden, wie wäre es möglich, daß das leere unbeschäftigte Herz den aus ihrer Einförmigkeit entstehenden Ekel, und die damit verbundenen unzertrennlichen Neckereyen, Klatschereyen, Nebenbuhlereyen u. s. w. ertragen könnte? Eheliche Treue ist in Bern zwar noch nicht, wie in Paris, eine Thorheit, worüber man öffentlich zu spotten das Herz hät-

te; man hat aber doch schon seit geraumer Zeit aufgehört, sie für eine nothwendige Tugend zu halten.

Wenn junge Weiber es einmal bis zu der Ueberzeugung gebracht haben, daß sie nicht zur Beglückung
ihres Mannes, ihres Hauses und ihrer Kinder, sondern zum Vergnügen ihrer Verehrer, und zur Verschönerung glänzender Gesellschaften da sind; so ist es fast
unmöglich, daß ihre Töchter zu weisen und gewissen-
haften Ehefrauen und Hausmüttern erzogen werden.
Wenn die Tochter es beständig sieht, daß die Mutter
ihren Mann, ihre Kinder, und ihr Hauswesen vernachlässigt, wie sollte es ihr in den Sinn kommen,
daß die Sorge dafür jemals ihre Pflicht werden könnte? Wenn die Tochter ferner bemerkt, daß die Mutter nur sich, und ihrem Vergnügen lebt, und in Gesellschaft ihrer Liebhaber allen Arten von Ergötzungen
nachjagt; wie sollten dann in ihr nicht allmälig die
Hoffnungen aufsteigen, daß sie dereinst ähnliche Freyheit, und Vergnügungen genießen werde? Auch werden die jungen Bernerinnen bey weitem nicht so strenge und sorgfältig, als unsere teutschen Mädchen erzogen. Man hält sie nicht, wie unsere Landsmänninnen
zur Führung der Haushaltung, zur Besorgung und
Aufsicht über die Küche, oder zu andern ernsthaften
und anstrengenden Arbeiten und Kenntnissen an; Zeichnen, Musik, einige weibliche Arbeiten, die zur Ab-
kürzung der Langeweile in grossen Gesellschaften erfun-
den worden sind, am allermeisten die französische Sprache sind die einzigen Künste und Geschäfte, in welchen
sie unterrichtet werden. Das Französische ist nicht

bloß unter dem jungen Frauenzimmer, sondern unter allen Personen von Erziehung so herrschend, daß darüber die Muttersprache fast ganz vernachläßiget wird. Fremde redet man in allen Gesellschaften nur Französisch an; selbst im vertrautesten freundschaftlichen Umgange werden häufig Französische und Teutsche Wörter unter einander gemischt, und die Complimente beym Empfange, und Abschiede fast immer französisch gemacht. So wie es aber fast keine Person von einiger Erziehung in Bern giebt, die nicht gut, oder doch geläufig Französisch redete und schriebe, so finden sich, wenn man die eigentlichen Gelehrten ausnimmt, gewiß nur wenige, die einen Teutschen Brief oder Aufsatz ohne Fehler schreiben könnten. Von Teutschen Producten werden dem Bernischen Frauenzimmer nur allein einzelne Romane bekannt, und es geht auch hier, wie anderswo, daß man keiner andern Art von Werken mehrere und größere Fehler und Ungereimtheiten nachsieht, als diesen. Selbst von Französischen Büchern liest das schöne Geschlecht wenig mehr, als die Neuigkeiten des Tages, und einige Modeschriften. Bey dieser Art der Erziehung und des Unterrichts können der Geist und das Herz der jungen Bernerinnen nicht sehr zum Kampfe mit den ansteckenden Sitten ihrer Zeit vorbereitet, und gerüstet werden. Mir ist keine Stadt in Teutschland bekannt, wo unverheirathete Personen von beyderley Geschlecht so häufig und vertraulich mit einander umgehen, als in Bern. Junge Herren mischen sich nicht nur in die Kreise und Versammlungen von Jungfrauen, sondern besuchen diese

auch allein auf ihren Zimmern. Ungeachtet die Ber=
nerinnen das verdiente Lob haben, daß sie ihre jung=
fräuliche Ehre eben so rein bewahren, als die dem Him=
mel geweihten Bräute, die in unzugänglichen Mau=
ren verschlossen sind; so halte ich doch den frühen und
vertrauten Umgang junger Mädchen mit Personen von
unserm Geschlecht für eine der weiblichen Tugend, und
besonders den künftigen Ehemännern höchst gefährliche
Schule, in welcher die wahre Ausbildung unverheira=
theter Frauenzimmer gehindert, ihre Eitelkeit und Pracht=
liebe zu sehr genährt, ihre Abneigung gegen ernstliche
Arbeiten und Kenntnisse vermehrt, und der Grund
zu vielen Verirrungen gelegt wird, wenn mit der Ver=
änderung des Standes, und der dadurch erlangten
grössern Freyheit alle die Bewegungsgründe wegfallen,
wodurch sie bisher zurückgehalten wurden.

Man kann, glaube ich, aus der ganzen Geschich=
te kein Beyspiel anführen, daß das weibliche Ge=
schlecht sich selbst und zuerst verdorben habe, oder die
erste Ursache einer allgemeinen Sittenverderbniß ge=
worden sey. Auch in Bern ist das Frauenzimmer nicht
aus eigner Bewegung, sondern auf fremden Antrieb
von der strengen Tugend der alten Zeit abgefallen.
Die männliche Jugend war die erste Verführerin, und
eben diese Verführerin wurde wieder durch schlechten
Unterricht, und Erziehung verkehrt.

Nirgends vermisse ich die Weisheit der Bernischen
Regierung so sehr, als in dem gänzlichen Mangel öf=
fentlicher Anstalten und Gesetze für die Ausbildung der

vornehmen Jugend *). Diese Vernachläſſigung des
wichtigſten, oder eines der wichtigſten Theile des Staats
iſt um deſto mehr zu verwundern, da in keiner Art von
Staaten Geſetze und Anſtalten für die Erziehung noth=
wendiger, als in Ariſtokratien ſind, wo außerordent=
liche Vorzüge des Geiſtes und Cörpers allein, in Bür=
gern und Unterthanen die Meynung hervorbringen, und
beſtärken können, daß diejenigen, von denen ſie regie=
ret werden, auch werth ſind, ihre Regenten zu ſeyn.
Aus dieſem Grunde waren die Geſetze über die Erzie=
hung der Jugend nirgends häufiger und ſtrenger, als
in den Ariſtokratiſchen Staaten des Alterthums. In
Bern hingegen fehlt es durchaus an öffentlichen Inſti=
tuten für die Erziehung, und den Unterricht vorneh=
mer Jünglinge, und eben deßwegen iſt dieſe Stadt,
deren Söhne mit den glücklichſten Anlagen geboren
werden, in Anſehung der wiſſenſchaftlichen Aufklärung

*) Seit einigen Jahren faßte die Berniſche Regierung den
ernſtlichen Vorſatz, dem Mangel von Erziehungsanſtalten
für die vornehmere, oder wie man in Bern ſagt, politi=
ſche Jugend abzuhelfen. Herr von Bonnſtetten, von
welchem ich ſchon mehrere vortrefliche Aufſätze geleſen ha=
be, legte der Obrigkeit ſeine Vorſchläge in einer Abhand=
lung vor, die den Titel führt: Ueber die Erziehung der
Patriciſchen Familien in Bern, Zürch 1786. 52 S. Ohn=
gefähr um dieſelbige Zeit erſchien in Bern ein anderer Ent=
wurf einer Erziehungsanſtalt für die politiſche Jugend in
Bern vom 14ten bis zum 18ten Jahr, der die Herren
Profeſſoren Ith und Tſcharner zu Verfaſſern hatte. Die
Wünſche und Vorſchläge der leztern Herren ſind viel ein=
geſchränkter, als die von Herrn von Bonnſtetten, die
dagegen vielleicht nicht in gleichem Grade ausführbar ſind.
Mein Urtheil über die Gedanken dieſer Patrioten will ich
ſo lange zurückhalten, bis die Obrigkeit die neuen Anſtal=
ten zur Bildung der politiſchen Jugend ausgeführt hat.

unter den Protestantischen Städten der Schweiz mit am allerweitesten zurück. Es fehlt nicht viel daran, daß Wissenschaften mit Pedanterey, und Gelehrsamkeit mit entbehrlicher Schulfüchserey verwechselt wird. Ich habe mehrmalen, besonders Frauenzimmer sagen gehört, daß sie ihre Söhne, die zu Kriegsdiensten bestimmt wären, selbst der Quaal des Lateinlernens, und der mühseligen Erwerbung anderer Schulkenntnisse entzogen hätten, weil sie gar nicht eingesehen, wozu künftige Officiere dergleichen Dinge, die eigentlichen Gelehrten ganz nützlich seyn möchten, brauchen könnten. Hier konnte ich mich nicht entbrechen, zu erwiedern, daß viele teutsche Officiere, die den Officieren einer jeden andern Nation auf der ganzen Erde an die Seite gesetzt werden könnten, über den Nutzen alter Sprachen, und wissenschaftlicher Kenntnisse ganz anders dächten. Sie hielten nämlich dafür, daß eine sorgfältige Entwickelung des Geistes einen Officier nicht nur brauchbarer im Felde, sondern auch angenehmer, gesitteter, und besser im Frieden mache; indem die Bekanntschaft mit Wissenschaften die Rohheit seines Standes mildere, und vor unzähligen Ausschweifungen bewahre, wozu Langeweile, Leerheit des Kopfs, Zügellosigkeit von Bekannten, u. s. w. nur zu oft verleiteten. Dem Frauenzimmer würde ich es aber noch verzeihen, wenn es von Wissenschaften und gelehrter Erziehung schlecht, oder doch nicht so vortheilhaft dächte, als es denken sollte; allein daß viele, vielleicht die meisten von der Regierung, Wissenschaften nicht weniger gering schätzen, das, mein Bester! macht in mir eben so viel Unwillen, als Mitleiden rege. Mehrere Fremde, die sich lange in Bern aufgehalten, und die herrschende Denkungsart mit einem unparteyischen Auge beobachtet hatten, haben mich versichert, daß Verachtung der Wissenschaften eine Bernische Staatsmaxime sey, weil man befürchte, daß eine größere Aufklärung solche Gährungen, als in Genf hervorbringen, oder den gelehrten Mitgliedern Verachtung gegen die ältern Ungelehrten einflößen, und das Ansehen der Letztern schwächen möge *). Ich nehme diese Vermuthung zwar nicht in der ganzen Ausdehnung an, in welcher sie mir ist mitgetheilt worden, allein wenn Gelehrsamkeit nicht sowohl ein Vorwurf, als eine Empfehlung von jungen Männern wäre; so könnte ich nicht begreifen, warum die einsichtsvollsten Väter ihren Söhnen nicht einen sorgfältigen Unterricht geben liessen, wie in Bern so häufig geschieht. Gesetzt aber auch, daß die Regierung nicht eigentlich die Absicht hat, das Aufkommen der Wissenschaften zu hindern, so kann man wenigstens so viel behaupten, daß sie, die sonst so vieles zum Wohl der Bürger und Unter-

*) Auch diese Verachtung der Wissenschaften hat sich merklich seit der letzten Regimentsbesatzung im J. 1785. verloren, wodurch auf einmal eine grosse Zahl redlicher, aufgeklärter, und thätiger Männer in den regierenden Rath gekommen sind. Die vornehmsten Beförderer der Wissenschaften sind die verehrungswürdigen Herren von Sinner, von Steiger, von Frisching, von Müllenen, von Tscharner und mehrere andere, deren Beyspiele und Aufmunterung, wie man mir schreibt, einen vorher unbekannten Eifer für die Erwerbung nützlicher Kenntnisse in der Bernischen Jugend hervorgebracht haben.

thanen thut, für die Aufmunterung der Wissenschaften
nur wenig beträchtliches geleistet hat. Was sie aber
in's künftige auch thun mag, so wird doch gewiß nur
wenig ausgerichtet werden, so lange die einem Teutschen, und noch dazu einem Göttingischen Professor so
unerträglich scheinende Censur so strenge bleibt, als sie
bisher in Bern und in den übrigen Cantonen war. Diese Censur ist so hart *), daß man sie viel eher für ein
Werkzeug der Unterdrückung in den Händen eines Morgenländischen Despoten, als für die Verordnung glük-
licher Freystaaten halten sollte. Kein Bürger, Unter-
than, oder Insaß darf das geringste, nicht einmal in
fremden Ländern, ohne vorhergangene Untersuchung
drucken lassen, und kein Zeitungsschreiber in der Schweiz
hat das Herz, von den politischen Angelegenheiten seines Vaterlandes, und der übrigen Cantone das geringste bekannt zu machen. Ungeachtet jetzo alle übrige Europäische Zeitungen von den Begebenheiten in
Genf voll sind; so wird in den Schweizerischen das
tiefste Stillschweigen darüber beobachtet, und ich würde also weniger, als Sie, davon erfahren, wenn ich
nicht täglich in Gesellschaften von Personen käme, die
Verwandte unter den Bernischen Truppen in Genf ha-

*) In Bern ist es zwar nicht, wie in Zürch, durch ein aus-
drückliches Gesetz untersagt, Bücher ohne Censur in, und
ausser dem Vaterlande drucken zu lassen. Es sind sogar
Personen von der Regierung, auch andere sichere Männer, die sich als Verfasser nennen, durch Nachsicht und
Gewohnheit von der Censur frey; allein nichts destoweniger lehrt die Erfahrung, daß der noch immer zu ängstliche Geist der Regierung in Bern eben die Schüchternheit
von Schriftstellern hervorbringt, die anderswo eine Folge
von wirklichen Gesetzen ist.

ben. Da die Zeitungsschreiber so sehr eingeschränkt werden, so kann man leicht denken, daß die Politiker und Geschichtschreiber es nicht weniger sind, und eben daher rührt es, daß die Geschichte, Verfassung und Statistik der Schweizerischen Cantone aller Schreibereyen von Ausländern ungeachtet viel weniger bekannt und bearbeitet, als die von andern Ländern sind. Man sagt, glaube ich, nicht zu viel, wenn man annimmt, daß man in dem durch Lettres de cachet, und Bastille so furchtbaren, und berüchtigten Paris viel freymüthiger über Staatssachen und innländische Geschichte redet und schreibt, als in der Schweiz, wo Freyheit und Eigenthum so sicher, als in irgend einem Lande der Welt sind. Diese Einschränkung der Preßfreyheit stimmt, wie der grundlose Verdacht gegen die Wissenschaften, und der Mangel hinlänglicher Erziehungsanstalten, mit der Weisheit und Milde der übrigen Maaßregeln und Einrichtungen der Bernischen Regierung nicht überein, und ich sehe sie deswegen für traurige Reste aus den Zeiten an, in welchen der Staat nicht von klugen und rechtschaffenen Aristokraten, sondern von kurzsichtigen Oligarchen beherrscht wurde, und wo man noch glaubte, daß ächte Staatskunst nicht ohne einen gewissen Zusatz von Machiavellisterey Statt finden könne.

Wenn es nicht schon durch unzählige Beyspiele bewiesen worden wäre, daß falsche Grundsätze, die man sich öffentlich zu gestehen schämen würde, nicht nur denen, gegen welche sie gebraucht werden, sondern auch ihren Ausübern selbst auf die Länge höchst nach-

theilig werden; so könnte man es abermals mit dem
Beyspiel von Bern beweisen. Die Verachtung, oder
doch Vernachläßigung der Wissenschaften, und der öffentlichen Erziehung hat die sichtbarsten und schreck-
lichsten Einflüsse sowohl auf die Jugend, als auf die
übrigen Stände und Geschlechter. Weil in Bern gar
keine öffentliche Schule oder Institut ist, in welchen
Söhne aus angesehenen Häusern erzogen, und unterrichtet werden könnten, und weil überdem viele vornehme Familien es für eine Entheiligung ihres Standes halten würden, wenn man ihre Kinder mit den
Kindern geringerer Bürger vermischen wollte, so werden die erstern Hauslehrern übergeben, die man gemeiniglich aus den Studenten, oder Candidaten des
Bernischen Gymnasiums zu wählen pflegt. Dieß Gymnasium war vor nicht gar langer Zeit noch ganz nach
alter Art, oder wie die meisten katholischen hohen Schu-
len eingerichtet, und fast einzig und allein für künftige Gottesgelehrte bestimmt. Bey den vielen Verbesserungen oder Veränderungen des Schulwesens in
Teutschland standen auch in Bern Patrioten auf, welche die Zwecke und Gemeinnützigkeit der Lehranstalten
erweitern, und mit der Schule, wie sie bisher war,
noch eine Kunstschule verbinden wollten. Die Wünsche und Vorschläge dieser Reformatoren fanden bey
der Regierung Gehör: die Herren von Bern bewillig-
ten eine ansehnliche Summe zur Verbesserung des
Schulwesens, und man fieng wirklich an, das, was
man bisher vorgeschlagen hatte, auszuführen. Allein, hier gieng es wie bey allen Reformationen, die

I. Theil.   U

zu früh angefangen, oder zu hitzig betrieben werden. Es erhoben sich sowohl an der Schule, als im Rath Gegner aller Neuerungen. Diese konnten zwar nicht hindern, daß nicht das alte System verrükt worden wäre; allein sie hinderten doch, daß es nicht so eingerichtet wurde, als man es einrichten wollte. Man erreichte also nicht allein die Absichten nicht, welche man zu erreichen hofte, sondern man vereitelte auch zum Theil den Zweck, für welchen die Schule ursprünglich gestiftet worden war. Dies können Sie, wenn Sie wollen, im Spitzbart ausführlicher lesen, in welchem Roman Personen und Begebenheiten nach der Natur geschildert seyn sollen *). Bey einer solchen Verwirrung der Bernischen Schule kann man mit Recht zweifeln, ob auf derselben Männer genug gebildet werden, welche die Erziehung und den Unterricht von jungen Leuten, die zu Kriegs= und Staatsbedienungen bestimmt sind, zu leiten, und zu vollenden im Stande wären. Wenn sie aber auch mehrere hervorbrächte, als man mit einiger Wahrscheinlichkeit annehmen kann, so läßt sich doch voraussehen, daß diese mit allen ihren Talenten und guten Absichten doch nur bey wenigen Zöglingen etwas ausrichten würden. Denn, wenn die letztern nur geringe Schwierigkeiten in der Erlernung

*) Ich habe den Spitzbart nachher selbst gelesen, und ohne alle Erinnerung gefunden, noch ehe ich den Verfasser wußte, daß dieser Roman nicht für Bern geschrieben sey. Diesem Buch gieng es, wie ein Schweizerischer Freund mir schreibt, wie Zimmermanns Katechismus für kleine Städte. Man glaubte in Arau, Zoffingen, Winterthur, u. s. w., daß das Buch eine Satyre wider sie sey, und der Verfasser lebte in Brugg, und schrieb für Brugg.

alter Sprachen, oder nicht ganz unentbehrlicher Kennt=
nisse überwinden, oder sich Ergötzungen, die andern
von ihrem Alter erlaubet werden, versagen sollen, so
müssen ihnen nothwendig immer die Beyspiele von vie=
len angesehenen Männern in der Stadt, und vielleicht
in ihrer eigenen Familie einfallen, die ohne verdrieß=
liches Arbeiten, und ohne ausgebreitete Gelehrsam=
keit in den Rath gekommen sind, oder ihr Glük in
fremden Kriegsdiensten gemacht haben; und ich brau=
che nicht hinzuzusetzen, was für Wirkungen solche Be=
trachtungen auf junge Gemüther haben müssen. Wenn
aber die jungen Berner aus guten Häusern die Jahre
erreichen, wo sich kein Hauslehrer weiter bey ihnen in
Ansehen erhalten kann; so werden die meisten ohne fer=
nere genaue Aufsicht sich selbst überlassen, und nur
wenige werden auf Teutsche-Universitäten, oder auch
in Herrn Pfeffels Akademie geschikt. Die letztere ist
jetzo mehr, als zur Hälfte mit jungen Schweizern be=
setzt, weil es in der ganzen Schweiz gerade an einem
solchen Institut fehlt. Gewöhnlich sind die jungen
Schweizer von Familie, wenn sie auf die Universität,
oder in die Militär = Akademie kommen, zu wenig vor=
bereitet, als daß sie Geschmack an den Wissenschaf=
ten finden, und ihren Aufenthalt in fremden Ländern
recht nutzen sollten. Wenn sie also in's Vaterland zu=
rückkehren, so fangen sie einige Jahre später eben die
Lebensart en, welcher sich ihre Gespielen, die nie ih=
re Vaterstadt verliessen, schon früher ergeben haben.
Aus Unfähigkeit zu eigenem Lesen, oder Nachdenken,
oder Schreiben, vertändeln oder verderben sie ihre Zeit

mit jungen Leuten von ihrem Alter, oder auch in Gesellschaft der Weiber und Töchter ihrer ältern Mitbürger. Zwar werden manche als Schreiber oder Sekretaire in verschiedenen Collegiis gebraucht; allein diese Stellen können nur wenigen zu Theil werden, und geben überdem denen, die sie erhalten, nicht Beschäftigung genug. Noch weniger aber können die Angelegenheiten des äussern Standes die jungen Berner von einem schädlichen Müßiggange zurückhalten. Dieser sogenannte äussere Stand besteht in einer Gesellschaft von jungen Leuten von Familie, die in allen Stücken dem regierenden Cörper der Republik nachahmen. Er ist also in den kleinen und grossen Rath abgetheilt, wählt auf ähnliche Art seine Häupter und Magistratspersonen, besezt eingebildete Vogteyen, redet, und rathschlagt über erdichtete, oder auch über solche Gegenstände, die jezo wirklich verhandelt werden, zieht seine angewiesenen Einkünfte, hat seinen Schatz, sein schönes Standhaus, Bediente u. s. w. Ich kann diese Anstalt nicht schlechtweg tadeln, da ich das Innere derselben, und ihre guten Wirkungen nicht genau genug kenne. Wenn man aber aus dem Erfolg ähnlicher Einrichtungen schliessen darf, so sollte man denken, daß die Bernischen Jünglinge ihre Zeit besser, als in leeren Bewerbungen und Berathschlagungen zubringen könnten, und daß sie mehr dabey gewinnen würden, wenn sie nach dem Beyspiele der Römer sich durch den vertrauten Umgang mit den grösten und erfahrensten Staatsmännern zu bilden suchten. Zu den Schaaren von Jünglingen, die von den Zeiten ihrer

erſten Jugend an bis in's dreyßigſte Jahr und noch
länger ohne beſtimmte Geſchäfte in dem Kreiſe der Vergnügungen ihrer Hauptſtadt herumgetrieben werden,
geſellen ſich jeden Winter die jungen Officiere, die
während der Urlaubzeit aus fremden Dienſten zurück-
kommen. Dieſe Officiere ſind meiſtens noch ungebil-
deter, als ihre Brüder und Verwandte, die bürgerliche Bedienungen zu erlangen hoffen, dabey aber unendlich gröſſern Gefahren, verdorben zu werden, aus-
geſetzt. Man ſtürzt ſie nämlich in dem feurigſten und
biegſamſten Alter in den Wirbel der Ergötzlichkeiten und
Verführungen groſſer Städte hinein, und überantwor-
tet ſie ohne Aufſicht der Geſellſchaft von Menſchen,
unter welchen es lächerlich, oder faſt ein Verbrechen
wäre, unſchuldig bleiben zu wollen. Es dauert alſo
nicht lange, ſo werden die neuen Ankömmlinge in alle Ausſchweifungen der ältern Officiere eingeweiht;
und wenn beyde alsdann in ihre Vaterſtadt zurückkom-
men, ſo machen ſie ſowohl die männliche Jugend, als
das weibliche Geſchlecht mit den Thorheiten und La-
ſtern fremder ausgearteter Völker und Städte bekannt.
Die Vernachläßigung alſo der Erziehung, verbunden
mit den fremden Kriegsdienſten, iſt die Haupturſache
der Verderbniß der Berniſchen Jugend, und des Ver-
luſts der reinen einfältigen Sitten, welche Stanian
noch im Anfange dieſes Jahrhunderts an den Berniſchen Matronen rühmte. Man wird keine ernſtliche
und ſichere Beſſerung hoffen können, ſo lange der
Staat nicht anfängt, die öffentlichen Erziehungsanſtalten zu vervollkommnen, und die Jugend zu nöthi-

gen, daß sie sich durch Erwerbung nützlicher Kennt=
nisse zu künftigen würdigen Volksregierern vorbereite,
und von dem, sie selbst, und andere verderbenden
Müßiggange entferne.

Die Verbesserung der Schulanstalten kann in Bern
nicht das Hinderniß finden, wodurch sie in so vielen
Gegenden von Teutschland vereitelt wird, nämlich
durch Mangel von hinlänglichen Fonds. Die rühmli=
che Sparsamkeit der Bernischen Regierung bietet auch
hier alle Mittel dar, die zur Erreichung einer so wich=
tigen Absicht, als die Veredlung ihrer eignen Nach=
kommenschaft, und die daraus erfolgende Befestigung
ihrer Verfassung ist, erfordert werden. Die größten
Hindernisse liegen in mehrern Vorurtheilen, welche die
Regierung, oder doch viele Mitglieder derselben vor=
her überwinden müssen, und die vorzüglich darinn be=
stehen, daß man es bedenklich, und dem Ansehen der
größern Familien nachtheilig findet, wenn die Söhne
der leztern mit den Kindern gemeiner Bürger, oder
Einwohner in öffentlichen Anstalten vermischt werden
sollten: daß man ferner nur Bürger oder Untertha=
nen des Cantons Bern, oder höchstens nur Schweizer
für fähig hält, junge Berner und Schweizer zu bil=
den *): und daß man endlich wachsende Aufklärung,
und Ausbreitung von Wissenschaften für gefährlich,
und dem Einflusse, und der Achtung der alten Mit=
glieder der Regierung für schädlich ansieht. Es wird

*) Dies Vorurtheil ist jezo überwunden, indem man vor eini=
gen Jahren Herrn T r a l l e s, der hier in Göttingen studir=
te, als Profeßor der Naturlehre nach Bern gerufen hat.

aber, denke ich, bald eine Zeit kommen, wo die Bernische Regierung die wahren Ursachen, und die eben so schrecklichen, als unvermeidlichen Folgen der herrschenden Sittenverderbniß erkennen, und eine ernstliche Verbesserung der Erziehungsanstalten, als das einzige und sicherste Mittel, dem Untergange ihrer Familien und der Staatsverfassung vorzubeugen, ergreifen wird.

Wenn die Regierung ihr Gymnasium bis zu einem Erziehungsinstitut für ihre ganze, und also auch edlere Jugend erweitern wollte, so würde sie selbst unsere am besten eingerichteten Teutschen Universitäten nicht ohne vielerley Einschränkungen zu Mustern nehmen dürfen, weil sie mit den Stiftern, und Vorstehern der letztern nicht ganz dieselbigen Absichten hätte. An statt, daß auf unsern Akademien die Rechtsgelehrsamkeit die Hauptwissenschafft ausmacht, und den größten Theil der Zeit junger Standespersonen wegnimmt, würde man zwar dies Studium nicht vernachlässigen, dabey aber doch viel mehr, als in Teutschland geschieht, auf solche Wissenschafften Rücksicht nehmen müssen, die einem künftigen Schweizerischen Staatsmann, oder geschickten Officiere noch brauchbarer, oder unentbehrlicher sind. Wenn die Regierung einmal die so nöthigen Einrichtungen zur Verbesserung der Erziehung gemacht, und zu einem gewissen Grade der Vollkommenheit gebracht hätte, so müßte es alsdann nicht dem Eigensinn der Eltern, oder der Trägheit der Jugend überlassen werden, ob die letztere an den Wohlthaten des Vaterlandes Theil nehmen wollte oder nicht. Vielmehr müßte ein unerweichliches Gesetz alle diejenigen, welche sich dereinst um Plätze in der Regierung bewerben wollten, nöthigen, vorher ihre Studien ordentlich zu vollenden, und sich zur Führung eines jeden Amts in der Republik gehörig vorzubereiten. Eine solche Verordnung würde man im geringsten nicht als einen mit der republicanischen Freyheit unvereinbaren Zwang tadeln können, da die Jugend in allen gut eingerichteten aristokratischen Staaten viel strengern Gesetzen unterworfen war. In Sparta, Athen und Rom waren ehrwürdige Collegia oder Personen, welche über die Sitten aller Stände, und vorzüglich der Jugend wachten; und ich halte es daher für einen Fehler der Bernischen Verfassung, daß keine eigentliche Sittenrichter da sind, welche die Jugend im Zaume halten könnten. Damit aber die Regierung wenigstens in Stand gesetzt würde, die Fleißigen und Unfleißigen zu unterscheiden, so wäre es immer heilsam, wenn man den erstern wiederholte Gelegenheiten verschaffte, ihre Talente und Fortgänge in den Wissenschaften zu zeigen. Ernstliche Prüfungen würden wahrscheinlich in Bern eben so nützlich, als in Teutschland seyn, wo auch die Söhne aus den vornehmsten Familien nicht einmal Beysitzer von hohen Collegiis werden können, ohne ein strenges Examen ausgehalten zu haben. Solche Prüfungen würden am vortheilhaftesten einige Jahre vor dem Alter angestellt werden, wo junge Leute fähig werden, in die Regierung zu kommen. Man würde dadurch zwo gleich wichtige Absichten erreichen: daß die Candidaten nach der Vollendung ihrer Studien nicht im Fleiße nachließfen, und daß sie in dem Fall, wenn man sie als unfähig abweisen müßte, doch noch Zeit genug vor sich hätten, durch eine ungewöhnliche Anstrengung ihrer Kräfte das versäumte nachzuholen. Vielleicht wäre es auch eine heilsame Aufmunterung zur Arbeitsamkeit und Tugend, wenn man junge Männer, die sich vorzüglich durch Talente, Fleiß und Sitten auszeichneten, auf die eine oder andere ehrenvolle Art belohnte; sie etwa ein Jahr früher, als die Gesetze es erlauben, für fähig erklärte, in den Rath erwählt zu werden, u. s. w. Doch ich vergesse, daß ich zu einem Göttingischen, und nicht zu einem Bernischen Freunde rede, den diese Projectmachereyen mehr interessiren würden.

Wenn aber die Regierung in Bern sich vor's erste noch nicht entschließen, oder es auch nicht in ihrer Gewalt haben sollte, die Erziehung und Sitten der Jugend zu bessern, und dadurch der beständigen Abnahme der bürgerlichen Familien vorzubeugen, so bleibt ihr doch immer noch eine Palliativcur übrig, wodurch sie das Uebel zwar nicht von Grund aus heilen, aber doch die fürchterlichste Folge der Sittenverderbniß, Umkehrung der Aristokratie in eine gefährliche Oligarchie, verhüten kann. Dieses Mittel hat schon der Herr von Haller vorgeschlagen, und ich verehre ihn deßwegen nicht weniger, als wegen irgend einer der wichtigen Entdeckungen, die er in den Wissenschafften gemacht hat.

Herr von Haller gab den Rath, daß man sowohl die regierenden, als die regimentsfähigen Familien nie unter eine gewisse Anzahl hinabsinken laffen, und wenn dieses geschähe, daß man alsdann die erstern aus den

letztern, und diese wieder aus solchen Theilen des Staats
ergänzen sollte, die bisher keine Hoffnung gehabt hätten, in die Regierung zu kommen.   Wenn also die Regimentsfähigen Bürger sich bis über eine gewisse Zahl
verminderten, so sollte man alsdann entweder gewissen
adelichen Familien im Païs de Vaud, oder einigen unter den ewigen Habitanten, oder endlich den angesehensten Geschlechtern in den Municipal-Städten das Bernische Bürgerrecht schenken, und im letzten Falle die dadurch erledigten Plätze in den Municipal-Städten mit
wohlhabenden und verdienten Landleuten besetzen.   Herr
von Haller urtheilte mit Recht, daß man durch diese
Einrichtung nicht nur den Gefahren einer Revolution
zuvorkommen, sondern auch alle Eifersucht unter den verschiedenen Ständen tödten, und alle Theile des Staats mit
einem gemeinschafftlichen Bande an die gegenwärtige
Regierungsform binden würde.   Wenn man nicht wüßte,
daß die Einführung gewisser Verbesserungen oft viel
mehr Mühe kostet, als die von gewissen Mißbräuchen,
so müßte man sich wundern, daß man bisher einen Vorschlag nicht angenommen hat, der mit so großen und au-
genscheinlichen Vortheilen verknüpft ist.   Besonders
würde man durch die Ausführung des Hallerischen Pro-
jects den Adel in Païs de Vaud gewinnen, der die Vorzüge der Bernischen Regierung, die ihm eine jede Vergleichung seiner Besitzungen mit denen seiner Französischen, und Savoyardischen Nachbaren offenbaren müßte, nur zu leicht vergißt, weil er sich in seinem Vaterlande zu keinen großen, und einträglichen Bedienungen erheben kann, und nicht selten Landvögte über sich hat, die

ihm weder an Geburt, noch Erziehung gleich sind. Auch die Municipal = Städte, besonders die freyen Städte in Aargau, würden nicht länger in dem Vorurtheil beharren, daß die Bernische Regierung sie demüthigen, oder wenigstens den Landmann auf ihre Unkosten empor bringen wolle.

Indem ich von den Municipal = Städten im Bernischen Gebiete rede, erhalte ich Gelegenheit eines andern großen Gebrechens zu erwähnen, das die Regierung in Bern so gut, als ein jeder anderer einsieht, das sie aber doch nicht durch den Gebrauch der höchsten Gewalt abschaffen mag, um nicht ein viel größeres Uebel, willkührliche Kränkung feierlich zugestandener und bekräftigter Rechte, zu stiften. Der Fehler, den ich tadeln will, besteht in den reichen Gemeinheiten der meisten Municipal = Städte, und der Einträglichkeit ihres Bürgerrechts. In mehrern Städten, vorzüglich in Thun, Burgdorf, und andern giebt das Bürgerrecht so große Einkünfte, daß die Besitzer desselben ohne alle andere Arbeit, oder Zuflüsse, oder doch mit einer sehr geringen Hülfe von Industrie, oder eigenem Vermögen gut davon leben können. Diese Einkünfte werden entweder aus Wäldern oder Wiesen, oder Alpen gezogen, und bringen zween unvermeidliche große Nachtheile hervor: geringere Nutzung und Wartung der Gemeinheiten, und Erstickung fast aller Industrie, indem die Erfahrung aller Zeiten lehrt, daß, wo der gemeine Mann kümmerlich ohne alle Arbeit leben kann, er sich nie durch Anstrengung seiner Kräfte Ueberfluß, oder die Bequemlichkeiten des Lebens zu verschaffen sucht. Zum Unglück

besitzen gerade in denjenigen Städten, wo das Bürger=
recht am einträglichsten ist, die Zünfte das härteste aus=
schließende Recht, dasjenige allein zu liefern, was ihre
Handwerke zu liefern pflegen. Durch diesen unnatür=
lichen Zwang wird die ohnedem schon schwache Industrie
und Wetteifer, welche die Einträglichkeit des Bürger=
rechts noch übrig lassen würde, gänzlich erstickt. Im
allgemeinen wohnen daher gerade in den reichsten Städ=
ten die armseligsten Einwohner, da hingegen in solchen,
wo das Bürgerrecht nicht allein nichts einbringt, son=
dern mit kleinen Ausgaben verbunden ist, wie in Aarau,
Handel und Manufacturen in dem blühendsten Zu=
stande sind.

Die letzte Unvollkommenheit in der Bernischen Ver=
fassung ist die Menge und Kostbarkeit der Rechts=
händel, worüber ich selbst gutgesinnte Richter habe kla=
gen hören. Die Menge von Processen ist meinem
Urtheile nach eine nothwendige Folge des außerordent=
lichen Wohlstandes der Bauren, und also ein Uebel,
was immer auf ein viel größeres damit verbundenes
Gut schließen läßt. Wenn der Landmann durch Auf=
lagen und Erpressungen, wie in Savoyen und Frank=
reich, zu Grunde gerichtet ist, so leidet er alles Un=
recht, was ihm von Mächtigern zugefügt wird, mit ei=
ner stillen wehrlosen Geduld, weil es ihm so wohl an
Muth, als an Kräften fehlt, seinen Bedrücker zur Re=
chenschafft zu ziehen. Auch in solchen Ländern, wo
man dem Bauren zwar das Nothwendige läßt, aber
fast alles Ueberflüssige ohne Erpressungen durch ordent=
liche Auflagen nimmt, auch in solchen Ländern meidet

der Bauer, so viel er kann, Processe, weil er weiß, daß
er die dazu erforderlichen Kosten entweder sich, und seiner Familie an den Nothwendigkeiten des Lebens, oder
auch der Erhaltung seines Viehs, seines Geschirres,
oder seines Hauses entziehen müsse. Wenn also in solchen Ländern, wo die öffentlichen Abgaben dem Bauern wenig oder gar nichts überflüssiges lassen, die Unterthanen durch die Plackereyen, und unrechtmäßigen Zu-
muthungen ihrer Amtleute zu langwierigen Processen
gezwungen werden, so verarmen dadurch nothwendig
ganze Dörfer, weil sie außer den öffentlichen Lasten
nicht auch noch die Last von kostbaren Rechtshändeln
tragen können. In solchen Ländern hingegen, wo
der Landmann im Durchschnitt genommen wohlhabend,
oder reich ist, ist er auch immer Proceßsüchtig, weil
Wohlstand in nicht besonders gutgearteten und aufgeklärten Menschen allemal Uebermuth; Trotz, Eigensinn, und Rechthaberey erzeugt. Ich selbst habe es oft
erlebt, daß reiche Bauren, bloß in der Absicht, ihre
Gegner zu kränken oder mürbe zu machen, zweydeuti-
ge Rechte, und selbst offenbares Unrecht in langwierigen Processen verfochten haben, ungeachtet sie voraus-
sahen, daß sie am Ende verlieren, und viele hundert
Thaler dabey einbüßen würden. Wenn aber auch diesen Erfahrungen zu Folge die Bernische Regierung die
Proceßwuth ihrer Unterthanen nicht schwächen, und
die Menge von Rechtshändeln nicht hindern kann; so
ist es wenigstens in ihrer Gewalt, durch eine weise Proceßordnung die Kostbarkeit der Processe zu vermindern.
Dies kann sie ihren Grundsätzen zu Folge nicht durch

die Verminderung der Instanzen, deren es in wichtigen
Sachen drey bis vier giebt, indem man von den niedern Gerichten an den Landvogt, vom Landvogt an
die oberste Appellationscammer, von dieser, wenn die
streitige Sache von einem gewissen Belange ist, an den
großen Rath appelliren darf. Der sicherste Weg, die
Kostbarkeit von Rechtshändeln zu vermindern, wäre
nicht sowohl eine scharfe Proceßordnung, wodurch der
Gierigkeit und den Ränken der Anwälte Schranken
gesetzt würden; denn diese werden immer vereitelt; sondern Erhöhung der Summen, bis zu welchen streitige
Sachen steigen müssen, wenn man von einer niedrigern Instanz an eine höhere appelliren wollte. Die
Bernischen Advocaten, die selten Rechtsgelehrte von
Profession sind, lassen sich ihre Mühe ungeheuer bezahlen. Sie sollten von einer jeden Partey, die sie
vor einem in wenigen Stunden zu erreichenden Gerichte auf dem Lande vertreten, nur einen Louisd'or
nehmen; sie nehmen aber oft drey bis vier neue Louis-
d'or, eine Taxe, die allem Anscheine nach kräftiger,
als alle Gesetze, den Kitzel zu processiren ersticken
müßte, und doch nicht erstickt.

Die peinliche Proceßordnung und Gesetzgebung in
Bern hat vor der anderer Cantone große Vorzüge, ungeachtet sie auch nichts weniger, als untadelich oder
vollständig ist. Wenn ein Missethäter in der Stadt
selbst ergriffen wird, so instruiren der Groß-Weibel
und Gerichts-Schreiber, denen in wichtigen Fällen ein
Mitglied des kleinen Raths zugeordnet wird, den Proceß. Bey einem jeden Verhör werden dem Delinquen-

ten seine zuletzt niedergeschriebenen Aussagen wieder vorgelesen, damit er, wenn er etwas zu erinnern findet, die nöthigen Einschränkungen, oder Verbesserungen machen, oder hinzufügen könne. Findet der kleine Rath den Proceß vollständig, so spricht er das Urtheil ab. Fällt alsdenn das Urtheil entweder zum Tode, oder bey einem Bürger von Bern nur auf Verlust der Ehre, oder auf Leibesstrafen aus, so wird der Proceß dem großen Rath vorgelegt, dessen Mitglieder die Acten mit Muße in der Canzelley lesen können. Wenn nun auch der große Rath den Proceß für vollständig erklärt, so tritt alsdann der Großweibel auf, und bringt alle möglichen Gründe zu Gunsten des Delinquenten vor, der keinen andern Kläger, als die Acten, oder den Proceß selbst hat. In den meisten Fällen neigen sich die Richter auf die gelindere Seite, und wenn etwa die Stimmen gleich sind, so entscheidet der Präsident fast ohne Ausnahme für die Meynung derjenigen, welche die gelindeste Strafe zuerkannten.

Eine etwas andere Bewandtniß hat es, wenn der Delinquent ausser der Stadt gesündigt, und festgesetzt worden ist. In diesem Fall instruirt im teutschen Gebiet der Republik der Landvogt, im Païs de Vaud aber das Gericht des Orts den Proceß, und schickt die Acten nach Bern, wo sie von einem Collegio von drey Rathsherren untersucht werden. Halten diese den Proceß für gehörig instruirt, so legen sie ihn, wenn die Acten aus dem teutschen Gebiet eingeschikt sind, dem kleinen Rath vor, der das letzte Endurtheil fället. Sitzt hingegen der Verbrecher in den welschen Landen, so wer=

den die Acten an die Obrigkeit des Orts zurückgeschickt, die zwar das Urtheil spricht, aber dies Urtheil dem Rath in Bern entweder zur Bestätigung, oder Milderung, oder Schärfung (welches letztere aber selten geschieht) mittheilen muß. Die Tortur ist zwar im Bernischen noch nicht durch einen Ausspruch der höchsten Obrigkeit abgeschaft, sie wird aber nur selten, oder fast niemals mehr gebraucht.

Die Republik Bern hat eben so wenig, als ihre übrigen Schwestern in der Schweiz, ein vollständiges peinliches Gesetzbuch *). Man hat schon lange daran gedacht, diesem Mangel abzuhelfen, und eine der letzten Veranlassungen zu dem Wunsche einer sichern Proceßordnung und eines vollständigen Gesetzbuches, ist für den Criminalisten nicht weniger, als für den Philosophen interessant.

Vor wenigen Jahren fand man in Bern ein ermordetes Kind nicht weit von einem Hause, in welchem sich eine berüchtigte Weibsperson aufhielt. Natürlich fiel der Verdacht der begangenen That am stärksten auf diejenige, welche ihn durch ihr bisheriges Leben in der ganzen Nachbarschaft am meisten verdient hatte. Das Mädchen wurde eingezogen und verhört, läugnete aber anfangs die That, und gab vor, daß sie wirklich jetzo schwanger sey. Man hielt dieß für eine leere Ausflucht, und ließ die Gefangene nicht nur von einer oder mehrern Wehmüttern, sondern auch von Aerzten untersuchen. Die Wehmütter allein bezeugten, daß die De-

*) An einem solchen Gesetzbuch wird, wie ich höre, jetzt auch mit Ernst gearbeitet.

Unquentin nicht schwanger sey, aber Merkmale an sich
habe, welche bewiesen, daß sie schon einmal Mutter
geworden. Die Aerzte hingegen bezeugten das Gegen-
theil. Durch die Zeugnisse der Wehmütter betrogen
drang man stärker in die Gefangene, und diese
schien allmälig zu wanken, und bekannte endlich
die That mit vielen Umständen, die man aber,
durch das Bekenntniß verführt, nicht untersuchte, weil man sie sonst als irrig und unmöglich würde
befunden haben. Hierauf verurtheilte man die Ange-
klagte zum Tode, die dieses Urtheil, wie es schien,
mit der Ergebung einer Person anhörte, welche sich
selbst für schuldig, und die ihr zuerkannte Strafe für
gerecht hielt. Die Gefangene bereitete sich mit vieler
Andacht zum Tode, und erst am letzten Abend vor
dem Tage, an welchem sie hingerichtet werden sollte,
machte sie dem Geistlichen, der mit ihr betete, das
seltsame Geständniß: daß sie für ihre Person gern sterben wolle, weil sie glaube, daß sie durch ihre Sünden
den Tod verdient habe, daß es ihr aber doch Leid thue,
und Gewissensangst verursache, daß das unschuldige
Kind, welches unter ihrem Herzen liege, und an dessen Leben sie seiner heftigen Bewegungen wegen gar
nicht zweifeln könne, zugleich mit ihr umkommen müsse. Man kann leicht denken, daß der Geistliche durch
diese Erzählung nicht wenig betroffen wurde. Er er-
kundigte sich sorgfältig nach der Wahrheit der Nachricht, welche die bußfertige Sünderin ihm gegeben hatte, und theilte sie alsdann der höchsten Obrigkeit mit.
Diese schob sogleich die Vollziehung des Todesurtheils

I. Theil, X

auf, ließ die Delinquentin abermals untersuchen, und
vernahm zu ihrem Erstaunen, daß sie in der letzten Hälfte ihrer Schwangerschaft sey. Hierauf erhielten die
unwissenden oder nachlässigen Prüferinnen der Unschuld
der Beklagten einen derben Verweis, und der letztern
gab man ausser ihrer Freyheit eine jährliche Pension,
zum Ersatz für das Unrecht, was man ihr gethan, und
die Angst, die man ihr verursacht hatte. Nichts war
den Richtern räthselhafter, und wird es wahrscheinlich auch Ihnen seyn, als warum das unschuldige
Mädchen nicht lebhaft und beständig widersprochen habe, wodurch es seine Richter gewiß zu einer neuen Untersuchung ihres Zustandes veranlaßt, und vor der Gefahr, ein ungerechtes Urtheil zu fällen, bewahrt hätte. Als man die bisherige Delinquentin hierüber be-
fragte: antwortetete sie, daß sie zuletzt geschwiegen
hätte, weil sie ihren gnädigen Herren nicht länger
hätte widersprechen, und nicht noch grössere Unkosten
hätte verursachen mögen. Hätten sie wohl gedacht,
daß falsche Ehrfurcht in einer Person von eingeschränk-
tem Verstande so gar die Furcht vor dem Tode überwinden könne? Sie sehen, wie vorsichtig man seyn
muß, wenn man aus dem Geständnisse von Delinquenten, oder dem Mangel von Widerspruch nicht
falsch schliessen will.

Ich habe diese Tage her einige Criminal-Acten,
eine mir von jeher sehr interessante Art von Schriften,
gelesen, die in der ersten Hälfte des letzten Jahrhunderts in Nidau abgefaßt worden sind. Aus diesen Acten
lernt man, daß man zwischen den Jahren 1625. und

1630. in der Schweiz nicht weniger Hexen, als in
Teutschland verbrannte, und daß die Sitten nicht we=
niger roh, und die Policey nicht weniger schlecht,
als in unserm Vaterlande gewesen sey. Einbrüche,
Straßenräuberey, und Mordthaten waren so häufig,
daß weder auf öffentlichen Wegen, noch selbst in Dör=
fern, und Städten nur einige Sicherheit gewesen seyn
kann. Unter den Mördern, die man in dem ange=
zeigten Zeitraum hinrichtete, war einer, der in den
letzten drey Wochen vor seiner Gefangennehmung fast
alle Tage einen Menschen umgebracht hatte, und wie
es schien, nicht immer aus Raubsucht, sondern mehr=
malen aus Muthwillen und aus unmenschlicher Wuth,
die durch die Gewohnheit zu morden entsteht, und nur
durch Blut und Würgen gekühlt wird. Ein noch größ=
seres Ungeheuer war ein berüchtigter Räuber, mit Na=
men Schwarzbeck, der sich in dem zweyten oder drit=
ten Decennio dieses Jahrhunderts durch seine Kühnheit
und List in der ganzen Schweiz furchtbar machte. Dieser
Bösewicht mordete oft ganz allein zur Lust, oder aus
Schalkheit. Einstens goß er einem armen Kesselflicker,
den er an einem einsamen Ort schlafend fand, einen
ganzen Tiegel voll glühenden Bleys in den Hals, wo=
mit der Unglückliche einige Gefässe hatte ausbessern
wollen. Ein andersmal zwang er einen Schneiderge=
sellen, dem er in einem Walde begegnete, daß er ihm
seinen Rock flicken mußte. Als dieses geschehen war,
sagte er spottend, daß er ihm jetzo auch seine Mühe
belohnen wolle. Er fieng hierauf an, den schwachen
Schneider zu binden, und henkte ihn mit den Beinen

an einen Baum, so daß der Kopf einen Ameißhaufen
berührte. Der Unmensch gestand noch im Gerichte, daß
keine von seinen Thaten ihm so viel Vergnügen verschaft
hätte, als die Verdrehungen, welche der geängstete
Schneider gemacht, und die er bis auf die letzte Zuckung
mit innigster Freude ruhig betrachtet habe. Er brach
sogar noch auf seinem Wege zum Gerichtplatze in ein
lautes Gelächter aus, als er vor der Stelle vorbey ge=
führt wurde, wo er dem Schneider den ihm so schei=
nenden lustigen Streich gespielt hatte. *) Seine letz=
te Missethat war folgende: daß er in das Pfarrhaus zu
Sengen im Canton Bern einbrach, daß er den Pfarrer
knebelte, und dessen Frau im Angesichte des Mannes
nothzüchtigte. Dieser verstockte Bösewicht empfand
nicht die geringste Reue über seine Verbrechen, und
gar keine Furcht vor dem Tode, oder der Zukunft.
Er mukste nicht einmal, da seine Arme und Beine
zerschlagen wurden; und bey dem ersten Stoß auf die
Brust, der sie noch nicht quetschte, rief er, als wenn
er der Ohnmacht des Henkers spottete, das kracht ein=
mal. Bey solchen Factis kann man nicht mehr zwey=
feln, so sehr man auch Freund und Vertheidiger der
menschlichen Natur seyn mag, daß es geborne sittliche
Monstra gebe, die ohne alle Menschlichkeit, ohne theil=
nehmendes Mitgefühl mit den Freuden und Leiden an=

*) Man setze lieber: als er sich des ihm so scheinenden lu=
stigen Streiches erinnerte, den er dem Schneider gespielt
hätte. Auch meldet man mir, daß die Frau des Pfar=
rers nicht genothzüchtigt worden sey, und daß eben diese
Frau sich über dies Gerücht mehr, als über den Verlust
von 10000 Gulden betrübt habe, der ihr durch den Einbruch
zugefügt worden.

derer, ohne moralischen Sinn geboren werden, und selbst in den Martern ihrer Nebenmenschen ein grausames Vergnügen finden.

Die angebliche Zauberer oder Zauberinnen, die im Anfange des letzten Jahrhunderts zu verschiedenen Zeiten in Nidau hingerichtet wurden, stimmten alle in ihren Bekenntnissen auf eine höchst merkwürdige Art überein. Alle erzählten, daß, als sie entweder über den Verlust eines Hauses, oder Kindes, oder Mannes, oder eines andern Guts, in grosser Noth und Betrübniß gewesen, ihnen ein hübscher Herr begegnet sey, der sich Hans, und nur einmal Benjamin, oder Jacob genannt habe. Dieser Unbekannte habe sie freundlich über die Ursache ihrer Traurigkeit befragt, und sich endlich erboten, sie aus ihrem Unglück herauszureissen, wenn sie Gott abläugnen, und sich ihm ergeben wollten. Einige sagten, daß sie sich anfangs zu einer solchen Gottlosigkeit nicht hätten entschliessen können, daß aber doch zuletzt die Hoffnung aus ihrem Elende errettet zu werden, über ihre Aengstlichkeit das Uebergewicht erhalten hätte. Alle gestanden, daß sie von ihrem Verführer Geld erhalten, welches aber nachher nur als Laub, oder Pferdemist befunden worden, und die weiblichen Zauberinnen setzten noch hinzu, daß der böse Feind sie beschlafen, daß aber seine Natur kalt und seltsam gewesen sey. Auch darin stimmten sie alle überein, daß sie vom Teufel Saamen, oder Pulver, oder Salben empfangen, womit sie Menschen und Vieh getödtet hätten. Wenn sie das eine oder das andere nicht hätten thun wollen, so wären

sie auf eine grausame Art geschlagen worden. Nicht
selten hätten sie sich mit andern, besonders auf der
Petersinsel, zu einem Schmause versammlet und ge-
tanzt, bey welcher Gelegenheit die Teufel gegeigt hätten. Die Speisen, die sie an solchen Festen genossen,
seyen schwarz, ekelhaft und schwammicht gewesen. —
Alle Zauberer, oder Zauberinnen, deren Geständnisse
ich gelesen habe, bereuten ihre Gottlosigkeit, und litten geduldig ihre Strafe, die darin bestand, daß sie
auf Leitern gebunden, und lebendig verbrannt wurden.

Nachdem ich die Niedauischen Acten gelesen habe,
so urtheile ich über die vormals so häufigen Hexen-
Processe ganz anders, als vorher. Wenn ich sonst in
den Chroniken, oder andern Geschichtbüchern der
dunklen Jahrhunderte fand, daß man so und so viele Unholden verbrannt habe, so seufzte ich, oder
wurde unwillig darüber, daß barbarische Richter ihrer
Unwissenheit und ihrem Aberglauben so viele unschuldige Schlachtopfer dargebracht hätten. Jetzo hingegen bin ich überzeugt, daß man die Hexen von beyderley Geschlecht zwar nicht als der Zauberey schuldig hätte verbrennen sollen, daß aber doch viele von denen,
welche man als solche verbrannt hat, als Giftmischer
den Tod verdienet hatten. Unter denen, deren Processe ich untersucht habe, war keiner, der nicht durch
Salben oder Pulver, von denen er wußte, daß sie
tödtlich seyn würden, mehrere Menschen umgebracht
hätte. Diese häufigen Vergiftungen widerlegen auch
die Meynungen derjenigen, welche glauben, daß alles, was die angeblichen Hexen gesehen, gelitten, und

gethan zu haben vorgaben, lauter leere Einbildungen schwacher Personen gewesen seyen. Die Angeklagten mochten sich einbilden, was und wie viel sie wollten, so konnten sie sich doch schwerlich träumen lassen, daß sie verschiedene plötzlich gestorbene Personen umgebracht hätten *).

Mir kommt es sehr wahrscheinlich vor, daß es in jenen Zeiten d er Finsterniß manche Bösewichter gegeben habe, welche die Vorurtheile des grossen Haufens von Erscheinungen des bösen Geistes, seinen Geschenken, u. s. w. zu anderer Verderben, und verruchten Absichten nutzten, die also schwachen abergläubigen Menschen unter bedenklichen Umständen erschienen, und sie durch kleine Geschenke und grosse Versprechungen dahin vermochten, gewisse Personen aus dem Wege zu räumen. Uebrigens gebe ich gerne zu, daß alle diejenigen, welche sich in allem Ernste einen Umgang mit einem übernatürlichen Wesen zutrauten, bis zu einem gewissen Grade, und in gewissen Augenblicken verrückt gewesen seyen, und vieles mit ihren Sinnen wahrzunehmen geglaubt haben, was sie nur in lebhaften Träumen, und mit den Augen einer überspannten Phantasie sahen. Die auffallende Uebereinstimmung in den Aussagen der Hexen beweist, daß ihre Einbildungskraft in dem damaligen allgemeinen Aberglauben ein

*) Es giebt aber doch auch Beyspiele von wohllüstigen Weibern, die zuerst glaubten, daß sie sich mit dem Teufel vermischt hätten, und nachher, da sie völlig rasend geworden waren, sich einbildeten, daß sie Menschen und Thiere umgebracht hätten. Man sehe Ephemer. Natur. Curios. Centur. III. p. 294.

X 4

Schema oder eine Regel gefunden habe, nach welcher sie träumte. Weil alle in dem Wahne standen, daß der Teufel gewissen Menschen erscheine, sie berücke, u. s. w. so glaubten die häufigen Hexen, daß Perso= nen, die mit ihnen geredet, ihnen gewisse Pulver, Salben, u. s. w. überreicht hatten, der böse Feind, oder seine Gesellen gewesen wären.

Ich rüste mich jetzo zu meiner Reise in die kleinen Cantone, und ich werde alle meine Kräfte zusammen nehmen müssen, wenn ich Ihnen noch vorher eine minder lange und beschwerliche, aber vielleicht eben so interessante Reise durch den merkwürdigsten Theil des Fürstenthums Neuenburg beschreiben will.

Wenn ich eine kleine Strecke von der grossen Chaus= see ausnehme, die von Nidau nach Bern führt, so ist der nächste Weg zwischen der erstern Stadt, und Neuf= chatel, oder Neuenburg nicht gemacht, weil er we= nig besucht wird. Wir trafen aber doch viele Kut= schen mit verwiesenen oder freywillig fliehenden Gen= fern an, die alle nach Biel wollten, und sich da so lange aufzuhalten gedenken, bis ihr und ihres Vater= landes Schiksal ganz entschieden seyn wird. Die Ge= genden zwischen Nidau und Neuenburg sind nicht schlecht, aber gar nicht schweizerisch, und es war mir bisweilen, als wenn ich in der Nachbarschaft von Göt= tingen führe. Nicht sehr fruchtbare Felder, Wiesen, und bisweilen Weinberge wechselten mit Wäldern ab, bis wir den Neuenburger See erreichten, der durch seine Breite, Länge, grünliche Farbe, und die unge= stümmen Wellen, die er eben damals an's Ufer warf,

einen prächtigen Anblick gewährte. Schon beym er=
sten Durchfahren durch die Stadt, und beym ersten
Eintritt in den besten Gasthof merkten wir, daß wir
nicht mehr in der reinlichen Teutschen Schweiz seyen,
und ich sagte deswegen auch zu meinem Freunde Feer,
daß es schon in Neufchatel nach Frankreich riech. Als
wir uns ein wenig erfrischt hatten, suchten wir einige
Herren auf, die ich in Göttingen gekannt hatte; wir
fanden sie aber nicht zu Hause, weil sie auf's Land ge=
gangen waren. Ihre Abwesenheit ersetzte uns der
teutsche Pfarrer, der so gefällig war, uns sowohl durch
die Stadt, als in die merkwürdigsten umliegenden Ge=
genden zu führen. Die erstere hat viele einzelne schö=
ne Häuser, die sich aber nicht recht ausnehmen, weil
die Strassen zu enge, unreinlich, und uneben sind.
Besonders ist diejenige, welche nach Yverdon hinaus=
führt, so abschüßig, daß man beym Herabfahren die
hintern Räder sperren muß. Neufchatel ligt auf dem
Abhange des Jura, dessen Fuß sich im See verliert,
und in einem Winkel, welchen zween hervorlaufende
Arme dieses Berges machen. Aus dieser Lage entste=
hen zwo grosse Unbequemlichkeiten, daß der Boden der
Stadt sehr ungleich, und die Hitze in den Sommer=
monaten grösser, als in allen übrigen Städten der
Schweiz ist, weswegen sich auch die wohlhabenden
Einwohner in der heissen Jahrszeit auf ihren Landhäu=
sern aufhalten. Das einzige schöne öffentliche Gebäu=
de, was ich bemerkt habe, ist das neue Waisenhaus,
dessen Erbauern ich gern die unlateinische Inschrift ver=

zeihe, die man über der Hauptthür liest. *) Auſſer der
Stadt ſind gar keine, und in der Stadt nur ſehr mit=
telmäßige Promenaden am See, die lange ſo gut nicht
unterhalten werden, als die Spatziergänge in den
Städten der teutſchen Schweiz. Die Bäume waren
ungleich, und ſchienen vernachläßigt zu ſeyn. Viele
von den Schranken, womit ſie eingefaßt geweſen waren,
mangelten ganz, und durch einen Theil der Allee hat=
te man Linien gezogen, auf welchen man Wäſche trok=
nete, die nicht bloß einen Sinn beleidigte. Wenn
nicht der Platz vor der Hauptkirche, die auf dem höch=
ſten Theile der Stadt ligt, gleich dem Schloßgarten
zu eingeſchränkt wäre, ſo würde ich ihn der gewöhn=
lichen Promenade vorziehen. Nachdem wir uns in der
Stadt genug umgeſehen hatten, giengen wir zu dem
Bache Serriere, der ohngefähr eine halbe Stunde von
der Stadt nach Yverdon zu entſpringt, und wenige
Schritte von ſeinem Urſprunge mehrere Mühlen treibt.
Der Weg, der dahin führt, iſt eben ſo wenig ange=
nehm, als der entgegengeſetzte, auf welchem wir von
Nidau hereingekommen waren. Man iſt immer zwi=

*) Die Inſchrift auf dem öffentlichen Gebäude, wovon ich
hier rede, und das nicht ein Waiſenhaus, ſondern ein
Armenhaus iſt, ſcheint nur ſo lange ungrammatikaliſch,
als man die Geſchichte der Stiftung nicht kennt: ſie heißt
nämlich: civis pauperibus. Der Bürger von Neuſcha=
tel, der das Armenhaus erbaute, war ein reicher Kauf=
mann in Liſſabon, David Püry, der nicht nur bey ſei=
nen Lebzeiten groſſe Summen an ſeine Vaterſtadt ſchenk=
te, ſondern auch nach ſeinem Tode ſein groſſes aus meh=
rern Millionen beſtehendes Vermögen an die Bürger=
ſchaft von Neuſchatel vermachte, damit es unter ihrer
Aufſicht zu den im Teſtamente angegebenen nützlichen
Abſichten verwandt würde.

schen zehn bis zwölf Schuh hohen Mauren eingeschlossen, die alle Außsicht benehmen, und in der Mittagszeit an heissen Tagen eine erstickende Hitze hervorbringen müssen. Selbst diese fürchterlichen Mauren scheinen aber den Besitzern noch nicht Sicherheit genug gegen die Räuber ihrer Trauben zu verschaffen, indem
die Rücken der Mauern mit scharfen in Kalk befestig-
ten Glasstückchen besezt sind: eine Vertheidigungsan-
stalt, die mir ganz neu war, und die, wenn sie nothwendig ist, auf ganz andere Diebe schliessen läßt, als
die man in den Weinbergen am Rhein, im Elsaß, in
Schwaben, in Franken, und in der teutschen Schweiz
fürchtet. Die Serriere sammt den Werken, die an
ihr angelegt sind, hat viele Aehnlichkeit mit dem schönen Bache, der die Papiermühle hinter Wehnde treibt.
Jene ist bey ihrem ersten Ursprunge nicht einmal so
reich, als der leztere, sie erhält aber aus ihrem eigenen Bette viel stärkere Zuflüsse, als dieser, und kann
also auch in gleicher Entfernung viel mächtigere Räderwerke in Bewegung setzen. Die neuen Quellen,
wodurch der anfangs schwache Bach so schnell an-
wächst, sind so unsichtbar, daß man sie fast nicht entdecken kann: und die Serriere wird also tief, und
reißend, ohne daß man zu bestimmen im Stande ist,
wo, und wie es geschieht. Der Kessel, aus welchem
sie hervorspringt, ist viel tiefer, und die Berge, mit
welchen sie eingeschlossen ist, viel höher, als die bey
unserer Papiermühle. Wenn man zu den dunklen
Werken an der Serriere hinabsteigt, und in der kaum
gebrochenen Finsterniß, die in diesem Abgrunde herrscht,

schmutzige, und meistens geschwärzte Menschen her-
umtappen, und arbeiten sieht: so ist es einem, als
wenn man auf einmal in den Tartarus der Dichter,
oder in die Werkstätte der Cyclopen versetzt wäre. Die
Mühle, in welcher Eisendrat verfertigt wird, ist viel
grösser, als die bey Schaffhausen. Sie war mir aber
doch weniger interessant, als ein Eisen= und Kupfer-
hammer, den ich zum erstenmal sahe. Die vernich-
tende Kraft, womit der letztere über dicke glühende
Massen von Kupfer herfiel, und sie in wenigen Augenblicken in kleine Stücke theilte, erweckte in mir das
Bild eines reissenden und ergrimmten Thieres, welches seine Beute nicht verzehren, sondern ganz zerstören will. Man zeigte uns einen Vorrath von Kup-
ferplatten, womit Kriegsschiffe beschlagen werden,
und die für die Französische Flotte bestellt waren. Als
wir aus diesen finstern Wohnungen, und Werkstätten
arbeitsamer Menschen wieder an das Tageslicht kamen, freuten wir uns, daß wir noch Zeit genug übrig
hatten, die angenehmsten Landhäuser an der andern
Seite der Stadt zu besehen. Unter diesen Landsitzen
zeichnen sich besonders zween aus: der des Herrn
du Perron, der in Surinam grosse Reichthümer erworben hat, und ein anderer La Rochette genannt,
welcher einem Herrn Bosset gehört. Der erstere ist
viel grösser, und prächtiger als der letztere, ligt aber
tiefer, und hat eine weniger ausgebreitete Aussicht.
Das Ameublement wird von Schweizern, die keine
fürstliche und königliche Schlösser gesehen haben, als
sehr kostbar beschrieben; ich hatte aber doch keine Lust,

mich dabey aufzuhalten. La Rochette ligt auf einer beträchtlichen Höhe des Jura, und hat deswegen einen so weitläuftigen Horizont, als man in der Nachbarschaft von Neufchatel nur erhalten kann. Auf der Terrasse vor dem zierlichen und geräumigen Landhause übersieht man alle übrigen Gärten und Sommersitze, die unzähligen Weinberge, die ich nirgends so prächtig, und bis zu einer solchen Höhe gefunden habe, als um Neufchatel, die ganze Stadt, den herrlichen See, und das entgegengesetzte Freyburgische Ufer, hinter welchem der Gesichtskreis in großer Entfernung durch eine Reihe von Schneebergen geschlossen wird. Die Außsicht von La Rochette würde mit den schönsten in der ganzen Schweiz wetteifern können, wenn der Vorgrund bis an den See nicht zu klein, die entgegengesetzten Ufer nicht zu kahl und öde, und die Weinberge, womit man umringt ist, nicht zu einförmig wären. In dem Bossetschen Garten ist an der linken Seite eine einladende kühle Einsiedeley, und eine artige Allee; man bedauert aber doch, daß nicht noch mehr Schatten da ist. Die Seite des Hauses, die gegen den Berg zu gekehrt ist, wird von dickbelaubten Bäumen beschattet, damit der Wein, der in mehrern über einander angelegten, und in den Felsen hineingehauenen Kellern aufbewahrt wird, desto weniger von der Sonne leide. Von dem obern Keller laufen lederne Röhren in die untern, und auf diese Art kann man ohne Beschwerlichkeiten Wein aus dem erstern in die letztern bringen. Der Spaziergang nach La Rochette machte mit dem zur Serriere einen augenehmen Contrast. Vom ersten kamen wir nicht eher, als kurz vor dem Abendessen zurück.

Sowohl Neufchatel als Locle, und La Chaux de Fonds sind jetzt mit verwiesenen oder flüchtigen Representants angefüllt, deren Anzahl man über acht hundert schätzt. Sie machten die gröste Zahl der Fremden bey Tische aus, und einige von ihnen hatten auch ihre Weiber, und Töchter bey sich. So lange wir in der Schweiz sind, hat man an allen Wirthstafeln fast von nichts, als von Genf gesprochen: und sie können also leicht denken, daß jetzo, da viele Genfer, und unter diesen solche, die eine wichtige Rolle gespielt hatten, gegenwärtig waren, die Uebergabe dieser merkwürdigen Stadt gleichfalls der Gegenstand des Tischgespräches gewesen sey. Solche Gespräche sind meistens sehr lebhaft, weil fast alle Schweizer und Fremde in eben so viele Parteyen, als die Einwohner von Genf, getheilt, und einige den Negatifs, andere den Representants gewogen sind. Man mag so wenig Hang zu politischen Discursen haben, als man will, so wird man doch durch Langeweile, oder die allgemeine Theilnehmung allmälig in das Interesse von Genf, oder einer der streitenden Factionen hineingezogen. Der vornehmste Redner an unserm Tische war Claviere, eins von den Häuptern der Representants, die vorläufig verwiesen worden sind. Schon der Anblick dieses Republicaners verkündigte einen Mann von Geist, der aber durch Nachtwachen, Sorgen, und unnatürliche Anstrengungen unsäglich gelitten hatte, und noch litt. Seine Haare, und Kleider waren so nachlässig, als wenn er so eben von einer

langen und beschwerlichen Reise zurückgekommen wäre.
Die Muskeln seines Gesichts waren in Augenblicken der
Ruhe hangend und erschlafft, und seine Augen trübe
und entzündet, weßwegen er sie alle Augenblicke rieb,
wie man zu thun pflegt, wenn man die nächsten Gegen=
stände nicht deutlich mehr unterscheiden kann. Wenn er
redete, so drückten seine Stimme, Geberden, und Mie=
nen bald den feurigsten Unwillen, und bald einen Grad
von fressendem bittern Kummer aus, der auch den här=
testen Negatif hätte erweichen können. Er sprach mit
einer bewundernswürdigen Fertigkeit und Kenntniß der
Sachen, von den Angelegenheiten seiner Vaterstadt,
und alles, was er über die Maaßregeln und Absichten
der Negatifs, und das Betragen der Répréfentants
sagte, schien mir eben so richtig gedacht, als schön und
glücklich ausgedrückt zu seyn. Bey allem Republica=
nischen Eifer, womit er redete, hatte er doch Geduld
genug, Einwendungen anzuhören, und höflich zu be=
antworten. So bald er aber auf das Betragen der ver=
mittelnden Mächte kam, so verlor er nicht nur alle Mäf=
figung, (und dies galt noch mehr von seinen jungen
Landsleuten,) sondern brachte auch solche Dinge vor,
die man nicht ohne Unwillen über seine Unwissenheit,
oder ohne Mitleiden mit seiner Verblendung anhören
konnte. Die aufgebrachten Genfer waren in dem lä=
cherlichen Wahn, daß die Franzosen und Berner ihre
Stadt hätten zerstören, daß sie die Representants al=
ler ihrer Güter berauben, und das Territorium der
Stadt unter sich theilen wollen. Bey dieser letzten
Aeußerung brach einer aus der Gesellschafft in ein lau=

tes Gelächter aus, und ungeachtet ich eine solche Art
zu widerlegen sonst immer verabscheue, und gegen Unglückliche für eine unverzeihliche Grausamkeit halte,
so war ich doch in Gefahr, mit einzustimmen. Den
Franzosen sind die Genfer nicht so feind, als den Bernern, weil sie glauben, daß diese sie als Bundesgenossen
hätten schützen sollen. Weil ich schon einige Wochen
vor der Uebergabe von Genf in Bern anlangte, so habe ich Gelegenheit gehabt, besser als irgend ein Genfer
die wahren Gesinnungen der Berner zu erfahren. Allen meinen Erkundigungen nach sind die letztern zwar
über die Genfer unwillig, daß sie ihrem Staate so viele
Unruhen und Unkosten verursacht haben, (welche letztere in diesem Jahrhunderte viele Tonnen Goldes betragen sollen) und daß sie die Regierung in Bern gezwungen, wider ihren Willen verhaßte Maaßregeln zu
nehmen; allein diesen gerechten Unwillen abgerechnet,
bin ich überzeugt, daß die Herren von Bern um das
Wohl von Genf mehr, als die Genfer selbst bekümmert
gewesen sind, daß sie nichts so sehr als die Hartnäckigkeit der Genfer in der Vertheidigung ihrer Stadt ge-
fürchtet, und daß endlich die Nachricht von der unblu-
tigen Einnahme der Stadt nicht nur in der Stadt Bern,
sondern auch im ganzen Canton eine so große Freude
hervorgebracht hat, als wenn Bern selbst von einem au-
genscheinlichen Verderben errettet worden wäre. Die
Vorwürfe also, welche die Genfer den Bernern machen,
sind nicht nur ungerecht, sondern auch undankbar, weil
sie gerade ihre größten Wohlthäter treffen. Doch hievon und von vielen andern Dingen, die Genf angehen,

will ich Ihnen umständlicher schreiben, wenn ich alle Nachrichten und Facta, die mir bekannt geworden sind, in Genf geprüft und bewährt habe.

Gleich an dem folgenden Tage nach unserer Ankunft brachen wir Morgens um fünf Uhr wieder von Neufchatel auf. Wir hatten die Absicht, unsern Weg durch das wegen seiner Schönheit und Fruchtbarkeit berühmte Val de Ruz zu nehmen; allein wir änderten unsern Entschluß, weil wir hörten, daß wir alsdann Locle nicht ohne einen großen Umweg erreichen würden. Der nächste Weg, den wir wählten, mag weniger schön seyn, ich glaube aber gewiß, daß er viel romantischer, als der uns zuerst empfohlne war. So bald man aus dem Thore von Neufchatel herauskömmt, fängt man an, bergan zu fahren, und dies dauert vier Stunden fort, bis man das Wirthshaus à la Tourne erreicht, das beynahe auf dem Rücken des Jura liegt. Die Straße ist fast durchgehends gemacht, weil sonst der Transport der Waaren, welche die arbeitsamen, und kunstreichen Bewohner des Jura brauchen, und absetzen, zu hoch kommen würde. So bald die Weinberge aufhörten, stiegen mein Freund Feer und ich aus dem Wagen, und gingen bis nach la Tourne zu Fuß, um die Gegenden desto besser beobachten zu können. Alle Oerter, durch welche wir kamen, waren städtisch gebaut, und wurden immer reinlicher, je höher sie lagen. Rechts hatten wir den Jura, und links sahen wir meistens von einer stets zunehmenden Höhe auf die herrlichen Gestade des Neuenburger Sees hinab. Am reichsten und ausgedehntesten war die Aus-

I. Theil.   Y

sicht, als wir Colombieres gegenüber waren; denn hier hatten wir ein weites, fruchtbares, mit Städten und Dörfern angefülltes Thal zu unsern Füßen. Bald nachher schien es, als wenn wir von aller Gesellschafft von Menschen, oder doch von der milden bebauten Natur getrennt werden würden. Der Weg drehte sich auf einmal rechts, und ging in einen engen Busen des Jura hinein, wo sich nicht allein kein Ausgang, sondern kaum die Möglichkeit eines Ausganges zeigte. An beyden Seiten erhob sich das drohende, und mit traurigen Tannen besetzte Gebirge über unsern Häuptern, und links wurden wir von dem einen Arme desselben durch einen fürchterlichen Abgrund getrennt, an welchem der Weg immer herlief. Hier hörten wir lange nichts, als das Geläute von Kühen, die in einer schwindelnden Höhe über uns an einem so steilen Abhange des Jura weideten, daß wir sie für Blendwerke würden gehalten haben, wenn wir sie nicht bald in der Nähe, und eine kleine Stunde später eben so tief unter uns gesehen hätten. Als wir in La Tourne ankamen, sehnten wir uns nicht nur nach Ruhe, sondern auch nach stärkender Nahrung, wodurch wir unsere erschöpften Kräfte wieder ersetzen könnten. Wir fanden auch wirklich so herrlichen rothen Neuenburger Wein, so ausgesuchtes Brod, und Käse, und besonders so schmackhafte Bergbutter, daß wir unser Frühstück mit keinem Königsmahle vertauscht hätten. Gegen zehn Uhr machten wir uns wieder auf den Weg: mein Freund und ich zu Fuße, und meine Frau im Wagen. Von hier an wurden die Straßen zwar weniger steil, aber doch ausge-

fahrner und holperichter, das Erdreich öder und unbe=
bauter, (denn nur selten sah man Getraide, Gärten,
und Fruchtbäume,) und selbst die Wiesen wurden kah=
ler, als ich sie noch in der Schweiz gesehen hatte. Die
Dörfer und Häuser aber blieben gleich neu und zierlich,
nur waren die Dächer platter, breiter, und mit Schin=
deln gedeckt, die oft durch Lasten von Steinen nieder=
gedrückt wurden. Auf dieser Höhe des Jura werden
Quellen, und Bäche schon selten, und man fängt deß=
wegen das Regenwasser häufig in kleinen Cisternen auf,
in welche es durch Röhren geleitet wird. Wir hofften
schon vor Mittag in Locle zu seyn,, und unsere Geduld
wurde deßwegen nicht wenig geprüft, als wir diesen
Ort erst nach ein Uhr zu Gesichte bekamen. So große
Hitze und Beschwerlichkeiten wir auch ausgestanden hat=
ten; so versäumten wir doch keinen Augenblick, und
besahen während der Zeit, daß unser Mittagsessen zube=
reitet wurde, die berühmten Mühlen, welche die Ge=
brüdere Robert in eine Felsenhöhle hineingebaut haben.
Diese Mühlen sind eine kleine halbe Stunde von Locle
entfernt, und wir zerflossen fast im Schweiße, als wir
vor dem Munde der Felsenhöhle anlangten. Zum gros=
sen Glück war die Luft darin nicht so kalt, als sie in natür=
lichen Grotten sonst zu seyn pflegt, und wir konnten es
also, bald nachdem wir angekommen waren, wagen,
das berühmte Werk in der Nähe zu besichtigen. In
dieser Absicht legten wir unsere Kleider, die durch Mehl,
oder die allenthalben herabtriefende Feuchtigkeit ver=
dorben worden wären, ab, und zogen gröbere Kittel an,
die man für neugierige Fremde aufbewahrt. Das Werk

ist allerdings kühn und bewundernswürdig; allein ich
weiß nicht, wie viel ich mußte erwartet haben, daß es
meiner Erwartung nicht Genüge that. Der Bach,
der alle Triebwerke in Bewegung setzt, war jetzo nur so
groß, daß man leicht hätte hinüberspringen können, al=
lein er wird bisweilen wüthend, und überschwemmt
das ganze niedere Thal, besonders wenn der Schnee
auf den obersten Höhen des Jura zu schmelzen an=
fängt; weßwegen man sich auch durch einen stärken
Damm gegen seine Gewalt verwahrt hat. Dieser
Bach fällt auf drey übereinander hängende, und in den Fel=
sen befestigte Räderwerke, und stürzt sich zuletzt mit einer
furchtbaren Gewalt in einen unergründlichen Schlund,
der mit einem eisernen Gitter versehen ist, und sich
in der Entfernung von einigen Stunden in der Graf=
schafft Burgund wieder ausleeren soll. Die beyden
ersten Mühlen kann man zwar nicht besehen, ohne
sich zu beschmutzen, allein man hat doch nichts zu
fürchten, wenn man nur fürsichtig ist, und eine Lampe
in der Hand dem Müllerknecht folgt, der gleichfalls
mit einer Lampe vorhergehet. Der Gang zum letzten
Triebwerke aber, von welchem das Wasser in den Ab=
grund hinabschießt, ist viel steiler, enger, und beschwer=
licher, als die beyden ersten; und hier hört man ein so
entsetzliches Getöse, daß man auch bey dem heftigsten
Schreyen fast kein Wort verstehen kann. So wie die
Natur ohne alle Hülfe der Kunst den Bach in den Fel=
sen leitete, so hatte sie auch schon den Felsen selbst aus=
gehöhlt, und das Hauptwerk des Künstlers bestand
darin, daß er die ungeheuren Räder und andere Ma=

schinen in einem Felsen zu befestigen, und an bequemen
Orten, Lager und Treppen nach seinen Absichten zu
sprengen und zu arbeiten wußte. Ich erstaunte weniger darüber, daß man ein solches Werk zu Stande gebracht hat, als daß seine Schöpfer auf dem öden kal-
ten Jura geboren worden sind, und gelebt haben. Wir
kamen erst um halb drey Uhr wieder aus der Mühle
heraus, und hatten also weder Zeit noch Kräfte mehr,
eine mäßige Anhöhe an der linken Hand zu ersteigen,
die uns von Burgund trennte, und von welcher wir
eine Aussicht in dies schöne Land gehabt hätten.

Mit Locle verhält es sich eben so, wie mit allen
Städten, die sich in der Zeit von einigen Zeugungen
ungewöhnlich aufgenommen haben. Man trift abwechselnd Beweise des neuern Wohlstandes und Reichthums nebst den Denkmälern der vorigen Armuth und
Einfalt an. Ein Theil der kleinen wenig zierlichen
Häuser, die vor den Zeiten der Industrie gebaut wurden, ist noch unverändert. Die meisten aber sind neu
und schön, und einige so prächtig, als ich sie bisher
in der Schweiz nur gesehen habe. Nicht bloß in Locle,
sondern auch in der Nachbarschaft werden mit grossem
Eifer neue Gebäude aufgeführt, und dieses ist sehr natürlich, da das Erbauen und Vermiethen von Häusern eine der vortheilhaftesten Spekulationen ist. Häuser, die in diesem reichen Flecken nicht einmal von der
ersten Grösse sind, tragen hundert neue Louisd'or oder
2400 Fr. Livres Miethe ein, und für zwey mäßige
Zimmer mit einer kleinen Küche werden jährlich sieben
bis acht neue Louisd'or bezahlt. Wenn man die Men-

ge und Mannigfaltigkeit von reichen Waaren betrach=
tet, die fast in allen Häusern ausgekramt sind, so soll=
te man glauben, daß man in einer grossen Stadt, und
noch dazu in der Meßzeit wäre. Auch herrscht hier,
und in La Chaux de Fonds eben so viel Luxus, als in
grossen Städten, und nicht bloß diese Producte des
Luxus, sondern auch die theure Miethe und Lebens=
mittel, die fast alle aus dem benachbarten Burgund,
und Erguel herauf gebracht werden, bezahlen die Ein=
wohner mit den Früchten ihres Genies, und ihres Fleis=
ses, die durch die Concurrenz unglaublich wohlfeil
werden. So soll man das ganze Werk einer Taschen=
uhr für weniger, als einen Ducaten liefern, ein Preis,
dessen Niedrigkeit selbst Genfer in Erstaunen setzt! Man
mag aber auch kommen, und hineinsehen, in welches
Haus man will, so ist alles, Mann, Weib, und
Kinder ohne Unterlaß mit der größten Emsigkeit be=
schäftigt. Es giebt hier, glaube ich, eben so grosse
Horlogeries oder Niederlagen von Uhren, und nicht
minder reiche Großhändler mit dieser Waare, als in
Paris, London, und Genf. Die letztern bezahlen den
Künstlern, wenn diese selbst nicht Verlag genug ha=
ben, ihre Arbeit, und schicken alsdann goldene, und
silberne Uhren bey vielen Dutzenden, und selbst Tau=
senden in allen Ländern von Europa umher. Von
Locle bis nach La Chaux de Fonds geht eine treffliche
Chaussee, die den Jura hinab bis in das Erguel fort=
geführt ist. Nie hat mich der Anblick einer Stadt so
bezaubert, als der von La Chaux de Fonds, wo wir
noch frühzeitig genug ankamen, um uns gehörig um=

sehen zu können. Wir fuhren durch zwo lange Reihen ganz neuer, und schöner Häuser von zwey oder drey Stockwerken, die alle wohl geordnete, und meistens mit kleinen niedlichen Springbrunnen versehene Gärtchen vor sich hatten, und sowohl den Wohlstand, als die Kunst der Einwohner verkündigten. Mit solchen Häusern war aber nicht bloß die Straße an beyden Seiten besetzt, sondern auch das ganze Thal übersäet. Diese Häuser, die sich dem Auge ganz und einzeln darbieten, machen einen viel stärkern Eindruck, als wenn sie in einer einzigen Linie zusammengebaut wären, indem durch den Anblick eines jeden Hauses der Gedanke, daß hier lauter Wohnungen von fleißigen, geistvollen, freyen und glücklichen Menschen sind, erneuert und vervielfältigt wird. Eine gleich große Zahl von Pallästen, oder prächtigen Landsitzen, würde mich viel weniger entzückt haben, weil diese höchstens Bewunderung, oft Unwillen, oder die traurige Vorstellung erregen, daß sie von ungerechtem Raub, oder Gewinn aufgeführt, und Werkstätte oder Sitze von städtischer Ueppigkeit, und sich selbst marternder Langeweile sind. Dieser ganze neue Anbau, von welchem das ehemalige Dorf La Chaur de Fonds jetzo gleichsam nur ein Anhang ist, ist erst seit zwanzig oder dreyßig Jahren entstanden, und erweitert sich mit jedem Jahr, wie die Industrie der Einwohner.

La Chaur de Fonds liegt fast auf der obersten Fläche des Jura, und in einem der höchsten Bergthäler in der ganzen Schweiz, dessen Breite ohngefähr drey viertel Stunden betragen mag. Die höchsten Arme des Jura, wovon es eingeschlossen ist, scheinen nicht viel höher, als der Heinberg bey Göttingen zu seyn. Wegen der gewaltigen Höhe, auf welcher sie leben, geniessen die Einwohner nur vier bis fünf Monate Sommer, und selbst in der Mitte des Julius, als wir da waren, hatten wir eine so kalte Nacht, daß alle Fenster beschlugen, und wir Federdecken nicht entbehren konnten. Feldfrüchte, Gemüse, und Obst gedeihen hier entweder gar nicht, oder die wenigen Arten, die noch einigermaßen fortkommen, werden schlecht, und reifen spät, die Kirschen zum Beyspiel, erst im Monat August. Die Einwohner müssen daher fast alle Nothwendigkeiten, und Süssigkeiten des Lebens mit grossen Kosten aus den niedrigen Gegenden von Frankreich, und dem Basler Gebiet heraufbringen lassen. Die Wiesen schienen hier fruchtbarer zu seyn, als wir sie in geringeren Höhen des Jura gefunden hatten. Doch glaube ich gerne, was man den Einwohnern der hohen Bergthäler im Fürstenthum Neuenburg vorwirft, daß sie aus ihrem Lande nicht alles dasjenige ziehen, was sie daraus ziehen könnten, weil sie durch ihre mechanischen Arbeiten gehindert werden, ihre Wiesen und Felder gehörig zu warten, und diese daher ärmern Leuten überlassen, die zu künstlichern Beschäftigungen kein Geschick oder Lust haben. Der Gasthof zur goldenen Lilie ist groß, reinlich, und so schön möblirt, als irgend einer, den ich in der Schweiz gesehen habe. Wir wurden hier, wie in Locle, und im Neuenburgischen überhaupt, eben so gut, als billig bewirthet.

In der ganzen Schweiz war ich auf die Bekanntschaft von keinem einzelnen Mann begieriger, als auf
die von Jacques Droz, der selbst in diesen Gegenden
der berühmte, und grosse genannt wird. Gleich nach
unserer Ankunft also war unser erstes Geschäft, ihm
unsern Besuch zu machen. Wir fanden ihn aber so
wenig, als seinen noch Genievollern Sohn zu Hause;
weil dieser in London arbeitet, und jener nach Biel gereist war, um Verwandte zu besuchen. Es schmerzte
mich nicht wenig, daß ich der angenehmen Hoffnung,
womit ich mir so sehr geschmeichelt hatte, beraubt wurde, von einem der grösten, und erfinderischsten Köpfe
in Europa die Geschichte seiner bewundernswürdigen
Familie, und seines merkwürdigen Geburtsorts zu hören. Wenn es mir bloß um den Anblick des ausserordentlichen Mannes zu thun gewesen wäre; so würde
ich keine Ursache gehabt haben, seine Abwesenheit zu
bedauren, weil ich ihm den folgenden Tag auf unserer
Rückreise begegnete. Ich hatte grosse Lust ihn anzu-
reden, wurde aber durch die Furcht der unleiblichen
Hitze zurückgehalten, der ich ihn an einem schatten-
losen Orte ausgesetzt hätte. Er schien ein starkgliedrig-
ter Mann von mittelmäßiger Statur, vollem breiten
Gesichte, starken dicken Augenbraunen, und grossen
schwarzen Augen zu seyn. Sein Gesicht verrieth einem jeden einen Mann von Geist; allein daß er ein
so grosses Genie sey, hätte ich doch aus seinen Blicken
und Zügen nicht errathen. Ueberhaupt bin ich auf meiner Reise durch viele neue Beyspiele in der Beobachtung bestätigt worden, daß, so wie es Personen giebt,

Y 5

die geistreicher scheinen, als sie sind; auch wieder an=
dere gefunden werden, die keine Merkmale ihrer gros=
sen Talente an sich tragen, und daß man also in Ge=
fahr ist, zu irren, wenn man aus der scheinbaren Kraft
der Blicke, und dem Feuer der Augen auf eine gleiche
Energie und Lebhaftigkeit des Genies schließt. Wir
verfehlten aber nicht bloß den Schöpfer, sondern auch
das größte Werk, an welchem Vater und Sohn, be=
sonders der letztere, gemeinschaftlich gearbeitet haben,
und das sich jetzo in Paris findet, wo es durch einen
Ouvrier, oder dazu bestellten Mann, Liebhabern für
Geld gezeigt wird. Dies Werk soll alles, was man
vorher von Automaten gekannt hat, fast eben so sehr
übertreffen, als die Arbeiten der größten Künstler die
ersten rohen Versuche in dieser Art, und auch den auf=
merksamsten Kennern soll der Mechanismus unbegreif=
lich seyn. Ungeachtet wir aber das wundervollste
Meisterstück der Droz nicht sehen konnten; so waren
doch Stücke genug vorräthig, die für das erstaunliche
Genie des Vaters zeugten, und die uns von einem Ge=
hülfen des letztern mit vieler Gefälligkeit gewiesen wur=
den. Nach dem, was wir sahen, zu urtheilen, unter=
scheiden sich die Droz vom Pfarrer Hahn am meisten
darin, daß sie mit gleicher Kunst und Erfindung im
Wesentlichen, mehr Geschmack und Pracht in den Ver=
zierungen verbinden, weßwegen ihre Arbeiten auch
mehr, als die des erstern in die Augen fallen. Das
täuschendste unter allen Werken, was wir fanden, war
eine in ihren kleinsten Theilen vollendete Flötenuhr,
welche die Gestalt eines kostbaren Vogelbaues hatte,

in deſſen Boden das Uhrwerk angebracht war. Der
auf einer Stange ſitzende Canarienvogel war ſo voll⸗
kommen erhalten, und alle ſeine Bewegungen, wenn
die Uhr ſpielte, ſo lebhaft und natürlich, daß man
ihn faſt nicht anders, als für lebendig halten konnte.
In La Chaux de Fonds lebt zwar keiner, der den Droz
an Erfindungskraft und Ruhm gleich kömmt, aber
viele, die ihnen nacheifern, und die berühmteſten Künſt⸗
ler in Paris und London übertreffen. Iſt es nicht faſt
unglaublich, daß in einem abgelegenen, und unfrucht⸗
baren Winkel des Jura, wo vor einigen Menſchenal⸗
tern weder Uhren, noch Uhrmacher waren, und wo
der Künſtler, der die erſte Uhr zu Stande brachte, ſelbſt
die Werkzeuge dazu erfand, daß in dieſem Winkel jetzo
die feinſten und künſtlichſten Inſtrumente für alle me⸗
chaniſchen Arbeiter in den Hauptſtädten Frankreichs
und Engellands verfertigt werden? Die Droz und
alle übrigen ihnen durch Genie verbrüderten Künſtler
in den Bergthälern des Jura ſind ſchöpferiſche, oder
Original⸗Genies im ſtrengſten Verſtande dieſes Worts,
und ihre Talente und Arbeiten nicht weniger, als die
erhabenſte Werke der Natur in der Schweiz bewun⸗
dernswerth. Sie zogen und ziehen noch jetzo ohne frem⸗
den Unterricht, oder Muſter, alles aus ſich ſelbſt hervor;
wenn aber zu ihren Unternehmungen irgend ein Gehül⸗
fe oder Arbeiter fehlt, ſo ſcheuen ſie keine Koſten, ſon⸗
dern laſſen ihn für gemeinſchaftliche Rechnung aus Pa⸗
ris oder London kommen.

Ich verdenke es einem jeden Reiſenden, der in die
Schweiz kommt, und die merkwürdigen Gegenden nicht

besucht, wo die grösten mechanischen Genies aller Zei=
ten nicht einzeln , sondern haufenweise beysammen
wohnen, und wo also Talente dieser Art einheimisch,
oder natürliche Producte zu seyn scheinen. So bald
man auf die Menge, und unerreichbaren Kräfte der
Künstler in den gebürgigten Theilen des Fürstenthums
Neuenburg aufmerksam geworden ist, so muß man
bey einigem Nachdenken nothwendig einen Schritt wei=
ter gehen, und die Ursache dieser höchst merkwürdigen
Erscheinung aufsuchen. Meiner Meynung nach kann
man von der auffallenden Menge der in Locle, und
La Chaux de Fonds, auch im Val de Travers, und
im Val du Lac de Joux sich findenden Künstler kei=
nen andern befriedigenden Hauptgrund angeben, als
die diesen höchsten Bergthälern des Jura eigenthümli=
che feine, und wenn ich so sagen darf, geistige, und
beseelende Luft, deren mächtigen Einfluß auf die in=
nerste Organisation des Menschen man nirgends auf
eine so unzweydeutige Art bemerkt hat, oder bemer=
ken kann. Man durchlaufe das ganze Verzeichniß al=
ler physischen und moralischen Ursachen, von welchen
wir annehmen müssen, daß sie sowohl auf die sichtba=
ren, als unsichtbaren Anlagen, und Kräfte des Menschen
wirken: und man wird gewiß keine einzige finden, wobey
man stehen bleiben könnte, als bey der Bergluft allein.
Religion, und Staatsverfassung haben die Bewohner
der hohen Bergthäler des Jura mit den übrigen Ein=
wohnern des Fürstenthums, und vieler anderer Ge=
genden der Schweiz gemein. Die Nahrungsmittel sind
schlecht, oder kommen auch aus solchen Ländern, wo

sie keine Kraft in Bildung großer Genies äußern. Mildes Klima, fruchtbarer Boden, und schöne Natur, deren Einflüßen man mit Recht sehr vieles zuschreibt, sind den Bewohnern des Jura gänzlich versagt. Sie leben vielmehr in öden Thälern, die acht Monate lang von einem beschwerlichen Winter gedrückt werden, und die von der Natur nicht einmal zu einem beständigen Aufenthalte für Menschen, sondern zu kurzdaurenden Weiden für Heerden bestimmt zu seyn scheinen. Ihnen blieb vor ihren begünstigten Nachbaren nichts übrig, als der Genuß einer reinern Himmelsluft, mit welchem Göttertrank sie aber auch die vorzüglichen Kräfte einsogen, wodurch sie alle schönen und guten Gaben, welche die Natur glüklichern und reichern Gegenden schenkt, oder der Fleiß des Menschen gewinnt, anschaffen, und zugleich lernbegierige Künstler aus allen Völkern Europens an sich ziehen können. Der größte Theil von Arbeitern, und selbst Einwohnern in La Chaux de Fonds besteht in Fremden, und man sagt, daß die Hälfte Teutsche seyen. Man hört auch eben so viel Teutsch, als Französisch reden, und zwar das erstere von allen Dialekten. Als wir Abends bey Tische saßen, wurden wir auf eine angenehme Art überrascht. Wir hörten unter unsern Fenstern von Handwerkspurschen teutsche Kriegslieder singen, in welchen die Tapferkeit der Preußen und Hannoveraner, besonders der letztern, und ihre Thaten gegen die Franzosen gepriesen wurden. Wir konnten es leicht an der Aussprache, und am Tone erkennen, daß die Sänger Niedersachsen, und zwar Hannoveraner seyn mußten.

Es freute mich sehr, daß ein Ort, der allen Gelehrten bekannt zu seyn verdiente, und so wenigen bekannt ist, gemeine Arbeiter aus den entferntesten Gegenden von Teutschland herbey gelokt hatte. Ueberhaupt sind in der ganzen Schweiz, Genf ausgenommen, die geschiktesten Handwerker, und fast alle Gesellen Teutsche, welche man wegen ihres Fleisses, und ihrer Reinlichkeit, und Ehrlichkeit, den Franzosen sehr weit vorzieht. Der Abschied von Handwerkspurschen ist in der Schweiz viel feyerlicher, als in Teutschland. Wenn sie eine kleine Stadt verlassen, wo sie bisher gearbeitet hatten, so legen sie ihre besten Kleider an, bekränzen ihre Hüte mit Blumen, und singen, von eben so geputzten Brüdern begleitet, Liebes = oder Abschiedslieder, die von den Schweizern mit vielem Vergnügen gehört werden, weil man die Teutschen für eben so gute Sänger, als ehrliche und geschikte Arbeiter hält. In der That scheinen in der teutschen Schweiz nicht bloß die Menschen, sondern auch die Vögel viel weniger musikalisch, als in Teutschland zu seyn. Uns war es wenigstens auffallend, und selbst traurig, daß alle die schönen Wälder, durch welche wir kamen, so verlassen und einsam waren, und daß wir nicht ein einzigesmal solche vollstimmige Concerte, als in den teutschen Wäldern, nicht einmal den Gesang einer Nachtigall hörten.

Daß die reine Bergluft die Schöpferinn der bewundernswürdigen Künstler sey, die auf den nakten, und beynahe höchsten Gipfeln des Jura wohnen, läßt sich um desto weniger bezweifeln, da man in der

Schweiz überhaupt beobachtet hat, und es fast eine allgemein anerkannte Wahrheit ist, daß die sogenannten Oberländer, oder die Hirten auf den hohen Alpen sowohl im Berner Gebiete, als auch in andern Cantons viel geistreicher, und aufgelegter zu Künsten und Wissenschaften, als die Bewohner der niedrigen und fruchtbaren Thäler seyen. In dem Bernischen Oberlande ist es nichts seltenes, Hirten zu finden, die eine Sammlung der besten philosophischen und mathematischen Werke haben, und den ganzen Winter, wann ihre Heerden und Hirtengeschäfte ruhen, mit Lesen, oder eigenen Untersuchungen, und künstlichen Arbeiten zubringen. Wahrscheinlich würden mechanische Künstler in dem Oberlande nicht seltener, als in den höchsten Thälern des Fürstenthums Neuenburg seyn, wenn nicht die Bernischen Hirten so reich wären, daß sie sich mit Künsten und Wissenschaften mehr zum Vergnügen, als aus Noth, oder um Vortheile daraus zu ziehen, abgeben.

Wenn man den Jura von der Seite von Neufchatel hinauf, und an der andern Seite in's Erguel hinabfährt, so kann man auf eine gewisse Art die Grade der Wirksamkeit der Bergluft, und das Genie der Jurabewohner wahrnehmen, und bestimmen. So weit Weinberge und Winterfrüchte gebaut werden, sieht man noch keine Uhrmacher, oder Spitzenwirkerinnen. Wo aber fast alle ländliche Industrie aufhört, da fängt die mechanische, und künstliche an. Doch hat unter allen den Dörfern, die an den Abhängen des Jura liegen, noch kein einziges Künstler vom

erſten Range, oder große Erfinder, ſondern nur ge=
ſchikte und fleißige Arbeiter, und Nachahmer hervor=
gebracht. Die ſchöpferiſchen Genies werden nur al=
lein auf den oberſten und unfruchtbarſten Höhen des
Jura in Locle, und La Chaur de Fonds gebildet. Eben
dieſe Bemerkung gilt auch von der andern gebürgigten
Hälfte des Fürſtenthums Neufchatel, wo die großen
Meiſter nur allein in den Dörfern Couvet, Travers,
und andern benachbarten Orten, die gleichfalls in ei=
nem hohen Bergthale, wiewohl nicht ſo hoch als Locle, und La Chaux de fonds liegen, geboren wur=
den. Alle Dörfer aber, die ſich zwiſchen Neufchatel,
und den eben genannten Oertern finden, haben nie
etwas mehr, als geſchikte Arbeiter (ouvriers) erzeugt.
Dieſer große Unterſchied im Reichthum des Genies,
den man in den Bewohnern der höchſten, und minder
hohen Gegenden des Jura bemerkt, widerlegt auch die
Vermuthung derjenigen, welche glauben, daß Noth
und Bedürfniß allein die Künſtler des Jura gebildet
habe. Noth und Armuth bringt zwar, wiewohl auch
nicht immer, Fleiß und Arbeiter, aber keine Erfinder
hervor. Denn wenn Noth allein die Mutter großer
Künſtler wäre, warum hätten dann auch nicht die
Heiden in Teutſchland, oder andern Ländern ihre
Droz, Roberts u. ſ. w. aufzuweiſen?

Die reinere Luft, welche das ehrwürdige Haupt
des Jura umfließt, ſchaft und entfaltet nicht bloß un=
gewöhnliche Talente, ſondern erzeugt auch ſchönere
und edlere Formen, als man in den tiefern Thälern
ſieht. Schon in Neufchatel fanden wir ſchöneres Blut,

als in der teutschen Schweiz. Die Bildungen, beson=
ders weiblicher Cörper, und Gesichter wurden immer
feiner, je höher wir den Jura hinankamen, und am
feinsten waren sie unserm Bedünken nach in La Chaur
de Fonds. Auch in der übrigen Schweiz bringen die
Berge schönere Menschen, als die niedrigen Gegenden
hervor, und dies hindert mich, der Vermuthung des
Herrn von Saussüre beyzutreten, welcher glaubt, daß
die Luft in den großen Thälern, in welchen die Schwei=
zerischen Städte liegen, vielleicht gesünder, als auf den
hohen Bergen sey. Die weibliche Kleidung im Für=
stenthum Neufchatel hat nichts Schweizerisches, oder
eigenthümliches, sondern ist der französischen oder teut=
schen ähnlich, und steht besser, als die Tracht der
Bernischen Bäuerinnen.

Es that uns leid, daß unsere Umstände uns nicht
erlaubten, in La Chaur de Fonds noch länger zu blei=
ben, und die übrigen Merkwürdigkeiten, und vorzüg=
lichen Künstler in Muße zu sehen, und zu besuchen.
Ich reiste aber mit dem festen Vorsatze ab, noch einmal
wiederzukommen, welches so gar schwer nicht ist, da
man La Chaur de Fonds von Nidau aus in einem ein=
zigen Tage erreichen kann. Vom ersten Orte hat man,
wenn man in die Landschafft Erguel hinab will, nur
noch eine kleine, und nicht sehr steile Erhöhung des
Jura vor sich. Wenn man aber diese einmal erstie=
gen hat, so geht, oder fährt man zehn Stunden hin=
tereinander beständig, und zwar anfangs auf steilen,
aber schön gemachten Wegen abwärts: den Weg über
den Bieler Berg ausgenommen, der durch einen Ein=

schnitt in den Jura läuft, und bey weitem nicht so hoch
als das Gebirge selbst ist. Von La Chaux de Fonds
aus trifft man alle halbe, oder gar viertel Stunden
wohlhabende, und städtische Dörfer an, in welchen
gleichfalls Uhrmacher und Spitzenwirkerinnen wohnen.
Als wir in das fruchtbare Erguel herab kamen, das
zwar keinen Wein, aber die schönste Feldfrüchte trägt,
weideten wir unsere Augen an den fetten Fluren und
Wiesen, als wenn wir ihres Anblicks eben so viele Monate beraubt gewesen wären, als wir uns nur Tage
von ihnen entfernt hatten: so sehr waren unsere Augen
durch die Einförmigkeit der Weinberge gesättigt, und
durch die kahlen Thäler, und Seiten des Jura ermüdet. Wir kehrten den Mittag in Courtelari ein, wo
wir in dem Gasthofe zur Lilie eben so gut, als in den
Gasthöfen gleiches Namens in Locle, und La Chaux
de Fonds bewirthet wurden, ungeachtet diese Straße
nicht sehr besucht werden kann. Den Bellelay Käse,
den wir hier zum erstenmale aßen, und das sogenannte
welsche Hammelfleisch von den Höhen des Jura, die
dem Bischofe von Basel, oder der Abtey Bellelay gehören, hatten einen eben so eigenthümlichen Wohlge-
schmack, als die Butter in La Tourne, oder der Ho-
nig in La Chaux de Fonds. Von Courtelari an wird
das Thal immer enger, bis zwo bey Sonceboz sich be-
gegnende Ketten so nahe zusammenrücken, daß nur
eben Raum genug für die Schüß, die das ganze St.
Imber Thal durchströmt, und die bequeme Straße
bleibt, welche der Bischof von Basel durch diesen Theil
des St. Imber Thals, und das ganze Münster Thal

angelegt hat. Ungeachtet dieser Weg bis auf die An=
höhe vor Biel, mit mehrern andern Wegen in der
Schweiz in Ansehung der Romantischen Situationen
nicht zu vergleichen seyn soll; so gestehe ich doch, daß
ich bisher keinen so wilden und feierlichen gesehen
habe. Man ist an beyden Seiten von den ungeheu=
ren Armen des Jura so enge eingeschlossen, daß wir
Nachmittags um fünf Uhr bey dem heitersten Him=
mel nicht mehr Licht hatten, als man in großen Ebe=
nen kurz nach Untergang der Sonne zu haben pflegt.
Ueberdem sind die Seiten des Gebirges fast durchge=
hends mit Tannen bewachsen, und scheinen um desto
höher und größer, weil man sie besonders recht von
ihren Wurzeln an, bis zu den Gipfeln übersehen kann,
ohne daß die obern Theile durch die niedrigern bedeckt
würden. In diesem engen Trichter, oder Bergthale
sind zwo bis drey Stellen besonders merkwürdig. Die
erste ist nicht weit vom Eingange, wo drey bis vier
hundert Schuh hohe Fels = Pyramiden auf einander ge=
thürmt sind, auf deren Absätzen, und Zwischenräumen
mittelmäßige Tannen stehen, wodurch diese Gruppe
außerordentlich mahlerisch wird. Noch furchtbarer
sind die Felswände oder Massen, die man bey dem Ei=
senhammer sieht, welcher an der Schüß angelegt ist.
Doch machten weder die letztern, noch die erstern, auf
mich einen so starken Eindruck, als die unersteigliche
Felsmauer, von welcher ich Ihnen in einem meiner vor=
hergehenden Briefe schrieb, daß man sie von Nidau aus
wahrnehmen könne. Weil die Breite des Weges ge=
gen die entsetzliche Höhe dieser senkrechten Felswand

ganz verschwindet, so ist es nicht bloß, als wenn die Felsmauer über dem Wege hinge, oder den Einfall drohte, sondern als wenn sie wirklich schon im Fallen wäre, und den Weg und alle, die sich auf demselben fänden, zerschmettern wollte. Nicht das erstemal allein, sondern so oft ich hinaufblickte, wurden meine Augen trübe, und mir selbst fing an zu schwindeln, wozu ich sonst gar nicht geneigt bin. Hier hörten wir auch das Geschrey von Adlern, die in ihren Lagern wahrscheinlich niemals von Menschen werden gestört werden. Die Felsen am Wege, die man oft um des letztern willen gesprengt, oder weggeräumt hat, sind in Ansehung ihrer Lagen, glaube ich, noch mehr, als in Ansehung ihres Stoffs verschieden. Viele oder vielleicht die meisten sehen blätterichten, leicht von einander zu trennenden Schiefern gleich: andere hingegen sind wie künstlich gearbeitete Quaderstücke nach unregelmäßigen Richtungen durchschnitten. Die Schauspiele, welche die Schüß verschafft, sind noch mannichfaltiger, als welche der Jura darbietet. Denn bald fließt sie ruhig, und ohne alles Geräusch an dem Fuße des Wanderers hin, und an einer dieser Stellen besinne ich mich, daß man eine Gondel unterhielt. An andern Stellen, und oft nur in der Entfernung von wenigen Schritten stürzt sie schäumend über Felsstücke, und herabgefallene Bäume hin, die sich in ihrem Laufe aufhalten. Oft hört man nur ihr dumpfes Gebrülle aus einer unabsehlichen Tiefe herauf, ohne daß das schärfste Auge, und selbst die Strahlen der Sonne ihr unzugängliches, und mit dem dicksten Gesträuche über-

schattetes Bett durchbringen konnten. An solchen
Stellen, wo man gräßliche Abgründe zur Seite hat,
ist der Rand der Chaussee mit einem festen Geländer
besetzt. Durch diese Schutzwehr werden Reisende nicht
nur gegen einen jeden Zufall, der ihnen mit ihrem Wagen oder Pferden begegnen könnte, gesichert, sondern
es werden dadurch auch Trunkene von einem gefährlichen Sturze bewahrt. An den letzten Nutzen würde
ich nicht gedacht haben, wenn mir nicht ein taumeln-
der Arbeiter aus Ilfingen begegnet wäre, der entweder, weil er die Gefahr nicht merkte, oder weil er seinen Zustand verbergen wollte, immer an der rechten
Seite des Weges ging, wo ein unglücklicher Tritt ihn
auf einmal in eine Tiefe hätte hinabwerfen können,
die ihn gewiß eben so wenig, als das Reich der Schatten wieder würde entlassen haben.

Weil die Luft so heiter war, als sie auch an schönen Sommertagen selten zu seyn pflegt, und ich also
hoffen konnte, daß ich die von der untergehenden Sonne
vergoldeten Schneeberge in ihrer größten Herrlichkeit
sehen würde; so eilte ich die letzte halbe Stunde, so
sehr ich konnte, um aus den finstern Mauren des Jura herauszukommen, und eine freye Aussicht auf die
Schneegebirge zu erhalten. Ich war auch so glücklich, den Ausgang des engen Bergthals zu rechter Zeit
zu erreichen, und konnte also von einer Höhe, welche
mir die Schneeberge bis an ihre Füße zeigte, alle die
Schauspiele, und unerwarteten Verwandlungen beobachten, welche die immer tiefer sinkende Sonne an den
majestätischen Alpen hervorbrachte. Als ich die Schnee-

berge zuerst erblickte, glänzten sie im weißlichen Schimmer der höhern Sonne, von welcher noch die ganze Landschafft vor mir erleuchtet wurde. Es dauerte aber nicht
lange, so senkten sich die niedrigern Thäler, Hügel, und
Berge in dunkle Schatten, und die Schneegebirge allein
kleideten sich in einen Mantel von hohem rosenfarbenen
Lichte, über welchen das menschliche Auge nichts milde-
res sehen, und die kühnste Phantasie nichts prächtigeres
erdichten kann. Bald nachher wurden auch die Füße der
höchsten Gebirge, und ihrer kleinern Nachbaren in tiefe
Nacht gehüllt; deren Finsterniß den rosenfarbenen Glanz
erhöhte, womit die Häupter der erstern umstrahlt waren.
In diesen Augenblicken, in welchen außer den erhabensten
Spitzen, das ganze übrige Land mit Nacht bedeckt war,
schienen mir die erleuchteten Gipfel einigemale viel tiefer,
als sonst, und zugleich so nahe zu seyn, als wenn sie das
nächste Thal begränzt hätten. Endlich wurde der Licht-
kranz, mit welchem nur noch das Wetterhorn, Schreckhorn, und die Jungfrau geschmückt waren, immer kleiner,
matter, und bläulichter, bis er zuletzt in eben die Finsterniß verschwand, die sich schon eine halbe Stunde in den
tiefern Gründen gelagert hatte.

Weil ich im Begriff bin, morgen nach Bern abzurei-
sen, und mit meiner Frau, und meinem Freunde Herrn
Prof. Abel aus Stuttgart in die Gletscher, und mit dem
letztern in die kleinen Cantone zu gehen, so sinne ich umher, ob ich nicht noch eines oder das andere über Bern,
was Sie interessiren könnte, vergessen habe. Ich finde
aber nur noch zweyerley: die Sprache, und die Preise
der Dinge. Von den ersten will ich so lange schweigen,

bis ich sie mit den Dialekten in den kleinen Cantonen werde vergleichen können. Ueber den letztern Punct will ich Ihnen so viele Data mittheilen, als Sie brauchen werden, um selbst ein Urtheil zu fällen.

Die Schweiz (denn was ich in Bern bemerkt und gehört habe, gilt mit kleinen Veränderungen auch von den übrigen Cantonen) die Schweiz also steht mit Recht in dem Rufe, daß der Aufenthalt darin viel theurer, als in Teutschland sey; und Montesquieu sagte richtig, daß die Natur durch die Unfruchtbarkeit und Lage ihres Landes den Schweizern schon so schwere Taxen aufgelegt habe, daß sie nicht viele andere mehr tragen könnten. Unter den Nothwendigkeiten des Lebens sind nur allein Wein und Holz wohlfeiler, als bey uns. Den Preis des erstern habe ich Ihnen schon zu einer andern Zeit gemeldet; vom letztern kostet das Klafter in Nidau nur eine halbe Caroline, und in Bern zwanzig Batzen mehr. Von den übrigen zum menschlichen Leben unentbehrlichen Dingen haben nur noch wenige denselbigen Preis, wofür man sie bey uns kauft; alle andern sind viel theurer. Das erstere gilt von Eyern, Milch und Butter; das letztere von Brod, Salz, Fleisch, Geflügel, Lichtern, Seife, und selbst von Fischen, so reich auch die Schweiz an Seen ist. Von weißem Brod kostet das Pfund 2 Batzen: Rinds-Hammel- und Kalbfleisch Jahr aus Jahr ein sieben Creuzer: Schweinefleisch 10 Creuzer: ein paar junge Hähne 4 bis 6 Batzen: junge Tauben vier bis fünf: ein Pfund Lichter auch fünf: Seife aber 6 Batzen, und ein Pfund Salz zu 17 Unzen gerechnet $3\frac{1}{2}$ Creuzer. Bey dem letztern müssen selbst solche Ausländer, die nicht in die Schweiz kommen, die Theurung in diesem Lande am meisten entgelten, weil das Salz in so großer Menge zu den Käsen gebraucht wird. Den Käse habe ich nicht zu den Nothwendigkeiten des Lebens gerechnet, ungeachtet er hier zur täglichen Nahrung gehört, und der Glarner Schabziger selbst zum Frühstück gegeben wird. Das Pfund vom guten Emmethaler Käse kostet auf der Stelle vier Batzen, andere noch geschätztere Arten, wie Vellelay, Sanen, und Urseler Käse sind viel theurer. Zu Bern ist das Gesindelohn, und die Häusermiethe höher, als in Göttingen. Einem Mädchen bezahlt man jährlich 18 und mehrere große Thaler, oder 28 und mehr Thaler nach unserm Gelde, und für 150 Thaler kann man keine so große und bequeme Wohnung, als bey uns haben. Von allen Gewürz- und Krämerwaaren ist der Reis, glaube ich, die einzige, die nicht theurer, oder gar wohlfeiler, als in Göttingen ist, weil man sie aus der ersten Hand aus Italien bekömmt. Alle andere Gewürzwaaren sind wegen des schweren Transports auf der Are theurer, als bey uns. Weil die Lebensmittel so kostbar, und die Handwerksleute im Ganzen nicht so fleißig sind, als in Teutschland, so kann man leicht vermuthen, daß ihre Arbeit auch theurer, als bey uns seyn müsse, und dieser hohe Arbeitslohn ist es auch, der die Teutschen Handwerkspursche in so großer Menge in die Schweiz lockt. Unter den Fabrikwaaren sind nur allein Bänder, ungedruckte Cattune, und einige leichte seidene Zeuge wohlfeiler, als bey uns: die Leinwand hingegen, so viel deren auch im Lande gemacht wird, hat mit der teutschen einerley Preis, welches man auch von Französischen Seidenwaaren sagen kann. Die Tücher endlich, und mehrere andere Englische, Teutsche, und Niederländische Waaren sind viel theurer, einige fast noch einmal so theuer, als bey uns.

Aus den kleinen Cantonen werde ich Ihnen schwerlich schreiben, weil das Postwesen darin noch nicht so gut, als in den größern eingerichtet ist. Sie sollen aber nichts dabey verlieren, weil ich ein sehr genaues Tagebuch halten werde. Das Andenken an Sie und meine übrigen Freunde, wird mich nicht verlassen, ich mag an dem Rande von Gletschern umher kriechen, oder die höchsten Berge ersteigen, u. s. w.

Aldau am 20. Jul.